श्री श्री दया माता

(1914–2010)

योगदा सत्संग सोसाइटी ऑफ़ इण्डिया/सेल्फ़-रियलाइज़ेशन फ़ेलोशिप
की आध्यात्मिक प्रमुख एवं तृतीय अध्यक्ष

केवल प्रेम

(*Only Love*)

नित्य परिवर्तनशील जगत् में आध्यात्मिक जीवन शैली

श्री श्री दया माता

Yogoda Satsanga Society of India
FOUNDED 1917 BY PARAMAHANSA YOGANANDA

First Hindi Edition, 2009
Fifth Impression, 2023

योगदा सत्संग सोसाइटी ऑफ़ इण्डिया/
सेल्फ़-रियलाइज़ेशन फ़ेलोशिप का अधिकृत प्रकाशन

ऊपर दर्शाया गया योगदा सत्संग सोसाइटी ऑफ़ इण्डिया का नाम एवं प्रतीक चिह्न योगदा सत्संग सोसाइटी के सभी प्रकाशनों एवं रिकॉर्डिंग पर मुद्रित रहते हैं, पाठक को यह आश्वासन देने के लिए कि अमुक कृति परमहंस योगानन्दजी द्वारा स्थापित संस्था से अभिहित हुई है तथा उनकी शिक्षाओं को विश्वसनीय रूप से प्रस्तुत करती है।

YOGODA SATSANGA SOCIETY OF INDIA
Yogoda Satsanga Math
21, U. N. Mukherjee Road
Dakshineswar, Kolkata 700076
द्वारा भारत में प्रकाशित

Kailash Paper Conversion Pvt. Ltd.
Ranchi 834001
द्वारा भारत में मुद्रित

ISBN 978-81-89955-07-6

वितरक :

MANJUL मंजुल पब्लिशिंग हाउस

योगदा सत्संग सोसाइटी ऑफ़ इण्डिया, परमहंस योगानन्द पथ, राँची 834001 झारखण्ड तथा भारत में स्थित सभी आश्रमों एवं ध्यान केन्द्रों में भी उपलब्ध।

मेरे पूज्य गुरुदेव

श्री श्री परमहंस योगानन्दजी

के चरण कमलों में समर्पित,
जिनके आशीर्वाद के बिना
यह भक्तिन ईश्वर के दिव्य प्रेम को
नहीं पा सकती थी — उस ईश्वर का परिपूर्ण,
संतृप्तिदायक प्रेम जो हमारे पिता,
माता, मित्र तथा प्रियतम हैं।

विषय सूची

चित्र सूची

भूमिका

श्री चक्रवर्ती वी. नरसिंहन
इंटर-एजेंसी कार्य एवं समन्वय,
संयुक्त राष्ट्र संघ में अवर महासचिव

सन् 1967 में मुझे *योगी कथामृत* मिली। यह मेरा परमहंस योगानन्दजी एवं सेल्फ़-रियलाइज़ेशन फ़ेलोशिप संस्था से प्रथम परिचय था। तभी से इस संस्था के कार्य को मैं बहुत निकटता से देखता आया हूँ। श्री दया माताजी एवं उनके कुछ समर्पित साथियों से मुझे अनेक बार भेंट करने का सौभाग्य प्राप्त हुआ है। कैलिफ़ोनिया के एंसिनीटस शहर में स्थित सेल्फ़-रियलाइज़ेशन केन्द्र में जाने का भी मुझे अवसर मिला, जहाँ परमहंस योगानन्दजी अनेक वर्षों तक रहे थे।

जैसा कि मैंने इससे पूर्व कहा कि श्री दया माताजी से मिलना मेरा सौभाग्य था क्योंकि उनकी उपस्थिति में रहने वाला कोई भी व्यक्ति, उनसे निःसृत होने वाली आध्यात्मिक शांति एवं निर्मलता के प्रभामण्डल से प्रभावित हुए बिना नहीं रह सकता। श्री दया माताजी युवावस्था के प्रारंभ से ही परमहंस योगानन्दजी की शिक्षाओं का अनुकरण करने के लिए प्रेरित हुईं; निःसंदेह उनके गुरु से उत्पन्न दिव्य प्रकाश की चिगारी ने उन्हें युवावस्था में ही प्रभावित कर दिया था। वे श्री योगानन्दजी के जीवनकाल में आने वाले प्रथम शिष्यों में से थीं और अब उनके संदेश को न केवल इस देश में और मेरे देश में, अपितु विश्वव्यापी स्तर पर प्रसारित करने में वे उनकी सुयोग्य आध्यात्मिक उत्तराधिकारिणी हैं।*

अमन और आंतरिक शांति तथा संपूर्ण व्यक्तित्व निर्माण का यह संदेश हमारे समय के लिए सबसे अधिक प्रासंगिक है। हम एक ऐसे उथल-पुथल भरे समय में जी रहे हैं जिसमें परिवर्तन की रफ्तार वास्तव में भयावह है। सर्वाधिक उन्नत राष्ट्रों में भी अनेक लोग व्यक्तिगत स्तर पर असुरक्षित अनुभव करते हैं, जबकि तीसरी

* श्री मृणालिनी माता, गुरुदेव की एक और निकटतम शिष्या, श्री दया माता के 2010 में ब्रह्मलीन होने के बाद परमहंस योगानन्दजी की आध्यात्मिक उत्तराधिकारी एवं योगदा सत्संग सोसाइटी ऑफ़ इण्डिया/सेल्फ़-रियलाइज़ेशन फ़ेलोशिप की अध्यक्ष बनीं।

दुनिया के देशों में कल्पना से परे गरीबी, अभाव एवं पीड़ा है। इन समस्याओं को हल करने के लिए हमें परस्पर-निर्भरता एवं विश्वव्यापी बंधुत्व की एक नवीन विचारधारा की आवश्यकता है। इसके लिए मनोवृत्ति में पर्याप्त परिवर्तन लाने की आवश्यकता है; और यह परिवर्तन संयुक्त राष्ट्र, जहाँ मैं उन्नीस वर्षों तक कार्यरत रहा, जैसे अंतर्राष्ट्रीय संगठन के माध्यम से कार्य कर रही सरकारों के स्तर पर ही नहीं बल्कि उससे भी महत्त्वपूर्ण, व्यक्तिगत स्तर पर भी लाना आवश्यक है। इस जगत् को पहले की अपेक्षा कहीं अधिक ऐसे मनुष्यों को आवश्यकता है जो पूर्ण मानव हों और आत्म-साक्षात्कार इस संपूर्ण व्यक्तित्व को प्राप्त करने का एक निश्चित और सरल मार्ग है।

जब पहले चंद्र अंतरिक्ष यात्रियों ने पृथ्वी को चंद्रमा से देखा तो उन्होंने मुग्ध होकर कहा था कि यह कितनी सुन्दर है। उस दूरी से उन्होंने पृथ्वी को, देशों, महाद्वीपों अथवा विभिन्न वंशों एवं रंगों के बसे हुए प्रदेशों के रूप में नहीं, अपितु संपूर्ण रूप में देखा। यदि हम प्रथ्वी को एक समग्र रूप में नहीं देख पाते हैं तो वह इसलिए है कि हमारी सोच भूमि की सीमाओं से बंधी हुई है। यह एक ऐसी कमी है जिस पर थोड़ी-सी कल्पना के उपयोग द्वारा हम सहज रूप से विजय प्राप्त कर सकते हैं। जो हमें अपनी सोच को अलगाववादी दृष्टि के संकुचित विभाजनों से ऊपर उठाने में समर्थ बनाती है और उन महान् सन्तों एवं सिद्धजनों की शिक्षाओं का अनुकरण करने के योग्य बनाती है, जो हमसे प्रेम, करुणा एवं सहिष्णुता का अभ्यास करने का आग्रह करते हैं।

इसीलिए श्री दया माताजी का संदेश, संशय और अविश्वास के इस युग में अत्यधिक महत्त्वपूर्ण एवं प्रासंगिक है। इस पुस्तक में प्रकाशित उनके प्रवचन, आशा और विश्वास के अविचल मार्गदर्शक हैं। ये मानव जाति को एकता की ही नहीं, अपितु मनुष्य की ईश्वर के साथ एकरूपता का भी उद्घोष हैं ।

न्यूयॉर्क सिटी

14 जनवरी 1976

परिचय

दया माताजी के शब्दों को पढ़ना अथवा सुनना एक ऐसे व्यक्ति से परिचित होना है जो प्रेम में डूबा हुआ है। भेद-भावों के प्रत्येक स्तर पर विजय पाता हुआ उनका प्रेम सभी तक पहुँचता है एवं उन्हें गले से लगाता है। यह आत्मा की तीव्र लालसा और उसकी ईश्वर में आनन्दमय परिपूर्णता की सर्वोत्तम अभिव्यक्ति है। अनौपचारिक प्रवचनों की इस पुस्तक में माताजी हमें विस्तृत आध्यात्मिक चेतना के उस प्रदेश की झलक दर्शाती हैं जहाँ आत्मा दिव्य प्रेम का अनुभव करती है।

दया माताजी का जन्म सॉल्ट लेक सिटी, यूटाह (अमेरिका) में हुआ था। वे बचपन से ही ईश्वर के प्रति तीव्र आकर्षण अनुभव करती थीं। आठ वर्ष की आयु में जब उन्होंने स्कूल में, भारत के विषय में पहली बार सुना तो उन्होंने एक रहस्यमय आंतरिक जागृति का अनुभव किया तथा इसके साथ ही उनके अन्तर में यह दृढ़ विश्वास जाग्रत हुआ कि उनके जीवन के परम लक्ष्य को प्राप्त करने की कुंजी भारत के पास थी। उस दिन स्कूल बन्द होने के बाद वे दौड़ती हुई घर पहुँचीं और उल्लासित होकर अपनी माँ से बोलीं, "बड़ी होकर मैं कभी विवाह नहीं करूँगी; मैं भारत जाऊँगी।" — एक बच्ची के भविष्यसूचक उद्गार।

जब दया माताजी पन्द्रह वर्ष की थीं तब उन्हें भगवद्गीता, की एक प्रति दी गई थी। इस धर्मग्रन्थ का उन पर गहरा प्रभाव पड़ा क्योंकि यह ईश्वर के अपने बच्चों के प्रति उनके करुणामय प्रेम और हमदर्दी को दर्शाता था। इस ग्रन्थ ने उन्हें बताया कि ईश्वर को जाना जा सकता है, और उसे पाया भी जा सकता है; और ईश्वर की संतान दिव्य आत्माएँ हैं जो अपने प्रयास द्वारा अपने आध्यात्मिक जन्मसिद्ध अधिकार, अर्थात् ईश्वर के साथ अभिन्नता का अनुभव कर सकती हैं। दया माताजी ने यह संकल्प लिया कि वे कैसे भी, किसी भी प्रकार से अपना जीवन ईश्वर की खोज में समर्पित कर देंगी। वे विभिन्न धर्म गुरुओं के पास गईं, फिर भी उनके हृदय में सदा एक प्रश्न अनुत्तरित ही रहा : "परंतु ईश्वर से कौन प्रेम करता है, उन्हें कौन जानता है?" दुःख के साथ उन्हें एहसास हुआ कि उनकी खोज में एक मूलभूत कमी है : एक ऐसे व्यक्ति का मार्गदर्शन जो वास्तव में ईश्वर को जानता हो।

सन् 1931 में जब दया माताजी सत्रह वर्ष की थीं, उन्होंने परमहंस योगानन्दजी* को पहली बार देखा। वे सॉल्ट लेक सिटी में श्रोताओं के एक बड़े समूह को संबोधित कर रहे थे। अपने ऊपर पड़े उनके प्रथम प्रभाव को पुनः स्मरण करते हुए उन्होंने कहा, "मैं आपसे इसका वर्णन कैसे करूँ? वहाँ मैंने जब उन्हें मंच पर देखा, तो मैं एकदम मंत्रमुग्ध हो गई। वे इच्छा-शक्ति के आध्यात्मिक बल एवं ईश-प्रेम पर प्रवचन दे रहे थे। ईश्वर के बारे में मैंने कभी भी किसी को इस तरह से बोलते हुए नहीं सुना था। मैं रोमांचित हो उठी। तत्क्षण ही मैंने पहचान लिया कि वे ईश्वर को जानते हैं और वे मुझे ईश्वर का मार्ग दिखा सकते हैं। मैंने दृढ़ निश्चय किया, मैं इनका ही अनुकरण करूँगी।"

हज़ारों की भीड़ में यह असंभव प्रतीत होता था कि दया माताजी को उस गुरु से मिलने का कोई अवसर प्राप्त हो सकेगा। परंतु यह कहा गया है कि कभी-कभी दुर्भाग्य में भी एक छिपा हुआ वरदान होता है। दया माताजी लंवे समय से एक गंभीर रक्त विकार से पीड़ित थीं। उस रोग ने, जिसका उपचार करने में चिकित्सक असमर्थ रहे थे, अंततः उन्हें स्कूल छोड़ने पर बाध्य कर दिया था। फिर भी वे निष्ठापूर्वक परमहंसजी के प्रवचनों में जाती रहीं और बहुत सम्मत है कि उनके सूजे हुए चेहरे को ढ़कने वाली पट्टियों ने महान् गुरु का ध्यान आकर्षित कर लिया। प्रवचन के अन्त में, परमहंसजी ने श्रोताओं से कहा कि सात दिनों में, इनके रोग का कोई लक्षण शेष नहीं रहेगा। और ऐसा ही हुआ। परंतु दया माताजी के लिए उनकी इस विलक्षण रोग-मुक्ति से भी बड़ा आशीर्वाद था, ईश्वर-प्राप्त इस सन्त से मिलने का सौभाग्य। वे अत्यंत शर्मीली थीं, और उन्हें आज तक इस बात पर आश्चर्य होता है कि वे कैसे उनसे अपने प्रथम शब्द कहने का साहस जुटा पाईं: "मैं आपके आश्रम में प्रवेश करने की तीव्र इच्छा रखती हूँ और अपने जीवन को ईश्वर की खोज में समर्पित करना चाहती हूँ।" गुरुदेव ने उनको ओर एक क्षण अंतर्भेदी दृष्टि से देखा : "और वेशक तुम करोगी।"

* *योगी कथामृत* के लेखक, श्री श्री परमहंस योगानन्द, सन् 1920 से संयुक्त राज्य अमेरिका में थे। उस समय वे बोस्टन में, धार्मिक उदारवादी अंतर्राष्ट्रीय कांग्रेस द्वारा, भारत के एक प्रतिनिधि के रूप में आमंत्रित किए गए थे। इन वर्षों के दौरान, उन्होंने संपूर्ण देश में प्रवचन दिए और लॉस एंजिलिस में अपनी संस्था योगदा सत्संग सोसाइटी ऑफ़ इण्डिया/सेल्फ़-रियलाइज़ेशन फ़ेलोशिप के लिए अंतर्राष्ट्रीय मुख्यालय स्थापित किया।

परन्तु इसके लिए एक चमत्कार की आवश्यकता थी, क्योंकि उनके परिवार का विरोध प्रबल था। वे अभी कम उम्र की लड़की ही थीं और उनकी भावनाओं को समझने वाली उनकी माँ के अतिरिक्त उनका परिवार एक पूर्णतः अनजान धर्म का अनुसरण करने के लिए उनके घर छोड़ने के सर्वथा विरुद्ध था। परंतु एक शाम परमहंस योगानन्दजी ने अपने प्रवचन में कहा कि यदि कोई भक्त उत्तर पाने के दृढ़ निश्चय के साथ, पूर्ण गहनता से ईश्वर को पुकारे, तो अवश्य ही परमात्मा का उत्तर प्राप्त होगा। दया माताजी ने संकल्प किया, और उस रात सबके सो जाने के बाद, वे बैठक में गई, जहाँ वे एकांत में रह सकें। अपने हृदय को ईश्वर के सम्मुख उड़ेलते हुए उनके आँसुओं की झड़ी लग गई। कई घंटों के बाद उनके संपूर्ण अस्तित्त्व पर एक गहन शांति छा गई और वे और अधिक रो न सकीं : वे जान गईं कि ईश्वर ने उनकी प्रार्थना सुन ली थी। दो सप्ताह के अन्दर समस्त द्वार खुल गए और वे लॉस एंजिलिस में परमहंसजी के आश्रम में प्रवेश पाने में सफल हो गईं।

अपने गुरु के चरणों में उनका समय तेजी से बीतता चला गया। यद्यपि वे बहुत प्रसन्न थीं, फिर भी आश्रम प्रशिक्षण का वह आरम्भिक काल संघर्ष-रहित नहीं था। परमहंसजी प्रेमपूर्वक, परंतु दृढ़ता से इस युवा चेली को एक आदर्श शिष्या के रूप में रूपान्तरित करने में व्यस्त थे। बाद में उन्होंने दया माताजी को बताया कि उन्होंने उन्हें उन वर्षों में वही कठोर प्रशिक्षण दिया जो उनके गुरु श्री श्री स्वामी श्रीयुक्तेश्वरजी ने उन्हें दिया था। एक महत्त्वपूर्ण कथन — चूंकि आगे चलकर दया माताजी को आध्यात्मिक एवं व्यवस्था संबंधी उसी पद का उत्तराधिकार पाना था जो श्रीयुक्तेश्वरजी ने परमहंसजी को प्रदान किया था।

जैसे-जैसे समय बीतता गया, गुरुदेव दया माताजी को अधिक-से-अधिक उत्तरदायित्व सौंपते चले गए। अपनी महासमाधि* से कई वर्ष पूर्व परमहंसजी ने उनसे माउण्ट वाशिंगटन स्थित अन्तर्राष्ट्रीय मुख्यालय का प्रशासन संबंधी कार्यभार संभालने को कहा। उसके बाद वे एकान्तवास में चले गए और अपना अधिकांश समय लेखनकार्य में व्यतीत करने लगे। जैसे-जैसे संस्था के विश्वव्यापी कार्यकलाप बढ़ते गए, दया माताजी के आध्यात्मिक एवं प्रशासन संबंधी उत्तरदायित्व भी अधिकाधिक रूप से बढ़ते चले गए।

* एक ईश्वर प्राप्त आत्मा द्वारा सचेतन रूप से देहत्याग।

वह समय आ गया जब गुरुजी ने अपनी शिष्या से कहा कि वे शीघ्र ही अपने भौतिक शरीर को त्यागने वाले हैं। स्तंभित हो दया माताजी ने उनसे पूछा कि उनके बिना यह कार्य किस प्रकार जारी रहेगा। वे मृदु-स्वर में बोले, "यह याद रखो : मेरे इस संसार को छोड़ने के बाद केवल प्रेम ही मेरा स्थान ले सकता है। ईश्वर के प्रेम में दिन और रात इतनी डूब जाओ कि तुम्हें ईश्वर के अतिरिक्त और कुछ भी याद न रहे; और वही प्रेम तुम सभी को दो।" ये शब्द उनके जीवन के पथ-प्रदर्शक बन गए।

परमहंसजी ने 7 मार्च, 1952 को लॉस एंजिलिस में महासमाधि ली। तीन वर्ष बाद, श्री श्री राजर्षि जनकानन्द के ब्रह्मलीन होने के पश्चात्, दया माताजी अपने गुरुदेव की संस्था की तीसरी अध्यक्ष बनीं। परमहंस योगानन्दजी की आध्यात्मिक उत्तराधिकारिणी के रूप में और एक सच्ची दयामयी माँ की तरह, जो कि उनके नाम का अर्थ है, वे योगदा सत्संग सोसाइटी ऑफ़ इण्डिया/सेल्फ़-रियलाइज़ेशन फ़ेलोशिप से सम्बन्धित गुरुदेव के आदर्शों एवं उद्देश्यों के निष्ठापूर्वक पालन को सुनिश्चित करती थी और इसके सदस्यों का आध्यात्मिक मार्गदर्शन करने के साथ-साथ योगदा सत्संग/सेल्फ़-रियलाइज़ेशन के विभिन्न आश्रमों में रहने वाले संन्यासी शिष्यों के प्रशिक्षण का भी ध्यान रखती थी।

परमहंस योगानन्दजी के विश्वव्यापी मिशन के आध्यात्मिक प्रमुख के रूप में 55 से भी अधिक वर्षो तक अपनी सेवायें देने के बाद, श्री दया माता, 96 वर्ष की आयु में, 30 नवंबर, 2010 को, शान्तिपूर्वक पंचतत्व में विलीन हुई। भारत की कालजयी आध्यात्मिक परम्पराओं के प्रसार में एक अग्र-दूत के रूप में उनकी उपलब्धियों को द *न्यूयॉर्क टाइम्स, लॉस एंजिलिस टाइम्स,* द *टाइम्स ऑफ़ इण्डिया,* सहित अमेरिका, भारत, एवं अन्य कई देशों के सभी मुख्य समाचार पत्रों एवं पत्रिकाओं में प्रमुखता से प्रकाशित किया गया था।

यद्यपि इनका जीवन मुख्य रूप से गुरुदेव के कार्य एवं योगदा सत्संग/सेल्फ़-रियलाइज़ेशन पथ के भक्तों के लिए समर्पित था, तथापि वे ईश्वर के समस्त जिज्ञासुओं को अपने आध्यात्मिक परिवार के एक अंग के रूप में देखती थीं, चाहे वे किसी भी मत के क्यों न हों। कैथेलिक सिस्टर्स ऑफ़ चैरिटी सम्प्रदाय की एक सिस्टर (नन) ने दया माताजी से मिलने और उन्हें अनेक अवसरों पर सुनने के बाद टिप्पणी की, "एक धार्मिक सम्प्रदाय के सदस्य होने के नाते मेरे

लिए दया माताजी ईश्वर और मानव जाति की सेवा में समर्पित जीवन का एक ज्वलंत उदाहरण हैं। वे मुझे क्राइस्ट के उस महान् अग्रदूत, जॉन द बैपटिस्ट, की याद दिलाती हैं, जिन्होंने अपने बारे में कहा, 'संसार रूपी मरुभूमि में मैं एक हताश इन्सान की आवाज़ हूँ। ईश्वर के पथ को सरल बनाओ।' उनकी दृष्टि में कोई भी कैथेलिक, प्रोटेस्टेन्ट अथवा हिन्दू नहीं है अपितु केवल एक परमपिता परमेश्वर की संतान हैं, और उनमें से प्रत्येक का वह स्नेहपूर्वक स्वागत करती हैं, और उनके हृदय में सबके लिए स्थान है। मैं एक ईसाई संन्यासिनी, उनकी अपार दयालुता, उनकी रुचि, और उनके द्वारा दिए गए प्रोत्साहन को अनुभव कर चुकी हूँ। मुझे सदा उनसे अपनों जैसा व्यवहार मिला। एक सिस्टर होने के नाते मेरा जीवन कैसा होना चाहिए मेरे लिए सदैव वे इस बात का आदर्श रहेंगी...उनमें ईश्वर की झलक दिखाई देती है।"

केवल नियम नहीं, अपितु ईश्वरीय मार्ग पर चलने की भावना ही वह प्रभावकारी जादूई घटक है जो भक्त के जीवन को रूपान्तरित कर देता है। धर्मशास्त्रों में बताए गए सत्य तब तक मात्र शब्द हैं जब तक कि वे किसी के विचारों और कार्यों का अंग नहीं बन जाते। उन्हें जीवन में उतारना होगा। "केवल प्रेम" पुस्तक ईश्वर की खोज के जज़्बे को दर्शाती है। ईश्वर — जो मानव जीवन का स्रोत, पालनकर्त्ता एवं सार हैं — के साथ समस्वरित जीवन और अस्तित्त्व की आधारशिला रखती है।

सभी आध्यात्मिक साधक, चाहे जीवन में उनकी कोई भी बाह्य भूमिका क्यों न हो, पाएँगे कि यह पुस्तक उनकी आत्मा से बात करती है। यद्यपि इस संग्रह में अनेक व्याख्यान मुख्य रूप से सेल्फ़-रियलाइज़ेशन/योगदा सत्संग आश्रमों में रहने वाले संन्यासियों को दिए गए थे, तथापि इनमें अभिव्यक्त सत्य विश्वव्यापी रूप से लागू होते हैं।

दया माताजी की वाणी, जो प्रत्यक्ष व्यक्तिगत अनुभूति से देदीप्यमान है, यह दर्शाती है कि ईश्वर की खोज एक आनन्दमय अनुभव है; उन्हें प्राप्त करना अपने आपमें आनन्द ही है।

— योगदा सत्संग सोसाइटी ऑफ़ इण्डिया/
सेल्फ़-रियलाइज़ेशन फ़ेलोशिप

केवल प्रेम

हमें ईश्वर की खोज क्यों करनी चाहिए?

ज्योति मंदिरम् हॉल, बंगलूरु, 31 दिसम्बर, 1967

हमें ईश्वर की खोज क्यों करनी चाहिए? ईश्वर क्या हैं? हम उन्हें कैसे प्राप्त कर सकते हैं?

पहले प्रश्न का उत्तर अति सरलता से दिया जा सकता है। हमें ईश्वर की खोज इसलिए करनी चाहिए, क्योंकि हम उनके स्वरूप* में बनाए गए हैं और केवल उनकी पूर्णता एवं नित्यता ही हमें चिरस्थाई प्रसन्नता प्रदान कर सकती है।

मनुष्य को मन और देह के साथ पाँच ज्ञानेन्द्रियाँ दी गई थीं जिनके द्वारा वह इस सीमित जगत् का बोध प्राप्त करता है, और स्वयं को इसके साथ एक समझने लगता है। परन्तु मनुष्य न तो देह है, और न ही मन; उसकी प्रकृति दिव्य चेतना, अर्थात् अविनाशी आत्मा है। जितनी बार वह अपने ऐंद्रिक अनुभवों द्वारा चिरस्थाई प्रसन्नता पाने का प्रयत्न करता है, उतनी ही बार उसकी आशाएँ, उसका उत्साह, उसकी इच्छाएँ, गहन कुण्ठा और निराशा की चट्टानों से टकरा कर नष्ट हो जाती हैं। भौतिक जगत् में प्रत्येक वस्तु वास्तव में क्षणभंगुर एवं सतत परिवर्तनशील है। जो वस्तु परिवर्तनशीलता के अधीन है वह अपने अन्दर निराशा के बीज लिए रहती है। और इसलिए सांसारिक आकांक्षाओं का हमारा यह जहाज कभी-न-कभी मोह भंग की चट्टानों के बीच फँस ही जाता है। इसलिए हमें ईश्वर की खोज करनी चाहिए, क्योंकि वह समस्त ज्ञान,

* *उत्पत्ति* 1:27 (बाइबिल) : "इस प्रकार ईश्वर ने मनुष्य को अपने स्वरूप में बनाया..."

समस्त प्रेम, संपूर्ण आनन्द व पूर्ण संतुष्टि का मूल स्रोत है। ईश्वर हमारे अस्तित्त्व का और समस्त जीवन का स्रोत है। और हम ईश्वर के प्रतिरूप में बनाए गए हैं। जब हम उन्हें प्राप्त कर लेंगे, हमें इस सत्य की अनुभूति हो जाएगी।

यदि ईश्वर मनुष्य का लक्ष्य हैं, तो वे हैं क्या? प्रत्येक धर्मशास्त्र, एवं प्रत्येक महान् आत्मा जिसने कभी ईश्वर के अपने अनुभव के विषय में बताया है, ने ब्रह्म की प्रकृति के कुछ विशेष गुण बताए हैं। फिर भी हम नहीं कह सकते कि ईश्वर क्या हैं? कोई भी व्यक्ति, कभी भी ईश्वर का पूर्ण रूप में वर्णन करने में समर्थ नहीं हुआ। एक कहानी है कि नमक की बनी एक मूर्ति सागर की गहराई मापने, उसके तट तक चली। जैसे ही वह पानी में उतरी, वह घुलती गई। वह मूर्ति गहराई को नहीं माप सकी, क्योंकि वह सागर के साथ एक हो गई। मनुष्य के साथ भी ऐसा ही है। उसके अस्तित्त्व में वे सब गुण हैं जो परमात्मा में हैं। जैसे ही उसकी आत्मा अनन्त ईश्वर के साथ समस्वरित स्थापित करती है, वह परमात्मा के साथ एक हो जाती है, और उसके बाद वर्णन नहीं कर पाती कि ईश्वर क्या हैं। परन्तु अनेक सन्तों ने व्यक्ति के परमात्मा के साथ संपर्क के समय होने वाले अनुभवों का वर्णन किया है।

सभी धर्मशास्त्र वर्णन करते हैं कि ईश्वर शांति हैं, प्रेम हैं, ज्ञान हैं, आनन्द हैं। इस बात से सभी सहमत हैं कि ईश्वर ब्रह्माण्डीय प्रज्ञा हैं, सर्वज्ञ हैं, और सर्वव्यापक हैं। वे परमतत्व हैं, वे महान् ब्रह्माण्डीय नाद ओम्* हैं, ईसाइयों का आमेन हैं। वे ब्रह्माण्डीय प्रकाश हैं। ये सब परमात्मा की विशेषताएँ अथवा गुण हैं। और जब कोई भक्त ईश्वर को

* *ओम्* : समस्त ध्वनियों का आधार है; ईश्वर के लिए सार्वभौमिक प्रतीकात्मक शब्द। वेदों का *ओम्* तिब्बतियों का पवित्र शब्द हुं बना; मुसलमान का *आमीन*; और ग्रीक, यूनान, रोमन, यहूदियों व ईसाईयों का *आमेन* बना। *ओम्* सर्वव्यापक ध्वनि है, जो पवित्र आत्मा (अदृश्य ब्रह्माण्डीय स्पन्दन; स्रष्टा के रूप में ईश्वर) से उत्पन्न हो रही है; बाइबिल

गहनता से खोजता है तब उसे ईश्वर की इन विभिन्न अभिव्यक्तियों का बोध होने लगता है।

यह कहा जाता है कि मनुष्य के अन्दर ईश्वर की विद्यमानता का प्रथम प्रमाण है शांति। ऐसी शांति जो किसी भी बाह्य वस्तु द्वारा प्रभावित नहीं हो सकती। व्यक्ति जब अपने स्वप्नों को, अपने आदर्शों को, अपनी आकांक्षाओं को, और अपनी आशाओं को सांसारिक लक्ष्य को पाने में लगाता है, तो उनके पूरा होने से जो उसे शांति का अनुभव होता है वह केवल अस्थाई है। यह संसार द्वैत का संसार है : जीवन सुख और दुःख, स्वास्थ्य और रोग, ताप और शीत, प्रेम और घृणा, जन्म और मृत्यु से बना हुआ है। मनुष्य का लक्ष्य है अपनी चेतना को इस द्वैत के नियम से, इस माया* के आवरण से परे ले जाना और उस ईश्वर को प्राप्त करना जो समस्त सृष्टि में और सृष्टि के परे भी विद्यमान है।

"हम ईश्वर को कैसे प्राप्त कर सकते हैं?"

अगला प्रश्न है : "हम ईश्वर को कैसे प्राप्त कर सकते हैं?" वह इन्द्रियों के द्वारा नहीं जाने जा सकते और न ही बुद्धि के सीमित पैमाने से मापे जा सकते हैं। जितनी बार हम इंद्रियजनित अनुभवों में उनके आनन्द, प्रेम, ज्ञान और सुख को खोजने का प्रयास करते हैं, उतनी ही बार हम निराश होते हैं। लेकिन जब मनुष्य गहन ध्यान द्वारा अपने शरीर को निश्चल करना और पाँचों इन्द्रियों को बन्द करना सीखता है, तो छठी इन्द्रिय, अन्तर्ज्ञान, अपने आपको अभिव्यक्त करना प्रारंभ

का "शब्द" है; सृष्टि की ध्वनि, जो प्रत्येक अणु में ईश्वर की विद्यमानता को प्रमाणित करती है। *ओम्* ध्वनि को योगदा सत्संग सोसाइटी ऑफ़ इण्डिया/सेल्फ़-रियलाइज़ेशन फ़ेलोशिप की ध्यान की प्रविधियों के अभ्यास द्वारा सुना जा सकता है।

* "ब्रह्माण्डीय भ्रम; शाब्दिक अर्थ, 'परिमाप करने वाली।' माया सृष्टि में व्याप्त वह जादुई शक्ति है जिसके कारण अपरिमेय और अविभेद्य में परिमितता और भेद की विद्यमानता का स्पष्ट आभास होता है।" — परमहंस योगानन्दजी कृत *योगी कथामृत* में से।

करती है। ईश्वर केवल इसी छठी इन्द्रिय द्वारा जाने जा सकते हैं। ईश्वर चाहते हैं कि हम उन्हें जानें। इसलिए प्रत्येक व्यक्ति को अन्तर्बोध से सम्पन्न चाहते हैं।

तब प्रथम लक्ष्य है, शरीर और मन दोनों को स्थिर करना, जिससे कि अन्तर्ज्ञान की आवाज़ को सुना जा सके। हमारे गुरुदेव परमहंस योगानन्दजी ने हमें एकाग्रता और ध्यान की उन प्रविधियों को सिखाया है जिनके द्वारा शरीर व मन स्थिर किए जा सकते हैं, जिससे हम अनन्त ईश्वर के साथ सीधे संपर्क करने में समर्थ हो जाते हैं। तथापि, कितने ही लोगों ने मेरी विश्वव्यापी यात्राओं के दौरान मुझसे कहा, "आप तो भाग्यशाली हैं; आप ये सब कर सकती हैं, लेकिन मेरा भाग्य ही खराब है; ईश्वर मुझे उत्तर नहीं देते।" यदि ईश्वर उत्तर नहीं देते तो इसका कारण यह है कि भक्त ईश्वर के प्रति पर्याप्त ललक का अनुभव नहीं करता और उसने गहन ध्यान करना नहीं सीखा है। गुरुजी ने हमें बताया, "जब आप ध्यान के लिए बैठें तो आपको अपने मन को समस्त शारीरिक और मानसिक भार एवं अशांति से मुक्त रखने का प्रयास करना चाहिए। आपको देह बोध को तो भूल ही जाना चाहिए और आपको अपनी अहं-जनित इच्छाओं को भी भूल ही जाना चाहिए। सभी आध्यात्मिक मार्गों पर चलने वाले धार्मिक व्यक्तियों को ईश्वर से संपर्क करने के लिए इन महत्त्वपूर्ण निर्देशों का अभ्यास करना चाहिए। इसे कैसे किया जा सकता है? एकाग्रता की योग प्रविधियों के अभ्यास द्वारा।"

हमें गुरुजी द्वारा प्रशिक्षण मिला था, कि हम अपने कक्ष में एक कोना केवल ध्यान और ईश-चिंतन के लिए निर्धारित रखें। और हमें सिखाया गया था कि जैसे ही हम उस 'मंदिर' में शांति से बैठें, अपने मन से बाकी सभी विचार निकाल फेंके। मृत्यु के समय तो हमें ऐसा

करना ही पड़ेगा, है कि नहीं? जब मृत्यु आती है, तब उसी क्षण हमें अपने सारे काम-धंधे एवं व्यस्तता, जिन्हें हम इस संसार में बहुत महत्त्वपूर्ण समझते हैं, जैसे शरीर की देखभाल, जिसमें हमारा अधिकांश समय लगता है, छोड़ने पड़ते हैं। इसीलिए ईश्वर के प्रति हमारे कर्त्तव्य से अधिक इस संसार में और कुछ भी महत्त्वपूर्ण नहीं है क्योंकि यहाँ कोई भी कार्य ईश्वर से प्राप्त शक्ति के बिना पूर्ण नहीं किया जा सकता। इसलिए जब आप ध्यान के लिए बैठें अपने मन को, समस्त परेशान करने वाले विचारों से रिक्त कर दें। ऐसा किया जा सकता है, यदि आप एकाग्र होने की विधि सीख लें।

अगली बात यह है कि भक्त को विनम्रता का विकास करना चाहिए। जब तक हम स्वयं को भूलना नहीं सीखेंगे, हम अपनी चेतना को ईश्वर के विचारों से कदापि नहीं भर सकेंगे। मैं-मैं-मैं की चेतना समाप्त करनी ही होगी। हमें उस विनम्रता को सीखना और उसका अभ्यास करना चाहिए जिसका वर्णन भगवद्-गीता* में है—

सत्व-संशुद्धि, अहिंसा, सत्यं,
अक्रोधमं, त्यागः, शान्तिः,
दानं, अपैशुनं, दया,
अलोलुप्त्वमं, अचापलं, मार्दवं,
ह्री, तेजस, धृति, शौच, अद्रोहं,
नातिमानिता
हे राजकुमार भारत (अर्जुन)!
ये दिव्य गुण ईश्वरोन्मुख पुरुष की सम्पत्ति हैं।

हृदय, मन एवं आत्मा से स्वयं का समर्पण ही विनम्रता है। यह ईश्वर के चरणों में व्यक्ति का पूर्ण समर्पण है। इसका अभ्यास कैसे करें? उस भक्त की भाँति बनें जो कर्मयोग† के पथ का अनुसरण करता

* अध्याय XVI:2–3, सर एडविन अर्नोल्ड का अनुवाद, *The Song Celestial*।

† उचित कर्मों द्वारा ईश्वर से एकत्व।

है; अपने समस्त कर्मों के फलों को ईश्वर के चरणों में अर्पित करें। सदा इस विचार में रहे, "प्रभु, आप ही कर्त्ता हैं, मैं कुछ नहीं हूँ। आप वह प्रकाश हैं जो बल्ब में चमकता है; मैं तो केवल बल्ब हूँ।"

अगला कदम है, धैर्य का अभ्यास करना। जब हम ध्यान के लिए बैठें तो हमें पूर्ण रूप से समय की चेतना से ऊपर उठना चाहिए। चाहे हम केवल पाँच मिनट के लिए ही ध्यान करें, वे पाँच मिनट शत-प्रतिशत ईश्वर पर ही एकाग्रचित्त होने चाहिए। मन में किसी बाह्य वस्तु का विचार नहीं आना चाहिए, अपितु अन्तर् में गहन से गहनतर जाना चाहिए जब तक कि हमारी चेतना में शांति, आनन्द, व दिव्य प्रेम धीरे-धीरे उमड़ने न लगे।

आरंभ में हमें लक्ष्यों की थोड़ी-सी प्राप्ति पर भी संतोष कर लेना चाहिए। और जब आप ध्यान करें, तो आरंभ में बड़े-बड़े अनुभवों की आशा न करें। अन्तर में ईश्वर की छोटी-सी झलक से भी संतुष्ट रहें, जैसे कि आपकी चेतना को गहराई में प्रशाँति का एक भाव।

कुछ लोगों का गहन ध्यान न कर पाने का एक कारण यह है कि वे एक सुखद अनुभव पाने के लिए उत्तेजित रहते हैं और यदि ईश्वर से तुरन्त उत्तर नहीं मिल पाता तो वे हतोत्साहित हो जाते हैं। इस प्रकार ईश्वर हमारी परीक्षा लेते हैं। वे अपने भक्तों के समक्ष तब तक प्रकट नहीं होते, जब तक कि वे पूर्ण रूप से आश्वस्त नहीं हो जाते कि उनके प्रति भक्तों का प्रेम, उनके प्रति भक्तों की लालसा, निःशर्त है। जब वे जान जाते हैं कि हम उन्हें ही पाना चाहते हैं और उनके दिए छोटे-मोटे उपहारों से नहीं रिझाए जा सकते, तब वे ख़ुद को प्रकट करते हैं। गुरुजी प्रायः कहते थे, "हमें नटखट बालक की तरह होना चाहिए। जब बच्चा रोता है तो माँ उसे खिलौने दे देती है, इस आशा से कि बच्चा इससे संतुष्ट हो जाएगा और वह घर के कार्य कर सकेगी। परन्तु नटखट बालक को माँ जितनी बार खिलौने देती है, वह उन्हें उठा कर फेंक

देता है और माँ के लिए रोता रहता है। ऐसे बालक के लिए माँ को आना ही पड़ता है।" जगन्माता के साथ भी ऐसा ही है। जब तक वह देखती हैं कि हम किसी उपहार से संतुष्ट हैं, तो वह हमारे लिए खिलौने भेजती रहेंगी और स्वयं को दूर रखेंगी। परन्तु यदि हम अपनी भक्ति की निरन्तरता, अपने नि:शर्त प्रेम, अपनी विनम्रता तथा आत्म-समर्पण के द्वारा जगन्माता को अपने हृदय की सच्चाई का विश्वास दिला सकें, इस तरह गुहार लगाते हुए, "हे माँ! हम तुम्हारे खिलौनों से अब और संतुष्ट नहीं रह सकते; हम केवल तुम्हें चाहते हैं।" तब जगन्माता हमें प्रत्युत्तर देती हैं।

जब आप जल्दबाज़ी में अथवा अधीरता के साथ ध्यान करते हैं, तो आपके ध्यान का वास्तविक उद्देश्य, ईश्वर, जिससे आप उत्तर की प्राप्ति चाहते हैं, आपकी एकाग्रता के जाल से निकल भागता है। ध्यान में ईश्वर को प्राप्त करने का रहस्य है, अशांति, अधीरता और चिन्ता का त्याग करना।

ध्यान के फल

गहन ध्यान के क्या-क्या फल हैं? सर्वप्रथम, मनुष्य एक शांत व्यक्तित्व वाला बन जाता है। चाहे जीवन में कैसी भी कठिनाइयाँ क्यों न आएँ, उसको चेतना अपने अन्तर में आत्मा पर केन्द्रित रहती है। भगवान् कृष्ण ने अर्जुन को उपदेश दिया था कि उस परमतत्त्व के साथ एक हो जाओ जो अपरिवर्तनशील है। सृष्टि में एकमात्र अपरिवर्तनशील मूल-तत्त्व ईश्वर हैं। बाकी सब वस्तुएँ परिवर्तन के अधीन हैं क्योंकि वे ईश्वर के केवल स्वप्न-विचार हैं। आप और मैं कितने वास्तविक प्रतीत होते हैं, ये शरीर कितने यथार्थ लगते हैं, संपूर्ण जगत् एकदम स्थाई लगता है। तथापि यह प्रतीयमान वास्तविकता ब्रह्माण्डीय स्वप्नद्रष्टा (ईश्वर) का केवल घनीभूत विचार मात्र है। ईश्वर की तरह, जिस क्षण

हम अपने मन को संसार से परे ले जाएँ, उसी क्षण हमारे लिए इसकी विद्यमानता समाप्त हो जाती है। जिस क्षण हम अपने मन को अनन्त परमात्मा में लीन कर देते हैं, उसी क्षण से हमें अपनी आत्माओं की नैसगिक स्थिति का बोध होने लगता है कि हमारी आत्माएँ और कुछ नहीं, केवल परम पुरुष के ही लघु रूप हैं।

यदि ईश्वर प्रेम, शांति, ज्ञान और आनन्द हैं, तब उन्हीं के प्रतिरूप होने के नाते, हमारी भी वही प्रकृति है। किन्तु कौन स्वयं को इस रूप में जानता है? प्रत्येक रात्रि को, जब हम सो जाते हैं, तब प्रियतम प्रभु अपनी अनुकंपा से इस शरीर व इसकी समस्त चिन्ताओं और संतापों का विस्मरण करा देते हैं। परन्तु जब हम प्रातः काल जागते हैं, तो हम तुरन्त ही अनेक सीमितताओं, आदतों, मनोभावों और इच्छाओं से बंधा एक सीमित प्राणी होने की चेतना को फिर से धारण कर लेते हैं। जब तक हम इस प्रकार के बंधन में रहेंगे, हम स्वयं को आत्मा के रूप में नहीं जान सकते।

ध्यान ही वह एकमात्र साधन है जिससे हम सदा के लिए उन समस्त बाधाओं और गुप्त डोरियों को तोड़ सकते हैं, जो हमें भौतिक देह से बाँधे रखती हैं। और हमारे अन्दर ईश्वर की विद्यमानता का प्रथम प्रमाण यह है कि हम धीरे-धीरे पूर्ण आंतरिक शांति के एक महान् भाव को अनुभव करने लगते हैं।

जैसे-जैसे हम ध्यान में गहरे से गहरे उतरते जाते हैं, हमारी चेतना का विस्तार होने लगता है। तब इस तुच्छ देह को भूलने की, और परमात्मा को सभी प्राणियों में देखने को लालसा जाग्रत हो जाती है। हम दूसरों को मदद करना चाहते हैं और निःस्वार्थ भाव से मानवजाति की सेवा करने की इच्छा हममें जाग्रत हो जाती है।

जब कोई जीवन-भर नियमित रूप से ध्यान करता है, तो उसे अपने अंतर् में प्रेम के एक विशाल सागर का बोध होने लगता है।

ईश्वर के प्रति भक्ति हमें उस स्थिति तक पहुँचाती है जहाँ हम ईश्वर को उस सर्वव्यापी प्रेम के रूप में जान जाते हैं जो समस्त मानवीय प्रेम की अभिव्यक्तियों द्वारा अपने आप को प्रकट कर रहा है। ईश्वर से निःसृत होने वाले प्रेम के बिना, हम किसी से प्रेम नहीं कर सकते। ईश्वर से प्राप्त होने वाली शक्ति के बिना हम न तो सोच सकते हैं, न ही सांस ले सकते हैं। फिर भी हम उस प्रभु को अपने जीवन से बाहर निकाल देते हैं जिस पर हमारे अस्तित्त्व का प्रत्येक क्षण निर्भर है, और हम इस संसार को अपना समझ कर इसमें लिप्त रहते हैं।

ईश्वर समस्त प्राणियों का एकमात्र आधार हैं

आप कह सकते हैं : "तब क्या यह आवश्यक है कि मैं संसार को छोड़ दूँ और ईश्वर को खोजने के लिए किसी गुप्त गुफ़ा में चला जाऊँ?" बिल्कुल नहीं। इस संसार में जहाँ कहीं भी उन्होंने हमें रखा है, वहीं पर हमें उन्हें बुलाना है : निःस्वार्थता द्वारा, ध्यान के द्वारा, और अपने जीवन का हर पल उनके सान्निध्य में रहने के निरन्तर प्रयत्न द्वारा। संक्षेप में, जीवन और इसके समस्त क्रिया-कलापों को हमें ईश्वरोन्मुख करना चाहिए। ईश्वर ही वह एकमात्र आधार हैं। ईश्वर को अपने जीवन के समस्त क्रिया-कलापों से दूर रखने की अपेक्षा उन्हें अपने प्रियतम के रूप में चिंतन करते हुए अपने प्रत्येक कार्य में सम्मिलित कर लेना चाहिए — जैसे खाते, सोते, कार्य करते और अपने सभी प्रियजनों के साथ प्रेम करते हुए।

जब हम ईश्वर को सच्ची भक्ति को गहराइयों में खोजना सीखते हैं, तो उनसे प्रेम करना अत्यंत सरल हो जाता है। भक्ति और ध्यान के बिना ईश्वर को जाना ही नहीं जा सकता; परन्तु जब हम एक बालक की भाँति अपनी चेतना की गहराइयों में उन्हें मौन रूप से पुकारते हैं, तो उन्हें जानना अत्यंत सरल हो जाता है। प्रतिदिन, प्रत्येक व्यक्ति को गहन

ध्यान में संसार को भूलकर ईश्वर को पाने के लिए और उनके साथ अपने हृदय की भाषा में वार्तालाप करने के लिए कुछ समय अवश्य देना चाहिए। हमारे गुरुदेव हमसे प्रायः कहा करते थे, "इस विश्व की प्रत्येक वस्तु मेरे प्रियतम की है, परंतु फिर भी वह सर्व-ऐश्वर्य-सम्पन्न प्रियतम प्रभु कुछ खोज रहे हैं, कुछ पाने के लिए तड़प रहे हैं। वह "कुछ" आपका प्रेम है।" जब तक आप उनके पास वापस नहीं जाएँगे, तब तक आप कष्ट भोगते रहेंगे, और साथ-ही-साथ उन्हें भी कष्ट होता है, क्योंकि वे आपके प्रेम के लिए लालायित हैं।

अतः मानवजाति का एकमात्र लक्ष्य ईश्वर को प्राप्त करना और उन्हें पाकर समस्त ज़िम्मेदारियों एवं कष्टों से मुक्ति प्राप्त करना है। ऐसी मुक्ति में अद्भुत प्रेम का और प्रियतम प्रभु के साथ आनन्दमय एकत्व का अनुभव होता है। जीवन का यही लक्ष्य है। और इस लक्ष्य की प्राप्ति का मार्ग है — निष्काम गहन ध्यान।

जब आप ध्यान के लिए बैठें तो सब कुछ भूल जाएँ। भारत में अनेक साधकों ने दीर्घ एवं गहन ध्यान करने के लिए शमशान भूमियों का प्रयोग किया है, क्योंकि वहाँ सांसारिक जीवन की नग्न सच्चाई का स्मरण बना रहता है; सांसारिक जीवन का कोई अर्थ नहीं क्योंकि प्रत्येक व्यक्ति को — चाहे इस भौतिक जगत् में उसकी उपलब्धियाँ कुछ भी रही हों — एक दिन अपनी देह को मिट्टी के ढेर की भाँति छोड़ना ही पड़ता है। इसलिए, जब आप ध्यान के लिए बैठें, तब मन में यह सोचें, "मैं संसार के लिए मृत हूँ। में अपने परिवार के लिए मृत हूँ। मैं अपने समस्त कर्त्तव्यों के लिए मृत हूँ। मैं इन इन्द्रियों के लिए मृत हूँ। मैं प्रत्येक नश्वर वस्तु के लिए मृत हूँ। मेरे लिए केवल मेरे प्रियतम का ही अस्तित्त्व है।" इस चेतना के साथ गहनता से ध्यान करें और उन्हें पुकारें।

चूँकि मनुष्य ईश्वर की सर्वोत्तम रचना है, इसलिए यह आपका

अपना और प्रभु का अपमान है यदि आप अपना सारा ध्यान संसार की वस्तुओं पर लगाते हैं। जब तक आप यह सोचते हैं कि आप ईश्वर के लिए समय नहीं निकाल सकते, तो आप भी निश्चित रूप से यह जान लें कि उनके पास भी आपके लिए कोई समय नहीं है। वे सदा आपके निमंत्रण की प्रतीक्षा कर रहे हैं, लेकिन जैसा हमारे गुरुदेव कहते थे, "ईश्वर बहुत संकोची हैं। वे तब तक नहीं आएँगे जब तक कि वे यह न जान लें कि आप केवल उन्हें ही चाहते हैं।" इसीलिए आप अपने जीवन में एक खालीपन का अनुभव करते हैं; एक अनुपयोगिता और निरर्थकता का भाव। आप तब तक इस अभाव को अनुभव करते रहेंगे और कष्ट भोगते रहेंगे, जब तक कि आप माया के अपने स्वप्न से नहीं जाग जाते और यह अनुभव नहीं कर लेते कि प्रभु के बिना आपका कोई अस्तित्व नहीं है। जब आप यह समझ लेंगे कि केवल ईश्वर ही आपके हृदय को संतुष्ट कर सकते हैं, तब आप भी उनका मधुर उत्तर पाने लगेंगे, इससे पूर्व नहीं।

गीता* में भगवान् कृष्ण कहते हैं कि ध्यान का अल्पमात्र अभ्यास भी व्यक्ति की इस संसार में भयानक कष्टों से रक्षा करेगा। इसलिए ध्यान करना, आपकी दिनचर्या का उतना ही महत्त्वपूर्ण भाग होना चाहिए जितना कि भोजन करना। मनुष्य शरीर की देखभाल करने में बिल्कुल नहीं झिझकता; वह भोजन का ध्यान रखता है, कपड़ों का ध्यान रखता है, और शरीर को नियमित विश्राम भी देता है। लेकिन वह आत्मा की उपेक्षा क्यों कर देता है? वह शरीर नहीं है फिर भी उसका अधिकांश समय, परिश्रम, धन और ध्यान इस तुच्छ हाड़-माँस के घर की देखभाल में व्यय होता है, जिसमें वह केवल कुछ वर्षों के लिए ही निवास करता है। यह आत्मा का कितना बड़ा अपमान है!

* II:40।

इसमें कोई आश्चर्य नहीं कि मनुष्य इस संसार में दुःख भोगता है। वह कष्ट भोगने का अधिकारी है और वह तब तक कष्ट भोगता रहेगा जब तक वह इस भ्रमात्मक स्वप्न से स्वयं को झकझोर कर जगा नहीं लेता। मनुष्य को यहाँ केवल इसलिए नहीं रखा गया था कि वह जन्म ले, बड़ा हो, संतान उत्पन्न करे और मृत्यु को प्राप्त हो जाए। ऐसा तो पशु करते हैं। मनुष्य को श्रेष्ठ बुद्धि का, विवेक की शक्ति का और स्वतंत्र इच्छा-शक्ति का वरदान प्राप्त है। ईश्वर के अन्य किसी प्राणी के पास ये गुण नहीं हैं। इनकी उपेक्षा करना अथवा इनका दुरुपयोग करना मूर्खता है। हम पशु नहीं हैं, हम ईश्वर के प्रतिरूप में बने दिव्य प्राणी हैं और हम तब तक दुःख भोगते रहेंगे जब तक कि हम उन आध्यात्मिक गुणों को स्वयं में व्यक्त न कर लें, जो ईश्वर ने हमें प्रदान किए हैं।

भगवान् कृष्ण ने अपने प्रिय भक्त अर्जुन से कहा : "मेरे दुःखों के सागर से बाहर निकलो।"* मनुष्य फिर भी स्वयं के लिए यह सिद्ध करने का प्रयास कर रहा है कि यह संसार दुःखों का सागर नहीं है; परन्तु वह कदापि ऐसा नहीं कर पाएगा। कभी-कभी अवश्य हम यह अनुभव करते हैं कि हमने सुख रूपी पंछी को पकड़ लिया है, परन्तु दूसरे ही क्षण यह हमारे हाथ से निकल चुका होता है। आत्मा-रूपी उस दिव्य पंछी पर मन को एकाग्र क्यों नहीं करते जो देह रूपी पिंजरे में रहता है? प्रत्येक दिन इस पंछी का उस एक मात्र भोजन से थोड़ा-बहुत पोषण करते रहें, जिसके द्वारा यह जीवित रह सकता है— भक्तिमय ध्यान। हमें कहना चाहिए, "ओ मेरी आत्मा! तेरे पोषण के लिए मैं स्वार्थी बन प्रतिदिन कम-से-कम एक घण्टा अलग रखूँगा। उस एक घण्टे के लिए मैं संसार को भूल जाऊँगा।"

परमहंसजी के गुरु श्री श्री स्वामी श्रीयुक्तेश्वर गिरिजी इस भजन

* "हे अर्जुन! उन मुझमें चित्त लगाने वाले प्रेमी भक्तों का मैं शीघ्र ही मृत्युरूपी संसार समुद्र से उद्धार करने वाला होता हूँ" (श्रीमद्भगवद्गीता XII:7)। (परमहंस योगानन्दजी की गीता पर टीका *ईश्वर-अर्जुन संवाद : श्रीमद्भगवतगीता* से उद्धृत)

श्री दया माता, परमहंस योगानन्दजी के साथ
एसआरएफ़ आश्रम एंसिनीटस, केलिफ़ोनिया, 1939

"लगभग चालीस वर्ष पूर्व, जब से मैं अपने गुरु, परमहंस योगानन्दजी से मिली, इस आशा से कि वे मेरा जीवन जो मैंने उन्हें सौंप दिया था, उसे किसी भी प्रकार ईश्वर के लिए उपयोग कर सकें। और वास्तव में यह मेरा परस सौभाग्य रहा कि में अपना हृदय, अपना मन, अपनी आत्मा, अपना शरीर ईश्वर के चरणों में अर्पित कर सकी। ये वर्ष कितने आत्म-संतोष से भरे हुए रहे, ऐसा लगता था जैसे कि दिव्य प्रेम के झरने से मैं निरंतर अमृत पान कर रही हूँ। इसका श्रेय मैं स्वयं को नहीं दे सकती, यह केवल गुरुजी का ही आशीर्वाद था। इसी प्रकार का आशीर्वाद, वे हम सबको प्रदान करते हैं यदि हम स्वयं को इसे प्राप्त करने के लिए तैयार कर लें।"

एसआरएफ़ के यूरोपियन केन्द्रों के भ्रमण पर जाने की पूर्वसंध्या पर एक सत्संग, एसआरएफ़ अंतर्राष्ट्रीय मुख्यालय, लॉस एंजिलिस, अगस्त 1969

"इस क्रियाशील जगत् में, अन्य लोगों की भाँति कर्त्तव्यों से पूर्णतः मुक्त होने का मुझे भी कभी कोई अवसर नहीं मिला। किन्तु आरम्भ में ही मैंने यह तय कर लिया था कि प्रत्येक खाली क्षण को मैं केवल ईश्वर के साथ बिताऊँगी।"

को अत्यधिक पसन्द करते थे, जिसमें ईश्वर सांसारिक भ्रम के स्वप्न में सोए हुए अपने भक्त से कहते हैं :

"हे मेरे सन्त! जाग, अब तो जाग!
तूने न ध्यान किया, न मन एकाग्र किया,
और गवा दिया समय व्यर्थ बातों में।
हे मेरे सन्त! जाग, अब तो जाग!
मृत्यु होगी तेरे द्वार,
और न होगा वक्त तेरे पास,
करने आत्मा का उद्धार, हे मेरे सन्त!
जाग, अब तो जाग!"*

इसलिए अनवरत प्रार्थना करें, "हे आत्मा, अपने स्वप्न से तू जाग। जाग, अब और न सो! जाग, अब और न सो!"

यह कहा जाता है कि सन्त और पापी में केवल एक ही अंतर् होता है। सन्त भी उन्हीं परीक्षाओं से गुज़रा है, परन्तु उसने हार नहीं मानी। अपने अंतर् में निरंतर ईश्वर का नाम जपते रहें, अन्यमनस्क भाव से नहीं, अपितु जिस प्रकार हमारे गुरुजी ने हमें सिखाया, "जिस क्षण आप अन्तर् में प्रभु के नाम का उच्चारण करें, अपने संपूर्ण विचार और भक्ति को उसी ओर प्रवाहित होने दें।" अपने परम प्रियतम के लिए सदा गुनगुनाते रहें, "क्या वह दिन आएगा, जब तुम्हारा नाम लेते ही मेरा सर्वस्व प्रेम से प्रज्ज्वलित हो जाएगा?"

जब वह समय आ जाता है, तो भक्त अपने जीवन का एक नया ही अर्थ पाता है। यह एक आनन्दमय अनुभव बन जाता है। जहाँ कहीं भी वह देखता है, अपने प्रियतम की झलक पाता है और कठिन परिस्थितियों में भी, जैसे कि गुरुजी ने कहा, "टूटते हुए संसारों के

* परमहंस योगानन्दजी द्वारा रचित, भगवान् के भक्ति गीतों की एक पुस्तक, *Words of Cosmic Chants* से।

विध्वंस के बीच भी अविचलित खड़े रहना सीख लेता है।" वह अनुभव करता है, "मैं आत्मा हूँ; अग्नि मुझे जला नहीं सकती, तलवार मुझे काट नहीं सकती, जल मुझे डुबो नहीं सकता। अहं ब्रह्मास्मि।"

इस प्रकार का जीवन जीना, उस मुक्ति को प्राप्त करना है जहाँ आप किसी भी वस्तु से बाँधे नहीं जा सकते। जीवन के समस्त अनुभवों के बीच भी आप पाएँगे कि आप अपने प्रियतम प्रभु की प्रेममयी बाहों में सुरक्षित हैं।

मानव क्षमता की विस्तृत होती सीमाएँ

सेल्फ़-रियलाइज़ेशन फ़ेलोशिप आश्रम,
एन्सिनीटस, कैलिफ़ोर्निया, 18 मई, 1963

मनुष्य हमेशा से ही जीवन में विकास के लिए प्रयास करता आया है। भौतिक एवं मानसिक विकास द्वारा वह अज्ञात अनन्त की दूर-अति-दूर तक खोज कर रहा है। पृथ्वी की परिक्रमा करने वाले वायुयानों में तथा अंतरिक्ष में अधिक-से-अधिक दूर तक जाने वाले अंतरिक्षयानों में उड़ान भरकर, और समुद्रों की गहराइयों तक पहुँचकर वह भौतिक रूप से अनन्त की खोज कर रहा है। और विज्ञान को व्यावहारिक जीवन में अपनाकर, तथा कंप्यूटर जैसे अद्भुत यंत्रों के आविष्कार द्वारा वह मानसिक रूप से अपना विकास कर रहा है। हर दिन नई-नई सम्भावनाओं के मार्ग खुल रहे हैं और मनुष्य अपनी उपलब्धियों के साथ गति बनाए रखने के लिए अपनी मानसिक क्षमता को विस्तारित करने के लिए बाध्य है। हमारे पूर्वजों के समय की तुलना में, आज मनुष्य के मस्तिष्क से कितना अधिक कार्य अपेक्षित है।

मनुष्य की आध्यात्मिक प्रवृत्ति भी विस्तार के द्वारा रूपान्तरित हो रही है। वह उस रहस्य की खोज अधिक गहराई से कर रहा है जिसे कुछ लोग ईश्वर, ब्रह्म, या अल्लाह या फिर अन्य श्रद्धायुक्त नामों से पुकारते हैं — जो दिव्य है, सर्वव्यापी है, सर्वज्ञ है, प्रेमपूर्ण है, आनन्दपूर्ण है और जो हमारा स्रष्टा और पालनकर्ता है। केवल कोरा विश्वास नहीं बल्कि ईश्वरानुभूति आज के जिज्ञासुओं की माँग है।

यह रुझान मुझे और भी विश्वास दिलाता है कि परमहंस योगानन्दजी की संस्था, सेल्फ़-रियलाइज़ेशन फ़ेलोशिप [योगदा सत्संग सोसाइटी ऑफ़ इण्डिया] को केवल पश्चिम में ही नहीं, अपितु विश्व-भर में एक अतिविशिष्ट भूमिका निभानी है। परमहंसजी की कृति *योगी कथामृत*

(एक योगी की आत्मकथा) एवं *सेल्फ़-रियलाइज़ेशन फ़ेलोशिप [योगदा सत्संग] पाठमाला** में तेज़ी से बढ़ती हुई विश्वव्यापी रुचि मेरी इस बात की पुष्टि करती है।

सेल्फ़-रियलाइज़ेशन के अनुयायिओं की इस कार्य में एवं इस संसार में एक विशेष भूमिका है। उनका सर्वोच्च उत्तरदायित्व है, स्वयं की मुक्ति एवं अन्य व्यक्तियों के ज्ञानोदय के लिए सत्य का जीवन्त उदाहरण बनना। यदि कभी-कभी आपको ऐसा लगता है कि आप इस पथ पर प्रगति करने की अपेक्षा रुक गए हैं तो भी निराश न हों। और अधिक प्रयास करें। जब परमहंस योगानन्दजी हमारे साथ थे वे केवल एक ही कर्त्तव्य पर बल देते थे : वह है, आत्मानुभूति द्वारा अपना आत्मसुधार। भले ही हमारे मन्दिर लाखों लोगों से भरे क्यों न हों, जब तक उन अनुयायिओं में गुणात्मक आध्यात्मिक विकास नहीं होता, तब तक इस प्रकार की संस्था हमारे गुरुदेव के हृदय को स्पर्श नहीं कर पाएगी। उन्हें अनुयायिओं की भारी भीड़ में कोई रुचि नहीं थी जब तक कि वे सच्चे ईश्वरान्वेषी आत्माओं के समूह न थे। जो भी उनके पास आता था उसके लिए उनकी महानतम रुचि, एकमेव रुचि, थी कि आत्मा और परमात्मा के बीच दिव्य संबंध को सचेतन रूप से जानने में वे उसकी सहायता करें। यह संबंध पहले से ही है : एक सद्गुरु की भूमिका है भक्त को उसकी आत्मा एवं ब्रह्माण्ड के रचयिता, अर्थात् ईश्वर, के साथ एकात्मता का सचेतन रूप से बोध कराने में सहायता करना।

* परमहंस योगान्दजी की योग शिक्षाएँ जो संपूर्ण विश्व में शिक्षार्थियों को भेजी जाती हैं। ये सभी सत्यान्वेषियों के लिए उपलब्ध हैं। भारत में ये शिक्षाएँ *योगदा सत्संग पाठमाला* के नाम से जानी जाती हैं। (पृष्ठ 314 देखें।) इन पाठों में परमहंसजी द्वारा सिखाई गई योग की ध्यान प्रविधियाँ हैं। इसके अतिरिक्त इन पाठों में उन सार्वभौमिक नियमों को भी समझाया गया है, जो संपूर्ण प्राणी-जगत् पर लागू होते हैं; और यह भी स्पष्ट किया गया है कि मनुष्य अपने परम हित के लिए इन्हें कैसे अपना सकता है।

मैं जब इन सर्वोच्च सिद्धान्तों पर विचार करती हूँ तो मैं गुरुदेव का कार्य करने के लिए उत्साह से भर जाती हूँ, तथा दिन और रात ईश्वर की दिव्य चेतना में मतवाली होने के लिए तो और भी अधिक उत्साहित हो जाती हूँ। केवल वे ही सत्य हैं। इस संसार में केवल वे ही एकमात्र अपरिवर्तनशील एवं शाश्वत हैं।

यदि आप संपूर्ण जगत् को प्रसन्न कर लें, जिससे कि प्रत्येक व्यक्ति आपके चरणों में हो, तो इससे क्या? यदि आपके पास समस्त ऐश्वर्य है, जो संसार प्रदान कर सकता है, तो भी क्या? प्रत्येक वस्तु जो हम बाहरी संसार में खोजते हैं, अंततः उससे हमारा दिल भर जाता है और हमारा मन ऊब जाता है। एकमात्र अनुभव जो परिपूर्णता देता है, पूर्ण संतोष देता है, जो कभी भी अतितृप्त नहीं कर सकता अथवा उबाऊपन नहीं दे सकता, वह है, नित्य-नवीन, नित्य-आनन्दमय प्रभु के साथ संपर्क।

संसार के लोग ईश्वर की आवश्यकता का अनुभव कर रहे हैं और उनकी ओर मुड़ेंगे। विश्व जितना अधिक उत्पीड़ित होगा, उतना ही अधिक हम अनुभव करेंगे कि हम प्रभु के बिना नहीं रह सकते। मुझे सन् 1939 के प्रारंभ का समय याद है, जब संसार घृणा और युद्ध की बढ़ती हुई आवाज़ों से प्रतिध्वनित हो रहा था। उस समय मेरी आन्तरिक पीड़ा बहुत ज्यादा थी। मैं युद्ध से बढ़कर अविवेकपूर्ण और कष्टप्रद, अन्य किसी की कल्पना ही नहीं कर सकती — मुझे ऐसी पीड़ा होती थी मानो ये सारे घाव मुझमें ही हों। कोई भी व्यक्ति जो संवेदनशील हो, जिसे दूसरे के प्रति सहानुभूति अथवा दया हो, ऐसा ही अनुभव करता है। जब कभी हम गुरुजी के साथ अपने एंसिनीटस आश्रम और माउण्ट वॉशिंग्टन* के बीच मोटर गाड़ी में यात्रा करते थे, और सड़क के एक

* लॉस एंजिलिस में सेल्फ़-रियलाइज़ेशन फ़ेलोशिप के अंतर्राष्ट्रीय मुख्यालय के स्थान के लिए प्रायः प्रयुक्त नाम।

ओर खड़े नवयुवक सैनिकों को गाड़ी में बैठा लेने के लिए पूछते हुए देखते थे, तो मेरे मन में यही विचार आता, "तुम में से हर कोई किसी-न-किसी का पुत्र है।" एक दिन परमहंसजी ने मुड़कर मेरे चेहरे पर पीड़ा को देखा, और उन्होंने मेरे मन की बात जान ली। कार भरी हुई नहीं थी, अतः उन्होंने कहा, "एक मिनट रुको।" सड़क के एक ओर दो एकदम युवा लड़के थे। उन्होंने उनसे पूछा, "क्या तुम हमारे साथ गाड़ी में चलोगे?" मैं कभी भी नहीं भूल सकती कि गुरुजी ने उनके साथ कितना मधुर व्यवहार किया। एक छोटी-सी बात, परंतु इसने मेरी व्यथा को कम कर दिया।

इस युद्ध के दौरान परमहंसजी ने कहा, "ऐसा प्रतीत होता है कि संसार पीछे की ओर जा रहा है" और ख़ुद को घृणा के द्वारा नष्ट कर लेगा। परंतु यह निश्चित रूप से जान लो : संसार उन्नति की ओर बढ़ रहा है, निरंतर रूप से विकसित हो रहा है और अच्छा ही होता जा रहा है।

काली पृष्ठ-भूमि पर सफेद रंग स्पष्ट दिखाई देता है। उसी प्रकार बुराई रूपी पृष्ठ-भूमि पर अच्छाई स्पष्ट रूप से दिखाई देती है। ईश्वर का प्रकाश घोर अन्धकार की पृष्ठ-भूमि पर अधिक सुस्पष्ट चमकता है। क्या जीसस क्राइस्ट के समय में भी यह सत्य नहीं था? भगवद्गीता* द्वारा यह उद्घोषित है कि जब-जब संसार अज्ञान रूपी अंधकार से भर जाता है, तो ईश्वर अपने सन्तों में से किसी एक सन्त को धरती पर भेजते हैं जो सदाचार को फिर से स्थापित करने के लिए मानव को उसकी चेतना का उत्थान करने का मार्ग दर्शाता है।

ईश्वर की अनुभूति विश्व-एकता लाएगी

सेल्फ़-रियलाइज़ेशन फ़ेलोशिप [योगदा सत्संग सोसाइटी ऑफ़

* IV:7–8।

इण्डिया] सभी धर्मों, सभी जातियों, एवं समस्त व्यक्तियों के प्रति आदर एवं प्रेम की शिक्षा देता है क्योंकि ईश्वर एक हैं और उनकी चेतना में बने होने के कारण उनकी संतान में आपस में एकता होनी ही चाहिए। ईश्वर के प्रति हमारी धारणा नहीं अपितु ईश्वर के बारे में हमारा अपना अनुभव ही हमें आत्म-साक्षात्कार तथा विश्व-एकता प्रदान करेगा। हमारे शरीर के काले, भूरे, पीले, लाल अथवा सफेद रंगों में ईश्वर की बिल्कुल भी रुचि नहीं है। ईश्वर, जिन्होंने हमें अपने प्रतिरूप में बनाया है, यह देखना चाहते हैं कि हम उनके विभिन्न रंग-रूपों के प्रति कैसे व्यवहार करते हैं। क्या आपको नहीं लगता कि इनमें कोई भेद नहीं है? कि रंग, जाति, तथा धर्म व्यक्ति के अन्दर ईश्वर की दिव्य आत्मा की छवि को परिवर्तित नहीं करता?

हमें इन पूर्वाग्रहों को नष्ट करने के लिए संघर्ष करना चाहिए, जो मन और चेतना को संकुचित करते हैं और हमारे अंतर् में स्थित ईश्वर को कष्ट पहुँचाते हैं। यह सच है कि हम अपनी अदूरदर्शिता के लिए ईश्वर को आंशिक रूप से दोषी ठहरा सकते हैं। हम उनसे कह सकते हैं, "प्रभु , यह आप ही हैं जिन्होंने मनुष्यों के मन में विभाजन का यह विचार डाला है, क्योंकि यदि आपने यह विचार पहले स्वयं न सोचा होता तो वे इसके विषय में सोच ही नहीं सकते थे। मनुष्य आपकी सृष्टि-स्वप्न के एक अंश से अधिक और कुछ नहीं है।" प्रत्येक वस्तु ईश्वर की ही है; अतः सर्वोच्च भाव में बुरी शक्ति भी उनका एक उपकरण है। बुराई अथवा माया, ब्रह्माण्डीय भ्रान्ति है जिसकी परछाइयाँ ईश्वर के रचनात्मक प्रकाश को एक चलचित्र की भाँति असंख्य व्यक्तिगत आकारों में रूपान्तरित करती हैं। माया के बिना कोई सृष्टि ही नहीं होती। आध्यात्मिक दृष्टिकोण से बुराई अंधकार का एक रूप है जो सृष्टि में सर्वत्र विद्यमान ईश्वर के निष्कलंक प्रकाश को छिपा देता है या

उसका रूप बिगाड़ देता है।

सृष्टि का उद्देश्य क्या है? परमहंसजी ने हमें बताया कि यह ईश्वर की लीला या दिव्य खेल है। इसे इतना अधिक महत्त्व न दें। उनकी लीला में इतने लीन न हो जाएँ कि आप उन्हें ही भूल जाएँ जिन्होंने यह लीला रची है, जो इनका मूल तत्त्व है।

संसार से मनुष्य की निकटता ही उसे अंधा बना देती है

यदि आप एक आँख बंद कर लें और दूसरी आँख के बहुत करीब एक सिक्के को लाएँ, तो आप उसके परे संसार को नहीं देख सकते; वह छोटा-सा सिक्का आपकी पूरी दृष्टि को ढक देता है। यदि आप अपनी आँख के सामने से सिक्के को हटा देते हैं, तो देखते हैं कि संसार कितना विशाल है। ऐसा ईश्वर के साथ भी है। जब आप संसार में अत्यधिक लिप्त हो जाते हैं तो आपको इसके अतिरिक्त और कुछ दिखाई नहीं देता और आप ईश्वर को नहीं देख पाते। वेचैनी, चिंता, भय, असुरक्षा और अनिश्चितता से ग्रसित होकर आप ईश्वर के अस्तित्त्व की कल्पना करना भी आरंभ नहीं कर पाते।

जब आप इस संसार रूपी सिक्के को अपने से दूर कर देते हैं, केवल तभी आप ईश्वर की विशालता को सृष्टि में एवं सृष्टि से परे देख सकते हैं। और केवल तभी आप जगत् को इसके सच्चे स्वरूप में देखते हैं। आपको अपनी दृष्टि के ठीक सामने उस प्रभु को रखना होगा, जो सबसे अधिक महत्त्वपूर्ण हैं। जब हम अपने जीवन में ईश्वर को प्रथम स्थान देते हैं तब बाकी सब चीज़ें अपनी सही जगह पर आ जाती हैं।

इसी कारण क्राइस्ट ने कहा था, "परंतु सर्वप्रथम तुम्हें ईश्वर का साम्राज्य खोजना चाहिए; और ये सब वस्तुएँ तुम्हें प्राप्त हो जाएँगी।*"

* *लूका* 12:31 (बाइबिल)।

यह वही संदेश है जिसे परमहंसजी सभी से बार-बार जोर देकर अपनाने के लिए कहते थे। प्रत्येक मानव किसी-न-किसी वस्तु की आवश्यकता अपने हृदय में महसूस करता है। हमें ईश्वर की आवश्यकता है; हमें एक अपरिवर्तनशील सत्ता के सहारे की आवश्यकता है जो हमें विशेष समस्याओं, अनुभवों, परीक्षाओं, एवं घटनाओं, जिन्हें हम स्वयं आकर्षित करते हैं, का सामना करने की शक्ति प्रदान करे। आप के साथ जो भी कुछ होता है इसके लिए कभी अन्य किसी को दोष न दें। अपितु स्वयं को दोष दें; परंतु स्वयं को दण्डित न करें क्योंकि ऐसा करना ग़लत है। और कभी भी ख़ुद पर तरस न खाएँ, क्योंकि यह भी ग़लत है। सदा स्मरण रखें: आप ईश्वर की संतान हैं और ध्यान ही वह विधि है जिसके द्वारा आप अनुभव कर सकते हैं कि आप उनके अपने हैं।

हम कौन हैं, इसका निरंतर प्रतिज्ञापन करना ही ध्यान है। जब हम ध्यान करने के लिए बैठते हैं, हम प्रतिज्ञापन कर रहे होते हैं : "मैं आत्मा हूँ ईश्वर और मैं एक हैं।" जब आप आत्मानुभूति की ध्यान की प्रविधियों का अभ्यास करते हैं, तो आप अपने सच्चे स्वरूप का स्मरण करने का प्रयास कर रहे होते हैं। किसी भी अन्य अभ्यास की तरह आप जितना अधिक ध्यान का अभ्यास करेंगे, उतना ही अधिक उसमें कुशल बनेंगे, उतना ही अधिक आपको इससे लाभ प्राप्त होगा; और उतना ही अधिक आप अपनी दिव्य विरासत का स्मरण रखेंगे एवं अभिव्यक्त करेंगे। ध्यान का महत्त्व और मूल्य इसी में निहित है कि यह आपको अपनी आत्मा के स्वरूप की परम अनुभूति कराने का अटूट वचन देता है।

केवल मन्दिर में जाना ही पर्याप्त नहीं है; सेल्फ़-रियलाइज़ेशन फ़ेलोशिप के मन्दिरों में दिए गए अद्भुत प्रवचनों को सुनना ही पर्याप्त नहीं हैं। उपदेश उत्तम होते हैं : इनको सुनना महत्त्वपूर्ण है। यदि हो सके तो आपको सत्संगों में नियमित रूप से जाना चाहिए। परन्तु, इसके अतिरिक्त

प्रतिदिन ईश्वर-उपस्थिति का नियमित अभ्यास अवश्य करना चाहिए, प्रतिदिन गहन ध्यान में प्रभु के साथ संपर्क बनाना चाहिए, प्रतिदिन अपनी समस्याओं को उनके समक्ष रखना चाहिए।

ईश्वर को खोजने के लिए जीवन द्वारा बाध्य किए जाने की प्रतीक्षा में न रहें

मैं समझ नहीं पाती हूँ कि संसार बिना ईश-संपर्क के जीवित कैसे रहता है। ऐसा भी हो सकता है कि संसार को इतनी बुरी तरह मार खानी पड़े कि वह ईश्वर के विषय में सोचने पर बाध्य हो जाए। परंतु यह भी ठीक ही होगा, क्योंकि अगर ऐसा होकर भी हम ईश्वर के सम्मुख पहुँच जाते हैं तो अन्ततोगत्वा इससे कोई अंतर् नहीं पड़ता कि हमने किस कारणवश ईश्वर के समक्ष अपने घुटने टेके हैं।

अतः आपके साथ कुछ भी घटित हो, उससे दुःखी न हों। अपने जीवन की किसी भी परिस्थिति से पराजित अनुभव न करें। सदैव यह विचार बनाए रखने का प्रयत्न करें, "प्रभु, मुझे विश्वास है कि कोई भी परीक्षा अथवा अनुभव आपकी अनुमति के बिना मुझ तक नहीं आता। मैं जानता हूँ कि आपके आशीर्वाद से जो कुछ भी होगा उसका सामना करने की शक्ति मेरे अंदर है।" जब आपको अपना कार्य अतिमानवीय ही क्यों न प्रतीत हो, तो भी स्मरण रखें कि प्रभु आपकी चेतना रूपी रबर के फीते को खींच कर बड़ा कर रहे हैं, और इसकी शक्ति की अनन्त क्षमता को विस्तृत कर रहे हैं।

विश्वास और समर्पण की इस प्रवृत्ति के द्वारा व्यक्ति संसार में इस एक विचार के सहारे जीना सीखता है, "प्रभु आप, आप, आप केवल आप ही।" भक्त स्वयं को प्रभु के एक अंश के रूप में इस भाँति देखता है कि वह अपने सभी अनुभव ईश्वर के साथ जोड़ देता है। चाहे वह

संसारी कार्यों में फँसा हो, अपने कार्यालय में व्यस्त हो, अथवा अपने पति, पत्नी या बच्चों के प्रति प्रेम को दर्शा रहा हो, वह अनुभव करता है कि यह सब ईश्वर है — ईश्वर के द्वारा, ईश्वर के लिए।

जब व्यक्ति की भावना इतनी पवित्र हो जाती है कि वह पति, पत्नी, बच्चों, भाइयों और बहनों के साथ अपने संबंध में ईश्वर को ही देखने का प्रयत्न करता है, और यह जान जाता है कि प्रत्येक संबंध में ईश्वर की प्रकृति के नए पहलू को देखना संभव है, तो वह पाता है कि वह अपने प्रियतम प्रभु की चेतना में ही जीता है, चलता-फिरता है, और उसका अपना अस्तित्त्व भी उसी में है।

जीवन का यही उद्देश्य है, और यही प्रत्येक मानव का लक्ष्य है। जब हम जीवन में आए समस्त अनुभवों में ईश्वर की चेतना को दृढ़ता से पकड़े रहते हैं तो हम स्वयं को और हमारे चारों ओर प्रत्येक व्यक्ति को संपूर्ण अनन्त ब्रह्म के एक अंश के रूप में देखते हैं। तब मुक्ति हमारी ही है।

हमारी दैवी नियति

भारत, दिनांक व नगर अज्ञात

मनुष्य को एक दिव्य नियति पूरी करनी है, लेकिन कुछ ही व्यक्ति ऐसे हैं जो अपने इस मानव जन्म का लक्ष्य जानते हैं, और उनमें से भी थोड़े बहुत ही ऐसे हैं जो पूरी लगन के साथ उस लक्ष्य के लिए प्रयास करते हैं। एक साधारण मनुष्य का जीवन शारीरिक आवश्यकताओं की पूर्ति में, तथा मौजूदा परिस्थितियों द्वारा थोपी गई जिम्मेदारियों को पूरा करने में ही व्यतीत हो जाता है। साधारण व्यक्ति इसी तरह जीता है और मर जाता है, इस बात से पूर्णतः अनभिज्ञ कि वह कहाँ से आया है, यहाँ क्यों है, और उसे कहाँ जाना है।

विश्व के महान् धर्मशास्त्रों का कहना है कि मनुष्य परमात्मा की सबसे उत्कृष्ट कृति है, और वह वास्तव में अपने स्रष्टा के प्रतिरूप में बनाया गया है। क्या ईश्वर का यह प्रतिरूप रोग से ग्रसित होने वाला तथा मृत्यु के आगे लाचार हाड़-मांस का एक शरीर है? माया के आवरण में ढकी एवं बदलती मनोवृत्तियों और भावनाओं से प्रभावित होने वाली एक प्रज्ञा है? यह उस महान् शक्ति का प्रतिरूप नहीं हो सकता जिसने ब्रह्माण्ड की जटिलताओं की सृष्टि की है और जो इन्हें यथावत् बनाए रखती है। तब कहाँ है वह दिव्य प्रतिरूप, जिसमें मनुष्य को कथित रूप से रचा गया है?

मनुष्य का अस्तित्त्व त्रिस्तरीय है। उसकी एक देह है, लेकिन वह स्वयं वह देह नहीं, जो माँग करती है, कष्ट भोगती है और मृत्यु को प्राप्त हो जाती है। उसका एक मन है, परंतु स्वयं वह मन नहीं है जो ब्रह्माण्डीय भ्रम के माया-जाल द्वारा पथभ्रष्ट हो जाता है। उसका वास्तविक स्वरूप *अविनाशी आत्मा* है, जो नश्वर देह-रूपी मन्दिर में

अदृश्य रूप में निवास करती है। यह आत्मा ही मनुष्य में ईश्वर का प्रतिरूप है — वह परिपूर्ण प्रतिरूप, जिसके दैवी गुण हैं प्रेम, ज्ञान, सर्वशक्तिमत्ता और शाश्वत आनन्द।

ईश्वर का वह शिशु अज्ञानी है जो अपने अन्तर के दिव्य प्रतिरूप का पतन होने देता है, और इस तरह भौतिक चेतना के दोषों से उस प्रतिरूप को इतना विकृत कर देता है कि वह फिर पहचानी ही नहीं जाती। ऐसा करके, मनुष्य अपनी वास्तविक प्रकृति के विरुद्ध जीवन जीता है। यही कारण है कि वह कभी भी पूर्णतया संतुष्ट नहीं होता, और उसके अंतरतम में कुछ और की चाह बनी ही रहती है, जो उस मायावी अज्ञात वस्तु की खोज में उसे इस पथ से उस पथ पर ढकेलती रहती है।

वह "कुछ और" जिसे मनुष्य खोज रहा है, वह वास्तव में ईश्वर है : वह परमात्मा जो हृदय की धड़कन के ठीक पीछे है; वह दिव्य प्रेम जो परिवारजनों, मित्रों और प्रियतम के लिए हमारे प्रेम के विभिन्न रूपों में संचारित होता है; वह आनन्द जो प्रसन्नता की सभी ज्वालाओं को प्रज्ज्वलित करता है; वह सर्वज्ञ ज्ञान जो तुच्छ मानव मन के विचारों के ठीक पीछे आसीन है। निकटतम से भी निकट वह दिव्य शक्ति है जिसने मनुष्य को जीवन दिया है, और वही शक्ति मनुष्य के अस्तित्त्व को अर्थ एवं परिपूर्णता प्रदान कर सकती है।

मनुष्य की नियति है ईश्वर को जानना

तब मनुष्य की दिव्य नियति है ईश्वर को जानना, और यह अनुभव करना कि उसकी प्रतिमूर्ति नश्वर देह-रूपी मन्दिर और मन में निवास करती है। आत्मा के साक्षात्कार द्वारा ईश्वर को अपने अन्तर में पाकर, हम प्रियतम परमेश्वर को सृष्टि की समस्त अभिव्यक्तियों में और उनके निराकार स्वरूप, सत्-चित्-आनन्द : अर्थात् अविनाशी, नित्य-चेतन,

नित्य-नवीन आनन्द के रूप में देखते हैं। जब हमारे अंतर् में स्थित ईश्वर के प्रतिरूप को यह महान् ज्ञानोदय हो जाता है कि वह उस सर्वशक्तिमान, सर्वज्ञ तथा सर्वव्यापी परमेश्वर का प्रतिरूप है तब मनुष्य को इससे अधिक और क्या चाहिए? तब और किस प्रेम के लिए उसका हृदय लालायित होगा, कौन-सी उपलब्धि उसकी पहुँच से परे होगी, और कौन-सा आनन्द उससे बच कर रह सकेगा? व्यक्ति को अनुभव करना होगा कि वह स्वयं ही समस्त प्रेम, आनन्द और पूर्णता के स्रोत का प्रतिबिम्ब है।

राजयोग* आत्म-साक्षात्कार एवं आत्मा का परमात्मा के साथ पुनर्मिलन का मार्ग बताने वाला एक प्राचीन विज्ञान है। ध्यान में, हम उस विस्मृत दिव्य विरासत को पुनः प्राप्त करते हैं जो कि ब्रह्माण्डीय सृष्टिकर्ता की संतान होने के नाते हमारी अपनी है। प्रत्येक वस्तु जो परम पिता की है, उनकी संतान होने के नाते, हम भी उसे प्राप्त कर सकते हैं, जब हम उनके साथ अपने सच्चे संबंध को पुनः स्थापित कर लेते हैं। समस्त प्रयत्नों एवं इच्छाओं के पीछे सुख ही वह खज़ाना है जिसे हम खोज रहे हैं। जो ध्यान के मार्ग का निष्ठापूर्वक अनुसरण करता है उसे इस सत्य की अनुभूति होने लगती है : "मैं आनन्द से आया हूँ, आनन्द में ही रहता हूँ, विचरण करता हूँ, और अस्तित्त्व रखता हूँ, और उस पवित्र आनन्द में ही एक दिन मैं फिर से लीन हो जाऊँगा।"

जो इस आनन्द को जानना चाहता है उसे पृथ्वी पर अपने जीवन की दिव्य नियति को पूरा करने का भरसक प्रयास करना ही चाहिए। उसे अपने सच्चे स्वरूप एवं अपनी आत्मा और परमात्मा के बीच संबंध को पुनः खोजने के लिए स्वयं को समर्पित कर देना चाहिए। उसे संसार

* ईश्वर समस्वरित का राजमार्ग अथवा उच्चतम पथ। राजयोग अन्य सभी योग मार्गों के सार को सम्मिलित करता है। राजयोग का मानना है कि वैज्ञानिक ध्यान प्रविधियाँ ईश-प्राप्ति के चरम साधन हैं और इस मार्ग में इन प्रविधियों पर बल दिया जाता है।

में अपने उत्तरदायित्वों से भागने की आवश्यकता नहीं; परंतु प्रत्येक दिन के चौबीस घंटों में से वह निश्चित रूप से एक घंटा तो ईश्वर को खोजने के लिए दे ही सकता है। हमारे महान् गुरुओं* द्वारा सिखाई गई ध्यान-योग की प्रविधियों का कुछ मिनटों का समर्पित दैनिक अभ्यास भी किसी भक्त के प्रयास की गहराई एवं निरंतरता के अनुसार उस सच्चे भक्त को परम आशीर्वाद प्राप्त करने के योग्य बना देगा। जैसे-जैसे हम ईश्वर के समीप होते जाते हैं और अधिक-से-अधिक अपने सच्चे स्वरूप को व्यक्त करते जाते हैं, वैसे-वैसे जीवन का दृष्टिकोण अपने आप बदलता जाता है। यहाँ तक कि कठिनाइयाँ भी ईश्वर के वरदहस्त की छाया के रूप में दिखाई देने लगती हैं। उद्देश्य और निर्देशन की अधिक शक्ति हमारे सब कार्यों को पहले से अधिक प्रेरित करती हैं। सबसे बड़ी बात यह है कि शांति और आनंद हमारे अस्तित्व का केन्द्र बन जाते हैं — आन्तरिक आनंद का एक केन्द्र बिंदु जिसके चारों ओर हमारे सभी विचार और अनुभव घूमते हैं।

हमें एक दिन अपने अस्तित्व के स्रोत तक वापस पहुँचना ही है। माया जगत् में अपने प्रवास की अवधि को क्यों बढ़ायें? भगवान् कृष्ण ने अपने प्रिय शिष्य अर्जुन से कहा, "मेरे दुःखों एवं कष्टों के सागर से बाहर निकलो।" आइये, महान् गुरुओं का अनुकरण करके हम भी "बाहर निकलें।" आज से ही हम अपने जीवन के निर्दिष्ट दैवी लक्ष्य को प्राप्त करने का प्रयास करें। आइये, हम आत्मानुभूति की खोज करें; हम ईश्वर की खोज करें; आइये, हम उसे पा ही लें!

* योगदा सत्संग सोसाइटी ऑफ़ इण्डिया/सेल्फ़-रियलाइज़ेशन फ़ेलोशिप के ईश्वर-प्राप्त गुरुओं की परम्परा : महावतार बाबाजी, लाहिड़ी महाशयजी, स्वामी श्रीयुक्तेश्वरजी, एवं परमहंस योगानन्दजी हैं।

भक्त के गुण

सेल्फ़-रियलाइज़ेशन फ़ेलोशिप अंतर्राष्ट्रीय मुख्यालय, लॉस एंजिलिस, कैलिफ़ोर्निया, 19 फरवरी, 1965

आध्यात्मिक पथ पर बढ़ने वाले के लिए सबसे पहले ज़रूरी है ईश्वर के लिए सच्ची उत्कंठा। उस उत्कंठा के बिना उसे जानना असंभव है। किसी भी खोज में सफलता पाने के लिए अनवरत प्रयास का होना अनिवार्य है। यदि आप परमात्मा को जानना चाहते हैं तो उसके लिए उसी प्रकार की दृढ़ सतत इच्छा होनी चाहिए।

परन्तु सतत इच्छा भी अपने आपमें पर्याप्त नहीं है, हमें और भी आगे बढ़ना होगा। जब एक बार ईश्वर के लिए उत्कंठा जाग्रत हो जाए, तब इसे निष्ठा एवं समर्पण द्वारा पोषित करना चाहिए; सर्वप्रथम ईश्वर के प्रति और फिर उस पथ व गुरु के प्रति जिसे ईश्वर ने आपके पास भेजा है। जब भक्त ईश-प्राप्ति के लिए दृढ़ता से प्रयत्न करना आरंभ करता है तब उसे एक पथ एवं एक गुरु मिलता है, जो उसे इस पथ पर आगे प्रेरित करता है। अतः दूसरा महत्त्वपूर्ण गुण है ईश्वर के प्रति एवं उस गुरु के प्रति निष्ठा एवं समर्पण, जिसके पथ का वह चयन करता है।

अब तीसरा आवश्यक गुण बहुत महत्त्वपूर्ण है : जैसे-जैसे हम आध्यात्मिक पथ पर आगे बढ़ते हैं, हमें ऐसा व्यवहार करने का प्रयत्न करना चाहिए जिससे हम मार्ग पर चल रहे दुर्बल लोगों को प्रेरित कर सकें, न कि उनकी नकारात्मकता अथवा हताशा को बढ़ावा दें। इसका आशय यह नहीं है कि हमें दूसरों का ध्यान अपनी ओर आकर्षित करने के लिए उत्सुक रहना चाहिए। परन्तु, हमें अपने जीवन में उन आध्यात्मिक गुणों को शुद्ध अन्तःकरण से व्यक्त करना चाहिए जिन्हें हम

अपने हृदय में अनुभव करने लगते हैं; ऐसा करने से हम ईश्वर-प्राप्ति के मार्ग पर दूसरों को प्रोत्साहित करने में समर्थ होंगे।

चौथा गुण है कि भक्त को विनम्रता के लिए लगातार प्रयत्नशील रहना चाहिए क्योंकि विनम्रता एक ऐसी घाटी के समान है जिसमें ईश्वर का कृपा रूपी जल एकत्र होता है। अहंकार, हर समय "मैं," "मैं," "मैं" की चेतना, एक बंजर मरुस्थलीय पर्वत चोटी के समान है, जिस पर कोई जल एकत्र नहीं हो सकता। यह केवल गहरी घाटियों में ही एकत्र होता है। इसी प्रकार, अनुग्रह, दया एवं आशीर्वाद रूपी जल केवल विनम्रता की घाटी में ही एकत्र होता है, जहाँ भक्त ईश्वर को प्रथम स्थान पर और स्वयं को अन्तिम स्थान पर रखता है। तब जाकर हिन्दू धर्मग्रन्थों की यह उक्ति, "जब न रहेगा 'मैं' तभी जानूँगा मैं, कि कौन हूँ मैं," चरितार्थ होगी।

भक्त के लिए पाँचवी आवश्यकता है, दैनिक ध्यान के लिए एक समय निर्धारित करने की। यदि आप बहाना बनाते हैं कि आपका कार्य ध्यान के दैनिक प्रयास से अधिक आवश्यक है, तो आप अपने को धोखा दे रहे हैं; आप सोच सकते हैं कि आप ईश्वर को धोखा दे रहे हैं; लेकिन आप ऐसा नहीं कर सकते। यह मिथ्या धारणा भक्त के सम्मुख आने वाली बड़ी परीक्षाओं में से एक है। शुरू-शुरू में, शायद हम ध्यान में कोई भी स्पष्ट एवं निश्चित परिणाम अनुभव न कर पायें, इसलिए हम अपने कार्यों व संसार को प्राथमिकता देने की ओर प्रवृत्त हो जाते हैं। किन्तु, जब हम कड़वे अनुभवों, असफलताओं और दैहिक, मानसिक अथवा आध्यात्मिक कष्टों का सामना करते हैं, केवल तभी हम अनुभव करना आरम्भ करते हैं कि अपने जीवन में ईश्वर को प्रथम स्थान न देकर हमने भूल की है।

प्रभु पर मन को केन्द्रित रखना आपकी समस्याओं को हल करने में सहायक होता है

जब कभी भी हम किसी भी प्रकार की व्यक्तिगत समस्या अथवा शिकायत लेकर परमहंसजी के पास आते थे, जैसे कि किसी की आलोचना करना अथवा सहकर्मियों के साथ मतभेद या अनबन तथा अपने कार्य में अन्तर्द्वन्द्व होना, तो वे उस विषय विशेष पर ध्यान नहीं देते थे। वास्तव में, एक बार छोड़कर, उनका मेरे साथ बैठकर मेरी समस्याओं के संबंध में वार्त्ता करना मुझे याद नहीं। हम शिष्यगण, कभी भी निजी परामर्श हेतु उनके पास नहीं गए क्योंकि हम जानते थे कि उनका उत्तर क्या होगा। भ्रूमध्य में आध्यात्मिक चेतना और दिव्य नेत्र के स्थान — कूटस्थ* — की ओर इंगित करते हुए वे कहा करते थे, "अपना मन यहाँ केन्द्रित रखो, बस। अपने मन को यहाँ रखो, और अपनी चेतना में ईश्वर को रखो।" कुछ व्यक्तियों को ऐसा लग सकता है कि उन्होंने हमें हमारी समस्या का समाधान नहीं दिया; क्योंकि एक गुरु से यह आशा रहती है कि वे अपने शिष्यों को आध्यात्मिकता के संबंध में, ईश्वर की प्रकृति के संबंध में, और सद्गुण के महत्त्व जैसे विषयों पर लम्वे प्रवचन देंगे। परंतु वे प्रायः केवल वही चंद शांत प्रभावकारी शब्द कहते थे। और जो ग्रहणशील होते थे, उनके लिए इतना ही पर्याप्त था। इस प्रकार, उन्होंने हमें सिखाया कि जब हम अपनी चेतना में से विकारों को दूर कर देते हैं, तो अपनी समस्याओं का सही हल अवश्य पा लेते हैं।

गुरुदेव एक दिव्य सरलता से संपन्न व्यक्ति थे, जैसे कि ईश्वर के सभी महान् प्रेमी होते हैं। वे केवल एक ही निवेदन करते थे और एक ही पाठ सिखाना चाहते थे : कि हमारे जीवन में ईश्वर का स्थान सब से

* तीसरा नेत्र; मनुष्य में आध्यात्मिक बोध और अंतर्ज्ञान का केन्द्र।

पहले होना चाहिए। हमें अपने अंतःकरण में क्राइस्ट के ये शब्द रखने चाहिए "लेकिन आप पहले ईश्वर के साम्राज्य और उनके सदाचार की खोज करें; और तब ये समस्त वस्तुएँ आपको प्राप्त हो जाएँगी।"* उनके इस कथन का अभिप्राय केवल मठों में रहने वाले संन्यासियों के लिए नहीं, अपितु समस्त मानव जाति के लिए था। अगर हम इस सत्य पर टिके रहें—पहले ईश्वर की खोज करें—तो हम धीरे-धीरे समझना प्रारंभ करेंगे कि इसका अर्थ क्या है। जब हमें पेट में दर्द हो रहा हो, जब हमें अपने परिवारजनों के साथ निभा पाने में मुश्किलें आ रही हों, अथवा जब हमें अपने काम-काज में कठिनाई आ रही हो तो समाधान अति सरल है : मन को ईश्वर पर केन्द्रित रखें। प्रथम उसमें निमग्न हो जाएँ, और फिर चेतना के उस स्तर से अपनी समस्याओं का समाधान करने का प्रयत्न करें। आप चकित होंगे कि कितनी शीघ्रता एवं प्रभावकारी ढंग से यह कार्य करता है। मुझे इसका अनुभव है क्योंकि मैंने इसी प्रकार अपना जीवन जिया है और इन समस्त वर्षों में मैंने अनेक उत्तरदायित्वों का निर्वाह भी किया है।

स्वयं को बदलने में जुट जाएँ

कभी-कभी भक्तगण अपने आध्यात्मिक परिवर्तन को लेकर इतने अधिक उत्साहित हो जाते हैं कि वे प्रत्येक अन्य व्यक्ति से इसके बारे में चर्चा करना चाहते हैं और उन्हें भी बदलना चाहते हैं! उन्हें पूरा विश्वास होता है कि वे अच्छा कार्य कर रहे हैं और चूंकि उन्होंने स्वयं को सुधार लिया है, इसलिए वे पूरी दुनिया को सुधार देना चाहते हैं। इस प्रकार का उत्साह मुख्यतया बहिर्मुखी होता है। मुख्य प्रयास अपने को ही बदलने का होना चाहिए। स्वयं को बदलना कठिन कार्य है, क्योंकि हमारी चेतना ऐसी आदतों की मोटी परत के नीचे दबी होती है जिनके

* *मत्ती* 6:33 (बाइबिल)।

बारे में हमें पता तक नहीं होता। हम अपने व्यक्तिगत विचारों, मनोभावों, और भावनाओं में बंधकर बन्दी बने रहते हैं।

तीस-चालीस वर्ष के जीवन काल के दौरान बनी अपनी आदतें बदलना आसान नहीं है। एक छोटी-सी आदत को बदलने का प्रयास कीजिए और देखिए कि यह कितना कठिन है। आप स्वयं से कहिए कि आप अधिक नहीं बोलेंगे; आप गप्पे नहीं मारेंगे; आप दूसरों की आलोचना नहीं करेंगे; आप ईर्ष्या नहीं करेंगे। कुछ प्रयास के बाद शायद आप अनुभव करें, "मुझे अपने में सुधार करना असंभव प्रतीत होता है। क्या मेरे लिए कोई आशा नहीं है?" निश्चय ही आशा है, परंतु वह आशा तब तक पूर्ण नहीं होगी जब तक आप अपने दोषों का निवारण करने की अपेक्षा केवल दूसरे व्यक्तियों को बदलने एवं अपने चारों ओर की परिस्थितियों को बदलने का प्रयास करते रहेंगे। यही सीखने का तो मैं आपसे निवेदन करती हूँ। हम सबके इस संसार से जाने के कई सदियों बाद भी इन परामर्शों में निहित शाश्वत सत्य लागू रहेंगे।

आप स्वयं को बदल सकते हैं और इसका रास्ता है— निष्ठापूर्वक ईश्वर की खोज, ध्यान, और आत्मानुशासन। दूसरा और कोई तरीका नहीं है। बुरी आदतों पर विजय पाने और गहरे छिपे हुए उन अवचेतन बन्धनों को, जिन्होंने हमें इन सीमित स्थूल देहों और मनों में बन्दी बना दिया है, नष्ट करने के लिए इन सबकी संयुक्त शक्ति की आवश्यकता है।

यही कारण है कि भक्तजनों के लिए आध्यात्मिक पथ पर कुछ नियमों की आवश्यकता होती है। इसके लिए दृढ़ अनुशासन की आवश्यकता है। क्या आप सोचते हैं कि जो इस जगत् का स्वामी है उसे जानना आसान है? क्या आप सोचते हैं कि ईश्वर के साथ संपर्क करना सरल है जब मन उनकी अपेक्षा नीचता, नकारात्मक विचार, गप-शप, घृणा, अविश्वास जैसी तुच्छ भावनाओं से भरा हो? कभी नहीं!

ध्यान एवं आत्मानुशासन के द्वारा इन बाधाओं को हटाए बिना आप उन्हें नहीं जान सकते।

ईश्वर को केवल तभी जाना जा सकता है जब उनके प्रति पूर्ण समर्पण हो। कभी भी एक साधारण शिष्य बनकर ही संतुष्ट मत हो जाएँ। शेष संसार के मापदण्ड से अपना स्तर निर्धारित न करें। हम शिष्यों की एक समूह मंडली को, गुरुजी के द्वारा कहे गए शब्द मुझे याद हैं, "मैं इस पथ पर साधारण शिष्यगण नहीं चाहता। यही कारण है कि मैं तुम लोगों के प्रति कठोर हूँ। मैं देखना चाहता हूँ कि ईश्वर के मार्ग पर अंत तक चलने की हिम्मत किसके पास है।"

मेरे लिए उनके अन्तिम व्यक्तिगत शब्द, उनकी महासमाधि से तीन दिन पूर्व कहे गए थे। कैसे मैंने उन्हें अभी तक संजोए हुए रखा है! हम यहाँ मुख्यालय में लिफ्ट से एक साथ नीचे उतर रहे थे। "बेचारी बच्ची," उन्होंने कहा, "इस जन्म* में मैं तुम्हारे प्रति बहुत कठोर रहा हूँ। मैंने तुम्हें वही कठोर अनुशासन दिया है जिसे मेरे गुरु ने मुझे दिया था। मैं जानता था कि तुम इसे ले सकती हो। परंतु ये याद रखो, कि मेरे गुरु मुझे इस लिए डाँटते थे क्योंकि वे मुझसे प्रेम करते थे।" और फिर उन्होंने कुछ अत्यधिक मर्मभेदी शब्द कहे, "परंतु अब मैं तुम्हें अनुशासन देने के लिए और अधिक समय तक यहाँ नहीं रहूँगा।"

मैंने उत्तर दिया, "गुरुदेव, अनन्तकाल तक किसी भी समय जब आप अनुभव करें कि इस शिष्या को आपके अनुशासन की आवश्यकता है, मुझे अवश्य अनुशासित करें। मैं जानती हूँ कि आप मेरा मार्गदर्शन

* पूर्वजन्मों का संदर्भ जब गुरु और चेला एक साथ थे। परमहंसजी जानते थे कि दया माताजी को इस जन्म में मुख्य व महत्त्वपूर्ण भूमिका निभानी थी और उस उत्तरदायित्व के लिए उन्हें वे आध्यात्मिक रूप से परिष्कृत एवं शक्तिशाली बना रहे थे। पूवर्जन्म के नियम का एक स्पष्टीकरण एक फुटनोट में पृष्ठ 55 पर दिया गया है। *(प्रकाशक की टिप्पणी)*

तब भी कर सकते हैं जब आप इस रूप में यहाँ नहीं रहेंगे। कृपया, सदैव ऐसा ही करते रहें।”

मुझे अपने शरीर और मन के प्रति कोई अभिलाषा नहीं है; मैं मुक्ति के लिए प्रयत्नशील हूँ, और यही मैं आप सभी के लिए चाहती हूँ।

उचित मनोवृत्ति, पुनीत मनोवृत्ति बन जाती है

“जब न रहेगा ‘मैं’ तब जानूँगा मैं कि कौन हूँ मैं।” जब भक्त की मनोवृत्ति सही होती है तो वह पुनीत मनोवृत्ति बन जाती है। जीसस का कोई अपमान नहीं कर सका, कोई भी उनकी प्रेम भरी भावना को नष्ट नहीं कर सका और न ही कोई उनके क्रोध को भड़का सका क्योंकि उनकी चेतना तुच्छ अहंभाव में नहीं अपितु परमतत्त्व, अर्थात् ईश्वर, में दृढ़ता से स्थापित थी और इसीलिए कुछ भी और कोई भी उन्हें ठेस नहीं पहुँचा सका।

मान लीजिए कि हम पर पूरा संसार ग़लत आरोप लगाता है। परंतु जब मन ईश्वर में स्थापित हो तो संसार चाहे जो भी सोचे इसका कोई महत्त्व नहीं रहता। इसका यह आशय नहीं कि आप संसार की उपेक्षा करें, परंतु यह कि आप ईश-चेतना में इतने तल्लीन हो जाएँ (और आप सभी ने उसकी एक झलक प्राप्त की ही होगी) कि आप लोगों के प्रति सहानुभूति का अनुभव करें और उन्हें समझने का प्रयास करें। आपकी चेतना में यही विचार सर्वोपरि रहे, “यदि समस्त संसार मेरी प्रशंसा करे, परंतु मैं अपने प्रभु के आशीर्वाद को अनुभव न कर पाऊँ, तो मैं सभी सुखों से वंचित हूँ। परन्तु यदि संपूर्ण जगत् मुझे धिक्कारे, फिर भी मैं अपने पीछे ईश्वर की शक्ति को अनुभव करूँ तो मैं उन्नत रूप से ईश्वर में परिपूर्ण हूँ।”

यही अनुभूति आध्यात्मिक जीवन का सारांश है। और जब तक मैं जीवित रहूँगी, मैं अपनी चेतना को और आप सभी की चेतना को

वापस उस एक लक्ष्य की ओर खींचने का प्रयास करती रहूँगी। मैं चाहती हूँ कि गुरुदेव परमहंस योगानन्दजी का संदेश सबको शांति प्रदान करे; संगठन—कार्य रूपी छत्ते ईश्वर-प्रेमी आत्माओं के शहद से भर जाने चाहिए।

प्रत्येक मानव मुक्त होना चाहता है। एक बार जब आप इस बात को जान लेते हैं कि आप वास्तव में इस जीवन में बन्दी हैं, तब आप मुक्ति की इच्छा तीव्रता से करेंगे। मैं इस उत्कट इच्छा को लेकर पैदा हुई थी और मैं अपनी मुक्ति की खोज में किसी भी चीज़ को बाधक नहीं बनने दूँगी। यदि मैं इस मुक्ति को प्राप्त नहीं कर सकी तो मैं जानती हूँ कि मैं अन्य किसी को दोष नहीं दे सकती। और अब, ईश्वर के साथ मेरे संबंध के बीच कुछ भी हस्तक्षेप नहीं कर सकता। लोग मुझे रोकने का प्रयत्न कर सकते हैं, अथवा वे मुझे इस पथ को छोड़ देने के लिए प्रभावित कर सकने की सोच सकते हैं, परंतु वे कभी भी ऐसा नहीं कर पाएँगे। क्यों? क्योंकि मैं जानती हूँ कि मुझे क्या चाहिए। मैं प्रयत्न करती हूँ कि कभी भी स्वयं को धोखा न दूँ और मैं अपने आपको इस संसार की किसी भी चीज़ की लालसा से भ्रमित नहीं करती। ईश्वर का स्थान सर्वप्रथम है।

भक्त की जब ऐसी चेतना हो जाती है, तब उसका जीवन अत्यधिक सरल बन जाता है, दृढ़ और स्थिर हो जाता है। वह अन्य लोगों के साथ अपने सच्चे संबंध को जान लेता है और अनुभव करता है, तथा उसे अपने जीवन में सब कुछ सही पृष्ठभूमि में दिखने लगता है।

ईश्वर की खोज को सर्वप्रथम रखने का अभिप्राय यह नहीं है कि मनुष्य को संसार का त्याग करना होगा। वे भाग्यशाली हैं जो ऐसा कर सकते हैं। परन्तु भक्त जहाँ कहीं भी है, वह ईश्वर का स्थान सबसे पहले रख सकता है, और तब उसके बाकी सारे कर्त्तव्य और संबंध अपना-अपना उचित स्थान ग्रहण कर लेंगे। आखिरकार, प्रेम का केवल एक ही

स्रोत है, कोई आधे दर्जन नहीं। केवल एक ही शक्ति-स्रोत (dynamo) है न कि तीन या चार, जहाँ से विवेक-बुद्धि, प्रेम और आनन्द निःसृत होते हैं। उनका एकमात्र स्रोत ईश्वर हैं।

जब भक्त ईश्वर के साथ गहनता से जुड़ जाता है, तब वह अनुभव करता है कि वह तो केवल एक माध्यम है, उस महान् स्रोत का एक अंश मात्र। वह प्रत्येक वस्तु एवं प्रत्येक व्यक्ति को उस एक स्रोत के अंश के रूप में देखता है। इसके परिणामस्वरूप, अन्य लोगों के साथ उसके संबंध ठीक हो जाते हैं। वह किसी से कुछ भी माँगने की आवश्यकता अनुभव नहीं करता। वह प्रेम, दयालुता, और सहानुभूति के लिए न तो ज़ोर-ज़बरदस्ती करना चाहता है, और न ही गिड़गिड़ाना चाहता है। इसकी अपेक्षा, वह देना ही चाहता है। वह इस दिव्य नियम को जानता है कि मनुष्य इस संसार में जो देता है, वही उसे वापस मिलता है। यह एक विज्ञान है; यह कभी भी विफल नहीं होता।

जब आप दयालुता के बीज बोते हैं, तो आप दयालुता की फसल ही काटेंगे। लेकिन यदि आप किसी के प्रति वर्षों से दयालु रहते आए हैं, और उसने आपको दुःख के अलावा कुछ नहीं दिया तो याद रखें कि पिछले जन्मों में आपने निर्दयता के बीज बोए हैं, जो अब अपने अनुरूप फल दे रहे हैं। आपको सहनशील बनना होगा; आप जिन बीजों को अब बो रहे हैं उनके अपने समयानुसार फलीभूत होने की आपको प्रतीक्षा करनी पड़ेगी। आप आज एक बीज बो कर, कल ही एक फलदार वृक्ष प्राप्त नहीं कर सकते। बीज अपने समय पर ही वृक्ष के रूप में विकसित होगा। अच्छी आदतों के बीज आज बोएं, संसार में प्रेम और सद्भाव के बीज आज बिखेरें; समय पाकर वे सार्थक परिणाम उत्पन्न करेंगे। आप जिस फल की फसल आज काट रहे हैं, यदि वह खट्टा है तो इससे दुःखी न हों, और न ही ख़ुद पर तरस खाएँ। आपने स्वयं ही

ऐसे बीज बोये हैं जो उस खट्टे फल को उत्पन्न कर रहे हैं। एक साहसी व्यक्ति की भाँति परिस्थिति को स्वीकार करें। सामना करें और साहस व धीरज के साथ कष्टों को सहन करें। ईश्वर में विश्वास के साथ इसे स्वीकारें।

प्रत्येक व्यक्ति थोड़ा-बहुत सनकी होता है

समस्या यह है कि हम सब, जैसा कि परमहंसजी कहा करते थे, थोड़े-बहुत सनकी हैं, और हम इस बात को जानते नहीं हैं; क्योंकि एक जैसे सनक वाले लोग एक दूसरे की संगति ढूँढ लेते हैं। कोई भी मानव वास्तव में तब तक संतुलित नहीं है, जब तक कि वह ईश्वर को नहीं जान लेता। इस संसार में "पूर्ण रूपेण व्यवस्थित" व्यक्ति केवल वे ही हैं जिन्होंने आत्मानुभूति प्राप्त कर ली है — और यही स्थिति हम सब पाने का प्रयास कर रहे हैं।

अनेक लोगों में थोड़ा-बहुत मानसिक असंतुलन रहता है, परंतु उससे भी कहीं अधिक लोगों में भावनात्मक असंतुलन रहता है — भावनात्मक रूप से अपाहिज व अपरिपक्व। आप इसे अस्वीकार नहीं कर सकते। मुझे ऐसा प्रतीत होता है कि आज यही भावनात्मक रुग्णता मानवजाति की मुख्य समस्या है। इसका एक स्पष्ट प्रमाण यह है कि लोग अपनी अनेक विपत्तियों के लिए बाह्य परिस्थितियों अथवा अन्य व्यक्तियों को लगातार दोष देते रहते हैं। "यदि अमुक व्यक्ति ने ऐसा नहीं किया होता, या उसने ऐसा नहीं कहा होता, तो आज मैं कष्ट नहीं भोग रहा होता।" निरर्थक बात! गुरुदेव इस बात पर अत्यधिक बल देते थे कि हम यह सीखें कि इस प्रकार का तर्क कितना ग़लत होता है।

आप जैसे हैं, उसके लिए दूसरों को दोष न दें। आपकी स्थिति ठीक वैसी ही है जैसी आपने स्वयं बनाई है। यह कथन पूर्णरूप से सत्य है, "आप अपने भाग्य के स्वयं विधाता हैं।" आप स्वयं अपनी

नियति के शिल्पकार हैं। कठिनाई यह है कि अज्ञानता के कारण हम यह नहीं जानते कि अपनी मानवीय दुर्बलताओं पर नियंत्रण कैसे पाएँ, और फलस्वरूप हम उन व्यवहारों और आदतों को क्रियान्वित करते हैं जिनका दुष्परिणाम आज हम अपने जीवन में भोग रहे हैं। इस तथ्य का ज्ञान परिपक्व विचार का एक अच्छा संकेत है। यह हमारी भावनात्मक परिपक्वता को बढ़ावा देता है। मैं इस बात पर बल इसलिए दे रही हूँ क्योंकि अपनी समस्याओं के प्रति सही मनोवृत्ति का होना प्रत्येक मनुष्य की एक आधारभूत आवश्यकता है।

हम सभी को विकसित होना है और विकसित होने का तात्पर्य है — अपने यथार्थ स्वरूप में स्वयं की पहचान और उसके अनुसार व्यवहार करना, "मैं एक भावुक व्यक्ति नहीं हूँ। मैं एक भयभीत तथा गिड़गिड़ाने वाला व्यक्ति नहीं हूँ। मैं एक असुरक्षित दुर्बल प्राणी नहीं हूँ। मैं ईश्वर का एक अंश हूँ।" गुरुजी हमें बताते हैं कि नियमित ध्यान के द्वारा और उनके द्वारा प्रतिपादित आध्यात्मिक नियमों का पालन करके हम अनुभव कर पाएँगे कि वास्तव में हम कौन हैं। जब हम पूर्णतया ईश्वर को जान जाते हैं, जब हमारी चेतना ईश्वरीय चेतना के साथ एक हो जाती है, केवल तभी हम यह जान पाएँगे।

बुद्धि से सत्य को समझें; आत्मा में उसे आत्मसात करें

अगर आप स्वयं को बदलना चाहते हैं तो सर्वप्रथम आपको बौद्धिक रूप से कुछ महत्त्वपूर्ण तथ्यों को समझना होगा। फिर उन्हें अपनी आत्मा में गहराई से आत्मसात् करना आरम्भ करना होगा। उदाहरण के लिए, मान लीजिए आप भक्ति को विकसित करना चाहते हैं; तो आप उस शब्द को एक कागज़ के टुकड़े पर लिखें, या भक्ति जगाने वाले किसी विचार या कथन को लिख लें, और इसे अपने दरवाज़े पर या किसी ऐसे स्थान पर लगा दें जहाँ पर आते-जाते प्रायः आप की नज़र

पड़े। जब भी आप इन शब्दों या वाक्यों को देखें तो भक्ति के अर्थ को न केवल बौद्धिक स्तर पर समझने का प्रयास करें बल्कि इसके आशय को अनुभव करने की भी चेष्टा करें। इस पर चिंतन-मनन करें तथा इससे उत्पन्न ईश्वर के लिए तत्क्षण उमंग द्वारा स्वयं को प्रभावित होने दें। गुरुजी कहा करते थे, "तुम्हें आकाश तत्त्व का मंथन करना होगा, ईश्वर के प्रति अपने प्रेम से, ईश्वर के प्रति अपनी ललक से।" ईश्वर के साथ वार्तालाप करें — इस भावना के साथ कि आप अपनी प्रार्थनाओं से आकाश तत्त्व को मथ रहे हैं।

उदाहरण के लिए, हमने अभी गुरुजी का एक भजन गाया 'हृदय का द्वार।' जब मैंने ऊँचे स्वर में भजन गाना बंद कर दिया तो मेरे लिए इस भजन का अन्त नहीं हुआ। हमें ऊँचे स्वर के गायन से आरम्भ करके, मन्दस्वर तक जाना चाहिए और फिर उसके बाद उसे मन-ही-मन गाना चाहिए। जब मैं गाना बंद करती हूँ तो मेरा ध्यान तुरंत ही उससे नहीं हटता। मैं उस भजन के भाव में गहन से गहनतर उतरती जाती हूँ। "क्या आओगे, तुम आओगे; एक बार दर्शन दोगे?" मेरा हृदय पुकार उठता है। मेरा मन अन्तर्मुखी हो जाता है और जैसा गुरुजी ने बताया मैं उस विचार से "आकाशतत्त्व का मंथन" करती हूँ। दूसरे शब्दों में, भाव को लगातार गहनतर करते हुए भजन को बार-बार दोहराएँ ताकि जिस भजन के शब्द आप बार-बार दोहरा रहे हैं वे आपकी चेतना का हिस्सा बन जाएँ। ऐसा आप तभी कर सकते हैं जब आपका ध्यान शत-प्रतिशत उसी कार्य पर हो जो आप कर रहे हैं। यदि आपके ध्यान का निन्यानवे प्रतिशत ईश्वर पर है, लेकिन आप थोड़ा बहुत आस-पास के लोगों के विषय में सोच रहे हैं, या अपने कार्य से संबंधित एक-आध विचार भी आपके मन में रह जाता है, तो आप ईश्वर से उत्तर पाने में सफल नहीं हो पाएँगे।

गुरुजी हमसे कहा करते थे, "ईश्वर तुम्हारे पास तब तक नहीं आएँगे जब तक कि तुम अपना शत-प्रतिशत ध्यान उन पर नहीं लगाते।" यदि आप सोचते हैं कि केवल ध्यान में बैठने से और क्रिया* के अभ्यास द्वारा आप प्रगति कर सकते हैं, जब कि आपका मन इधर-उधर भटक रहा हो, तो आप भूल कर रहे हैं। कुछ लोगों का तर्क होता है, "आज मैंने एक सौ क्रियाएँ की हैं, मेरी तीव्रता से प्रगति हो रही होगी।...इस सप्ताह मैंने एक हज़ार क्रियाएँ की हैं; मैं लगभग पूर्णतया आध्यात्मिक रूप से उन्नत हो गया होऊँगा।" यह वेकार की बात है! इस प्रकार के भक्त में सही मनोवृत्ति नहीं है। वह गुरुजी की चाची के समान है; चालीस वर्षों तक वे माला जपती रहीं लेकिन उनका मन सदा कहीं दूसरी ओर रहता था। इसमें कोई आश्चर्य नहीं कि अन्त में उन्होंने शिकायत की कि उन्हें कोई अनुभव प्राप्त नहीं हुआ। यदि इसी जीवन में ईश्वर को प्राप्त करना है तो आपको अपनी साधना के विषय में गंभीर होना होगा। आप इस अभिलाषा को पूर्ण करने में अवश्य सफल हो सकते हैं; परन्तु उसके लिए उचित मात्रा में प्रयास किए बिना नहीं।

ईश्वर संकोचवश हमसे छिपे रहते हैं

प्रभु को जानना अत्यंत कठिन है। वे केवल इसी ब्रह्माण्ड को नहीं, अपितु लाखों अन्य ब्रह्माण्डों को भी चलाते हैं। उन्हें पाने के लिए गंभीरता से प्रयास किए बिना आप कैसे सोच सकते हैं कि उनके पास

* योगदा सत्संग सोसाइटी ऑफ़ इण्डिया/सेल्फ़-रियलाइज़ेशन फ़ेलोशिप सदस्यों द्वारा अभ्यास की जाने वाली एक विशेष योग की ध्यान प्रविधि। क्रियायोग एक पवित्र आध्यात्मिक विज्ञान है जो भारत में सहस्रों वर्ष पूर्व प्रारंभ हुआ। इसमें ध्यान की निश्चित प्रविधियाँ सम्मिलित हैं जिसका निष्ठापूर्ण अभ्यास ईश्वर प्राप्ति की ओर ले जाता है। इस युग में महावतार बाबाजी द्वारा इस प्रविधि को पुनर्जीवित किया गया। पृष्ठ 210 देखें। क्रियायोग की दीक्षा (आध्यात्मिक दीक्षा) योगदा सत्संग सोसाइटी ऑफ़ इण्डिया/सेल्फ़-रियलाइज़ेशन फ़ेलोशिप के गुरुओं द्वारा प्रदान की जाती है।

आपके लिए समय होगा? गुरुदेव कहा करते थे कि इस सृष्टि में सर्वत्र व्याप्त रहने वाली गुप्त चेतना, रहस्यमयी, प्रेममयी, प्रज्ञा को आकर्षित करने के लिए आपको गहन ध्यान में शांति को दुहना सीखना होगा।

यह सरल नहीं है। ईश्वर संकोचवश सामने नहीं आते, हमेशा ओट में रहते हैं; और आप हमेशा टाल दिए जाते हैं। आपका मन बार-बार उद्देश्यहीन विचारों से घिरा रहता है, "यह अधिक महत्त्वपूर्ण है; वह महत्त्वपूर्ण नहीं है," या "मैं इस चेहरे को पसन्द करता हूँ; मैं उस चेहरे को पसन्द नहीं करता। यह व्यक्ति मेरे प्रति कितना दयालु है; वह कितना नीच है। देखो यह व्यक्ति क्या कर रहा है, और ज़रा देखो तो उसने क्या किया।" कहाँ है एकाग्रचित्त मन? मन के इस तमाम मलवे में आप ईश्वर को कैसे पाएँगे? जब आप किसी भी प्रकार की प्रगति किए बिना, इस जीवन से आँखें मूंद लेंगे तथा इस जीवन की अंतिम सांस भरेंगे, तब आप ठीक वैसे ही व्यक्ति होंगे, जैसे आप अब हैं। तब आप कहेंगे, "हे मेरे प्रभु, मैंने तो अपना समय व्यर्थ ही गँवा दिया। मैं ऐसा करना तो नहीं चाहता था। मैं अनन्त उपलब्धि के द्वारों के अत्यन्त समीप था, परन्तु मैंने तो अपने स्वर्णिम अवसर को गँवा दिया है।"

त्रासदी यह है कि हम ईश्वर की अपेक्षा अन्य विचारों को अधिक महत्त्व देते हैं क्योंकि हम भयभीत हैं कि हम इस संसार में कुछ वस्तुओं से वंचित रह जाएँगे। यह घोर भ्रम है। हम डरते हैं कि यदि हमने स्वयं को ईश्वर को समर्पित कर दिया तो हमें इसके बदले कुछ-न-कुछ खोना पड़ेगा। "अच्छा, देखने दो," मन तर्क करता है, "मैं उस सब से वंचित रह जाऊँगा, जो जीवन मुझे प्रदान करता है। अनेक वस्तुएँ हैं जिन्हें मैं पाना चाहता हूँ; मैं प्रेम चाहता हूँ; मैं शक्ति चाहता हूँ; मैं यश चाहता हूँ; मैं इस संसार में महान् कार्य करना चाहता हूँ।" यही तो वह सब कुछ है जो हम सोचते हैं कि हमें चाहिए। हम इससे इन्कार तो कर ही नहीं सकते; सभी मनुष्य इन्हीं लक्ष्यों को प्राप्त करने का प्रयास कर

रहे हैं। परंतु कितनी मूर्खता से हम ग़लत तरीकों से उनके पीछे-पीछे भागते हैं।

हमारी मूल इच्छाएँ आत्मा के लिए स्वाभाविक हैं

हम यश क्यों चाहते हैं? हम शक्ति क्यों चाहते हैं? हम प्रेम क्यों चाहते हैं? हम आनन्द क्यों चाहते हैं? हम इन सब की तीव्र इच्छा रखते हैं क्योंकि ये हमारे सच्चे स्वरूप, आत्मा, के अभिन्न अंग हैं। इस बात की पूर्ण अनुभूति मेरे उस अनुभव का अंश था जो मुझे भारत में बाबाजी की गुफा* में ध्यान करते समय हुआ। आत्मा अमर है। और यश क्या है? कुछ नहीं मात्र संसार की स्मृति में सदा के लिए बने रहने की एक जन्मजात इच्छा की पूर्ति। आत्मा अपने अनेक जन्मों में से एक की उपलब्धियों और नाम को आज से एक हज़ार साल बाद तक दूसरों के पढ़ने के लिए पृथ्वी पर क्यों नहीं छोड़ना चाहेगी? आत्मा सर्वशक्तिमान है, ईश्वर की सर्वशक्तिमत्ता के साथ एक है। यह अपनी समर्थता को व्यक्त करना क्यों नहीं चाहेगी? आत्मा प्रेम और आनन्द है। इसलिए जीवन की आवश्यकताओं के रूप में इन सबको भी खोजना स्वाभाविक ही है।

इस प्रकार आप देखते हैं कि हम उन लक्ष्यों की पूर्ति में लग जाते हैं जो हमारे वास्तविक स्वरूप के अनुरूप है। संसार से, जो एक क्षणभंगुर स्वप्न के सिवा और कुछ नहीं है, संतृप्ति की आशा रखना भ्रम है। संसार मात्र एक धोखा है; मैं इसे कितने स्पष्ट रूप से देखती हूँ। जीवन और मृत्यु की स्मृति और विस्मरण की लहरों पर क्यों उछाले जाएँ? इस प्रकार अपने जीवन को क्यों व्यर्थ करें? और फिर किस कारण से? मनुष्य जो कुछ भी खोज रहा है, वह सब ईश्वर में प्राप्त करेगा। समस्या यह है कि हम इस दिव्य वचन में पर्याप्त विश्वास नहीं

* पृष्ठ 210 द्रष्टव्य।

रखते कि यदि हम सर्वप्रथम ईश्वर को खोजेंगे, बाकी सब हमें स्वतः ही प्रदान कर दिया जाएगा। परन्तु मैंने अपने संपूर्ण जीवन में इस पर विश्वास किया है; मैं जानती हूँ कि यह सच है। मैं जानती हूँ। यदि किसी भी समय संशय उत्पन्न होता है, तो इस विचार को बनाए रखें। ईश्वर से कहें कि वे इसे आपको प्रमाणित करके दिखाएँ। और आप देखेंगे कि यदि आप अपनी ओर से पूरा-पूरा वचन निभाते हैं तो वे इसे आपको प्रमाणित कर दिखाएँगे। ऐसा प्रमाण विलक्षण होता है।

जब कभी भी किसी प्रकार का भ्रम आपके जीवन में आए, किसी भी प्रकार का प्रलोभन या परीक्षा आए, तब बस इन्हीं शब्दों को याद रखें, "मैं पहले आपको ही खोजूँगा, मेरे प्रभु, और मैं जानता हूँ कि बाकी सब मुझे प्रदान कर दिया जाएगा।" इस पर विश्वास करें। आपको इसी विश्वास के साथ शुरूआत करनी होगी और फिर यदि आप उसे खोजने का प्रयास करते रहेंगे तब आप अन्ततः अचानक कह उठेंगे, "हे ईश्वर! जो कुछ मैंने चाहा वह सब तो मेरे पास ही है; मैंने कुछ भी तो नहीं खोया।"

अधिकांश लोग ईश्वर को खोजना नहीं चाहते क्योंकि उन्हें भय रहता है कि कहीं उन्हें यह या वह त्यागना न पड़े। आप क्या त्याग रहे हैं? वास्तव में तो आप कुछ त्याग ही नहीं रहे हैं। आप अपनी आत्मा में सब कुछ प्राप्त कर लेते हैं। आप अपने हृदय में दिव्य प्रेम का अनुभव करते हैं। आप अपने अंतर् में संपूर्ण ज्ञान का अनुभव करते हैं। आप दिव्य शक्ति का अनुभव करते हैं। आप फिर कुछ पाने का प्रयास नहीं करते क्योंकि आपकी कोई भी इच्छा नहीं रहती।

क्या उन सभी महापुरुषों ने जिन्होंने कभी ईश्वर से संपर्क साधा है— कृष्ण, बुद्ध, जीसस से लेकर हमारे गुरुजनों* तक— अपने जीवन

* योगदा सत्संग सोसाइटी ऑफ़ इण्डिया/सेल्फ़-रियलाइज़ेशन फ़ेलोशिप गुरुओं की परम्परा।

में ईश्वर की परिपूर्णता को सिद्ध करके नहीं दिखाया; इस हद तक कि ईश्वर को छोड़ने की अपेक्षा वे मर जाना अधिक पसन्द करते थे? इसके विपरीत अधिकांश लोग संसार की वस्तुओं को छोड़ने की अपेक्षा मरना पसन्द करेंगे। कितनी बुरी तरह वे इस संसार से और इसकी सभी वस्तुओं से चिपके हुए हैं। लेकिन एक बार आपने ईश्वर को पा लिया तो आप उन्हें छोड़ने की अपेक्षा प्राण ही त्यागना पसन्द करेंगे। यही अंतर् है क्योंकि जो ईश्वर को जानते हैं वे पूरी तरह से आश्वस्त हैं कि "बाक़ी सब चीज़ें" उन्हें प्राप्त हो गई हैं। वे जानते हैं कि ईश्वर में सब कुछ है और वे इस सत्य को अनुभव करते हैं। जो संतुष्टि ईश्वर देते हैं, वह संसार कदापि प्रदान नहीं कर सकता। और कोई मानवीय प्रेम, कभी वह असीम आनन्द प्रदान नहीं कर पाएगा जो ईश्वर के प्रेम में प्राप्त होता है।

जीवन में सदैव निराशाएँ, मोहभंग और मानसिक व्यथाएँ रहेंगी; कारण यह कि आत्मा की प्रकृति परिपूर्णता है जबकि पृथ्वी पर प्रत्येक वस्तु स्थूल एवं सीमित है। यहाँ आप पाते हैं कि जो आप महसूस करते हैं, उसे आप पूरी तरह से दूसरों के समक्ष व्यक्त कर पाने में सक्षम नहीं हैं; जो आप देना चाहते हैं दूसरे उसे प्राप्त करने में सक्षम नहीं हैं; आत्मा जो कहना चाहती है उसे आप शब्दों में समझा पाने में सक्षम नहीं हैं (शब्द बहुत अधूरे हैं!)।

जो कुछ भी हम खोज रहे हैं, वह ईश्वर में ही है। कुछ समय के लिए इस एक विचार को बनाए रखें—उदाहरण के तौर पर अगले छः महीनों के लिए स्वयं से कहें, "सोचो! मैं सर्वप्रथम ईश्वर को खोजूँगा, और बाकी सब कुछ मुझे प्रदान कर दिया जाएगा।" इस पर ध्यान करें। जब भी आप प्रलोभित, हतोत्साहित अथवा चिन्तित अनुभव करें, ईश्वर से कहें, "हे प्रभु! मैं अपना जीवन आपको समर्पित कर रहा हूँ। और आपको अपना वचन पूरा करना होगा।" और आप देखेंगे कि वे अपने

दया माताजी, सेल्फ़-रियलाइज़ेशन फ़ेलोशिप के अधिवेशन के अवसर पर भक्तों को संबोधित करते हुए, लॉस एंजिलिस, 1975

"गुरुदेव परमहंस योगानन्दजी ने हम सबको दिव्य प्रेम की चेतना में बाँधा है। हम सबको प्रेम के मज़बूत परंतु कोमल धागे में पिरोकर, उन्होंने प्रेम एवं भक्ति की एक सुगंधित माला बनाई है ताकि वे इसे एकमेव परमेश्वर के चरणों पर हम सभी की आत्माओं के प्रियतम प्रभु के चरणों पर अर्पित कर सकें।"

दया माताजी का स्वागत, *वाईएसएस शाखा मठ*, राँची, 1967

"जब हम जीवन में आए समस्त अनुभवों में ईश्वर की चेतना को दृढ़ता से पकड़े रहते हैं तो हम स्वयं को और हमारे चारों ओर प्रत्येक व्यक्ति को संपूर्ण अनन्त ब्रह्म के एक अंश के रूप में देखते हैं।"

वचनों को निभाते हैं। बात यह है कि आपको ईश्वर के साथ सक्रिय संबंध बनाए रखना चाहिए। जब तक ऐसा न हो, आपको संतुष्ट नहीं होना चाहिए। मैंने गुरुदेव की शिक्षाओं से जिन नियमों का उल्लेख अभी किया है, यदि आप उनका अनुसरण करेंगे, तो आप ईश्वर के साथ इस प्रकार का संबंध विकसित कर सकेंगे।

जब तक मनुष्य ईश्वर को पुनः प्राप्त नहीं कर लेता, तब तक उसके अंतर् में एक ऐसी चाह और खालीपन रहेगा जिसे समझाया नहीं जा सकता। चाहे आप संपूर्ण संसार की यात्रा क्यों न कर लें, चाहे आप पूरे ब्रह्माण्ड में क्यों न खोज लें, चाहे आप उन समस्त अनुभवों को प्राप्त क्यों न कर लें जो आप को सृष्टि प्रदान कर सकती है, तब भी आप "भटके" ही रहेंगे जब तक कि आप ईश्वर में लौट नहीं जाते।

मानव-प्रेम से किसी भी सीमा तक हृदय को भर लेने पर भी पूर्ण संतुष्टि नहीं होगी; कोई-न-कोई अभाव सदा बना रहेगा। ऐसा होना तर्क संगत है। क्राइस्ट ने कहा, "मेरा साम्राज्य इस संसार का नहीं है।"* आपका साम्राज्य भी इस संसार का नहीं है। इसलिए, जब तक आप ऐसा सोचकर अपने आप को धोखा देते रहेंगे कि आप अपनी आशाएँ और खुशियाँ इस संसार में पूर्ण कर सकते हैं तो वे निराशारूपी चट्टानों पर चूर-चूर हो जाएँगी। यह सत्य है, जो मैं आपको बता रही हूँ। आप इसे अपने अंतर् में जानते हैं।

अपने और अनन्त प्रभु के बीच सक्रिय संबंध बनाने के लिए आपको अपनी ओर से प्रयास करना होगा—एक तनावरहित प्रयास—जिसके द्वारा मन अन्तर में गहन से गहनतर गोता लगाए। समय आता है जब आप एकमात्र विचार, "तुम, तुम मेरे प्रभु, मेरे प्रेम, केवल तुम, केवल तुम, केवल तुम," से आकाश तत्त्व का मंथन कर डालेंगे।

* *यूहन्ना* 18:36 (बाइबिल)।

मन पूर्णतया उसी चेतना में तल्लीन हो जाता है। आत्मा अपने आप को प्रकाशित करने लगती है; आप आनन्द और भक्ति को अपने अंदर उमड़ते हुए अनुभव करते हैं और ज्ञान की एक विशाल लहर के रूप में यह अनुभव करते हैं कि केवल ईश्वर ही सत्य है। ईश्वर की उपस्थिति के उस क्षण में आप जान जाते हैं कि आप परमसत्य के सम्मुख खड़े हैं, और ईश्वर ही परम सत्य है।

आज रात मैंने जो आपसे कहा उसे भगवद्गीता* के इन शब्दों में संक्षेप में कहा जा सकता है, "वह जो मुझे सर्वत्र देखता है तथा प्रत्येक वस्तु को मुझ में देखता है, मैं उसकी दृष्टि से कभी अदृश्य नहीं होता, न ही वह मेरी दृष्टि से कभी ओझल होता है।"

* VI:30 (परमहंस योगानन्दजी की गीता पर टीका *ईश्वर-अर्जुन संवाद : श्रीमद्भगवतगीता* से उद्धृत)।

एक दूसरे को समझना

सेल्फ़-रियलाइज़ेशन फ़ेलोशिप अंतर्राष्ट्रीय मुख्यालय, लॉस एंजिलिस, कैलिफ़ोर्निया, 14 दिसम्बर, 1965

हम ईश्वर की दिव्य संतान हैं, अतः हमारा व्यवहार सदैव अपने इस सच्चे स्वरूप के अनुसार होना चाहिए। हमें आघात पहुँचाने के लिए दूसरे लोग चाहे कुछ भी क्यों न करें, हमें बदले में क्षमा एवं करुणा ही देनी चाहिए। यदि हम इसका अभ्यास करें तो हमारे अन्दर दूसरों की भावनाओं को बदलने का सामर्थ्य आ जाता है। हमें सच्चे हृदय से सभी के प्रति प्रेम और मित्रता का हाथ बढ़ाना चाहिए। यदि मित्रता का हमारा हाथ ठुकरा दिया जाए, चाहे कितनी ही बार ऐसा क्यों न हो, हमें बार-बार अपना हाथ आगे बढ़ाते रहना चाहिए। यदि वह व्यक्ति आपकी मित्रता को अस्वीकार करता रहे तब कुछ समय के लिए दूर हट जाएँ, परन्तु मन-ही-मन, अपने प्रेमपूर्ण विचार उसकी ओर भेजना जारी रखें। जब भी अवसर मिले तो अपनी मित्रता का हाथ पुनः बढ़ाने के लिए हमेशा तैयार रहें।

प्रशंसा अथवा निन्दा, दोनों को, बिना उत्तेजित हुए स्वीकार करें। यद्यपि हमें अपने आलोचकों के साथ निभा पाना कभी-कभी कठिन प्रतीत हो सकता है, तथापि यदि उनकी आलोचना सकारात्मक हो तो हमें उनके कथन की उपेक्षा नहीं करना चाहिए। आपसी समझौते के लिए कभी-कभी अपनी बातों को समझाने का यथाशक्ति प्रयास करना ठीक है। लेकिन बहुधा ऐसे लम्बे स्पष्टीकरणों में पड़ने से समय की बरबादी होती है, और ऐसा प्रतीत हो सकता है कि हम केवल अपनी सफाई दे रहे हैं। ऐसी परिस्थितियों में सामने वाले की बात शांतिपूर्वक स्वीकार कर लेने में ही बुद्धिमानी है।

सबसे अच्छा व्यवहार वह श्रेष्ठ विनम्रता है जिसका उल्लेख असीसी के सन्त फ्रांसिस ने इन शब्दों में किया है, "निन्दा, आलोचना और दोषारोपण को, झूठा और अनुचित होने पर भी, शांतिपूर्वक एवं बिना प्रतिकार के स्वीकार करें।" हमारे बारे में जो भी कहा जा रहा हो, चाहे वह असत्य एवं अनुचित ही क्यों न हो, तो भी यदि हम उसे बिना तर्क-वितर्क के, एवं बिना प्रतिरोध के, स्वीकार कर लेते हैं तो आध्यात्मिक रूप से हमारी उन्नति ही होती है। न्याय ईश्वर पर छोड़ दीजिए। जो ईश्वर को जानना चाहता है, उसे पहले ईश्वर को प्रसन्न करने का प्रयास करना चाहिए, न कि मनुष्य को।

स्पष्टीकरण देना या शांत रहना परिस्थितियों पर निर्भर करता है। लेकिन परिस्थितियाँ चाहे कुछ भी हों, प्रतिकार करना ठीक नहीं होता। न्याय सदा ईश्वर पर छोड़ दीजिए। उनके नियम न्यायपूर्ण हैं, अतः सच्चे अर्थ में हमें कभी भी अपना बचाव करने की आवश्यकता नहीं है।

हम सबके जीवन में हमेशा ही ऐसे लोग होंगे जो हमारी प्रशंसा करते हैं और हमें समझते हैं; ऐसे भी होंगे जो हमारी निन्दा करते हैं और हमें ग़लत समझते हैं। हमें दोनों मूल्यांकनों को सहज भाव से लेना चाहिए। सत्य के साथ जीवन जीने का यथाशक्ति प्रयास करना हमारा काम है। जब हमें ऐसा लगे कि हमने ग़लती की है, तो हमें उसी क्षण ईश्वर से क्षमायाचना करनी चाहिए और फिर स्वयं को सुधार लेना चाहिए।

ईश्वर से अपनी ग़लतियों को छिपाने का प्रयत्न करना व्यर्थ है; वे तो उन्हें जानते ही हैं। हम ईश्वर को पूरे विश्वास से अपनी सभी भूलें बता सकते हैं और उन्हें सुधारने के लिए उनकी सहायता माँग सकते हैं। चूँकि ईश्वर हमारे अन्तर में स्थित हैं, वे सदा हमारे दिव्य सखा हैं जिनके साथ हम वेझिझक अपनी भावनाओं को बाँट सकते हैं। वे हमें उसी तरह से देखते हैं जैसे हम हैं। हम स्वयं पर अहंकार कैसे कर सकते हैं

जब हम जानते हैं कि हम उनके बिना कुछ भी नहीं? एक बार बस हम इस बात को समझ जाएँ, तब प्रभु की दृष्टि में अच्छे-से-अच्छा बनने के लिए हमारे अन्तर में एक निरन्तर संघर्ष आरम्भ हो जाता है। जो व्यक्ति अपने आप से संतुष्ट हो जाता है, उसका आध्यात्मिक विकास होना बन्द हो जाता है। अहंकार से प्रेरित होकर यह सोचना कि हम जैसे हैं ठीक हैं, हमारे उच्चतर आत्म-स्वरूप के प्रति घोर अपराध है। जो कोई भी स्वयं को सुधारने का प्रयत्न करना बन्द कर देता है, उसका आध्यात्मिक स्तर गिर जाता है।

जब भी हम ग़लत हों तो हमें इसे मान लेना चाहिए। हमें यह नहीं सोचना चाहिए कि हमेशा हम ही सही हैं। यह स्वयं के साथ ईमानदार होना नहीं है। यह ज़रूरी नहीं कि किसी विषय में हमारा खास तरह से सोचना हमेशा सही ही हो। यदि कोई हमें दिखाए कि हम ग़लत हैं, तो स्वयं को बदलने के लिए हमें इच्छुक और तैयार रहना चाहिए। परिपक्वता एवं समझ-बूझ विकसित करने का यही मार्ग है। अपनी ग़लतियों के लिए लम्बे-लम्बे स्पष्टीकरण देना अनावश्यक है। केवल इतना कहना काफी है, "मुझे क्षमा करें। मुझसे समझने में भूल हो गई।"

वार्तालाप के बिना ग़लतफ़हमी बढ़ती है

जब कोई व्यक्ति हमें ग़लत समझता है, और क्रोधित हो जाता है, तो जब तक वह उस भावना के अधीन है तब तक हम चाहे कुछ भी कहें, हम उसे समझा नहीं सकते। प्रतीक्षा करना ही सर्वोत्तम है जब तक कि हमारा भावी विरोधी शांत नहीं हो जाता, और तब हमें उसके साथ वार्तालाप करने का प्रयास करना चाहिए। जब लोग एक दूसरे से वार्तालाप करना बन्द कर देते हैं तो ग़लतफ़हमी बढ़ती है। जब तक विचारों का आदान-प्रदान चलता रहे, अर्थात् तर्क-वितर्क नहीं अपितु

खुले मन से विचार-विमर्श, तब तक समझ और सामंजस्य विकसित होने की आशा रहती है।

यह आवश्यक है कि मन को कभी भी संकीर्ण न होने दें। हमारे गुरुदेव, परमहंस योगानन्दजी, अपने शिष्यों में इसे सहन नहीं करते थे। जो कोई भी उनके निकट रहना चाहता था, उसे आवश्यक रूप से अपना मन संकीर्णता से मुक्त रखना होता था ताकि वह एक समझदार व्यक्ति बन सके।

दूसरों के साथ विचार-विमर्श करते समय, हमें सदा अपनी नीयत पर नज़र रखनी चाहिए। यदि दूसरों को समझने के पीछे हमारा वास्तविक उद्देश्य अपने विचारों को दूसरों पर थोपने का है, तो हमारी नीयत में दोष है और इसलिए वह ग़लत है। हमें सदा निष्कपटता से दूसरों की बात को समझने का प्रयत्न करना चाहिए। दूसरे के विचारों को समझने के लिए हमें कुछ देर के लिए अपना दृष्टिकोण अलग रख देना चाहिए। यदि हम दूसरों के साथ सफलतापूर्वक विचार-विमर्श करना चाहते हैं तो हमें ऐसा ही करना होगा। यदि हम केवल अपनी धारणाओं को सही सिद्ध करना नहीं, अपितु बात की सच्चाई को खोज रहे हैं, तो हमें कुछ देर के लिए अपनी धारणाओं को त्यागना होगा और मुद्दे को दूसरे व्यक्ति के दृष्टिकोण से देखना होगा। उसे स्वयं को व्यक्त करने दें। तब उसके पक्ष को सुनने के पश्चात्, उसके दृष्टिकोण से तथ्य का निष्पक्षता से विश्लेषण करने के बाद ही हम अपना पक्ष रख सकते हैं। दूसरे शब्दों में, विचारों का एक उचित आदान-प्रदान होना चाहिए। फिर हो सकता है दोनों पक्ष यह देखें कि उनके अपने समझने में ही कहीं ग़लती है और वास्तविकता तो उनके विपरीत दृष्टिकोणों के मध्य में कहीं है।

हममें से अधिकांश के साथ परेशानी यह है कि हम अपनी बात को दूसरे के सामने रखने एवं उससे इसे मनवाने का प्रयत्न करने में इतने व्यस्त रहते हैं कि हम दूसरे को अपना विचार व्यक्त करने का अवसर

ही नहीं देते। जब आपको लगे कि किसी व्यक्ति के साथ निभा पाना कठिन हो रहा है, तो हमेशा पर्याप्त सम्मान देते हुए उसे अपने मन का भार हल्का करने का अवसर दें। चाहे वह कितना भी दुष्ट क्यों न हो, या कितना भी भावुक क्यों न हो, उसे अपनी बात कहने दें और इसमें बाधा न डालें। फिर शांति और विनम्रता के साथ उत्तर दें। चाहे वह आपके बारे में कितना भी भला-बुरा क्यों न कह रहा हो, तो भी उसे शांति से सुनें तथा अपने अंतर् में ईश्वर से कहते रहें, "क्या यह सही है? मैं सच जानना चाहता हूँ। यदि मैं ऐसा हूँ, मेरे प्रभु, तो अपने दोषों पर विजय पाने में और स्वयं को बदलने में मेरी सहायता करें।" परंतु यदि वह व्यक्ति आपे से बाहर होकर इतना बदज़ुबान हो जाता है कि आपके मन एवं आत्मसम्मान को ही नहीं, अपितु आध्यात्मिक नियमों को भी ठेस पहुँचाने लग जाता है, तो आपका यह कर्त्तव्य बनता है कि आप उसका प्रतिरोध करें, और फौलाद की तरह कड़े हो जाएँ। दिव्य नियमों का उल्लंघन करने का अर्थ है ईश्वर के नियमों का उल्लंघन करना और हमें कभी भी उसमें भागीदार नहीं बनना चाहिए। जीसस ने कभी भी अपना बचाव नहीं किया, परंतु जब धार्मिकता और सदाचार पर आघात हुआ तो उन्होंने अपने वचन और कर्म से उसका कड़ा प्रतिरोध किया।

अतः ईश्वर की सन्तान होने के नाते इस संसार में हमारा कर्त्तव्य है कि हम अपनी समझ को विकसित करें अपने विषय में, दूसरों के संबंध में, जीवन के विषय में, और सर्वोपरि, ईश्वर के विषय में। यह संसार केवल तभी एक वेहतर स्थान बन सकता है जब मनुष्य के हृदय और मन में समझदारी व सद्भावना का आधिपत्य हो। राष्ट्रों के बीच अमन और शांति की आशा तभी सम्भव है जब हर व्यक्ति अपने आस-पास के लोगों के साथ मिल-जुल कर रहना सीख ले।

दूसरों को कैसे बदलें

सेल्फ़-रियलाइज़ेशन फ़ेलोशिप आश्रम केन्द्र,
हॉलीवुड, कैलिफ़ोर्निया, 19 मई 1965

हमें दूसरों के व्यवहार से अपनी मनःशांति भंग नहीं होने देनी चाहिए। दूसरों द्वारा सताए जाने पर मानसिक रूप से शांत रहना और अपनी ज़ुबान पर काबू रख पाना किसी भी व्यक्ति के लिए मुश्किल है, लेकिन कोई भी व्यक्ति उसे सताने वाले लोगों को जिंदगी भर यह बताता नहीं रह सकता कि उन्हें किस प्रकार आचरण करना चाहिए। बिन माँगा उपदेश रोष को जन्म देता है। यदि मार्गदर्शन नहीं माँगा गया हो तो ऐसे लोगों पर अपनी इच्छा या ज्ञान को थोपने का प्रयास नहीं करना चाहिए।

आध्यात्मिक पथ पर नए-नए ही आए हुए लोग प्रायः यह ग़लती करते हैं कि जैसे ही भगवान् की खोज में उन्हें उत्साह आने लगता है, वे सारे संसार को बदल देना चाहते हैं। पति या पत्नी और बच्चों को परिवर्तित करने का भरसक प्रयत्न करते हुए वे अपने घर में आध्यात्मिक क्रान्ति शुरू कर देते हैं। इस प्रकार का उत्साह अच्छा ही है, परंतु लगभग हमेशा यह विरोध उत्पन्न करता है। ऐसे उत्साही लोगों को परमहंसजी कहते थे, "पहले अपने आप को बदलो; स्वयं सुधर जाओ, तो तुम हज़ारों को सुधार दोगे।" जब तक कोई मार्गदर्शन नहीं चाहता हो, तब तक वह यह भी नहीं चाहता कि कोई उसे उपदेश दे। किसी को भी अपने ऊपर परामर्श थोपा जाना अच्छा नहीं लगता। जब वह मार्गदर्शन पाने के लिए तैयार हो जाएगा, तब वह स्वयं ही मार्गदर्शन माँगेगा, और यह मार्गदर्शन वह ऐसे व्यक्ति से चाहेगा जिसके साथ वह रहता है, या जिससे वह प्रेम करता है या आदर करता है, यदि उस

व्यक्ति के अपने जीवन में कोई लाभप्रद परिवर्तन उसे दृष्टिगोचर होता है। परंतु जब तक परिवर्तन केवल खोखले उपदेशों और शब्दों में ही प्रकट होता रहेगा, करनी में नहीं, तब तक संदेहशील व्यक्ति विरोध करता रहेगा।

आप दूसरों को जैसा बनाना चाहते हैं वैसे पहले स्वयं बनिए। यदि आपमें कुपित होने की और उल्टा जवाब देने की या कर्णकटु वचन बोलने की प्रवृत्ति है; यदि आप बिना कारण बच्चों को डाँटते फटकारते हैं; यदि आप अशांत और चिड़चिड़े हैं और चिल्ला-चिल्लाकर अप्रिय शब्द बोलते हैं, तो अपने आप को बदलिए! अपने आस-पास के लोगों के बदलने का यही सबसे अच्छा उपाय है। यह कर पाना कठिन तो है, परन्तु किया जा सकता है। अपने को आदरणीय और सम्मानित व्यक्ति बनाने की दिशा में मनुष्य का प्रयास होना चाहिए जिसे लोग आदर्श उदाहरण मानें; जिसके शब्दों में वजन हो। उसे क्रोध, चिड़चिड़ापन, ईर्ष्या, या मानभंग होने पर बदला लेने की भावना से नहीं, अपितु हमेशा सच्चे विवेक और समझदारी से बोलना चाहिए।

भारत में एक बार एक अत्यंत सफल उद्योगपति मेरे पास आया और उसने कहा, "मैं हतोत्साहित और परेशान हूँ। मेरी अपनी पत्नी और अपने कर्मचारियों के साथ नहीं बनती। मैं हमेशा उन्हें कटु वचन सुनाता रहता हूँ। मुझे क्या करना चाहिए?"

"तुम्हें सत्य सुनना है या वह सब सुनना है जिसकी तुम आशा कर रहे हो कि मैं कहूँ?"

"मुझे सत्य सुनना है।"

मैंने कहा, "ठीक है। तब तुम्हें अपने आप से शुरूआत करनी होगी। अपने घर में और अपने कर्मचारियों में तुम एक अत्याचारी तानाशाह के रूप में जाने जाते हो। परिणामस्वरूप, वे तुम्हारी आज्ञा का पालन किसी प्रेम या आदर की भावना के कारण नहीं, बल्कि इसलिए करते

हैं कि तुम उनके सिर पर चाबुक लिए सवार रहते हो। इसलिए तुम्हें उनसे जो काम या सहयोग प्राप्त होना चाहिए वह नहीं होता। तुम्हें इस प्रकार अधिकार जताना छोड़ देना चाहिए; तनाव में रहना बंद करना चाहिए। प्रतिदिन शांत होने के लिए थोड़ा समय निकालो; भगवान् का चिंतन करने के लिए थोड़ा समय निकालो। ऐसा सोचो कि अगले ही पल तुम्हारा जीवन समाप्त होने वाला है या यह सोचो कि तुम पहले ही मृत हो चुके हो।" (यह बड़ा रोचक प्रयोग है। अकस्मात् आप अनुभव करते हैं कि आपकी समस्त जिम्मेदारियाँ समाप्त हो चुकी हैं। तब आप इस बात को समझ जाते हैं कि भगवान् के साथ संबंध बनाना आप के भविष्य के लिए कितना महत्त्वपूर्ण है।)

फिर मैंने उससे कहा, "यदि तुम्हारी इच्छा हो तो जब तक मैं यहाँ हूँ, प्रतिदिन दोपहर को सत्संग के लिए यहाँ आओ और हम लोगों के साथ ध्यान करो।" वह प्रतिदिन आया और हम लोगों ने ध्यान किया और ईश्वर के विषय में चर्चा की।

दो साल बाद जब मैं पुनः भारत गई तब उसके एक कर्मचारी ने आकर मुझसे कहा, "वे पूरे बदल गए हैं। अब अत्यंत शांत रहते हैं और हम लोगों के साथ अत्यंत सहिष्णुतापूर्ण व्यवहार करते हैं। इसलिए अब हम लोगों में अधिक शांति एवं सामंजस्य है; अब पहले से अधिक कार्य सम्पन्न होता है क्योंकि हम हमेशा तनावपूर्ण और अशांत नहीं होते।" इस सेल्फ़-रियलाइज़ेशन फ़ेलोशिप [योगदा सत्संग सोसाइटी ऑफ़ इण्डिया] पथ पर हमारे गुरुदेव हमें जो सिखाते हैं उसका यह एक अत्यन्त सुन्दर उदाहरण है।

जब तक आप पति या पत्नी और बच्चों के सामने अशांत और तनाव ग्रस्त रहेंगे, तब तक वे भी प्रतिक्रिया स्वरूप उसी प्रकार का व्यवहार करेंगे। इसके अतिरिक्त और कुछ हो ही नहीं सकता। तो यदि आप अपने घर में कुछ अलग प्रकार का वातावरण चाहते हैं तो पहल आपको ही करनी होगी। अपने परिवार में एक ही दिन में परिवर्तन होने

की अपेक्षा मत रखिए। यह विरले ही हो सकता है; परिवर्तन एक धीमी, सहज प्रक्रिया है। और यदि वह न भी हो तो हतोत्साहित न हों या इसके बारे में अति चिंतित न हों। गुरुजी हमसे कहा करते थे, "भगवान् ने प्रत्येक मनुष्य को एक अत्यंत सुन्दर उपहार दिया है : उसके अपने विचारों की अंतरंगता। उस अंतरंगता में जीते हुए वह चुपचाप भगवान् के साथ साहचर्य और सामंजस्य स्थापित कर सकता है जो धीरे-धीरे उसके सारे जीवन में प्रतिबिंबित होने लगता है, जिसमें उसका अपने परिवार के साथ, अपने समाज के साथ, और अपने जगत् के साथ संबंध भी शामिल हैं।" आपके आस-पास के लोगों में परिवर्तन होता हुआ नहीं भी दिखता हो, तो भी आपके अपने अंतर् में जो परिवर्तन होता है उसके कारण आप दूसरों के अनुचित व्यवहार से उतने दुःखी नहीं होंगे।

किशोरों के व्यवहार के लिए कौन जिम्मेदार है?

प्रायः अनेक माता-पिता उनके और उनके बच्चों के बीच निरन्तर बढ़ती जा रही दूरी से व्याकुल होकर मेरे पास आते हैं। आज के युवाओं की समस्याओं के अनेक कारण हैं — इन सब समस्याओं को एक साथ मिलाने से एक बृहद् और जटिल विषय बन जाता है। आध्यात्मिक दृष्टिकोण से, प्रमुख कारण है पुनर्जन्म धारण किए हुए इन युवाओं के गत जन्मों के कर्म* या अनुभव, जिनकी जड़ें पिछले तीस वर्षों के युद्धों, दंगों और वर्ण-द्वेष की घटनाओं में हो सकती हैं। और

* हिन्दू धर्मग्रन्थों में बताए गए पुनर्जन्म के सिद्धान्त के अनुसार, इस पृथ्वी पर प्रसन्नता एवं परिपूर्णता प्राप्त करने की झूठी आशाओं द्वारा भ्रमित मनुष्य अन्तहीन सांसारिक इच्छाओं के मायाजाल में फँस कर रह जाते हैं। इन इच्छाओं को तृप्त करने के लिए मनुष्यों को तब तक बार-बार जन्म लेना पड़ता है जब तक वे जीवन के इस सबसे बड़े पाठ को नहीं सीख लेते कि केवल ईश्वर ही प्रसन्नता प्राप्त करने की उनकी इच्छाओं को पूरा कर सकते हैं।

फिर आज के प्रचार माध्यमों का भी प्रभाव है। समाज का प्रत्येक भाग, समाज के हर दूसरे भाग को अपने ड्रॉइंग रूम में टेलिविज़न स्क्रीन पर देख सकता है। और जैसा कि हमारे परमगुरु* स्वामी श्रीयुक्तेश्वरजी कहते हैं, "संगति इच्छा शक्ति से अधिक बलवान है।"

आजकल के साहित्य और मनोरंजन कार्यक्रमों में दृष्टिगोचर समाज के गिरते हुए नैतिक और धार्मिक मूल्यों पर भी ध्यान दें। मनुष्य की हीन प्रवृत्तियों का पोषण करने वाली बातें अवश्य ही उसके अभद्र पाशविकता को प्रकट कराएँगी। परन्तु इन स्थूल कारणों को अलग रखते हुए, मैं माता-पिता और बच्चों के बीच के संबंध के विषय में कुछ तथ्यों की चर्चा करना चाहूँगी।

आज जो अनेकानेक किशोर-किशोरियाँ विभिन्न समस्याओं में उलझ रहे हैं, उसका सारा दोष केवल उन्हें ही नहीं दिया जा सकता। हमें उनके माता-पिताओं और माता-पिताओं के भी माता-पिताओं की ओर देखना चाहिए। सर्वप्रथम बात तो यह है कि प्रायः माता-पिता स्वयं अनुशासनहीन होते हैं और इस कारण अच्छा उदाहरण प्रस्तुत नहीं करते। उदाहरण से मेरा मतलब यह नहीं है कि वे बनावटी धार्मिकता को प्रकट करें, बल्कि यह कि सही उदाहरण प्रस्तुत करें — विवेक और समझदारी का उदाहरण। और इसके साथ ही जहाँ कठोरता आवश्यक हो वहाँ कठोरता भी बरतें, परन्तु कभी भी अपने बच्चों को तब अनुशासित करने का प्रयास न करें जब उनके अपने भावावेग असंयत हों। यदि

पुनर्जन्म इस लिए भी आवश्यक है जिससे कार्य-कारण का दिव्य सिद्धान्त, जिसे कर्म कहते हैं, पूरा किया जा सके। मनुष्य के अच्छे और बुरे कर्म के बीज अवश्य फल देते हैं, चाहे इस जन्म में अथवा दूसरे, जैसा कि सेंट पॉल ने कहा (*गलातियों* 6:7, बाइबिल): "धोखा मत खाओ। ईश्वर की अवहेलना मत करो : क्योंकि मनुष्य जैसा बोएगा वैसा ही काटेगा।"

* गुरु के गुरु।

कोई माता या पिता अपने बच्चों को समझने का प्रयत्न करेगा तो वह "मैं तुम्हारा पिता (या माँ) हूँ इसलिए तुम्हें मेरी आज्ञा का पालन करना ही पड़ेगा," इस प्रकार ओछी प्रवृत्ति की ओट में नहीं छुपेगा। इस प्रकार की अधिकारशाही बच्चों पर नहीं चल सकती।

उन्हें प्रेम देने के साथ ही माता-पिता को अपने नन्हें-मुन्नों के सहचर बनना भी सीखना चाहिए, और यह संबंध शैशवकाल से ही शुरू हो जाना चाहिए। बच्चे जब बहुत छोटे होते हैं तभी से यदि माता-पिता उनके साथ घनिष्ठता स्थापित नहीं कर लेते तो बच्चों के बढ़ने के साथ-साथ माता-पिता और बच्चों के बीच कोई परस्पर संवाद नहीं रहेगा।

बच्चों की हर इच्छा पूर्ण करने के प्रयास में उन्हें अत्यधिक उपहार नहीं देते रहना चाहिए। कुछ वस्तुओं के लिए, जिनकी उन्हें चाह हो, उन्हें कष्ट उठाना आना चाहिए ताकि वे उनका मूल्य समझ सकें। यदि वे घर में इस बात को नहीं सीखते, तो जीवन उन्हें कभी-न-कभी सिखा ही देगा और वह सीख शायद दुःखद परिस्थितियों में मिलेगी। बच्चों को इस जिम्मेदारी का बोध कराया जाना चाहिए कि उन्हें जो कुछ मिलता है, उसके लिए कष्ट उठाना पड़ता है। उसे अर्जित करना पड़ता है।

कुछ घरों में माँ ही अकेली खाना पकाना, बर्तन धोना, और अन्य घर के सारे काम करती है; और बच्चों को कोई भी काम या जिम्मेदारी नहीं दी जाती। यह ठीक नहीं है। बच्चों की क्षमता और आयु के अनुसार उनसे छोटे-छोटे काम करवाए जाने चाहिए। प्रत्येक मनुष्य को परिवार के अधिकारगत और सहायक सदस्य के रूप में उत्तरदायित्व और आत्मसम्मान की भावना सिखाई जानी चाहिए।

यह अत्यंत महत्त्वपूर्ण है कि माता-पिता अपने बच्चे के दृष्टिकोण को समझें और उसी की दृष्टि से देखने का प्रयास करें। तब माता-पिता बात को उचित दृष्टिकोण से देखने में ज़्यादा अच्छी तरह से बच्चे की सहायता कर सकते हैं। और जब माता या पिता गुस्से में या किसी भी

भावावेग के अधीन हों तब उन्हें किसी भी हालत में बच्चे को डाँटना-फटकारना या मारना नहीं चाहिए। उस प्रकार के अनुशासन को बच्चा कभी भी नहीं मानेगा। वह माता-पिता का आदर तभी करेगा जब माता-पिता उसके साथ विवेक, प्रेम तथा समझदारी के साथ बर्ताव करेंगे।

अपने बच्चे के लिए कोई नियम बनाने से पहले माता-पिता को अत्यंत ध्यानपूर्वक उसके बारे में सोचना चाहिए, और फिर दृढ़ता से उस नियम को लागू करना चाहिए। बच्चे को यह नहीं लगना चाहिए कि उसके माता-पिता देर-सवेर उन्होंने क्या कहा यह भूल ही जाएँगे और तब वह अपनी बात मनवा लेगा। बच्चे आप जितने सोचते हैं उससे कहीं अधिक चतुर होते हैं। उन्हें यह सोचने का अवसर कभी नहीं देना चाहिए कि वे यदि पर्याप्त समय तक बात को खींचते रहें तो माता-पिता में से कोई-न-कोई अपनी दृढ़ता में ढील दे ही देगा। क्या-क्या करके बचा जा सकता है इसे समझने की होशियारी बच्चे में पर्याप्त होती है; यह मानव स्वभाव है।

बच्चों का लालन-पालन करने में सफल होने वाले माता-पिता पहले यह सोचेंगे, "मैं अपने बच्चे से जो कहने वाला हूँ वह केवल मेरे मत और अधिकार का आग्रह है, या वह इसलिए सही है कि वह युक्तिसंगत और उचित है?" फिर एक बार बच्चे से वह कह देने के बाद उन्हें देखना चाहिए कि बच्चा उसे माने, उस आज्ञा का पालन करे। बच्चा इस प्रकार के अनुशासन का आदर करेगा यदि वह देखेगा कि इसे न्यायगत तरीके से और समझदारी से लागू किया जाता है। तब उसका प्रेम और आदर उससे अपने पूज्य माता-पिता को प्रसन्न करने का प्रयास करवाएगा।

आजकल बच्चे बड़े विद्रोही बन रहे हैं। यह इसलिए है कि उन्हें कभी सिखाया ही नहीं गया कि जीवन का एक अंग सत्ता और दूसरों के अधिकारों का सम्मान करना सीखना भी है। कुछ ही वर्ष पहले तक

कई माता-पिताओं का यह विश्वास था कि बच्चा भी एक प्रौढ़ युवा है जिसे अपने को व्यक्त करने का पूरा इच्छा-स्वातंत्र्य होना चाहिए। भगवान् ही बचाए! तो फिर भगवान् ने माता-पिताओं को इस जगत् में क्यों रखा है? यदि भगवान् की योजना न होती कि बच्चों को माता-पिता का मार्गदर्शन मिले तो वे ऐसी व्यवस्था करते कि माताएँ अंडे दे दें ताकि अंडों से बच्चे बाहर निकलते ही माताएँ बच्चों को अपने हाल पर छोड़कर चलती बनें, जैसे कछुआ करता है। भगवान् माता-पिताओं से यह आशा रखते हैं कि वे अपने बच्चों को ढालने का उत्तरदायित्व निभाएँ। बच्चे को इस जगत् में लाने वाले दम्पति को उसे धोखा देने का कोई अधिकार नहीं।

मेरा यह मत है कि बच्चों को बचपन से ही कुछ-न-कुछ धार्मिक शिक्षा देनी चाहिए परन्तु उस पर इसकी ज़बरदस्ती नहीं करनी चाहिए। बच्चे को किसी धर्म के ढाँचे में ज़बरदस्ती ढालने का प्रयास करना ग़लत है। उसे पहले आध्यात्मिक बातों में अभिरुचि और इच्छा होनी चाहिए। यदि शुरू से ही उसे भगवान् के लिए प्रेम, भगवान् में विश्वास, भगवान् का साथ पाने जैसी आध्यात्मिक प्रवृत्तियों को विकसित करने में प्रोत्साहित किया गया तो यह अभिरुचि और इच्छा उसमें आ जाएगी। परमहंसजी कहा करते थे कि माता-पिता और बच्चों को नियमित रूप से एक साथ मिलकर प्रार्थना और ध्यान करना चाहिए। इस तरीके से बच्चा अपने माता-पिता के उदाहरण से भगवान् के साथ संबंध रखना सीखता है। परन्तु इस प्रकार की पारिवारिक पूजा कम अवधि की होनी चाहिए क्योंकि बच्चे चंचल होते हैं; और उनके मन नियंत्रित नहीं होते। उनके लिए एक साथ लम्वे समय के लिए बैठना कठिन होता है। एक बहुत अच्छा तरीका यह है कि उन्हें नैतिकता, श्रद्धा, सदाचरण तथा भगवान् के लिए प्रेम की भावना को विकसित करने वाली कहानियाँ बताई जाएँ या पढ़कर सुनाई जाएँ। यह भारत का आदर्श है। वहाँ

बच्चे के संवेदनशील और ग्रहणशील कानों में पड़ने वाली सबसे पहली बातें पुराणों और शास्त्रों की उदात्त, प्रेरणादायक कहानियाँ होती हैं।

बच्चों में यह भावना कदापि नहीं आने देनी चाहिए कि वे यदि कुछ ग़लत या बुरा करें तो भगवान् उन्हें सज़ा देंगे। उन्हें भगवान् से प्रेम करना चाहिए, उनसे भयभीत होना नहीं चाहिए; उन्हें उचित कार्य इसलिए करने चाहिए कि वे भगवान् से प्रेम करते हैं। उन्हें कर्म-सिद्धान्त के बारे में थोड़ा बहुत सिखाया जाना चाहिए : "तुम इस संसार में जो बोओगे मेरे बच्चों, वही तुम्हें काटना पड़ेगा। जैसा करोगे वैसा ही भरोगे। यदि तुम झूठ बोलोगे, तो दूसरे तुम्हारे साथ झूठा व्यवहार करेंगे और कोई तुम पर विश्वास नहीं करेगा। यदि तुम चोरी करोगे या किसी से कुछ छीन लोगे, तो दूसरे भी तुम से छीन लेंगे। परन्तु यदि तुम निःस्वार्थ रहे तो दूसरे भी तुम्हारे प्रति उदार रहेंगे। तुम यदि प्रेम करोगे, तो दूसरे भी तुमसे प्रेम करेंगे।"

जब बच्चे उचित उम्र के हो जाते हैं तो यह माता-पिता का कर्त्तव्य बनता है कि वे जीवन के प्रति, उनकी भावनात्मक समस्याओं के प्रति, यौन जीवन के प्रति उचित अभिवृत्ति विकसित करने के लिए उनके मन एवं हृदय को खोल दें। जब उन्हें सिखाया जा रहा हो तब उन्हें सदैव यह विश्वास होना चाहिए कि वे चाहे कुछ भी क्यों न करें, उनके माता-पिता हमेशा उन्हें खुले दिमाग से तथा समझदार दिल से ही समझेंगे। बच्चे को यह कभी नहीं लगना चाहिए कि जो समझदारी उसे अपने माता-पिता में नहीं मिली, उसके लिए उसे किसी और के पास जाना पड़ेगा।

विवेकशील माता-पिता अपने बच्चे के कुछ भी कहने पर कभी भी हक्के-बक्के, हताश, संत्रस्त या स्तंभित प्रतीत नहीं होंगे। बच्चे को हमेशा यही लगना चाहिए, "मैं कभी भी अपनी किसी भी परेशानी को लेकर अपने माता-पिता के पास जा सकता हूँ क्योंकि मैं जानता हूँ कि वे मुझे हमेशा ठीक से समझेंगे।"

एक बार एक युवक मेरे पास आया और उसने कहा, "मैं न अपनी माँ से बोल सकता हूँ, न अपने पिता से। मैं जैसे ही अपनी समस्याओं की चर्चा छेड़ता हूँ — और मेरी समस्याएँ मेरे लिए बहुत गम्भीर हैं — वैसे ही ऐसा प्रतीत होता है कि मेरे माता-पिता कुछ सुनना ही नहीं चाहते, या फिर वे मुझे डाँट देते हैं या सीधे चेतावनी दे देते हैं। वे मुझे अपनी बात कहने का अवसर ही नहीं देते; परिणाम स्वरूप, मैंने मौन धारण करना सीख लिया है। मैं उनके साथ बात ही नहीं करता। वे मेरे इन विचारों को और मेरी समस्याओं को नहीं जानते। वे या तो अति व्यस्त हैं, या वे मेरी समस्याओं को और मेरे विचारों को जानना ही नहीं चाहते, या फिर वे मुझे सहन नहीं कर सकते।"

माता-पिता जो ग़लतियाँ करते हैं उनमें यह सबसे बड़ी ग़लती है; वे अपने बच्चों की समस्याओं और अभिरुचियों को पहचानने के लिए कोई समय नहीं निकालते। बल्कि वे कहते हैं, "क्या यह पर्याप्त नहीं कि मैंने तुम्हें रहने के लिए घर दिया है, पहनने के लिए कपड़े दिए हैं, छुट्टी के दिन मित्रों के साथ घूमने के लिए वाहन दिया है, प्रत्येक वर्ष छुट्टियों में भ्रमण करने के लिए भेजा है, और बाक़ी सब जो तुम चाहते हो वह भी दिया है?" नहीं। यह पर्याप्त नहीं है। ये सब बातें समझदारी और साहचर्य का स्थान कभी नहीं ले पाएँगी।

हर माता-पिता की यह इच्छा होती है कि किसी दिन उसके बच्चे कहें, "मैं अपने माता-पिता का कृतज्ञ हूँ। वे मेरे साथ दृढ़ता का रुख अपनाते थे, परन्तु मैं सदैव जानता था कि वे मुझसे प्रेम करते थे; और मैं कभी भी उनके पास किसी भी समस्या को लेकर जा सकता था, इस विश्वास के साथ कि मुझे उनसे हमेशा समझदारी, मार्गदर्शन और सहनशीलता ही मिलेगी।" परंतु उस प्रकार की माता या पिता बनने के लिए व्यक्ति में अपने को अनुशासित करने की भी इच्छा होनी चाहिए। उसे शारीरिक, नैतिक, बौद्धिक, तथा आध्यात्मिक स्तर पर स्वयं आदर्श

बनकर उदाहरण प्रस्तुत करना पड़ता है। उसे विवेक, सहनशीलता, समझदारी का संवर्द्धन करना पड़ता है और अपने बच्चे के संपर्क में जब भी आता है तब उसे आदर्श आत्म-संयम बरतना पड़ता है। इस प्रकार वह बच्चे को संसार में लाने के समय जो दिव्य उत्तरदायित्व अपने ऊपर लेता है, उसे निभा पाएँगा।

मानवीय संबंधों के पीछे ईश्वर का उद्देश्य

ईश्वर ने हमें विविध स्वरूपों में मानवीय संबंध एक ही उद्देश्य के लिए दिए हैं : हमें एक दूसरे से सीखना है। एक अर्थ में प्रत्येक व्यक्ति हमारा "गुरु" है। बच्चे हमें सिखाते हैं, वे हमें अनुशासित करते हैं; उनके जीवन को उचित साँचे में ढालने में उनकी सहायता करने के लिए हमें अपार सहनशीलता सीखनी पड़ती है; अपने आप से, अपने स्वार्थ से बाहर निकलकर उन तक पहुँचना सीखना पड़ता है। बदले में हम भी उनके "गुरु" हैं क्योंकि उनका मार्गदर्शन करना और जीवन में अच्छी-से अच्छी शुरूआत करने के लिए उन्हें प्रशिक्षित करना हमारा ही उत्तरदायित्व है।

इन सभी संबंधों के कारण हमारे प्रेम का विस्तरण और शुद्धिकरण होता है; और मेरा विश्वास है कि दूसरों को चरम अर्थ में परिवर्तित केवल प्रेम ही कर सकता है। यदि आप अपने बच्चे या पति या पत्नी के पास उस प्रेम और अपार समझदारी की चेतना में ही सदैव जाएँ, चाहे वे आपको कुछ भी क्यों न करें या कहें, आपका कैसा ही अपमान क्यों न करें, तो अन्त में आपकी जीत निश्चित है। परन्तु यह करते रहने के लिए आपके पास सहनशक्ति भी होनी चाहिए।

आप दूसरों में जिन गुणों को देखना चाहते हैं उन्हें अपने जीवन में प्रदर्शित कर उदाहरण स्थापित कीजिए। "आदर्श जीवन"—यह बहुत बड़ा विज्ञान है। परमहंसजी हमें बताते थे, "जब मैं अपने गुरु

स्वामी श्रीयुक्तेश्वरजी के पास गया, तो उन्होंने कहा, 'ठीक से बर्ताव करना सीखो।'" और हम सबको इस संसार में ठीक से व्यवहार करना सीखना ही होगा : यही धर्म का विज्ञान है। जब ठीक से व्यवहार करना सीखेंगे तब आप भगवान् को समझ जाएँगे, क्योंकि तब आपका आचार-विचार ऐसा होगा कि प्रतिपल आपको यह बोध रहेगा कि आप आत्मा हैं, यह नश्वर शरीर या मन नहीं। आत्मा सदैव ईश्वर की उपस्थिति के अमृत का पान करती रहती है। आप एक मर्त्य जीव नहीं हैं, आप दिव्यात्मा हैं; इसलिए दिव्यात्माओं की तरह आचरण करना सीखिए।

यह आप तभी कर सकते हैं जब धर्म को व्यवहारिक जीवन में, दैनिक अभ्यास में आप उतारते हैं, जैसा सेल्फ़-रियलाइज़ेशन फ़ेलोशिप सिखाता है। धर्म कोई ऐसी वस्तु नहीं कि कभी-कभार उसकी महिमा की ऊँची-ऊँची चर्चा कर ली या किसी महात्मा के प्रवचन सुन लिए और बाक़ी समय उसे भुला दिया। हमारे गुरुदेव हमें कहते थे, "मुझे केवल गिरजाघरों और मन्दिरों में जाने वाले साधारण लोगों में कोई रुचि नहीं है। यदि होती तो विश्व-भर में मेरे लाखों करोड़ों अनुयाई होते। मैं जिज्ञासुओं की भीड़ में से उन आत्माओं को चुनने आया हूँ जो मनःपूर्वक और अंतर् की गहराई से भगवान् को जानना चाहते हैं।" उनका यह अर्थ नहीं था कि वे सबको संन्यासी बनाना चाहते हैं। अपितु वे तो कहते थे, "अपने हृदय को आश्रम बना लो जहाँ तुम चुपचाप भगवान् की पूजा कर सको।" अपने हृदय-रूपी उस आश्रम में भगवान् को सर्वोपरि रखिए। जब भगवान् आपकी आत्मा के प्रियतम बनते हैं, आपकी आत्मा के सखा बनते हैं, आपकी आत्मा के माता, पिता, सहचर, गुरु बनते हैं तब आप धन्य हो जाते हैं। जीवन हर ओर से खुशी प्रदान करता जाता है, दूसरों के साथ संबंध आनन्दप्रद अनुभव प्रदान करते हैं। आप अपने बच्चों से, अपने

पति या पत्नी से ईश्वर के महत्तर प्रेम, समझदारी एवं सहानुभूति के साथ प्यार करने लगते हैं। भगवान् लोगों के परस्पर संबंधों को, मानवीय हृदयों के बीच के संबंधों को और मजबूत करते हैं तथा प्रेम को सीमित करने वाली या कुंठित करने वाली स्वार्थी आसक्ति से उनके संबंधों को मुक्त करते हैं। अधिकार जताने की प्रवृत्ति से प्रेम की जितनी हानि होती है उतनी और किसी बात से नहीं होती। "तुम मेरे हो इसलिए तुम्हें ऐसा करना ही पड़ेगा; तुम्हारे साथ ऐसा व्यवहार करने का मुझे अधिकार है।" इस प्रकार की सोच प्रायः मानवीय संबंध के लिए प्राणघातक आघात सिद्ध होती है।

मुझे ऐसा लगता है कि लोगों को विवाह करके बच्चे पैदा करने से पहले कानूनन किसी विद्यालय में भेजा जाना चाहिए जहाँ वे उचित आचरण की कला सीख सकें। जब मनुष्य आध्यात्मिक और मनोवैज्ञानिक स्तर पर इतना शिक्षित हो जाए कि वह मानवीय स्वभाव के विषय में और दूसरों के साथ निभा पाने की कला के विषय में कुछ जाने, तब सुखी, सामंजस्यपूर्ण, तथा आध्यात्मिक दृष्टि से प्रगतिशील पारिवारिक जीवन की संभावना रहती है। ऐसे प्रबुद्ध संबंध में आत्मा विकसित होती है।

पति को पत्नी के लिए, पत्नी को पति के लिए, बच्चों को माता-पिता के लिए, माता-पिता को बच्चों के लिए : इस प्रकार मनुष्यों को जब एक दूसरे के लिए आदर नहीं होता तब वे अपने वैयक्तिक नातों में असफल हो जाते हैं। जब मानवीय संबंधों में मैत्रीभाव का अभाव होता है तब उन संबंधों का ह्रास होता है। मित्रता के अभाव में पति-पत्नी के बीच का प्रेम, माता-पिता और बच्चों के बीच का प्रेम नष्ट हो जाता है। मित्रता दूसरों को अपने आप को व्यक्त करने की, उसकी अपनी एकमात्र पहचान को व्यक्त करने की स्वतंत्रता देती है।

जब दो आत्माओं के बीच पूर्ण समझदारी तथा परस्पर विचारों का

आदान-प्रदान होता है, तब उनमें सच्ची मित्रता एवं सच्चा प्रेम होता है। जब लोग अपने पति या पत्नी के साथ, बच्चों के साथ तथा अन्य लोगों के साथ संबंधों में मित्रता, आदर तथा स्नेह रखना सीखेंगे तब वे कभी एक दूसरे के साथ दुर्व्यवहार नहीं करेंगे, या कभी ऐसे दुर्व्यवहार से दुःखी नहीं होंगे।

आप शायद कहेंगे, "हाँ! बहुत ही अच्छा होगा यदि मेरा पति (या पत्नी, या बच्चे) ऐसा कर पायें!" आप स्वयं यह शुरू क्यों नहीं करते? आप अपने हिस्से का काम कीजिए, बाक़ी भगवान् पर छोड़ दीजिए।

घुमा फिरा कर यह सब अन्त में एक ही बात पर वापस ले आता है : आरंभ स्वयं अपने से ही करना होगा।

शिक्षा : जो हम दूसरों से प्राप्त कर सकते हैं

सेल्फ़-रियलाइज़ेशन फ़ेलोशिप अंतर्राष्ट्रीय मुख्यालय,
लॉस एंजिलिस, कैलिफ़ोर्निया, 4 दिसम्बर, 1964

आध्यात्मिक रूप से सबसे अधिक सहायता कार्य जो हम दूसरों के लिए कर सकते हैं, वह है—स्वयं को सचमुच समझदार, दयालु और स्नेहपूर्ण बनाना। दूसरों को बदलने का सबसे उत्तम मार्ग है, पहले स्वयं को बदलना। हम जब अधिक शांत और स्नेहपूर्ण बनते जाते हैं, तब जो हमारे आस-पास हैं, उन पर स्वतः ही उसी प्रकार का प्रभाव हम डालते हैं।

स्वयं में आध्यात्मिक परिवर्तन लाने के कई रास्ते हैं। इनमें सबसे अधिक महत्त्वपूर्ण है, ध्यान। हमें ईश्वर के साथ व्यक्तिगत संबंध स्थापित करने का प्रयत्न करना चाहिए, जिससे कि हमारी चेतना में ईश्वर केवल एक नाम या एक सुदूर प्राणी मात्र न रहे अपितु प्रेम-भरा साकार सत्य बन जाए। ईश्वर के साथ इस तरह के संबंध में भक्त एक ऐसी सुरक्षा, शांति, आनन्द व प्रेम का अनुभव करता है कि वह हर बात के प्रति इसी आंतरिक परिपूर्णता की स्थिति से प्रतिक्रिया व्यक्त करता है।

दूसरों से मिलने वाली तरंगों (vibrations) के अनुसार ही हम उनके प्रति सकारात्मक या नकारात्मक रूप से प्रतिक्रिया व्यक्त करते हैं। लेकिन हमें उस प्रकार की मानवीय प्रतिक्रिया से संतुष्ट नहीं रहना चाहिए। हम इस पृथ्वी पर यह अनुभव करने के लिए आए हैं कि हम सब आत्माएँ हैं जो ईश्वर के प्रतिरूप में बनी हैं।

जब हम किसी के प्रति स्वाभाविक रूप से आकृष्ट होते हैं तो

उसके साथ श्रेष्ठ व्यवहार करना हमारे लिए बहुत सरल होता है। परन्तु यह बहुत बड़ी सच्चाई भी है कि अति-घनिष्ठता से कद्र कम हो जाती है। जब हम अपने प्रियजनों के साथ होते हैं, ऐसे लोग जो हमारे लिए प्रिय हैं और जिनके लिए हम प्रिय हैं, तब हमें उनका अनुचित फायदा कभी नहीं उठाना चाहिए। यदि प्रेम को शुद्ध और स्थाई बनाए रखना है तो प्रेम सदा आदर और श्रद्धा से मिश्रित होना चाहिए। बिना आदर के सच्चा प्रेम, बुझते-बुझते अंततः समाप्त हो जाता है। आदर करने का अर्थ है—सदैव याद रखना कि दूसरा व्यक्ति ईश्वर के स्वरूप में बनी एक आत्मा है।

जब हमें ऐसे लोगों की संगत में रहना पड़े जिनके प्रति हमारी प्रतिक्रिया सकारात्मक नहीं है, तब हमें क्या करना चाहिए? मान लीजिए आपसे कोई क्रोधित या रुष्ट है। यदि आप आत्म-अनुशासन, समभाव और विवेकशीलता से युक्त व्यक्ति हैं, तो आप आग में और घी नहीं डालेंगे। आप अपना आत्म-संयम और मन की शांति केवल इसलिए नहीं खो देंगे क्योंकि किसी दूसरे ने ऐसा किया। यहाँ माउन्ट वाशिंग्टन में, अपने गुरु परमहंस योगानन्दजी के प्रशिक्षण के दौरान हुए प्रारंभिक अनुभवों में से एक का उदाहरण मुझे याद आता है।

आरम्भ के दिनों में हमारे कमरों में साज-सामग्री बहुत कम होती थीं, कपड़े रखने के लिए संतरे की खाली पेटियाँ, एक लकड़ी का तख्त जो हम अब भी उपयोग करते हैं, एक सीधी कुर्सी, बिना दरी का फर्श, और इसके अतिरिक्त कुछ नहीं। एक महिला ने, जो कुछ समय के लिए माउन्ट वाशिंग्टन में रही, मेरे अतिरिक्त अन्य सभी भक्तों के कमरों को बढ़िया साज-सामान से सजाने का बीड़ा उठाया। इस बात का मुझ पर कोई अंतर् नहीं पड़ा क्योंकि मैं भौतिक वस्तुओं के लिए यहाँ नहीं आई थी; आश्रम में आने से पहले ये सब वस्तुएँ मेरे पास थीं। लेकिन गुरुजी का ध्यान इस बात की ओर चला गया; वे किसी भी अन्याय

को तुरंत भाँप लेने में कुशल थे। गुरुदेव कभी भी किसी की निन्दा नहीं करते थे, लेकिन उन्होंने मुझे समझाने के लिए मुझसे कहा, "वह तुमसे ईर्ष्या करती है।"

परमहंस योगानन्दजी ने हमें सिखाया था कि जो लोग हमें पसन्द नहीं करते उनसे हमारा व्यवहार कैसा होना चाहिए : "वे चाहे आप से किसी भी तरह का व्यवहार करें, कोई बात नहीं, उन्हें प्रेम देते रहो।" हर मौके पर मैं इसका अभ्यास करने लगी। मैंने यह रवैया अपना लिया कि मुझे ईश्वर और अपने गुरु के अतिरिक्त किसी और से कुछ नहीं चाहिए। इसीलिए यह महिला मुझे चोट नहीं पहुँचा सकी। क्योंकि मुझे उससे कुछ नहीं चाहिए था, इसलिए उसका व्यवहार मेरी किसी भी इच्छा के विरुद्ध नहीं हो सकता था। मुझे जो कुछ चाहिए था, मैं अपने प्रियतम प्रभु और अपने गुरु से प्राप्त कर रही थी। मैं जब भी ध्यान करती, तब इस महिला भक्त को ईश्वर के आध्यात्मिक आलोक और प्रेम के घेरे में होने का मानस चित्रण करती थी।

कुछ समय बाद, एक दिन, वह उदासी और अकेलापन अनुभव कर रही थी। जिनके लिए उसने इतना सब किया था, उन भक्तों के लिए भी इस महिला के साथ निभा पाना मुश्किल हो गया और उन लोगों ने उससे किनारा कर लिया था। हम एक बार हॉल में मिले। उसने मुझसे बातचीत की और मैंने सांत्वनादायक कुछ शब्द शायद उससे कहे होंगे। बाद में, उसने मुझसे मिलने के लिए कहा और हमने फिर वार्तालाप किया। उसने अपने हृदय की सारी बातें मुझसे कह डालीं। और अंत में उसने कहा, "जब तुम पहले यहाँ आईं थीं, मैं तुमसे ईर्ष्या करती थी क्योंकि तुम अत्यधिक आध्यात्मिक उत्साह से भरी हुईं थीं, जो मुझमें नहीं था। लेकिन मैंने जैसा व्यवहार तुम्हारे साथ किया उसके बाद भी तुमने मुझे सहानुभूति और सच्ची मित्रता ही दी।" तब मुझे समझ में आया कि व्यक्ति कैसे बदलते हैं, यदि आप उनके प्रति सदा

वैसे ही स्नेहमय बने रहते हैं। इसे बार-बार मैंने अपने जीवन में कारगर होते देखा है।

सदा समभाव में रहें

इस बात की चिन्ता न करें कि लोग आपके साथ कैसा व्यवहार करते हैं, केवल इस बात की चिन्ता करें कि आप कैसा व्यवहार करते हैं। यही आदर्श जीसस, परमहंस योगानन्दजी और सभी सन्तों के द्वारा सिखाया गया है। जीवन की प्रत्येक परिस्थिति में प्रतिक्रिया का एक सही तरीका होता है; जो हमसे प्रेम करते हैं उनके प्रति, और जो हमसे प्रेम नहीं करते उनके प्रति भी; और भगवान् कृष्ण का भी अभिप्राय यही था, जब उन्होंने समभाव की एक आवश्यक सद्गुण के रूप में इस प्रकार प्रशंसा की, "हे अर्जुन! वह व्यक्ति जो इनसे (इन्द्रियों का विषयों के साथ संपर्क में आने से) अशांत नहीं होता, जो दुःख और सुख अनुभव करते हुए भी समभाव में रहता है, केवल वही शाश्वतता प्राप्त करने के योग्य है!"* उन्होंने यह नहीं कहा, जब लोग आपके साथ सद्भाव और प्रेम से व्यवहार करें तो समभाव में रहो। यह करना तो आसान है। उन्होंने सिखाया कि हमें सभी परिस्थितियों में समभाव में ही रहना चाहिए। जब आप इसका अभ्यास करेंगे, तब आप देखेंगे कि यह सकारात्मक परिणाम लाता है।

गुरुदेव एक स्वच्छ, निष्कलंक दर्पण की भाँति थे। जो भी उस दर्पण के सामने खड़ा होता था, वह अपने आप को बिल्कुल वैसा ही देखता था, जैसा वह होता था — उसमें बिना किसी विकार के या बिना अपने आप को तर्क द्वारा सही साबित करने की प्रवृत्ति के; वह अपने तुच्छ अहं को इतने सुस्पष्ट रूप से देखता था कि उससे उसका गर्व चूर

* श्रीमद्भगवद्गीता II:15 (परमहंस योगानन्दजी की गीता पर टीका *ईश्वर-अर्जुन संवाद : श्रीमद्भगवतगीता* से उद्धृत)।

हो जाता था। परमहंसजी हम सबकी कमज़ोरियाँ जानते थे। और वे कभी भी हमें प्रशिक्षित करने के अपने कर्त्तव्य से बचना नहीं चाहते थे। ऐसा भी नहीं था कि वे अपने इस उत्तरदायित्व को निभाने में आनन्द उठाते थे। मुझे याद है, उन्होंने एक बार मुझसे कहा था, "मुझे दूसरों को अनुशासित करना पसन्द नहीं। अपने अगले जन्म में मैं किसी को भी अनुशासित नहीं करूँगा। लेकिन एक गुरु का यह कर्त्तव्य है कि जो उससे आध्यात्मिक सहायता चाहते हैं, उनके स्वभाव के दोषों को दूर करे, और अपनी ज्ञान की छुरी से उनके मानसिक फोड़ों को चीरा लगाए जिससे कि वे ठीक हो जाएँ।"

आत्म-अनुशासन भी इसी प्रकार कार्य करता है। यह हमें विवेक का उपयोग करना सिखाता है, जिसका केवल इतना ही अर्थ है—हमें जिस समय पर जो करना चाहिए हम वही करें। लेकिन जब तक हमें अपनी कमज़ोरियों का पता नहीं चलेगा, हम उन्हें बदल नहीं सकते। कई बार अपनी कमज़ोरियों को जानते हुए भी हममें उन्हें दूर करने की दृढ़ इच्छा-शक्ति नहीं होती। लेकिन जब हम सच्चे दिल से आत्म-सुधार चाहते हैं, तो हम अपने आप ही ऐसे व्यक्ति के पास पहुँच जाते हैं, एक दिव्य मित्र के पास, जैसे कि हमारे गुरु—जो हमें हमारे दोषों के बारे में बता सकता है और उन्हें दूर करने में हमारी सहायता कर सकता है। दैनिक जीवन में दूसरों के साथ हमारे व्यवहार के क्या परिणाम होते हैं, ये भी हमारी कमज़ोरियों पर प्रकाश डाल सकते हैं। यदि आप दूसरे व्यक्तियों और उनके व्यवहार के प्रति अपनी प्रतिक्रिया का विश्लेषण करते हैं तो आप अपने स्वभाव की बहुत-सी अवांछनीय प्रवृत्तियों को पहचान सकेंगे।

प्रत्येक मानव ने अपने आस-पास के लोगों सहित अपनी परिस्थिति के प्रत्येक पहलू को स्वयं ही आकर्षित किया है। इन लोगों के संपर्क में आने से जो भी घटनाएँ घटती हैं, वे उस व्यक्ति की आध्यात्मिक उन्नति

के लिए आवश्यक हैं। भक्त, या तो सकारात्मक प्रतिक्रिया दिखाकर परिवेश से लाभ उठा सकता है या फिर नकारात्मक प्रतिक्रिया दिखाकर इसके द्वारा स्वयं की हानि कर सकता है। यह विकल्प सदा हमारे पास है, क्योंकि हमारे पास स्वतंत्र इच्छा-शक्ति है। लेकिन अन्तिम तर्क यही है कि हम जहाँ भी हैं, वहाँ प्रत्येक को ईश्वर ने अपने ब्रह्माण्डीय नियमों के अनुसार, हमारे कर्मों के आधार पर रखा है।

ईश्वर आपसे क्या चाहते हैं : इसे समझ लें

सभी परिस्थितियों में यह समझने का प्रयत्न करना कि ईश्वर आपसे क्या अपेक्षा करते हैं, यही हितकर मार्ग है। यदि आपकी परिस्थितियाँ इस प्रकार की हैं कि आप लगातार उत्तेजित रहते हैं और प्रतिशोध की, लड़ने की, बुरा करने की इच्छा से प्रतिक्रिया करते हैं, और अपना नियंत्रण खो देते हैं, तब आपने उस परिस्थिति से शिक्षा नहीं ली है। आत्म-अनुशासन के द्वारा आपको ऐसे नियंत्रण को विकसित करना होगा कि आप सदा समभाव में रहें। यदि आप ईश्वर पर अधिक निर्भर रहते हैं तो ऐसा करना कठिन नहीं है। जब आप आध्यात्मिक रूप से इतने शक्तिशाली हो जाते हैं कि आप कभी भी किसी भी बात या व्यक्ति के द्वारा विचलित नहीं होते, केवल तभी आप सही अर्थ में दूसरों को प्रेम और सद्भाव देने के योग्य बन सकेंगे, उससे पहले नहीं।

गुरुजी प्रायः कहा करते थे, "यदि आप क्रोधी स्वभाव के हैं, तो अपनी जिह्वा को नियंत्रित करें, और उस व्यक्ति या परिस्थिति से, जो आपके क्रोध का कारण है, तब तक के लिए दूर चले जाएँ जब तक कि आप पुनः अपनी शांति प्राप्त नहीं कर लेते।" क्रोधित होने से कभी भी कोई लाभ नहीं होता। मैंने सदा देखा है कि विवेक, दयालुता और सहानुभूति के द्वारा मैं किसी भी व्यक्ति के साथ निभा सकी, लेकिन मैं प्रायः दूसरों के गर्म स्वभाव या तीखी बातों से बचकर रहना चाहती थी।

गुरुजी ने मेरी इस कमज़ोरी को देखा, और वे जान-बूझकर मेरे ऊपर तीखी और व्यंग्य भरी टिप्पणी करते रहे। मैं पीड़ा अनुभव करती क्योंकि मैं उनका और उनके शब्दों का बहुत सम्मान करती थी। मुझे याद है मैंने उनसे कहा था, "गुरुजी, आप ऐसा क्यों करते हैं?" उन्होंने समझाया, "क्योंकि तुम दूसरों के व्यवहार के प्रति बहुत अधिक संवेदनशील हो। मैं तुम्हें कठोर बनने के लिए नहीं कहता, परन्तु तुम्हें मज़बूत बनना होगा। जिस क्षण कोई व्यक्ति तुमसे कुछ तीखा बोलता है तभी तुम पीछे हट जाती हो, तुम अपने में सिमट जाती हो, और यह एक कमज़ोरी है।" तो वे मुझे उसी प्रकार अनुशासित करते थे, जैसे कि उनके गुरु ने उन्हें अनुशासित किया था। गुरुदेव सदा सही होते थे। उन्होंने देखा कि मुझमें मृदुता की कमी नहीं थी; मैं पहले से ही वैसी थी। वे मुझे आध्यात्मिक रूप से मज़बूती, अदम्य आंतरिक शक्ति प्रदान करने का प्रयास कर रहे थे।

कुछ सालों बाद की बात है उन्होंने भक्तों के एक समूह के सामने मुझे बुरी तरह डाँट लगाई। इससे मैं विचलित नहीं हुई। कुछ देर बाद, उनका कुछ काम करने के लिए मैं कमरे से बाहर चली गई। मेरी अनुपस्थिति में वे दूसरे भक्तों की ओर मुड़े और बोले, "तुमने देखा वह कैसे व्यवहार करती है? ऐसा कई वर्षों से चल रहा है। चाहे मैं उससे कुछ भी कहूँ या कैसे भी कहूँ, वह सदा एक-सी रहती है — समभाव में। तुम सभी उससे यह सीख सकते हो।" कुछ साल बाद, वहाँ उपस्थित भक्तों में से एक ने इसके बारे में मुझे बताया। कितने ही आनन्द और आभार से मेरी आत्मा भर गई। उनके इन वचनों से अधिक महत्त्वपूर्ण मेरे लिए कुछ भी नहीं था, क्योंकि मैं एक ही बात के लिए संघर्ष कर रही थी — हर स्थिति में समभाव। हमारे गुरु कितने महान् हैं! गुरुजी ने मेरे लिए कितना कुछ किया है जब मैं इसके बारे में सोचती हूँ तो मेरी संपूर्ण चेतना आनंदित हो उठती है। मैं कितनी कृतज्ञ हूँ।

मैंने यह देखा है कि उनके कठोर प्रशिक्षण के कारण मेरे लिए अपने अंतर् में अप्रभावित रहना सरल हो गया है। आप सब भी प्रतिदिन वही प्रशिक्षण ले रहे हैं। आपके आस-पास के लोग और दैनिक जीवन की घटनाएँ आपको ये प्रशिक्षण दे रही हैं, यद्यपि आप इसे पहचान नहीं पाते। प्रत्येक अनुभव हमारे लिए सही प्रतिक्रिया व्यक्त कर प्रगति का एक अवसर है। लेकिन इसके बदले में हम कितनी ही बार ग़लत तरीके से प्रतिक्रिया करते हैं।

जो भी आध्यात्मिक पथ पर सफल होना चाहता है, उसे जी-तोड़ प्रयास करना होगा और साधारण व्यवहार के स्तर से अपने आपको ऊपर उठाना होगा। ऐसे प्रयास के बिना प्रगति नहीं हो सकती। जब हम दूसरों के प्रति क्रोध या प्रतिशोध अनुभव करते हैं, और जब हम दूसरों के दोष खोजते हैं और अपने दोषों को क्षमा कर देते हैं, तब हमारी आध्यात्मिक प्रगति नहीं हो रही होती है। हमारा कर्तव्य है, स्वयं को सुधारना।

अपरिवर्तनशील ईश्वर में स्थित रहें

यदि हम अनुभवों से यह सीख जाते हैं कि हमें कैसा बनना चाहिए, तब चाहे लोग हमारे बारे में कुछ भी कहें या करें, कोई अंतर् नहीं पड़ता। इस संसार में हम सबने यही सीखने के लिए जन्म लिया है कि हम वास्तव में आत्माएँ हैं। हम अपने सच्चे स्वरूप को कैसे जान सकते हैं यदि हम इस लघु अहम् पर, इस शरीर पर, और इस भावुक, खिन्न तथा लगातार परिवर्तनशील मन पर विजय प्राप्त नहीं कर लेते? और यह सब किया जा सकता है—आत्मानुशासन के द्वारा और गहरे ध्यान के अभ्यास द्वारा; प्रभु में भक्ति के द्वारा और उसे अपने जीवन का ध्रुवतारा बनाकर; उस एक लक्ष्य पर मन को स्थिर करने के द्वारा। मानव की चेतना सदा किसी-न-किसी वस्तु पर केन्द्रित रहती है। यह

काम-वासना, धन या सम्पत्ति हो सकती है। हमारे मन को किसी-न-किसी चीज़ पर तो केंद्रित रहना ही है, चाहे वह कोई वस्तु हो, या कोई भावना, या फिर आत्मा। बात इतनी सरल है। हमारा चुनाव क्या होगा? हम सबको उस ईश्वर में स्थित रहने का अभ्यास करना चाहिए जो अपरिवर्तनशील है। भगवान् कृष्ण ने भगवद्गीता में यही ज्ञान दिया है : ईश्वर में स्थित हो जाइए और देखिए कि जीवन का सामना करना कितना सरल हो जाता है।

भगवद् प्रेम का महत्त्व

योगदा सत्संग सोसाइटी ऑफ़ इण्डिया, एक विशेष वार्षिक सभा, कोलकाता, 25 सितम्बर, 1961

प्रियजनों, मैं जीवन के उस अत्यावश्यक तत्त्व के बारे में कुछ शब्द कहना चाहूँगी जिसका मेरे संपूर्ण जीवन में अत्यधिक महत्त्व रहा है। मेरा तात्पर्य है, प्रेम — दिव्य प्रेम, प्रभु के लिए प्रेम। इस संसार में प्रेम एक ऐसी वस्तु है जिसे प्रत्येक मनुष्य खोज रहा है, जिसके लिए प्रत्येक हृदय लालायित है। सभी प्रकार के प्रेम — परिवारजनों के बीच, मित्रों, पति-पत्नी, प्रेमी और प्रेमिका के बीच — ये सभी एक ही मूल उद्गम — ईश्वर से आते हैं। सभी प्रकार के मानवीय संबंधों में हम जो प्रेम करते हैं, वह और कुछ नहीं, केवल उसी एक प्रेम की अभिव्यक्ति है जो कि ईश्वर हैं।

इसीलिए हमें ईश्वर को खोजना चाहिए। हम सब प्रेम और आनन्द चाहते हैं, और शुद्धतम रूप में ये केवल ईश्वर में ही प्राप्त हो सकते हैं। परंतु, प्रारंभ में हम इन्हें अन्य सब जगह खोजते हैं। जब हम अत्यधिक कष्ट और दुःख झेलते हुए, अपने स्वप्नों को बुलबुलों की भाँति फूटते देखते हुए जीवन की विपदाओं से गुज़र चुके होते हैं, केवल तब ही हम प्रभु के प्रति थोड़ी, सी भक्ति अनुभव करना आरंभ करते हैं। तब हम उसे खोजना प्रारम्भ करते हैं।

ईश्वर के साथ जो मेरा संबंध है, उसमें मैं परमात्मा को जगन्माता*

* हिन्दू धर्मशास्त्रों के अनुसार, ईश्वर सृष्टि में सर्वव्यापी भी है और सृष्टि से परे भी है, साकार भी है और निराकार भी है। उसे निर्गुण परम तत्त्व के रूप में; उसके विभिन्न अभिव्यक्तियों के रूप में जैसे प्रेम, ज्ञान, आनन्द, प्रकाश; एक इष्ट के रूप में; एक आदर्श व्यक्तित्व — जैसे कि परमपिता, जगन्माता, या दिव्य सखा के रूप में खोजा जा सकता है।

के रूप में सोचना पसन्द करती हूँ। एक पिता का प्रेम प्रायः तर्क एवं बच्चे की योग्यता से प्रभावित रहता है। परन्तु माँ का प्रेम निःशर्त होता है। जब बच्चे की बात आती है तो वह केवल प्रेम, करुणा एवं क्षमा की मूर्ति है। अतः जब हम ईश्वर को परमपिता के रूप में पूजते हैं तो हम उनकी कल्पना सर्वशक्तिमान, विधि-विधान बनाने वाले और न्यायमूर्ति के रूप में करते हैं। परन्तु हम जगन्माता के पास एक बच्चे की तरह जा सकते हैं, और चाहे हमारी योग्यता जो भी हो हम उनके प्रेम पर अपना अधिकार जता सकते हैं।

बहुत से व्यक्ति मुख्यतः ये प्रश्न करते हैं कि वे ईश्वर से उत्तर कैसे प्राप्त कर सकते हैं और शांति कैसे प्राप्त कर सकते हैं? साधारण व्यक्ति अपने जीवन की चिन्ताओं और उत्तरदायित्वों में पहले से ही इतना व्यस्त रहता है कि वह आन्तरिक शांति के बारे में कुछ नहीं जानता। उसका मन कार्य करने में और भौतिक सुखों को प्राप्त करने में सदा इतना व्यस्त रहता है कि वह ईश्वर के लिए कभी समय नहीं निकाल पाता। जिसने अभी तक गहन ध्यान में अपने मन को ईश्वर की ओर मोड़ना नहीं सीखा है, वह व्यक्ति न तो ईश्वर को पा सकता है न ही शांति को।

श्री श्री लाहिड़ी महाशय* की *क्रियायोग* जैसी ध्यान की वैज्ञानिक विधि, मन को इस प्रकार एकाग्र और निश्चल कर देती है कि यह एक शांत, स्वच्छ सरोवर के समान बन जाता है जिसमें ईश्वररूपी चन्द्रमा के

* लाहिड़ी महाशय ही वह शिष्य थे जिन्हें महावतार बाबाजी ने *क्रियायोग* का पवित्र ज्ञान प्रदान किया था, और उन्हें इस दिव्य विज्ञान को सिखाने के लिए निर्दिष्ट किया था। जब परमहंस योगानन्दजी मात्र एक नन्हें शिशु थे, तब लाहिड़ी महाशय ने उन्हें अपनी गोद में लिया था और उनकी माताजी से आशीर्वाद के ये वचन कहते हुए उन्हें आध्यात्मिक रूप से दीक्षित किया था, "छोटी माँ, तुम्हारा पुत्र एक योगी होगा। एक आध्यात्मिक इंजन की तरह वह अनेकानेक आत्माओं को ईश्वर के साम्राज्य में ले जाएगा।" ये वचन बाद में चरितार्थ हो ही गए जब महावतार बाबाजी ने परमहंस योगानन्दजी को

चौबीस घंटे की अखण्ड राम धुन के दौरान आश्रम वासियों के संग दया माताजी गहन ध्यान में निमग्न, राँची, फरवरी 1968

"जैसा कि महापुरुषों ने सिखाया है, अपनी चेतना को स्थिर करना सीखकर ही हम ईश्वर की विद्यमानता को अपने अन्तर् में अनुभव करने में सक्षम हो सकते हैं। काल के प्रारंभ से ही वे हमारे साथ हैं, वे अब भी हमारे साथ हैं, और वे अनन्त तक हमारे साथ रहेंगे। उन्हें ही दृढ़ता से पकड़े रहें, जो अपरिवर्तनशील हैं।"

आस-पड़ोस के बच्चों को भोजन करवाते हुए, जिनमें अधिकतर बच्चे निर्धन परिवारों से हैं,
योगदा सत्संग मठ दक्षिणेश्वर, कोलकाता 1961

"ध्यान द्वारा अहंभाव लुप्त हो जाता है, और हम ईश्वर के साथ अपने संबंध के विषय में तथा दूसरों की सेवा द्वारा ईश्वर की सेवा के विषय में अधिक गहनता से सोचने लगते हैं।"

गंगा किनारे सत्संग करते हुए, योगदा सत्संग मठ, दक्षिणेश्वर, 1973

"भक्त स्वयं को प्रभु के साथ इस कदर एकरूप महसूस करता है कि वह अपने सभी अनुभव ईश्वर के साथ जोड़ देता है। चाहे वह सांसारिक कार्यों में फँसा हो, अपने कार्यालय में व्यस्त हो, अथवा अपने पति, पत्नी या बच्चों के प्रति प्रेम को दर्शा रहा हो, वह अनुभव करता है कि यह सब ईश्वर है — सब कुछ ईश्वर से आता हुआ, और ईश्वर ही के लिए।"

श्री आनन्द माता (पृष्ठ 202n. द्रष्टव्य), श्री दया माता, एवं श्री मृणालिनी माता (तब एसआरएफ़ उपाध्यक्ष; पृष्ठ xii n. द्रष्टव्य), मालाबार हिल, बॉम्बे, 1973

"इस संसार का एक सबसे बड़ा आनन्द इस बात में निहित है कि हम किसी भी वस्तु के अत्यधिक आदी न बनें, ताकि हम अपने जीवन में सदा कुछ नया, उत्साहवर्द्धक, और रोमांचकारी पा सकें।...इस आदर्श का अभ्यास करें कि आप किसी भी चीज़ अथवा किसी भी व्यक्ति के महत्त्व को भुला न दें।"

प्रतिबिम्ब को देखा जा सकता है। शांति की इस पूर्ण अवस्था में भक्त देह और चित्त के साथ अपनी भ्रान्तिकारी पहचान को भूल जाता है और वह अनुभव करता है, "ईश्वर के स्वरूप में बना, मैं अविनाशी आत्मा हूँ।" जितना अधिक वह इस महान् शांति एवं परमानन्द की अवस्था का अनुभव करता है, उतना ही अधिक वह सदा इसे पाना चाहता है। जैसे ही वह ध्यान में गहन से गहनतर गोते लगाता है, वह अपने अंतर् में शांति, दिव्य प्रेम और आनन्द के एक अथाह सागर को पाता है।

केवल ईश्वर के लिए एक समय निर्धारित कर लें

ईश्वर ने हमें एक दिन में चौबीस घंटे दिए हैं। हम इसमें से बहुत-सा समय नष्ट कर देते हैं। क्या हम इसमें से कुछ समय केवल ईश्वर के लिए नहीं निकाल सकते? हम बहाने बना देते हैं कि हमारी बहुत सारी चिन्ताएँ और उत्तरदायित्त्व हैं, इसलिए हमारे पास ध्यान के लिए समय नहीं है। परन्तु यदि प्रभु यह कह दें कि उनके पास भी हमारे लिए कोई समय नहीं है, तब क्या होगा? एक ही क्षण में हमारे समस्त तथाकथित महत्त्वपूर्ण कार्य रद्द हो जाएंगे।

ईश्वर को पाना सरल है, यदि हम उन्हें भक्ति के द्वारा खोजें। चाहे हम कुछ भी क्यों न कर रहे हों, हमारा मन कभी भी ईश्वर से दूर नहीं भटकना चाहिए। अंतर् में, अपने हृदय की भाषा में लगातार उनसे बातें करते रहें। याद रखें यह केवल उनका ही प्रेम है जो समस्त मानवीय रूपों द्वारा हमारे पास आता है। अतः जैसे प्रेमी अपने मन की पृष्ठभूमि में निरन्तर केवल अपनी प्रेमिका के विषय में सोचता रहता है, चाहे वह कुछ भी क्यों न कर रहा हो, ठीक उसी प्रकार हमें भी अपने मन को

पश्चिम और संपूर्ण विश्व में क्रियायोग का प्रसार करने के लिए चुना, और लाहिड़ी महाशय के एक ईश्वर प्राप्त शिष्य, स्वामी श्रीयुक्तेश्वरजी से, योगानन्दजी को इस धर्म-प्रचार के लिए प्रशिक्षित करने के लिए कहा। ये चार महान् अवतार योगदा सत्संग सोसाइटी ऑफ़ इण्डिया/सेल्फ़-रियलाइज़ेशन फ़ेलोशिप की गुरु परम्परा हैं।

ईश्वर पर केन्द्रित रखना चाहिए।

अपने मन को उस दिव्य ध्रुवतारे [ईश्वर] के मार्ग-दर्शक प्रकाश पर केन्द्रित रखें। जब भी कठिनाइयाँ आएँ, प्रियतम प्रभु के चरणों में दौड़ कर जाएँ। भगवान् से प्रार्थना करें, "मुझे ज्ञान दें जिससे मैं देख सकूँ कि यह संसार केवल एक ब्रह्माण्डीय नाटक है जिसमें मुझे एक अल्पकालीन अभिनय करना है। मेरे प्रियतम, अपने अभिनय के दौरान जब मुझे जीवन के दुःखों और सुखों से गुज़रना होगा, उस समय मुझे आप अपनी अपरिवर्तनशील चेतना में स्थित रहना सिखाएँ।"

गुरुजी ने लिखा है : "जागते, खाते, कार्य करते हुए, स्वप्न देखते, सोते, सेवा करते हुए, ध्यान करते, भजन गाते, दिव्य प्रेम करते हुए, मेरी आत्मा निरन्तर, मन-ही-मन में गुनगुनाती है, 'ईश्वर! ईश्वर! ईश्वर!'* सच्चा प्रेमी ऐसा ही करता है। सदा ईश्वर-चिंतन में निमग्न रहें, "मेरे प्रियतम! मेरे प्रियतम!" और उसी चेतना में अपने समस्त कर्त्तव्य एवं अन्य कार्य पूरा करें।

* ईश्वर! ईश्वर! ईश्वर! नामक कविता पृष्ठ संख्या 249 पर देखें।

जीवन का आध्यात्मीकरण

सेल्फ़-रियलाइज़ेशन फ़ेलोशिप अंतर्राष्ट्रीय मुख्यालय, लॉस एंजिलिस, कैलिफ़ोर्निया, 2 मई, 1963

केवल चार सिद्धान्तों के प्रति दृढ़ रहकर, भक्त अपने सामने आने वाली हर प्रकार की कठिनाई का सामना कर सकता है, चाहे वह उसकी आध्यात्मिक साधना में हो अथवा जीवन के साधारण कार्यों में हो।

सबसे पहले आता है, ईश्वर में विश्वास। किसी भी कष्ट में, इस विश्वास के लिए प्रयत्न करें; ईश्वर को अपने जीवन का ध्रुवतारा बनाकर इसे विकसित किया जा सकता है। ध्यान में, और जब भी मन में कोई समस्या आए तब प्रार्थना करें, "मेरे प्रभु, आप हैं। मैं जानता हूँ कि इस महान् विपत्ति से भी आप मुझे पार लगाएँगे ही।" ईश्वर आपकी आवश्यकता जानते हैं और उनके लिए कुछ भी असंभव नहीं है। विश्वास ईश्वर की सर्वशक्तिमत्ता को आपकी आवश्यकता से जोड़ता है।

दूसरा सिद्धान्त है, गहरा ध्यान करना और जो कुछ भी आपको परेशान कर रहा हो, उससे अपने आपको मुक्त करने का प्रयत्न करते हुए ईश्वर से सहायता और मार्ग-दर्शन के लिए प्रार्थना करना। वे आपकी सहायता करना चाहते हैं, और जब आप ग्रहणशील होंगे, तब आप उनके द्वारा मार्ग-दर्शन प्राप्त करेंगे।

तीसरा सिद्धान्त है, समर्पण। "प्रभु, आपकी ही इच्छा पूर्ण हो।" ईश्वर की इच्छा के प्रति समर्पण आध्यात्मिक पथ पर अनिवार्य है। शरीर के संबंध में, अपने कार्य के संबंध में, या अन्य किसी विषय के संबंध में, चाहे कुछ भी हो जाए, प्रार्थना करें कि ईश्वर की ही इच्छा पूर्ण हो; क्योंकि उनकी इच्छा ज्ञान के द्वारा निर्देशित होती है। हम सोच सकते हैं

कि एक विशेष इच्छा का पूरा होना हमारी प्रसन्नता के लिए अत्यधिक महत्त्वपूर्ण है, लेकिन यदि हम ईश्वर से केवल हमारी अपनी ही इच्छा पूरी होने के लिए सहायता माँगते हैं, तो समझिए कि हम अब भी अपने ज्ञान के चक्षुओं से नहीं देख रहे हैं। वे हमारे साथ जो कुछ भी करना चाहें, उन्हें करने देना चाहिए; इससे सदा हमारा परम कल्याण ही होगा। ईश्वर से मार्ग-दर्शन के लिए प्रार्थना करने के बाद, उचित परिणाम के लिए अपना सर्वोत्तम प्रयास करते हुए, हमें ईश्वर को दिखाना चाहिए कि हम प्रत्येक वस्तु में उनकी इच्छा स्वीकार करते हैं।

अन्तिम सिद्धान्त है, समस्या के बारे में चिन्ता छोड़ देना और मन को विश्राम देना। समस्या को ईश्वर के हाथों में छोड़ दें। अपना सर्वोत्तम प्रयास कर लेने के बाद, उस विषय के बारे में अब और चिन्ता न करें। अन्यथा आप कार्य और चिन्ताओं के दलदल में इतने फँस सकते हैं कि आप सो भी नहीं पाएँगे। परन्तु जब हम अपना बोझ ईश्वर के कंधों पर रख देते हैं, तब मन कितना तनावरहित और शांत हो जाता है।

ये चार सिद्धान्त हैं जो आंतरिक शांति बनाए रखने में और ईश्वर के साथ एक गहनतर संबंध बनाने में आपकी सहायता करते हैं। यदि कुछ भी आपको परेशान कर रहा है अथवा आपको गहरे ध्यान में जाने से रोक रहा है, तो उसे आपके मन से बाहर निकालने में भी ये सिद्धान्त सहायक होंगे।

मन को ध्यान में निमग्न करें

जब आप ध्यान के लिए बैठें, अन्य सब कुछ भुला दें। अपने आपको इस प्रकार प्रशिक्षित करें कि जब भी ध्यान का समय हो, आपको कुछ भी विचलित न कर सके। ऐसी गहन एकाग्रता की क्षमता नियमित ध्यान के द्वारा आती है। हमारे आश्रमों में सबको दैनिक ध्यान की अवधियों में अनिवार्य रूप से उपस्थित होना पड़ता है। और इसका

कारण यह है कि जब तक भक्त इस सामान्य नियम का पालन नहीं करता तब तक उसके अंदर दिव्य लक्ष्य की प्राप्ति के लिए आवश्यक आत्मानुशासन आ ही नहीं पाएगा।

दिन-भर की अपनी गतिविधियों के दौरान, सावधान रहें कि आप सांसारिकता द्वारा उत्पन्न मानसिक चंचलता में न खो जाएँ। अन्तर में ईश्वर का नाम लेते रहें। अपने मन को ईश्वर के चिंतन में व्यस्त रखने का प्रयास करते रहें। इस अभ्यास को परमहंसजी विचारों का "आध्यात्मीकरण" कहते थे। इसे अपने विचारों को निर्देशित करके प्राप्त किया जाता है। उदाहरण के लिए, जब आपके पास थोड़ा-सा खाली समय हो तो आलसी बने रहने में या व्यर्थ की नकारात्मक बातों में समय बिताने से कोई लाभ नहीं है; ईश्वर के विषय में क्यों नहीं सोचते या मन-ही-मन उनके साथ बातें क्यों नहीं करते? उनकी उपस्थिति इतनी शांतिदायक है, इतनी अद्भुत है कि एक बार आप आदत बना लें, तो आप सदा उसी चेतना में रहना चाहेंगे।

चिंतन का आध्यात्मीकरण करके, हम धीरे-धीरे अपने कार्यों का आध्यात्मीकरण कर सकते हैं, और इस प्रकार हम जो भी कार्य करते हैं वह ध्यान का ही एक रूप बन जाता है। हमारा संपूर्ण जीवन एक सतत आध्यात्मिक अनुभव होना चाहिए।

ईश्वर की शक्ति को आकर्षित करना सीखें

सांसारिकता में लिप्त व्यक्ति सदा धन, घर, परिवार, या दूसरे उत्तरदायित्वों और स्वार्थों के बारे में ही सोचता रहता है; और उनसे संबंधित चिन्ताओं के बारे में! आध्यात्मिक व्यक्ति के भी यही सब उत्तरदायित्व हो सकते हैं, परन्तु वह अपने मन के विचारों के एक उच्चत्तर स्तर पर रखकर उनका सामना करता है। अपने विचारों का आध्यात्मीकरण करके वह ईश्वर की शक्ति को आकर्षित करना सीखता

है। एक समय ऐसा आता है जब चाहे वह कहीं भी जाए, किसी से भी मिले, अथवा अपने उत्तरदायित्वों को पूरा करता रहे, तब भी उसका मन ईश्वरीय बोध के स्तर से कभी नीचे नहीं आता। क्राइस्ट अनेक बार शराबियों और पापियों की सहायता करने के लिए उनसे मिलते थे, परन्तु उन लोगों के विचार और कार्य क्राइस्ट की चेतना को नीचे नहीं ला सके। दिव्य हंस की तरह, वे भौतिकता के जल में विचरण करते थे। गुरुदेव ने हमें इसी तरह रहने के लिए प्रशिक्षित किया था। आप जहाँ भी हों, सदा अन्तर में केन्द्रित रहें, और आपका मन आपके ध्रुवतारा — ईश्वर — पर सदा केन्द्रित रहे।

प्रतिदिन की जो समस्याएँ आती हैं वे हमें समभाव का अभ्यास करने का अवसर प्रदान करती हैं। हमें न तो उन्हें अप्रिय मानना चाहिए, न ही उनके द्वारा परेशान या चिड़चिड़ा होना चाहिए और न ही यह सोचना चाहिए कि हम प्रगति नहीं कर रहे हैं, अपितु हमें उनका स्वागत करना चाहिए। याद रखें, जब भक्त भीषण बाधाओं का सामना कर रहा होता है, और नकारात्मकता, बुराई या निर्दयता के आक्रमण का प्रतिरोध करने के लिए आंतरिक शक्ति, साहस, और सकारात्मक विचारों रूपी दिव्य माँसपेशियों की पूरी शक्ति को प्रयोग करने के लिए बाध्य किया जा रहा होता है, तब बहुधा वह आध्यात्मिक पथ पर सबसे अधिक प्रगति करता है। ऐसा नहीं कि जब सब कार्य निर्विघ्न रूप से चल रहे होते हैं केवल तभी हम प्रगति कर रहे होते हैं। यह स्वाभाविक है कि हम अच्छे दिनों की स्मृतियों को संजोए रखते हैं। परन्तु मैंने कई बार जगन्माता से अपनी परीक्षा लेने के लिए प्रार्थना की है क्योंकि मैं चाहती हूँ कि उनके लिए मेरा प्रेम निःशर्त रहे। उन्हें पूर्ण प्रेम से थोड़ा-सा भी कम देकर मैं संतुष्ट नहीं हो सकती। प्रभु का भक्त किसी भी परिस्थिति से दूर भागना नहीं चाहता। भक्त में अनेक प्रकार की कमियाँ हो सकती हैं; वह स्वयं में किसी प्रकार की दक्षता का दावा नहीं करता, केवल एक को छोड़कर

कि वह प्रभु के लिए अपने प्रेम को परिपूर्ण करने में प्रयासरत है।

आध्यात्मिक पथ पर कठिनाइयों की ओर ध्यान न दें; यदि एक बार आप अपने अन्तर में शांति को प्राप्त कर लेते हैं, तथा ध्यान में अपने शरीर को और इस संसार को भूल जाने में सक्षम हो जाते हैं तब ये कठिनाइयाँ नहीं रह जाती हैं। कितनी संतुष्टि, कितने आनन्द और दिव्य प्रेम की पूर्णता की अनुभूति! यही वह अनुभव है, जिसे ईश्वर आप सभी को देना चाहते हैं। प्रत्येक व्यक्ति प्रभु के प्रेम की अलौकिक पूर्णता को अनुभव कर सकता है यदि वह इसके लिए परिश्रम करे। जो इस प्रेम का अनुभव करते हैं, वे कोई असाधारण व्यक्ति नहीं हैं; उन्हें भी ईश्वर के प्रेम के लिए और उसे जानने के लिए प्रयास करना पड़ा। ऐसा प्रयास आपको भी करना होगा।

यह प्रयास ईश्वर पर मन को स्थिर रखने के प्रयत्न द्वारा किया जाता है। प्रतिदिन की जो समस्याएँ आती हैं उनका सामना करते हुए, अपने अन्तर में प्रार्थना करें, "भवसागर घोर अंधेरा, और तारे डूब गए। फिर भी राह दीख रही, मुझे तेरी दया से।* मेरे और मेरे जीवन के साथ आप जो चाहते हैं सो करें। मैं केवल इतना जानता हूँ कि मैं आपसे प्रेम करता हूँ। अपने प्रति मेरे प्रेम को मधुर और हर प्रकार से पूर्ण बनाने में आप मेरी सहायता करें।" यह कितनी स्वतंत्रता, कितना आनन्द लाता है! ईश्वर के साथ इस प्रकार का संबंध सभी बना सकते हैं।

अपनी आत्माओं के प्रियतम के प्रेम की अपेक्षा, किसी भी अन्य वस्तु से कभी संतुष्ट न हों। उनका प्रेम सर्व-सम्पन्न, सर्व-संतुष्टिदायक है। आत्मा की स्वतंत्रता तब आती है जब आप स्वयं को आत्मा के रूप में जानना आरंभ करते हैं। वह आत्मा जो अपने प्रियतम के साथ, अपने दिव्य प्रेमी, अर्थात् ईश्वर के साथ, परिणय सूत्र में बंध गई है।

* परमहंस योगानन्दजी द्वारा रचित, *Words of Cosmic Chants* में "तू ध्रुवतारा मम जीवन का" द्रष्टव्य।

संतुलित जीवन का महत्त्व

जब आप अपने विचारों का आध्यात्मीकरण करते हैं, आपका मन सदा उच्च विचारों में निमग्न रहता है। इसका अभिप्राय यह नहीं है कि आपके पैर ज़मीन पर नहीं पड़ते हैं या आप अपने उत्तरदायित्वों को नहीं निभा रहे हैं। गुरुदेव का प्रशिक्षण इस बात को सुनिश्चित करता है! उन्होंने जो हमें साधना दी है मैं उसके लिए बहुत कृतज्ञ हूँ। इसका अभ्यास हम संसार में रहकर और अपने आश्रमों तथा एकान्तवास कार्यक्रमों (Retreats) में भी कर सकते हैं। यदि हम सब ईश्वर को पाने की आशा में पहाड़ों की ओर पलायन कर गए होते तो हमारी नियति कितनी निराशाजनक होती! अधिकांश भक्तों में उस तरह के जीवन के लिए आध्यात्मिक बल नहीं होता। ऐसा गुरु जो परमेश्वर के साथ एक होता है, वह जानता है कि प्रत्येक शिष्य को किस प्रकार के प्रशिक्षण की आवश्यकता है और वह उसे वहीं रखता है जहाँ उसका आध्यात्मिक विकास सर्वोत्तम ढंग से हो सकता है।

ऐसे दिव्य सन्तों के महान् उदाहरणों पर विचार करें जैसे अविला की सन्त टैरेसा, जो अत्यधिक व्यावहारिक थीं, जिन्होंने बड़ी-बड़ी बाधाओं के होते हुए भी कई कॉन्वेन्टों (आश्रमों) की स्थापना की थी और फिर भी सदा प्रभु के प्रेम में आनन्द विभोर रहती थीं — ईश्वर-प्रेम में निमज्जित। और सन्त बर्नाडेट के जीवन में जो संघर्ष और ग़लतफ़हमियाँ आईं उनके बारे में सोचें। उनके अन्तिम क्षणों की कथा मेरे अन्दर जोश भर देती है। समस्त शारीरिक एवं मानसिक कष्टों से गुज़रते हुए भी, जब उन्होंने ईश्वरीय सान्निध्य का अनुभव किया तब वे अपने बिस्तर से उठते हुए धीमे स्वर में बोलने लगी, "मैं तुमसे प्रेम करती हूँ, मैं तुमसे प्रेम करती हूँ, मैं तुमसे प्रेम करती हूँ।" मेरे लिए यही पूर्णता है। ईश्वर के साथ ऐसा संबंध ही मैं सबके लिए चाहती हूँ। और यह उन विधियों

के द्वारा अपने विचारों का आध्यात्मीकरण करने से आता है, जिनके बारे में मैंने बताया है : ईश्वर में विश्वास, नित्य ईश्वर से गहरी प्रार्थना और ध्यान, ईश्वर की इच्छा के प्रति पूर्ण समर्पण, और उन्हें अपनी परेशानियाँ सौंपना। क्या यह एक सुन्दर विचार नहीं है? जीने का यही उच्चतम तरीका है।

ध्यान के पश्चात्, ध्यान के दौरान अनुभव की गई शांति और आनन्द की अवस्था में रहने का प्रयत्न करें। अन्तर में शांति का अनुभव प्रभु की उपस्थिति का प्रथम प्रमाण है। और कार्य करते समय भी ईश्वर पर मन को लगाए रखने के लिए उसी शांत अवस्था को बनाए रखना आवश्यक है। ध्यान के पश्चात् जब तक आप से हो सके तब तक अंतर् में ईश्वर के बोध को बनाए रखें चाहे आप काम कर रहे हों, या व्यायाम कर रहे हों, अथवा आराम कर रहे हों। जितना अधिक आप ऐसा करेंगे, उतना अधिक यह अवस्था आपके लिए सहज होती जाएगी। यथार्थ में, यही आपकी चेतना की नैसर्गिक अवस्था है : ईश्वर में जीना, कार्य करना और अपना अस्तित्त्व बनाए रखना। परन्तु इसका अनुभव करने के लिए, आपको ध्यान के समय में प्राप्त आनन्दपूर्ण एवं शांतिमय बोध को बनाए रखने का प्रयास करना होगा।

गुरुदेव हमसे कहा करते थे, "इसे मत जाने दो, इसे मत खोने दो। ईश्वर के इस विचार में विश्राम करो, इसी में कार्य करो, इसी विचार में रहते हुए दूसरों की सहायता करो। ईश्वर के इस शांतिपूर्ण विचार में जीवन के समस्त अनुभवों का सामना करो। तब तुम सच-मुच जी रहे होगे।" याद रखें कि जीवन एक स्वप्न है। इस स्वप्न में कुछ भी वास्तविक नहीं सिवाय इसके कि हमारे सब अनुभव ईश्वर से ही आते हैं। जैसा गुरुजी कहते थे, जब हम गहनतापूर्वक ध्यान करते हैं तब हम पर्दे के पीछे चले जाते हैं, और उस दिव्य-निर्देशक से अवगत हो जाते हैं जो इस सृष्टि रूपी सिनेमा को नियंत्रित कर रहा है, इसका और हमारा मार्गदर्शन कर रहा है।

सत्य सरल है

जब हम परमहंसजी के पास समस्याएँ लेकर जाते थे, कभी भी कोई विस्तृत विचार-विमर्श नहीं होता था; केवल एक सहज उत्तर "अपना मन ईश्वर पर रखो।" ज्ञान के इन वचनों के लिए तथा आध्यात्मिक मार्ग पर चलने का ऐसा सरल रास्ता दिखाने के लिए मैं उनके प्रति कितनी कृतज्ञ हूँ। क्योंकि ईश्वर सरल हैं। जीवन जटिल प्रतीत होता है क्योंकि यह वास्तविक नहीं है; केवल सत्य ही सहज है।

जब कोई व्यक्ति झूठ को अपने जीवन का आधार बनाता है, तो वह अपना सारा समय इस झूठ को छिपाने में ही बिता देता है। वह अपने चारों ओर एक जाल बुन लेता है और फिर स्वयं को उससे मुक्त नहीं कर पाता। परन्तु जब कोई व्यक्ति सदैव सत्यवादी होता है, वह स्पष्ट होता है; उसके विचारों में अथवा उसके जीवन में कोई जटिलता नहीं होती। ईश्वर के साथ भी यही बात है। जब कोई व्यक्ति सच्चाई से ईश्वर को खोजता है, वह एक बिल्कुल सरल, सीधा मार्ग पाता है। जब आप बहिर्मुखी होकर संसार को देखते हैं, केवल तभी आप जटिलताएँ पाते हैं; जब आप अंतर्मुखी होकर ईश्वर को देखते हैं तो आप नितान्त सादगी, दिव्य और आनन्दमय सादगी को देखते हैं। ईश्वर ऐसे ही हैं। और आपको भी अपना जीवन ऐसा ही बनाना चाहिए। तभी आप ईश्वर को जान पाएँगे।

जीवन के अनुभवों के संबंध में ज्ञानी जनों के विचार

सेल्फ़-रियलाइज़ेशन फ़ेलोशिप अंतर्राष्ट्रीय मुख्यालय, लॉस एंजिलिस, कैलिफ़ोर्निया, 25 मार्च, 1971

आश्रम में मेरे प्रारंभिक वर्षों के दौरान ज्ञान माताजी* ने मुझे बहुमूल्य लिखित निर्देशन दिए। उनमें से कुछ ज्ञान-रत्न मैं आपके साथ बाँटना चाहती हूँ। ज्ञान माताजी ने मुझे चार सिद्धान्त बताए थे, जिनके अनुसार वे अपना जीवन जीती थीं; और वे हम सबको भी इन्हें अपनाने के लिए प्रोत्साहित करती थीं :

अपने लक्ष्य को अपने सामने सदा ज्वलंत रखो और इसके
सिवा न कुछ देखो और न किसी पर ध्यान दो।

हमारे साथ जो घटनाएँ घटती हैं वे कुछ महत्त्व नहीं रखतीं;
बस यही महत्त्व रखता है कि उन घटनाओं से हम क्या बनते हैं।

प्रत्येक दिन, सब कुछ ऐसा समझ कर स्वीकार करो कि
यह ईश्वर से ही आ रहा है।

रात होने पर सब कुछ वापस ईश्वर के हाथों में सौंप दो।

* ज्ञान माताजी सेल्फ़-रियलाइज़ेशन फ़ेलोशिप की संन्यास परम्परा में प्रथम संन्यासिनियों में से एक थीं। परमहंस योगानन्दजी प्रायः उनकी संतवत् आध्यात्मिक स्थिति की प्रशंसा किया करते थे। उन्होंने सन् 1932 में आश्रम में प्रवेश किया जब उनकी आयु साठ वर्ष से ऊपर थी। दया माताजी ने उनसे एक वर्ष पूर्व सत्रह वर्ष की आयु में आश्रम में प्रवेश किया था। एक युवा शिष्या होने के कारण, परमहंस योगानंदजी जब कभी माउण्ट वाशिंगटन से बाहर जाते थे वे दया माताजी को प्रायः ज्ञान माताजी के संरक्षण में छोड़ जाते थे। दया माताजी को ज्ञान माताजी के आदर्शपूर्ण जीवन द्वारा सहायता एवं प्रेरणा मिली। *(प्रकाशक की टिप्पणी)*

अपने लक्ष्य को अपने सामने सदा ज्वलंत रखो और इसके सिवा न कुछ देखो और न किसी पर ध्यान दो। यह आध्यात्मिक पथ का मूलभूत सिद्धान्त है क्योंकि ईश्वर की खोज एक जीवनशैली है। ईश्वर को भुलाकर, सांसारिकता में लिप्त होकर जीवन व्यतीत करते हुए केवल कभी-कभार मन्दिर में श्रद्धा-भाव से जाना ही पर्याप्त नहीं है। हमें समझना चाहिए कि जो हम देखते हैं, सोचते हैं, और करते हैं, वह यह निर्धारित करता है कि हम क्या हैं। गंभीरता से ईश्वर को खोजने वाले व्यक्ति को अपना समय एवं मनोयोग को ऐसे किसी भी कार्य पर केन्द्रित नहीं करना चाहिए जो उसके मन को ईश्वर से दूर ले जाए। उसे जीवन के नकारात्मक पहलू को नहीं देखना चाहिए और न ही उसमें शामिल होना चाहिए। गुरुदेव परमहंस योगानन्दजी ने हमें उन विचारों, कार्यकलापों, एवं भटकाव से, जो ईश्वर को पाने की सच्ची इच्छा के प्रतिकूल हैं, दूर रहने की शिक्षा दी है। हमें इस आदर्श को सदा पकड़े रहना चाहिए।

आपमें से जो लोग संसार में रहते हैं, उन्हें न तो दावतों में जाना चाहिए, न ही ऐसी फिल्मों को देखना चाहिए जो न तो प्रेरित करती हों और न ही मन को उन्नत करती हों, या ऐसी हों जिन्हें देखकर मन में निम्न-स्तरीय भावनाएँ जाग्रत होती हों। ऐसे स्थानों में जाकर अपना समय नष्ट नहीं करना चाहिए। कभी-भी ऐसा कोई कार्य न करें जो आपकी चेतना को आपके लक्ष्य — ईश्वर — से नीचे गिरा दे। कोई इस तरह भी सोच सकता है, "ठीक है, आज मुझे जो अच्छा लगता है कर लेता हूँ, जब रात्रि में घर जाऊँगा तो गहरा ध्यान कर लूँगा।" परन्तु आप यह निश्चित जान लें कि जो इस प्रकार तर्क करते हैं वे इस जीवनकाल में ईश्वर को नहीं पा सकेंगे।

हमें प्रतिदिन ऐसा व्यवहार करने का प्रयास करना चाहिए जिससे कि हम सदैव ईश्वर के साथ अपनी एकात्मता को सदा याद रखें क्योंकि

हम उनकी दिव्य संतान हैं। गुरुदेव प्रायः इस लोकप्रिय उक्ति को बताया करते थे, "बुरा न देखो, बुरा न सुनो, बुरा न कहो।" इस ज्ञान को लक्षित करने वाली तीन बन्दरों की मूर्तियाँ भारत में एवं इस देश में भी सार्वजनिक हैं। एक बन्दर अपने हाथों से अपनी आँखों को ढँके हुए है, दूसरा बन्दर अपने कानों को ढँके हुए है और तीसरा अपने मुँह को। ईश्वर-आकांक्षी चेतना को इन्द्रियों के किसी भी प्रकार के दुरुपयोग द्वारा दूषित न होने दें।

हमारे साथ जो घटनाएँ घटती हैं वे कुछ महत्त्व नहीं रखतीं, बस यही महत्त्व रखता है कि उन घटनाओं से हम क्या बनते हैं। वह महत्त्व रखता है। अपनी ग़लतियों के द्वारा अथवा दूसरों के दुर्व्यवहार से होने वाली दुःखद घटनाओं के द्वारा हमें कभी भी उदास अथवा हतोत्साहितित नहीं होना चाहिए। हम सबने कभी-न-कभी ऐसे कार्य किए हैं, जहाँ हमारा व्यवहार ग़लत था और जिनके कारण हमें बाद में लज्जित होना पड़ा। परन्तु इन ग़लतियों को याद करते-करते अपने शेष जीवन को विषमय बना देना भी उतना ही ग़लत है। हमें कभी भी कुछ ऐसा नहीं होने देना चाहिए जो हममें कटुता उत्पन्न करे, जो हमारे स्वयं में अथवा हमारे साथियों में हमारे विश्वास को नष्ट करे अथवा जो हममें दोष भाव को भर दे। समस्त अनुभवों के प्रति सही आध्यात्मिक प्रतिक्रिया यह संकल्प लेने में है कि हम उनसे शिक्षा ग्रहण करेंगे एवं अपने आपको वेहतर बनाने के लिए स्वयं को बदलेंगे।

हाल ही में मैंने अपना एक पत्र देखा जो मैंने गुरुदेव को भेजा था, जब मैं एक युवा शिष्या थी। उन्होंने मुझे फटकारा था और मैंने उन्हें लिखा था, "गुरुदेव, मैं आपसे प्रतिज्ञा करती हूँ, मैं प्रतिदिन सकारात्मक रहने का अपना सर्वोत्तम प्रयास करूँगी, और आपके निर्देशों का विचारों से, वाणी से, अथवा कार्य से प्रतिरोध नहीं करूँगी।" जब कोई व्यक्ति दृढ़ इच्छा-शक्ति और प्रबल विचारों वाला होता है, तब वह अपने ही

तरीके से चलने की प्रवृत्ति रखता है। इस प्रकार के व्यक्ति को विश्वास है कि वह सब कुछ जानता है। गुरु का कर्तव्य शिष्य की यह सीखने में सहायता करना है कि विवेक-निर्देशित इच्छा-शक्ति को कैसे विकसित किया जाए। अपने अनुशासन द्वारा गुरुदेव मुझे अपनी ग़लतियों से सीखने में सहायता कर रहे थे।

वे अहंकारी, भटकी हुई इच्छा-शक्ति को न त्यागने वाले शिष्यों को सावधान करते थे : "यदि तुम इसी प्रकार व्यवहार करते रहोगे, तो जगन्माता तुम्हें यहाँ से बाहर निकाल देंगी।" शुरू में इन शब्दों ने मुझे भयभीत कर दिया, परन्तु शीघ्र ही मैं जान गई कि वे हमें केवल दिव्य नियम बताने का प्रयास करते थे। और अब मैं वही बात आप सबसे कहती हूँ जो इस मार्ग पर प्रभु को खोज रहे हैं। अपनी अहंकार प्रेरित त्रुटियों को पकड़े मत रहें, अपितु गुरुदेव के मार्गदर्शन के अनुरूप बनने का प्रयास करें। अन्यथा, कर्म का नियम आपको आध्यात्मिक पथ छोड़ने पर बाध्य कर देगा।

जब मैं अपने में अत्यधिक कठोरता से गुण-दोष खोजती और परिणामस्वरूप अत्यधिक कष्ट पाती — क्योंकि मैं अनुभव करती थी कि मैं गुरुदेव की आशा के अनुसार शत-प्रतिशत जीवन नहीं जी रही थी — तब उन्होंने मुझे फिर सही दृष्टिकोण प्रदान किया, जो बीत गया, सो बीत गया। स्वयं को सुधारो और अतीत को भूल जाओ। इस पर और अधिक विचार मत करो। ज्ञान माताजी भी बिल्कुल वही बात कहती थीं — आप जो अनजाने में ग़लतियाँ करते हैं, अथवा आपके साथ अप्रिय घटनाएँ जो घटती हैं, वे कुछ महत्त्व नहीं रखतीं। महत्त्वपूर्ण यह है कि इन अनुभवों के परिणामस्वरूप आप क्या बन जाते हैं। जीवन में जो भी परिस्थितियाँ आती हैं, उनकी प्रतिक्रिया केवल आप ही निर्धारित करते हैं। क्या आप एक दुःखी, लाचार, स्वयं पर तरस खाने वाला व्यक्ति बनेंगे, अथवा एक सद्भावपूर्ण, दयालु, दृढ़ इच्छाशक्ति

वाला ईश्वर के प्रति समर्पित दिव्य व्यक्ति बनेंगे? ईश्वर की खोज में आपकी सफलता को आपके सिवाय कोई अन्य रोक नहीं सकता।

प्रत्येक दिन सब कुछ ऐसा समझ कर स्वीकार करो कि यह ईश्वर से ही आता आ रहा है। यह एक महत्त्वपूर्ण बात है। कभी न सोचें कि दूसरे आपका हित अथवा अहित कर रहे हैं; सभी व्यक्तियों को ईश्वर के माध्यम के रूप में देखें। एक दिव्य आत्मा बने रहें, ईश्वर को सच्चाई से खोजने वाले एक भक्त की तरह रहें; एक ऐसे भक्त की तरह जो उसके साथ तथा दूसरों के साथ होने वाली प्रत्येक घटना के पीछे ईश्वर के हाथ को पहचानता है। अच्छी तरह समझ लें कि ये ईश्वर ही हैं और केवल ईश्वर, जो चुपचाप एवं प्रेमपूर्वक हमारे जीवन पर दृष्टि रखे हुए हैं। प्रतिदिन स्वीकारें कि सब कुछ आपको ईश्वर के हाथों से ही प्राप्त हो रहा है, और तब आप उनकी अनवरत समीपता एवं आशीर्वाद का अनुभव करना प्रारंभ कर देंगे।

रात होने पर सब कुछ वापस ईश्वर के हाथों में सौंप दो। कभी यह बहाना न बनाएँ कि आपका मन आपके कार्य एवं कर्तव्यों से इतना भरा हुआ है कि वह ईश्वर के बारे में सोच ही नहीं सकता। आध्यात्मिक पथ पर यह मूल समस्याओं में से एक है जिस पर प्रत्येक को विजय प्राप्त करनी ही है, चाहे वह आश्रम में रहता हो अथवा संसार में। हम प्रायः अपने उत्तरदायित्वों में इतना तल्लीन हो जाते हैं कि ध्यान करते समय इन्हें मन से हटाना हमारे लिए कठिन हो जाता है। परन्तु हमें ऐसा करने की आवश्यकता को समझना चाहिए।

रात्रि को, और जब भी आपका ध्यान करने का समय हो तब, मन-ही-मन सब कुछ ईश्वर के हाथों में सौंप दें। मान लिया कि आप अपने घरेलू कार्य में व्यस्त थे; अथवा कार्यालय, कारखाने, विद्यालय के कार्य में या आर्थिक समस्याओं में व्यस्त थे, या इस तरह के अन्य व्यक्तिगत उत्तरदायित्वों में व्यस्त थे। ये दिन-भर के आपके कर्तव्य हैं;

परन्तु रात्रि में, जब ध्यान का समय आता है तो मानसिक रूप से इन उत्तरदायित्वों को वापस ईश्वर की देख-रेख में सौंप दें। यदि आप यह मानसिक प्रक्रिया प्रत्येक रात्रि को करते हैं, तब आप पाएँगे कि ध्यान के समय अपनी चेतना से ईश्वर के सिवाय सब कुछ हटाना आपके लिए बहुत आसान हो जाएगा। तब उनके साथ वार्तालाप करने के लिए आपके पास अवकाश होगा।

मैं इन चारों बातों को आपसे याद रखने के लिए आग्रह करती हूँ, क्योंकि यदि आप ऐसा करेंगे तो आप पाएँगे कि ये आपकी आध्यात्मिक प्रगति के लिए बहुत ही लाभदायक हैं। इस जीवन में ईश्वर को जानने के लिए हम सबको एक अवसर प्राप्त हुआ है। हमारी सफलता इस पर निर्भर करती है कि जो भी अनुभव हमारे जीवन में आते हैं, उनके प्रति हम किस प्रकार की प्रतिक्रिया व्यक्त करते हैं।

उचित मनोवृत्ति पर विचार

सेल्फ़-रियलाइज़ेशन फ़ेलोशिप आश्रम केन्द्र, एंसिनीटस, कैलिफ़ोर्निया 11 दिसम्बर, 1962

एक बार भगवान् बुद्ध ने कहा था, "हे भिक्खुओं! पवित्र जीवन का सच्चा अर्थ, उपलब्धियों, विशेष अनुग्रहों एवं मान-सम्मान में निहित नहीं है, न ही नैतिक आचरण, एकाग्रता, ज्ञान एवं दिव्य दर्शन की प्राप्ति में है; अपितु हे भिक्खुओं! यह तो केवल मन की कभी विचलित न होने वाली मुक्त अवस्था में ही निहित है। यही इस पवित्र जीवन का उद्देश्य है। यही इसका मूल है। यही इसका लक्ष्य है।"

"मन की कभी विचलित न होने वाली मुक्त अवस्था" का क्या अभिप्राय है? इसका आशय है कि मन आदतों, भावावेगों और आसक्तियों के दबाव से सर्वथा मुक्त है; और केवल ज्ञान, प्रेम एवं निःस्वार्थ भाव द्वारा नियंत्रित है। इसका अर्थ यह है कि अब आप अहंकार द्वारा नियंत्रित नहीं हैं; अपितु आप, आत्मा रूप में, मन द्वारा कार्य करते हुए, अपने भाग्य के स्वामी हैं। सभी दशाओं एवं परिस्थितियों में सही मनोवृत्ति को व्यक्त करना स्वयं पर प्रभुत्व का साक्षी है।

सही मनोवृत्ति ईश्वर-प्राप्ति का मार्ग है। इसके बिना कोई भी ईश्वर को कभी भी नहीं जान सकता। यह आध्यात्मिक जीवन की वास्तविक नींव है। प्रत्येक को सही मनोवृत्ति के लिए निरन्तर प्रयास करना चाहिए, अन्यथा ईश्वर के बारे में चाहे कितनी ही बातें करें, कितने ही धर्मशास्त्रों का पठन करें, कितने ही वर्ष गुरुचरणों में सेवा करें, सब निरर्थक है।

सही मनोवृत्ति में विनम्रता अन्तर्निहित है। स्वयं को ईश्वर की दृष्टि में अति तुच्छ स्वीकार किए बिना आप ईश्वर को नहीं जान सकते। इसका अर्थ यह नहीं कि आप सभी से यह कहते फिरें और विलाप

करते रहें कि आप कितने तुच्छ हैं। नहीं! विनम्रता का अर्थ है कि चाहे कोई आपसे कुछ भी कहे या आपके साथ कुछ भी करे, आप सदा अप्रभावित रहें। गुलाब को हाथों में मसलने पर भी वह अपनी सुगंध बिखेरता ही रहता है। जब लोग आपको अपने आलोचना रूपी हाथों में अपने तीखे, निर्दयी शब्दों से मसलें, तो उस स्थिति में उचित मनोवृत्ति यह है कि बदले में आप उनके साथ मधुर, स्नेहपूर्ण, और भद्र व्यवहार करते रहें। और सबसे ज़रूरी है कि उनके बारे में अच्छा ही सोचें। सद्भावनापूर्ण विचारों के बिना, कोई भी शब्दों तथा व्यवहार में सद्भाव को पूर्णरूप से व्यक्त नहीं कर सकता।

अधिकांश व्यक्तियों के साथ समस्या यह है कि जब उन्हें क्रोध आता है, या वे परेशान होते हैं, तो न ही किसी प्रकार के तर्क को सुनना पसन्द करते हैं, न वे कुछ समझना चाहते हैं। अज्ञानतावश जब कोई व्यक्ति यह मान लेता है कि वह सही है, तब उसे कितने ही स्पष्टीकरण, कितने ही तर्क दिए जाएँ, वह स्वीकार नहीं करेगा। वह केवल इतना ही जानता है कि उसकी अपनी इच्छा का विरोध किया गया है, और उसे केवल इतने से ही मतलब है। वह आग बबूला हो उठता है। यही वह समय है जब सही मनोवृत्ति अपनाई जानी चाहिए।

ईश्वर की इच्छा पूर्ण हो

इस संसार में यदि कोई भी बात हमें क्रोधित कर देती है अथवा हमें आपे से बाहर कर देती है, तो इसका सीधा अर्थ है कि हमारे अंदर उचित मनोवृत्ति का अभाव है। यदि आप इसका विश्लेषण करें, तो पाएँगे कि क्रोध किसी इच्छा के पूर्ण न होने का परिणाम है। यह एक शुभेच्छा भी हो सकती है, परन्तु फिर भी सत्य तो यही रहेगा : कि जब हम किसी निश्चित दिशा में बढ़ रहे हों और तब कोई रुकावट खड़ी हो जाए, अर्थात् हमारी आगे बढ़ने की इच्छा में बाधा उत्पन्न हो जाए,

तो क्रोध आ जाता है। ऐसे में मनोवृत्ति हमारी प्रतिक्रिया को निर्धारित करती है। यदि हमारी मनोवृत्ति उचित है तो उस समय में भी, हम यह कह सकेंगे, "प्रभु, मेरी नहीं बल्कि आपकी ही इच्छा पूर्ण हो।" यदि हम इसका पूरी ईमानदारी से अभ्यास करें तो यह क्रोध के भावावेग से हमें पूर्णतः मुक्त कर देता है। जब हम इस पर सतत प्रयास करते हैं तभी सही मनोवृत्ति बनती है; उसी से सदा मन को शांति मिलती है।

ईश्वर इस संसार में अपनी इच्छा पूर्ण करने के लिए मनुष्य के माध्यम से कार्य करते हैं। हमें ईश्वर के प्रति ग्रहणशील बनने का सदैव प्रयास करना चाहिए। यहीं पर सही मनोवृत्ति की आवश्यकता पड़ती है। हम ईश्वर के अच्छे माध्यम हैं या नहीं यह हमारी ग्रहणशीलता और उचित मनोवृत्ति की मात्रा पर निर्भर करता है। "मात्रा" की यह भिन्नता ही लोगों में असमानता का एक मूल आधार है।

ईश्वर के माध्यम बनें

श्रीयुक्तेश्वरजी ने हमारे गुरुदेव परमहंस योगानन्दजी से कहा : "उचित व्यवहार करना सीखो।" और गुरुदेव ने हमें परामर्श दिया : "सदा उचित मनोवृत्ति विकसित करने की दिशा में प्रयासरत रहो।" ये दोनों निर्देश एक ही हैं। उचित मनोवृत्ति के अभ्यास द्वारा हम ग्रहणशीलता को विकसित करते हैं; तथा इसके फलस्वरूप ग्रहणशीलता हमें ईश्वरीय इच्छा का माध्यम बनने के योग्य बनाती है। उचित ढंग से लगाए गए तार विद्युत धारा को प्रवाहित करते हैं, परन्तु ऐसे तार का क्या महत्त्व जिसमें विद्युत ही न हो। इसी तरह हमारे जीवन का सच्चा अर्थ एक ऐसे माध्यम के रूप में कार्य कर पाने में निहित है जिसके द्वारा ईश्वर अपनी इच्छा को इस पृथ्वी पर कार्यान्वित कर सकें। उचित मनोवृत्ति के लिए सदा प्रयत्न करते रहना हम सबका कर्तव्य है, जिससे कि हम ग्रहणशीलता और विनम्रता को अपनाकर ईश्वर के श्रेष्ठ माध्यम बन सकें।

जैसे हम क्रिसमस उत्सव के समीप आ रहे हैं, शायद आप सब भी मेरी तरह क्रिसमस और अन्य पर्वों के आस-पास आध्यात्मिक उत्साह, आनन्द, और प्रभु को पाने की गहन इच्छा को अधिक अनुभव करते होंगे। मैं इस जीवन में अपना समय व्यर्थ नहीं गँवाना चाहती। आध्यात्मिक पथ पर कितनी सारी चीज़ें ऐसी हैं जो हमारी चेतना को लगातार नीचे की ओर खींचती हैं और हमें प्रगति नहीं करने देतीं। हमें लगातार उनका प्रतिरोध करना होगा; परन्तु उत्तेजना एवं तनाव के साथ नहीं। ईश्वर से विमुख करने वाली, ईश्वरानुभूति प्रदान करने वाली सही मनोवृत्ति से दूर ले जाने वाली सांसारिक बाधाओं को अपने मार्ग से हटाने के लिए हमें शांत विवेक बुद्धि का उपयोग करना चाहिए। आध्यात्मिक पथ का रहस्य सही मनोवृत्ति में ही निहित है। बस एक बार आप इसे सीख लें, तब संसार में ईश्वर की खोज सरलतम एवं सबसे अधिक स्वाभाविक बन जाएगी।

जब आप ध्यान करें तो ईश्वर से सही मनोवृत्ति के लिए प्रार्थना करें। मैं प्रभु और गुरुदेव से सदा प्रार्थना करती हूँ, "मुझे इसकी कोई चिन्ता नहीं कि आप मेरे साथ क्या करते हैं अथवा मुझे किस प्रकार अनुशासित करते हैं लेकिन प्रत्येक अनुभव द्वारा मुझे सही मनोवृत्ति सिखाइये। मैं कभी-भी आपके अनुशासन के प्रति अपने मन में अप्रसन्नता या विरोध की भावना न रखूँ, और चाहे जो भी मेरे सामने आए मैं कभी-भी आत्म करुणा, आक्रोश या हतोत्साहित के भाव में न पड़ूँ।" ये सभी गुण एक साधारण अहंकारी व्यक्ति के स्वभाव के अंग हैं। हम साधारण मानव नहीं हैं। हम आत्माएँ हैं। हम सभी ईश्वर की संतान हैं। और हमें उसी प्रकार व्यवहार करना चाहिए। ईश्वर के साथ अपने संबंध में, अपनी मनोवृत्ति को सही रखें और आपके संबंध संसार के साथ भी ठीक रहेंगे।

नववर्ष एक आध्यात्मिक सुअवसर

परमहंस योगानन्दजी द्वारा चलाई गई परम्परा के अनुसरण में योगदा सत्संग सोसाइटी ऑफ़ इण्डिया/सेल्फ़-रियलाइज़ेशन फ़ेलोशिप के आश्रमवासी संन्यासी-शिष्य नववर्ष की पूर्व संध्या पर रात साढ़े ग्यारह बजे से लेकर साढ़े बारह बजे तक ध्यान करते हैं। सन् 1961 में श्री दया माताजी ने लॉस एंजिलिस में स्थित अंतर्राष्ट्रीय मुख्यालय में ऐसे एक ध्यान सत्र का संचालन किया था। उस अवसर पर उन्होंने इन प्रेरक शब्दों में आश्रम के शिष्यों को सम्बोधित किया। ये शब्द, ईश्वर के सब जिज्ञासुओं के लिए एक प्रेममय प्रोत्साहन हैं।

गुरुदेव कहते थे कि नववर्ष का आगमन घटनाओं के उतार-चढ़ाव को अपने अनुकूल बना लेने का एक शुभ अवसर है। इसलिए नववर्ष की पूर्वसंध्या के समय अंतर्निरीक्षण, स्वयं का विश्लेषण और अपनी आध्यात्मिक उन्नति का लेखा-जोखा करना अच्छा है। हमें यह विचार करना चाहिए कि आध्यात्मिक पथ पर हमने कहाँ-कहाँ प्रगति की है और किस क्षेत्र में हम पीछे रह गए हैं, और फिर उन गुणों पर चिंतन करना चाहिए जिन्हें हम आने वाले समय में अपनाना चाहते हैं।

क्या हम क्रोध, लोभ अथवा ईर्ष्या की ओर प्रवृत्त हैं? क्या हम वासनाओं के शिकार हो गए हैं, जो हमारी चेतना को एकमात्र सत्य, ईश्वर, से दूर ले जा रही हैं? हमें अपने दोषों के कारण हतोत्साहित नहीं होना चाहिए, चाहे वे कितने भी अधिक क्यों न हों। दोषों के होते हुए भी ईश्वर हमसे प्रेम करते हैं। और चाहे हमारी कुछ भी कमियाँ क्यों न हों, वे हमारी तब तक सहायता करते रहते हैं और हमारे उत्साह को बढ़ाते रहते हैं जब तक हम स्वयं को सुधारने का प्रयास करते रहते हैं। जब कोई भक्त प्रभु से सहायता माँगने के लिए अपना एक हाथ आगे बढ़ाता है, तब प्रियतम प्रभु उस भक्त के उत्थान के लिए अपने दोनों हाथ

बढ़ा देते हैं। इसलिए प्रभु से मार्गदर्शन प्राप्त करने के लिए हमें कम-से-कम एक हाथ तो उनकी ओर सदा बढ़ाए रखना चाहिए। आओ! इस नव-वर्ष में हम संकल्प लें कि हम उन सब बाधाओं को दूर करने का अधिक प्रयास करेंगे जो हमें ईश्वर से दूर ले जाती हैं।

बुरा क्या है और अच्छा क्या है? ये तुलनात्मक शब्द हैं। जो एक व्यक्ति के लिए अच्छा है वही दूसरे के लिए बुरा हो सकता है, और जो एक के लिए अमृत है वह दूसरे के लिए विष हो सकता है। भारत के एक महान् सन्त ने कहा है कि जो भी विचार, वचन, अथवा कार्य भक्त के मन को ईश्वर से दूर ले जाकर, उसकी चेतना को चंचलता, निराशा, क्रोध तथा ईर्ष्या के गर्त में धकेलता है, वह उस भक्त के लिए ग़लत अथवा बुरा है। हमें अपने जीवन को ऐसे जीने का प्रयास करना चाहिए जिससे हम अपने मन, वचन, और कर्म के द्वारा केवल वे ही कार्य करें जो हमारी चेतना को उन्नत कर सकते हों?

हमारे साथ गुस्से से व्यवहार करने वालों को मुँह-तोड़ जवाब देना; जब हम उपेक्षित या नज़र अन्दाज किए जाते हैं तब ईर्ष्या करना; या जब हम यह महसूस करते हैं कि दूसरों ने हमें हमारा हक नहीं दिया तब मुँह फुलाना — ये सब करना आसान है। परन्तु मेरा अपना अनुभव यह है कि जब गहन ध्यान और निरन्तर ईश्वर की विद्यमानता के अभ्यास से हम यह स्वीकार करना सीख लेते हैं कि सब कुछ ईश्वर के हाथों से आ रहा है, जब हम यह अनुभव कर लेते हैं कि जीवन के समस्त अनुभवों में, केवल ईश्वर ही है जिसके साथ हमें संबंध रखना है, तब आत्मसाक्षात्कार के पथ पर सभी बाधाओं से बचकर निकलना संभव है।

प्रत्येक आत्मा ईश्वर के प्रतिरूप में बनी है। ईश्वर के विनम्रता, प्रज्ञा, प्रेम, तथा आनन्द जैसे गुण पहले से ही हमारे अन्दर विद्यमान हैं। परन्तु 'मैं' अर्थात् अहंभाव हमें अपनी वास्तविक स्वरूप को भुला देने

के लिए बाध्य कर देता है। हम अपने अंतर्जात दिव्य गुणों पर सचेतन रूप से मनन कर, पुनः अपने वास्तविक स्वरूप का बोध प्राप्त कर सकते हैं।

ईश्वरीय प्रकाश अंधकार का नाश करता है

मन को ईश्वर से दूर ले जाने वाली सभी चित्तवृत्तियों और आदतों पर हम प्रसन्नता, उत्साह, आनन्द, निःस्वार्थता, प्रेम, कृपा तथा दयालुता के सकारात्मक विचारों द्वारा काबू पा सकते हैं। जैसे-जैसे आप इन गुणों को अपने में जाग्रत करते हैं, वैसे-वैसे लोभ, स्वार्थपरकता, क्रोध, घृणा, ईर्ष्या, निरुत्साह, तथा वासना की आदतें धीरे-धीरे समाप्त हो जाएँगी। आप किसी कमरे में से अंधकार को, शिकायत करके कि मुझे दिखाई नहीं दे रहा है, अथवा इसको छड़ी से पीट-पीट कर दूर नहीं कर सकते। उस अंधकार को हटाने का केवल एक ही रास्ता है — प्रकाश को अन्दर आने दें। उसी प्रकार, आन्तरिक अज्ञान को हटाने का उपाय, आत्म ग्लानि ही करते रहना अथवा अपने आन्तरिक अंधकार के लिए किसी अन्य पर दोषारोपण करना नहीं है, बल्कि ईश्वर के प्रकाश को अन्दर लाना है। अन्तर में ज्ञान की ज्योति जलाएँ, और युग-युगों का अंधकार समाप्त हो जाएगा।

जो भक्त सदैव ईश्वर की चेतना में ही रहते हैं, वे पाते हैं कि उनका मन सदैव ईश्वर के किसी-न-किसी स्वरूप — मेरे प्रभु, मेरे पिता, मेरी माता, मेरा पुत्र, मेरा प्रियतम, मेरा प्रेम, मेरे अपने — पर केन्द्रित रहता है। जितना अधिक कोई इस चेतना में रहने का प्रयत्न करेगा, उतनी ही शीघ्रता से उसे उस दिव्य प्रतिरूप का जो हममें से प्रत्येक में निवास करता है, अपने अन्तर में अनुभव होगा।

अपने शुभ संकल्पों को सुदृढ़ करें

अपने हृदय में एक आध्यात्मिक इच्छा धारण करें और गहनतापूर्वक

ईश्वर से इसकी पूर्ति के लिए प्रार्थना करें, अनवरत प्रार्थना करें, केवल कुछ घंटों अथवा एक दिन के लिए ही नहीं, अपितु प्रतिदिन। और कार्य-कलाप के दौरान भी, उस प्रार्थना को अपने मन की पृष्ठभूमि में दोहराते रहें। यदि आपको उस प्रार्थना की पूर्ति में पूरा विश्वास और उत्साह है, तो आप पाएँगे कि ईश्वर उत्तर देते हैं। वे अपने भक्तों को कभी निराश नहीं करते; परंतु आपमें लगन होनी चाहिए। यदि प्रारम्भ में आप उनका उत्तर न पाएँ तो छोड़ न दें; प्रयत्न करते रहें। जब आपको इसकी बहुत ही कम उम्मीद होगी, तब अचानक, दिव्य प्रियतम आपकी प्रार्थना का उत्तर दे देंगे।

एक बुरी आदत जिसे आप छोड़ना चाहते हैं, अथवा एक अच्छी आदत जिसे आप विकसित करना चाहते हैं, उसे चुन लें और निश्चय कर लें कि इस नववर्ष में आप प्रतिदिन अपने लक्ष्य की पूर्ति के लिए कार्य करेंगे। अनेक संकल्प न करें, नहीं तो आप उन्हें कुछ ही दिनों, अथवा महीनों में भूल जाएँगे; एक अच्छा गुण अपनाने का निर्णय करें और अपने अन्तर में इसे स्थापित होने तक, अपनी एकाग्रता, दृढ़-निश्चय और उत्साह का प्रयोग करें।

कई वर्ष पहले, नए साल में विनम्रता के लिए प्रयत्न करने का मेरा संकल्प मुझे याद है। प्रतिदिन मैंने इस लक्ष्य की प्राप्ति के लिए प्रयास किया: वास्तव में विनम्रता क्या है — मैंने इस पर गहनता से विचार किया; अपने ध्यान में मैंने ईश्वर से प्रार्थना की कि वे मुझे अधिक विनम्रता दें, और मुझे यह गुण किसी भी ऐसे तरीके से सिखाएँ जो मेरे लिए सबसे लाभदायक हो। इस गुण को विकसित करने के लिए मैंने ध्यान में तथा कार्य में सब प्रकार से संघर्ष किया। इसी प्रकार, अन्य अवसरों पर मैंने ईश्वर की भक्ति, विवेक तथा अन्य आध्यात्मिक गुणों के लिए संघर्ष किया। ये जीवन-भर के प्रयास हैं, परन्तु महत्त्वपूर्ण बात यह है कि उन्हें पाने की केवल शुरुआत करने के लिए भी दृढ़-निश्चय

और प्रयास की आवश्यकता है। मेरे प्रियजनों, यही आपके हृदय की किसी भी शुभ इच्छा की पूर्ति का उपाय है। अपने मन को तैयार करें। और इच्छा-शक्ति का प्रयोग करें। जीवन बीत रहा है और आपको अपने बचे हुए जीवनकाल में ज्ञान, प्रेम, विवेक, आनन्द और शांति की उपज प्राप्त करनी है।

अनेक जिज्ञासु मुझसे कहते हैं, "मैं नहीं जानता कि मैं ईश्वर की ओर अग्रसर हो रहा हूँ या नहीं। मैं नीरसता का अनुभव करता हूँ, मुझे नहीं लगता कि मैं कोई प्रगति कर रहा हूँ।" ऐसे भक्तों को मैं केवल यह कह सकती हूँ कि उन्हें और अधिक प्रयास करने की आवश्यकता है; उनमें ईश्वर के सान्निध्य का अनुभव करने के लिए और अधिक इच्छा और दृढ़-निश्चय की आवश्यकता है।

परमहंसजी कहा करते थे कि भक्त को ईश्वर के लिए उसी प्रकार तड़पना चाहिए जिस प्रकार एक डूबता हुआ व्यक्ति, तीसरी डुबकी लेते समय साँस के लिए तड़पता है; उसी प्रकार की तड़प होनी चाहिए जिस प्रकार एक प्रेमी अपनी प्रियतमा से बिछुड़ने पर अनुभव करता है; उसी प्रकार की आसक्ति होनी चाहिए जिस प्रकार एक कंजूस अपने धन के प्रति अनुभव करता है। यदि भक्त में ईश्वर के प्रति उस स्तर का उत्साह, ललक, और आसक्ति होगी तो वह इसी जीवन में उन्हें प्राप्त कर लेगा। हमें तब तक संतुष्ट नहीं होना चाहिए, जब तक हम अपने अन्तर में ईश-ललक की इसी प्रकार की दिव्य ज्योति को प्रज्वलित न कर लें। इस नव-वर्ष में ईश्वर के और समीप आने का संकल्प करें। ईश्वर के साथ अधिक गहरा, मधुर और प्रेममय संबंध स्थापित करने का निश्चय करें, जो हमारे एकमात्र सच्चे और शाश्वत प्रेम हैं। जब आपके हृदय और मन इस दिव्य संबंध में बंध जाएँगे, तब दूसरों के साथ आपके सभी संबंध शुद्धतर और मधुरतर बन जाएँगे।

अपने जीवन का निर्माण ध्यानशिला पर करें

प्रतिज्ञा करें कि अस्वस्थता के अतिरिक्त आप अपने ध्यान के दैनिक अभ्यास को कभी भी नहीं छोड़ेंगे। जब से मैंने गुरुदेव के निर्देश पर ऐसी प्रतिज्ञा की, मैंने इसे कभी नहीं तोड़ा; और मैंने पाया कि इसने मुझे प्रबल आन्तरिक शक्ति प्रदान की है। इसके अतिरिक्त, सप्ताह में एक पूरा दिन या अनेक घंटों का मौन धारण करें और उस दौरान लम्बा ध्यान करें। अनेक वर्षों पूर्व एंसिनीटस में, जब गुरुजी ने हमें यह बताया, तो मैंने सप्ताह में एक शाम अपने लम्वे ध्यान के लिए निर्धारित कर ली। मुझ पर अनेक उत्तरदायित्व थे, परन्तु प्रत्येक बृहस्पतिवार को शाम का भोजन लिए बिना, मैं छः बजे अपने कक्ष में चली जाती और मध्यरात्रि तक ध्यान करती। इस अभ्यास से जिस शक्ति का विकास हुआ, और ध्यान की उन अवधियों में मैंने ईश्वर के प्रति जिस प्रेम और भक्ति का अनुभव किया, उससे मेरी आध्यात्मिक उन्नति और अधिक तीव्र हो गई। यदि आपको ईश्वर को पाना है, तो आपको इस प्रकार के संकल्प लेने होंगे और उन्हें, केवल वाणी तक सीमित न रखकर, निष्ठापूर्वक पूरे करने होंगे।

प्रत्येक सप्ताह अपने लम्वे ध्यान की अवधि में, संसार को भूल जाएँ और अपने मन से समस्त चिन्ताओं को निकाल दें। अपनी समस्याएँ प्रभु को अर्पित कर दें; छः घंटे की उस अल्प अवधि के दौरान उन्हें ही उनके बारे में चिन्ता करने दें। अपने हृदय की भाषा में उनसे बातें करें। तब आप जानेंगे कि आप आध्यात्मिक रूप से उन्नति कर रहे हैं। यही एकमात्र रास्ता है जिसके द्वारा आप उन्हें जान सकते हैं— अधिक प्रयास के द्वारा।

ईश्वर सान्निध्य का अभ्यास करें

आध्यात्मिक उन्नति का दूसरा उपाय है, ईश्वर की उपस्थिति का

निरन्तर अभ्यास करना। परमहंसजी ने शिक्षा दी है कि यदि आप ईश्वर को जानना चाहते हैं तो आपको अपने विचारों को इस प्रकार प्रशिक्षित करना चाहिए कि प्रातःकाल उठते ही आपका मन सर्वप्रथम ईश्वर के बारे में सोचे; और जब आप दिन भर में अपने कार्यों को करते हैं, तो ऐसा सोचें कि वे ही कर्त्ता हैं और आप केवल उनके विनम्र माध्यम हैं। उनकी सेवा में अपनी बुद्धि, इच्छा, आनन्द और प्रसन्नता का उपयोग करें। जैसे-जैसे दिन ढलने लगे अपने मन को गहनतापूर्वक ईश्वर में स्थिर रखें। इन उपायों द्वारा केवल ईश्वर की चेतना के साथ आगे बढ़ते रहें और अपने हृदय में महानतम आनन्द के साथ, सर्वाधिक उत्साह, श्रद्धा और संकल्प के साथ, तथा सर्वोपरि, उस एक मात्र प्रियतम के चरणों में समर्पित प्रेम के साथ इस चेतना को जीवन के संपूर्ण अनुभवों में साथ रखें।

अन्त में, मैं आपके साथ उसे बाँटना चाहूँगी जो मैंने प्रिय गुरुदेव के पवित्र सान्निध्य में एक नववर्ष के ध्यान के समय सीखा था। इन सारे वर्षों के दौरान ये शब्द मेरे लिए सहायक सिद्ध हुए हैं, "इसे सदैव स्मरण रखें। हम ईश्वर की इच्छा के विरुद्ध नहीं जा सकते। इस संसार में हम में से प्रत्येक के भिन्न-भिन्न कर्त्तव्य हैं, जिससे हम बच नहीं सकते तथा जिसे दूसरा कोई हमारे लिए कर नहीं सकता। अपने कर्त्तव्यों को पूरा करते समय हमें यह भाव रखना चाहिए, 'हे प्रभु, आप ही कर्त्ता हैं। मुझे अपना इच्छुक माध्यम बनाएँ।' जीवन एक क्षण में नष्ट हो जाता है। हम यह सोच भी कैसे सकते हैं कि इस संसार में हम कर्त्ता हैं। गीता कहती है, 'अन्य सब धर्मों (कर्त्तव्यों) को त्याग दो, केवल मेरा स्मरण करो; मैं तुम्हें सब प्रकार के पापों (जो छोटे कर्त्तव्यों को छोड़ने के कारण उत्पन्न होते हैं) से मुक्त कर दूँगा। संतप्त मत होओ।'*

* श्रीमद्भगवद्गीता XVIII:66 (परमहंस योगानन्दजी की गीता पर टीका *ईश्वर-अर्जुन संवाद : श्रीमद्भगवतगीता* से उद्धृत)।

प्रतिदिन यथासंभव सर्वोत्तम करने की चेष्टा करें

"इस जीवन में आपको बस इतना ही याद रखना है कि आपको प्रतिक्षण, प्रतिदिन, यथासंभव अच्छा करने का प्रयास करना है। ईश्वर आपसे प्रयास की निरन्तरता चाहते हैं। वे नहीं चाहते कि आप हतोत्साहित होकर प्रयास करना छोड़ दें, और मैदान छोड़कर भाग जाएँ। याद रखें कि आपके समस्त कार्यकलापों के समय और आपके समस्त संकटों और परीक्षाओं में, ईश्वर सदैव आपके साथ हैं। जीसस ने सन्त एन्थोनी, जिसने मरुस्थल में क्राइस्ट से प्रार्थना करते हुए साठ से अधिक वर्ष व्यतीत किए थे, से कहा 'एन्थोनी, यद्यपि तुम कष्ट भोग रहे थे, मैं हर क्षण तुम्हारे पास ही था।'" जब कभी हमें हतोत्साहित करने वाली परिस्थितियों का सामना करना पड़े, हमें इस आश्वासन को याद रखना चाहिए।

द्वैत इस संसार की प्रकृति है। नकारात्मक पक्ष पर कभी भी विचार न करें। हमें अच्छे और बुरे को ईश्वर में दृढ़ विश्वास के साथ स्वीकार करना सीखना चाहिए। जैसा कि गुरुजी ने सिखाया है, हमें समझ लेना चाहिए कि जो भी विपत्तियाँ हमारे जीवन में आती हैं, वे आशीर्वाद में बढ़ाए गए ईश्वर के हाथों की छाया मात्र हैं। जीवन में प्रत्येक घटना को एक ही चेतना से देखना सीखें, "प्रभु, आप ही कर्त्ता हैं, आप ही के हाथों से मुझे प्रेम भरा दुलार तथा फटकार, दोनों ही प्राप्त होते हैं, क्योंकि आप जानते हैं कि मेरे लिए सर्वोत्तम क्या है। आप ही मेरे मित्रों के द्वारा मुझे प्रेम करते हैं और जो मुझे अपना शत्रु समझते हैं, उनके द्वारा, मुझे अनुशासित करते हैं।"

इसी चेतना में आइये, नववर्ष का स्वागत करते हुए जो कुछ भी हमारे सामने आए उसे उत्साह, श्रद्धा, शक्ति और तत्परता के साथ, और सर्वोपरि, ईश्वर के प्रेम का अनुभव करने की निरन्तर लालसा के साथ

हम पूरा करें। प्रभु ने अपने आपको हमसे दूर नहीं किया; हमने ही अपनी चेतना को इस संसार की वस्तुओं के पीछे दौड़-दौड़ कर, अपनी इन्द्रियों और मनोवेगों में अति आसक्त होकर, उनसे अलग कर लिया है। जैसा कि महापुरुषों ने सिखाया है, अपनी चेतना को स्थिर करना सीख कर ही हम ईश्वर की विद्यमानता को अपने अन्तर में अनुभव करने में सक्षम हो सकते हैं।* काल के प्रारंभ से ही वे हमारे साथ हैं, वे अब भी हमारे साथ हैं, और वे अनन्त तक हमारे साथ रहेंगे। उन्हें ही दृढ़ता से पकड़े रहें जो अपरिवर्तनशील हैं।

आपके लिए मेरी प्रार्थना

इस नववर्ष में, आप में से प्रत्येक के लिए मेरी प्रार्थना है कि आप आध्यात्मिक पथ पर अपने महानतम और सर्वश्रेष्ठ उद्देश्यों की पूर्ति कर सकें। आप सब जो दिव्य प्रेम खोज रहे हैं, मेरी प्रार्थना है कि आप इसे प्राप्त करें; आप सब जो सहृदयता एवं सहानुभूति चाह रहे हैं, इन्हें मानव संबंधों में नहीं बल्कि ईश्वर में खोजें जो समस्त सहृदयता एवं सहानुभूति का स्रोत हैं। जो शक्ति, उत्साह, अथवा विनम्रता पाना चाहते हैं, आप सब उस महान् गुरु की शरण में पहुँचें जो आपको इन गुणों को प्राप्त करने में सहायता कर सकें, जो आपके अन्तर में सुप्त दिव्यता को जाग्रत कर सकें जिससे कि आप स्वयं को ईश्वर की सच्ची सन्तान के रूप में देख सकें। मैं अपनी स्मृति में, हमारे दिव्य गुरुदेव को नववर्ष के अवसर पर प्रेरित करते हुए सुनती हूँ, "जागो, अब और मत सोओ! जागो, अब और मत सोओ! जागो, अब और मत सोओ!"

शांति, आनन्द, सुख और दिव्य प्रेम को पाने का मार्ग है — अपनी चेतना को ईश्वर पर केन्द्रित करना और ईश्वर में लगाए रखना। मात्र इसी एक विचार पर मन को केन्द्रित रखें : केवल ईश्वर। "आप ही मेरे

* "शांत रहो, और जानो कि मैं ही ईश्वर हूँ" *भजन संहिता* 46:10 (बाइबिल)।

जीवन का ध्रुवतारा हैं, मैं आप ही में वास करता हूँ, विचरण करता हूँ श्वास लेता हूँ, और अपना अस्तित्त्व रखता हूँ। मैं आपसे प्रेम करने और आपकी सेवा करने के सिवाय और कुछ नहीं चाहता।" नववर्ष में इसे ही अपनी अनवरत प्रार्थना बनाएँ।

दिन और रात मन को ईश्वर में ही लगाए रखें और उनके प्रेम में मतवाले बन जाएँ। केवल वे ही सत्य हैं। केवल उनके प्रेम में ही ज्ञान, विनम्रता, आनन्द, दया, विवेक, और परिपूर्णता विद्यमान है। हम में से प्रत्येक उस प्रेम को अधिक तत्परता के साथ खोजें।

अधिक गहनतापूर्वक ध्यान करें और तीव्रतम इच्छा, निष्ठा, और एकाग्रता के साथ ईश्वर की सेवा करने का प्रयास करें। केवल सेवा करना ही पर्याप्त नहीं है; बल्कि इसे परम सौभाग्य समझें और हृदय में उत्साह, आनन्द और प्रेम के साथ सेवा करें। प्रभु के लिए भक्ति भरे गीत गाते हुए, हम नववर्ष के प्रत्येक दिन में सदा उस आनन्ददायक चेतना को बनाए रख सकें, ताकि हम केवल प्रभु का विचार करते हुए वर्ष को उसी तरह समाप्त करें जैसे हमने आरम्भ किया था।

क्षमाशीलता का रहस्य

सेल्फ़-रियलाइज़ेशन फ़ेलोशिप अंतर्राष्ट्रीय मुख्यालय, लॉस एंजिलिस, कैलिफ़ोर्निया 24 मार्च, 1969

एक बार फिर ईस्टर* के पावन दिवस का आगमन हुआ है। वर्ष में आने वाले ऐसे पवित्र अवसर मेरी चेतना का उत्थान करने में एक प्रत्यक्ष भूमिका निभाते हैं, और मेरी प्रार्थना है कि वे उसी प्रकार आपकी चेतना को भी प्रेरित करें। मानवजाति के लिए जीसस क्राइस्ट द्वारा किए गए महान् बलिदान की याद दिलाने वाला यह अवसर जब समीप आता है तो मैं गुरुदेव परमहंस योगानन्दजी की उस उक्ति के बारे में सोचती हूँ जो वे प्रायः दोहराया करते थे : कि क्राइस्ट ने अपने महानतम चमत्कार का प्रदर्शन सलीब पर किया था। उनके साथ गद्दारी करने वाले व्यक्ति को, और उन पर ग़लत इलज़ाम लगाने वाले अन्य व्यक्तियों को शाप देने और उन्हें दोषी ठहराने का पूरा अधिकार रखते हुए भी, तथा अपने सभी दुश्मनों को नष्ट करने की शक्ति रखते हुए भी, क्राइस्ट ने न तो उस शक्ति का प्रयोग किया और न ही उनके प्रति शत्रुता का भाव अनुभव किया। अपितु, उन्होंने संसार को बुराई पर विजय पाने का दिव्य पथ दिखाया — वह एकमात्र पथ जो मनुष्य की आत्मा को अज्ञान के अंधकार से शाश्वत ज्ञान के प्रकाश में, और ईश्वर के साथ शाश्वत संपर्क में पुनरुत्थित कर सकता है। क्राइस्ट के इन प्रेम भरे सरल शब्दों ने उस पथ को अमर बना दिया, "हे परमपिता! उन्हें क्षमा कर दें क्योंकि वे नहीं जानते कि वे क्या कर रहे हैं।"†

* ईसाई धर्म का एक पर्व जो जीसस क्राइस्ट के सलीब पर प्राण त्यागने के तीसरे दिन उनके पुनरुत्थान की स्मृति में मनाया जाता है।

† *लूका* 23:34 (बाइबिल)।

आज भी मानवजाति के लिए यह एक अत्यधिक महत्त्वपूर्ण संदेश है, एक संदेश जिसे हम में से प्रत्येक को अपने जीवन में अपनाना चाहिए, यदि हम अपने हृदय में तथा इस संसार में दिव्य प्रेम के प्रकाश को देखना चाहते हैं। हृदय और मन को सभी प्रकार की कड़वाहट एवं ईर्ष्या से पूर्णतः मुक्त रखना आवश्यक है; इस प्रकार की भावनाओं का वहाँ कोई स्थान नहीं है।

जब कोई हमारे साथ निर्दयता का व्यवहार करता है, तो हमें ऐसा क्यों लगता है कि हमें इसका कुछ-न-कुछ जवाब ज़रूर देना चाहिए? हम क्यों नहीं इसे केवल भगवान् के हाथों में सौंप देते? मैं इसमें विश्वास रखती हूँ। पूर्ण रूप से यह जानते हुए कि दिव्य नियम, दिव्य प्रेम, हमारे लिए इसका समाधान कर देंगे, क्या हम भी यह नहीं कह सकते : "हे परमपिता! इन्हें क्षमा कर दें, क्योंकि ये नहीं जानते कि ये क्या कर रहे हैं?" मेरे पूरे जीवन में यह नियम अनगिनत तरीकों से कारगर सिद्ध हुआ है। यह आपके लिए और सारी मानवजाति के लिए भी कारगर होगा।

समस्या हम में है। हम अपने ओछे व घृणात्मक विचारों, अपनी प्रतिशोधपूर्ण, क्रोधपूर्ण तथा ईर्ष्यालु भावनाओं को नहीं त्याग पाते क्योंकि हम माया का हाथ नहीं छोड़ पाते। वास्तव में, ये सभी ग़लत विचार एवं भावनाएँ उस माया के ही रूप हैं। इस तरह हम भगवान् का हाथ पकड़ने में असमर्थ हो जाते हैं।

आइए हम घृणा, क्रोध और नीचता की अंधेरी कब्र से अपनी चेतना का पुनरुत्थान करने का प्रयत्न करें। आप जानते हैं नीचता क्या है : किसी दूसरे व्यक्ति को दुःख देने की इच्छा। संभवतः हम सभी ने कभी-न-कभी अनजाने में दूसरों को दुःख पहुँचाया है। यदि हमने इस तरह से किसी को दुःख पहुँचाया है तो हमें उससे सच्चे हृदय से क्षमा माँगनी चाहिए; यहाँ तक कि विचार में भी हमें, किसी दूसरे के विरुद्ध,

दया माताजी, योगदा सत्संग के एक विद्यालय में, राँची 1972

"बच्चे हमें सिखाते हैं, वे हमें अनुशासित करते हैं; उनके जीवन को उचित साँचे में ढालने में उनकी सहायता करने के लिए हमें अपार सहनशीलता सीखनी पड़ती है; अपने आपसे, अपने स्वार्थ से बाहर निकलकर उन तक पहुँचना सीखना पड़ता है।"

बनारस, 1961

"हम अपने जीवन को सर्वदा नए ढंग से रुचिकर और पूर्णतया मनोहर कैसे बना सकते हैं जिससे कि हम ईश्वर की सृष्टि में प्रत्येक वस्तु से मंत्र-मुग्ध हो जाएँ? वस्तुओं के केवल बाहरी रूप को देखना बन्द कर दें; उनके पीछे प्रभु का हाथ देखें।"

संन्यास दीक्षा, वाईएसएस-एसआरएफ़ संन्यासियों के लिए, राँची, 1968

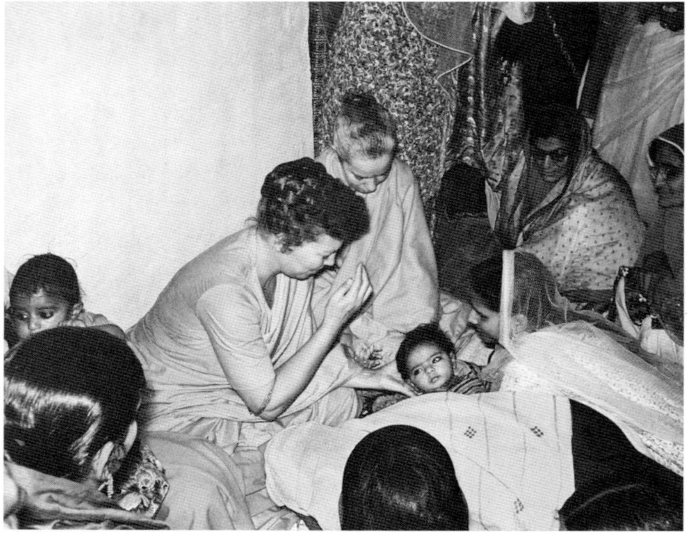

दया माताजी से अपने बच्चे को आशीर्वाद दिलवाने आई एक माँ, भारत, 1961।

"जब भी कभी मैं मित्रों के बीच, या माता-पिता और बच्चों के बीच, या पति-पत्नी के बीच आदर्श प्रेम के विषय में पढ़ती, तो मैं सोचा करती थी : 'प्रियतम प्रभु, यदि ये मानवीय संबंध इतने मधुर हो सकते हैं तो आपके साथ संबंध इनसे कितना अधिक मधुर होगा? आपसे ही तो प्रेम के ये भिन्न-भिन्न रूप निःसृत होते हैं।'"

जानबूझ कर हाथ नहीं उठाना चाहिए। यदि हम ऐसा करेंगे तो सबसे पहले हम ही कष्ट उठाएँगे क्योंकि उस क्षण में हम अपने अंतर् में ईश्वर के बोध को खो देंगे।

उस आत्मा का अनुभव प्राप्त करें जो समस्त प्रेम का निधान है

मेरे हृदय में आप सबके लिए केवल एक ही इच्छा है : जिस आनन्द, शांति एवं सुरक्षा, तथा अगाध प्रेम का मैं अपनी आत्मा में अनुभव करती हूँ, मैं पूरे हृदय से चाहती हूँ कि आप सब सदा उसी दिव्य चेतना में डूबे रहें। यह सच है कि उस चेतना को प्राप्त करना और उसे बनाए रखना अत्यधिक कठिन है। इसलिए आपमें से जो भी अपने जीवन को दिव्य बनाने का प्रयास कर रहे हैं, किन्तु अपने लक्ष्य से भटक जाते हैं, उनको गुरुदेव के पदचिह्नों का अधिक गहनता से, अधिक सच्चाई से और अधिक श्रद्धा से अनुकरण करने के लिए स्मरण कराना और प्रेरित करना मेरा कर्त्तव्य है।

गुरुदेव कृपा, प्रेम, क्षमा और दया की प्रतिमूर्ति थे। उनमें लेश-मात्र भी संकीर्णता या स्वार्थ का चिह्न नहीं था। तब भी कुछ लोगों ने उन्हें ग़लत समझा, जिस प्रकार कुछ व्यक्तियों ने क्राइस्ट को भी ग़लत समझा। जब किसी ने स्वयं को अंधकार का अभ्यस्त कर लिया हो तो उसकी आँखें प्रकाश को सहन नहीं कर पाती; उसकी आँखें चुँधिया जाती हैं। इसी प्रकार, जब कोई व्यक्ति ज्ञान के प्रकाश और उचित व्यवहार से अपना मुँह मोड़ लेता है और स्वयं पर तरस खाने, आत्म-केन्द्रित होने और स्वार्थपरकता के अंधकार में स्वयं को डुबो देता है तो वह उस प्रकाश को प्रतिबिंबित करने वाले प्रत्येक व्यक्ति एवं वस्तु से घृणा करने लगता है। यदि वह इस प्रकाश के प्रति ग्रहणशील होता, तो वह पाता कि यह उसकी चेतना एवं जीवन के हर कोने को दीप्तिमान करता है, और उसे वही चीजें प्रदान करता है जिसकी उसे लालसा

है, परंतु जिन्हें प्राप्त करने के लिए उसने अब तक सही सिद्धान्तों का पालन नहीं किया है।

तो आइए, पुनरुत्थान के इस वसंत में एक नवीन उत्साह के साथ हम ईश्वर को पुकारें। मैं ऐसा करती हूँ—मैं व्याकुलता से अपने जीवन के प्रत्येक क्षण में उनको चाहती हूँ। कभी-कभी मैं आधी रात में जाग जाती हूँ। सोने की बिल्कुल इच्छा नहीं होती, प्रत्येक क्षण प्रभु से बातें करने की ही इच्छा होती है। मेरे लिए यही सत्य है, और क्योंकि मैं ईश्वर के साथ संपर्क में अपने सुख, अपनी शांति और अपने आनन्द को प्राप्त करती हूँ, इसलिए मैं आप सबके लिए भी इसे ही चाहती हूँ।

मुझे दुःख तब होता है जब मैं उन लोगों को देखती हूँ जो अज्ञानतापूर्वक अपने दोषों तथा कमज़ोरियों से लिपटे रहते हैं, और वे न तो उन्हें छोड़ते हैं और न ही ईश्वर को अपने जीवन की बागडोर संभालने देते हैं। यदि आप आत्म-साक्षात्कार करना चाहते हैं तो आपको अवश्य ही यह करना चाहिए। भगवान् पर अधिक भरोसा करें, भगवान् में अधिक विश्वास रखें, भगवान् को स्वीकार करें; उस भगवान् में विश्वास करें, जो आपके प्रति किए गए हर अनुचित व्यवहार का निवारण कर सकता है। आपको प्रतिवाद करने की आवश्यकता नहीं है, भगवान् को ही अपना रक्षक बनने दें।

जब लोग मुझे ग़लत समझते हैं तो मेरी चिन्ता यह नहीं होती है कि वे दया माँ के साथ समस्वरित हों बल्कि भगवान् के साथ हों। ऐसे समय में, मैं जगन्माता से तत्काल आग्रहपूर्वक प्रार्थना करती हूँ, "उन्हें आशीर्वाद दो, उन्हें आशीर्वाद दो! उनकी चेतना को अपने में जाग्रत करो, वे केवल आप ही की ओर देखें, और आप ही के आँचल को थामे रहें।" उन आत्माओं के साथ मेरे संबंध के प्रति, यह प्रार्थना मुझे आनन्द और मन की शांति प्रदान करती है। गुरुदेव प्रायः कहा करते थे, "मैं तब तक संतुष्ट नहीं हो सकता, जब तक कि मैं यह न देख

लूँ कि तुम में से प्रत्येक तुम से प्रत्येक! मेरी जगन्माता के चरण कमलों की ओर तेज़ी से अग्रसर हो रहा है।" मेरी भी यही विनम्र और हार्दिक इच्छा है; क्योंकि जैसा कि उन्होंने यह भी कहा, "सदैव याद रखो, तुम्हारा कभी भी कोई बाल भी बाँका नहीं कर सकता, यदि तुम हृदय की गहराई में ईश्वर से प्रेम करते हो।" इसलिए हम में से प्रत्येक को हृदय की गहराई में ईश्वर से प्रेम करना चाहिए। तब चेतना को मदोन्मत्त और सराबोर करने वाला उनका प्रेम सांसारिकता के सभी चिह्नों को मिटा देता है, और फिर चाहे हमारे साथ कोई कुछ भी क्यों न करे, हम सभी के प्रति सदा भगवद्-प्रेम की उसी चेतना में रहते हुए आन्तरिक रूप से अप्रभावित रहते हैं।

मन में अच्छा या बुरा करने की अदम्य शक्ति है। आजकल के इस अशांति के दौर में, आइए हम सब मिल कर संपूर्ण मानवजाति के लिए गहनतापूर्वक प्रार्थना करें। यह आवश्यक है कि जब हम ईश-चिंतन द्वारा आत्मानुभूति तथा सुरक्षा पाने के अपने व्यक्तिगत प्रयास कर रहे होते हैं तब साथ-ही-साथ इस पीड़ित संसार के लिए भी हम प्रार्थना करें—प्रार्थना करें कि मानव अपनी समस्त समस्याओं के समाधान के लिए भगवान् को मार्गदर्शक बनाए, न कि शैतान को। दुष्ट शक्ति को नहीं, अपितु ईश्वर और केवल ईश्वर को ही थामे रहें।

प्रार्थना का समय, समर्पण का समय

सेल्फ़-रियलाइज़ेशन फ़ेलोशिप अंतर्राष्ट्रीय मुख्यालय, लॉस एंजिलिस, कैलिफ़ोर्निया, 19 मई, 1966

श्री श्री दया माता का यह प्रवचन इस प्रश्न के उत्तर में था : जब शारीरिक रोग निदान की आवश्यकता हो, तो कौन-सी रीति श्रेयस्कर है : समर्पण का अभ्यास? अथवा प्रार्थना एवं प्रतिज्ञापन?

मेरे गुरुदेव, श्री श्री परमहंस योगानन्दजी के साथ बिताये मेरे अनेक वर्षों के दौरान, मैंने देखा कि उन्होंने अपने लिए कभी भी प्रार्थना नहीं की। यहाँ तक कि एक बार उन्होंने कहा : "मैं अपने लिए प्रार्थना नहीं कर सकता। मैंने अपना जीवन पूर्ण रूप से ईश्वर को समर्पित कर दिया है। वे जैसा चाहें, वैसा इसके साथ करें।" गुरुदेव का जीवन समर्पण का एक आदर्श उदाहरण था।

उच्चतम भाव में, यदि हम ईश्वर में विश्वास करते हैं और उनमें आस्था रखते हैं, तो उनसे कोई भी वस्तु माँगने की कोई आवश्यकता ही नहीं है। अपनी सीमित मानवीय बुद्धि से जितना हम समझ सकते हैं, उससे कहीं अधिक ईश्वर हमारी आवश्यकताओं को जानते हैं। अतः, अपने लिए प्रार्थना करना, ईश्वर में हमारी निष्ठा के विपरीत है।

कई बार, परमहंसजी दूसरों को कष्टों से मुक्त करने के लिए, उनके बुरे कर्म अपने ऊपर ले लिया करते थे और इसी कारण, बदले में उनका अपना शरीर कष्ट भोगता था। हम उनसे विनती करते थे, "गुरुदेव, आप रोग निवारण के लिए प्रार्थना क्यों नहीं करते?"

उनका उत्तर यह होता, "मैं अपने लिए प्रार्थना कैसे कर सकता हूँ? मैंने कभी भी अपने शरीर के लिए प्रार्थना नहीं की। मैंने इसे प्रभु को सौंप दिया है। वे इसके साथ जो भी करना चाहें, करें। मेरे लिए सब

एक समान है।" गुरुदेव ईश की चेतना में पूर्णतया संतुष्ट थे। जब कोई भक्त चेतना की उस अवस्था में पहुँच जाता है जिसमें वह पूर्णतया ईश्वर में स्थित हो जाता है, जैसे कि परमहंसजी थे, तो शरीर की अवस्था से कोई अंतर् नहीं पड़ता। जो अपने शरीर के लिए प्रार्थना करता है, वह अभी भी इसमें आसक्त है।

परन्तु, दूसरों के लिए प्रार्थना करना उचित एवं श्रेष्ठ है। तब, सर्वोपरि आपकी प्रार्थना यह रहती है कि वे ईश्वर के प्रति ग्रहणशील बनें, और इस तरह सीधे उस दिव्य चिकित्सक (ईश्वर) से शारीरिक, मानसिक या आध्यात्मिक सहायता प्राप्त करें। यही समस्त प्रार्थनाओं का आधार है। ईश्वर का आशीर्वाद तो सदैव विद्यमान है; केवल ग्रहणशीलता का प्रायः अभाव रहता है। प्रार्थना, ग्रहणशीलता को बढ़ाती है। यदि किसी का विश्वास पूर्ण नहीं है, तो उसमें अथवा दूसरों में, निष्ठा को परिपूर्ण बनाने के लिए और ईश्वर की अनवरत विद्यमान सहायता के द्वार को खोलने के लिए प्रार्थना आवश्यक है।*

ईश्वर से हृदय की भाषा में बात करना, अत्यंत स्वाभाविक प्रार्थना है

मैं प्रार्थना शब्द का भी प्रयोग करना पसन्द नहीं करती, क्योंकि यह ईश्वर से औपचारिक एकतरफा याचना जैसी प्रतीत होती है। ईश्वर

* शारीरिक रोग, मानसिक अशांति, एवं आध्यात्मिक अज्ञान के निदान के लिए योगदा सत्संग सोसाइटी ऑफ़ इण्डिया/सेल्फ़-रियलाइज़ेशन फ़ेलोशिप प्रार्थना सभा में संन्यासियों द्वारा प्रतिदिन प्रार्थना की जाती है। कोई भी व्यक्ति अपने अथवा अपने प्रियजन के लिए प्रार्थना हेतु योगदा सत्संग सोसाइटी ऑफ़ इण्डिया, राँची, को पत्र लिख कर या टेलीफोन के द्वारा निवेदन कर सकता है। प्रार्थना सभा के अतिरिक्त, विश्वव्यापी प्रार्थना मण्डल विश्व-भर के योगदा सत्संग सोसाइटी ऑफ़ इण्डिया/सेल्फ़-रियलाइज़ेशन फ़ेलोशिप के भक्तों एवं मित्रों से बना है, जो मानव-कल्याण और विश्व शांति के लिए नियमित रूप से प्रार्थना अर्पित करते हैं। निवेदन पर, विश्वव्यापी प्रार्थना मण्डल के कार्य की विवरण पुस्तिका उपलब्ध है।

के साथ एक घनिष्ठ मित्र की भाँति बातें करना, मेरे लिए एक अधिक स्वाभाविक, व्यक्तिगत एवं प्रभावकारी प्रार्थना है। जब मैं युद्ध की त्रासदियों एवं लोगों की अन्य व्यथाओं के बारे में सुनती हूँ, अथवा जब कोई मुझे पत्र लिखता है और सहायता माँगता है, तब मैं तुरंत ईश्वर के साथ, अपनी आत्मा के मौन-मन्दिर में इसके बारे में वार्तालाप करती हूँ।

यदि हम प्रत्येक क्षण ईश्वर के साथ अन्तःसंपर्क में रहते हुए वार्तालाप करें तो प्रार्थना करने अथवा किसी वस्तु को माँगने की आवश्यकता ही कहाँ रहती है? तब हम सुख-शांति से इतने भरपूर होते हैं, और ईश्वर में अपनी निर्भरता का हमें इतना संपूर्ण विश्वास होता है कि हम हमेशा अपने अंतर् में यह आश्वासन अनुभव करते हैं, "ईश्वर जानते हैं कि वे मेरे साथ क्या कर रहे हैं। मैं हमेशा उनका दृष्टिकोण समझ तो नहीं सकती, परंतु मैं केवल यह जानकर संतुष्ट हूँ कि वे जानते हैं कि मेरे लिए सर्वोत्तम क्या है।" यही समर्पण है।

ईश्वर के प्रति पूर्ण प्रेम का अर्थ है कि सभी विषयों में उनकी इच्छा पर पूर्ण विश्वास का होना। अतः अपने लिए प्रार्थना करना हमारी ईश्वर भक्ति में त्रुटि होगी। जब हम हृदय की गहराई से और बिना किसी शर्त के किसी से प्रेम करते हैं, तथा अपने प्रति उसके प्रेम में हमारा संपूर्ण विश्वास होता है तब हम परवाह नहीं करते कि वह हमारे साथ क्या करता है। वही आदर्श ईश्वर के प्रति हमारे प्रेम में लागू होता है : हमें अपना जीवन, हृदय और मन इतनी पूर्णता से प्रभु को अर्पित कर देना चाहिए कि चाहे कुछ भी हो जाए वह हमारे लिए एक समान है; हमारी चेतना अविचलित एवं शांत रहे। जिसकी ऐसी चेतना है, उसका मन ईश्वर पर इस प्रकार स्थिर रहता है, और उसकी आत्मा ईश्वर की आनन्दमयी चेतना में इस प्रकार लीन रहती है कि जब कोई संकट का समय आता है, तो उसके नश्वर शरीर के साथ चाहे कुछ भी हो इसका

उसके लिए कोई महत्व नहीं रहता। मैं ईश्वर पर संपूर्ण-निर्भरता की इस प्रवृत्ति में विश्वास रखती हूँ।

समर्पण व्यक्ति को दुःखों से मुक्त नहीं कर देता। मुझे याद है, जब परमहंसजी ने एक शाम के समय कहा था, "मैंने वर्षों इस शरीर में पीड़ा का अनुभव किया है। परंतु यह कितना अद्भुत है कि एक ओर तो जगन्माता पीड़ा दे रही हैं, और दूसरी ओर वे ही आप सभी के माध्यम से इस शरीर की देखभाल कर रही हैं।" परमात्मा के साथ उनकी आत्मा की पूर्ण एकता थी चूंकि वे स्वयं को आत्मा के रूप में जानते थे। वे अपनी चेतना को शरीर से पृथक रख सकते थे और यह देख सकते थे कि ईश्वर की अनुमति से ही उनके शरीर को कष्ट भोगना पड़ रहा था, परंतु साथ-ही-साथ परमात्मा की शक्ति से ही उनके शरीर का अस्तित्त्व बना हुआ था और वे ही शरीर की आवश्यक देखभाल भी कर रहे थे।

यह समर्पण हतोत्साहित होकर दुःखों को स्वीकार करने की वह अवस्था नहीं है, जिसमें व्यक्ति दुःखों को सद्गुण के रूप में महिमा मंडित करता है और उन्हें पाने के लिए प्रार्थना करता है। वह धर्मपरायण भक्त, जो ईश्वर से संसार के समस्त दुःखों की माँग करता है, और दुःखों में रहना ईश्वर को प्रसन्न करने का माध्यम मानता है, वह समर्पण को नकारात्मक दृष्टिकोण से समझ रहा है। मैं सकारात्मक रूप में विश्वास करती हूँ, "मैं आत्मा हूँ, मेरी प्रकृति आनन्दमय, शक्तिमय एवं परिपूर्ण है। मैं इस देह की देखभाल करूँगी, परंतु मैं इसमें आसक्त नहीं होऊँगी, और न ही इसमें आने वाले दोषों के लिए शोक करूँगी।" यदि किसी को सिर दर्द हो, तो इसे स्वीकार करने में और जो भी उचित उपचार उपलब्ध हो उसे अपनाने में कोई बुराई नहीं है, परंतु उसकी चेतना इस यथार्थता में रहनी चाहिए कि उसकी वास्तविक प्रकृति अलग है जो उसके वर्तमान शरीर के दुःखों से अप्रभावित है।

देह आत्मा के ऊपर एक चोगा है

देह वास्तव में, आत्मा के एक आवरण से अधिक और कुछ नहीं है। यदि किसी व्यक्ति का ओवरकोट घिस जाए और फट जाए तो वह साधारणतया उसके लिए शोक नहीं करता। वह उसकी मरम्मत कर लेता है, अथवा उसे बदल कर दूसरा ले लेता है। कभी भी, अपनी चेतना की, उस देह-रूपी कोट के साथ पहचान न बनाएँ जो कि आत्मा ने अस्थाई रूप से धारण कर रखा है।

जो लोग ईश्वर के नियमों को नहीं समझते, प्रायः यह विचार रखते हैं कि आध्यात्मिक पूर्णता का अर्थ है, देह की भी पूर्णता अर्थात् वह व्यक्ति जो ईश्वर के साथ समस्वर है, उसकी देह रोग-ग्रस्त नहीं होगी। बकवास! जो व्यक्ति इस विचार को पकड़े रहता है, वह स्वयं ही अपने शरीर में आसक्त है; उसके लिए देह अत्यन्त महत्त्वपूर्ण है। मैं यह नहीं कह रही हूँ कि हमें अपने शरीर की उचित देखभाल नहीं करनी चाहिए। स्वामी श्रीयुक्तेश्वरजी ने कहा, "कुत्ते को एक हड्डी क्यों नहीं डाल देते।"* शरीर को जितनी आवश्यकता है, उतना दो और फिर इसे भूल जाओ। जीसस ने कहा, "अपने जीवन के बारे में कोई विचार मत करो कि तुम क्या खाओगे, और न ही अपने शरीर के बारे में सोचो कि तुम क्या पहनोगे। तुम्हारे पिता जानते हैं कि तुम्हें किन वस्तुओं की आवश्यकता है।"†

मुख्य बात यह है कि कोई भी मानव अपने भौतिक शरीर में अनन्त काल तक नहीं रह सकता, चाहे वह अपने शरीर की कितनी भी देख-भाल क्यों न करता हो। अतः ऐसी वस्तुओं पर इतना अधिक ध्यान क्यों केन्द्रित करते हैं जो अस्थाई हैं? आत्मा के पोषण को छोड़कर अथवा

* *योगी कथामृत*, अध्याय 12।

† *लूका* 12:22, 30 (बाइबिल)।

इसकी अपेक्षा शरीर की देखभाल में तल्लीन रहना, एक आध्यात्मिक भूल है। ईश्वर हमारे शरीर को रोग-ग्रस्त और क्षतिग्रस्त इसलिए होने देते हैं ताकि हमें यह बोध हो, पीड़ा के द्वारा ही सही, यदि इसकी ज़रूरत पड़े, कि हम उनकी संतान हैं न कि मर्त्य देह, और यह भी कि यह संसार हमारा निवास नहीं है। हम अमर आत्माएँ हैं और हमारा निवास ईश्वर में है।

समर्पण के गुण के महत्त्व को सिद्ध करने के लिए, हमें प्रार्थना एवं प्रतिज्ञापन के महत्त्व एवं मूल्य की उपेक्षा नहीं करनी चाहिए। साधारण मानव के लिए परमहंस योगानन्दजी द्वारा प्रदर्शित आदर्श समर्पण को अपनाना बहुत ही ऊँची अभिलाषा होगी। ऐसा समर्पण भगवद्-इच्छा की पूरी जानकारी और उसके साथ संपूर्ण समस्वरता द्वारा ही उत्पन्न होता है। ऐसा भक्त जानता है कि कब और कैसे अपनी समस्याओं का प्रतिरोध करना है और कब उनको झेलने के लिए समर्पण करना है।

ईश्वर उनकी सहायता करते हैं जो अपनी सहायता स्वयं करते हैं

जीसस इतने शक्तिशाली थे कि जो लोग उनको सलीब पर चढ़ा रहे थे, उनसे वे अपने आप को मुक्त करा सकते थे, "तुम क्या सोचते हो कि मैं अब अपने परमपिता से प्रार्थना नहीं कर सकता और वे तुरंत मुझे बारह से अधिक देवदूतों के सैन्य दल नहीं भेज देंगे?"* परन्तु उन्होंने प्रार्थना की, "परमपिता, यदि आपकी इच्छा हो, तो इस प्याले को मुझसे अलग कर दो। फिर भी, मेरी इच्छा नहीं, बल्कि आपकी इच्छा पूर्ण हो।"† यदि कोई व्यक्ति किसी परिस्थिति में ऐसी समस्वरता का अनुभव नहीं कर पाता तब प्रार्थना और प्रतिज्ञापन न केवल लाभकारी

* *मत्ती* 26:53 (बाइबिल)।

† *लूका* 22:42 (बाइबिल)।

हैं बल्कि उपयुक्त भी हैं। वे मन और चेतना को ईश्वर के आशीर्वाद एवं मार्गदर्शन के प्रति ग्रहणशील बनाने में सहायता प्रदान करते हैं, विश्वास को बलशाली और इच्छा को उत्साहित करते हैं, और आरोग्यदायिनी प्राणशक्ति को जाग्रत करते हैं। इस प्रकार, प्रार्थना और प्रतिज्ञापन, एक अन्य ब्रह्माण्डीय नियम को क्रियाशील करते हैं, "ईश्वर उनकी सहायता करते हैं जो अपनी सहायता स्वयं करते हैं।"

प्रतिज्ञापन की चुम्बकीय शक्ति

प्रत्येक को प्रतिज्ञापन का अभ्यास करना चाहिए। मेरे लिए ये दो प्रतिज्ञापन सर्वाधिक सहायक हैं : "प्रभु मेरी इच्छा नहीं! बल्कि मेरे माध्यम से केवल आपकी इच्छा पूर्ण हो; और प्रभु! आप ही कर्ता हैं, मैं नहीं।"

संसार की रचना इस नियम पर आधारित है कि जब सृष्टि का एक कण दूसरे कण के चारों ओर चक्कर काटता है तो इससे एक सृजनात्मक शक्ति उत्पन्न होती है—जैसे प्रोटॉन के चारों ओर इलेक्ट्रॉन का चक्कर लगाना। प्रतिज्ञापन में भी यही सिद्धान्त कार्य करता है। एकाग्र इच्छा-शक्ति जब एक विचार के चारों ओर चक्कर काटती है तो इससे एक बलशाली चुम्बकीय शक्ति उत्पन्न होती है। जब कोई प्रतिज्ञापन, जैसे, "प्रभु! आप मेरे हैं; मैं आपका हूँ!," अथवा "प्रभु! आप उसकी देह में हैं; वह स्वस्थ है!" को बढ़ती हुई विचार शक्ति के साथ बार-बार दोहराया जाता है तो वह तथ्य जिसका प्रतिज्ञापन किया जा रहा है प्रकट हो जाता है।

यही सिद्धान्त एक नकारात्मक परिणाम भी उत्पन्न कर सकता है, यदि एकाग्र इच्छा को किसी नकारात्मक विचार के चारों ओर बार-बार घुमाया जाए। नकारात्मक विचार द्वारा व्यक्ति स्वयं को अथवा दूसरे को गंभीर रूप से हानि पहुँचा सकता है। क्योंकि इस संसार में व्यक्ति जो

कुछ बोता है, वही काटता है; वह जो भी विचार आकाश में छोड़ता है, वही वापस उसी के पास लौट आते हैं। इसीलिए परमहंसजी अक्सर कहा करते थे, "अपने विचारों पर निगरानी रखो। निश्चित रूप से यह जान लो कि आप जैसा करोगे वैसा ही भरोगे।" इसी में, अपने एवं दूसरों की भलाई के लिए, सकारात्मक और सही चिंतन का महत्त्व निहित है।

विचार — संसार में सर्वाधिक बलशाली शक्ति

विचार संसार में सर्वाधिक बलशाली शक्ति है। ईश्वर के संकल्प से ही समस्त सृष्टि की रचना हुई है। उनके बिना किसी भी वस्तु का अस्तित्त्व नहीं रह सकता। क्योंकि हम उनके प्रतिरूप में बने हैं, उनकी अजेय शक्ति हम सबमें विद्यमान है; हमारी विचार शक्ति एवं चेतना, ईश्वर की दिव्य प्रज्ञा एवं चेतना के अंश हैं। ऐसा कुछ भी नहीं है जिसे हमें प्राप्त करना है, परन्तु पहले हमें यह सीखना है कि हम अपनी शक्ति के आन्तरिक स्रोत के साथ कैसे संबंध स्थापित कर सकते हैं।

जब आप अपने अथवा दूसरों के स्वास्थ्य के लिए प्रतिज्ञापन करते हैं, तो यह मानस-दर्शन करें कि ईश्वर की महान् बलशाली आरोग्यदायिनी शक्ति एक उज्ज्वल प्रकाश की तरह आपको, या जिसके लिए आप प्रार्थना कर रहे हैं उस व्यक्ति को, पूरी तरह से घेरे हुए है। महसूस करें कि यह प्रकाश समस्त रुग्णता एवं अपूर्णता को गला कर नष्ट कर रहा है। प्रत्येक उदात्त विचार जो हम सोचते हैं, प्रत्येक प्रार्थना जो हम करते हैं, प्रत्येक शुभ कार्य जो हम पूरा करते हैं, वह ईश्वरीय शक्ति से सराबोर रहता है। जैसे-जैसे हमारा विश्वास बलवान एवं हमारा ईश्वर के प्रति प्रेम गहन होता जाता है, वैसे-वैसे हम इस शक्ति को महान् से महानतर रूपों में प्रकट कर सकते हैं।

यह निश्चित रूप से जान लें कि जब व्यक्ति की विचार-शक्ति प्रबल

होती है और उसको पूर्ण विश्वास होता है, तब प्रार्थना एवं प्रतिज्ञापन की शक्ति के द्वारा, ब्रह्माण्डीय नियम को, यहाँ तक की ईश्वर की इच्छा को भी, प्रभावित किया जा सकता है, यदि ऐसा करने से अंत में उसका उच्चतम कल्याण होता हो तो। जब किसी ने विश्वास और भक्ति के साथ, अपनी संपूर्ण शक्ति से प्रार्थना की हो, और सकारात्मक रूप से उपचार हेतु प्रतिज्ञापन किया हो, परन्तु अन्त में परिणाम विपरीत हो, तब ईश्वर के श्रेष्ठतर ज्ञान के समक्ष, आंतरिक शांति में, समर्पण करने का समय आता है। परन्तु जब तक प्रभु अपना अन्तिम निर्णय नहीं दे देते, तब तक वे परिवर्तन और सापेक्षता के इस संसार में समस्त बाधाओं का प्रतिरोध करने के लिए मानव से अपनी ईश्वर-प्रदत्त शक्ति, इच्छा, एवं बल का प्रयोग करने की आशा करते हैं।

मानव के लिए ईश्वर की आवश्यकता

सेल्फ़-रियलाइज़ेशन फ़ेलोशिप अंतर्राष्ट्रीय मुख्यालय, लॉस एंजिलिस, कैलिफ़ोर्निया, 24 मार्च, 1969

आश्रम की भाँति ही संसार में भी व्यक्ति एक संतोष से परिपूर्ण जीवन तभी जी सकता है, जब वह आन्तरिक आध्यात्मिक पथ का अनुसरण करता है। जब उसके पास ईश्वर है, तो उसका हृदय अन्य किसी भी वस्तु की इच्छा नहीं करेगा। ईश्वर में प्राप्त होने वाली पूर्ण तृप्ति एवं संतोष में उसे वह सब कुछ मिल जाएगा जिसकी उसने कभी खोज की या इच्छा की। ऐसे व्यक्ति की केवल एक प्रार्थना होती है कि वह इस संसार द्वारा और अधिक भ्रमित न हो। ईश-संपर्क की प्राप्ति वह द्वार है, जिसके द्वारा वह देह एवं अहं की चेतना के लघु कारागार से छूटकर आत्मा की स्वतंत्रता की ओर बढ़ सकता है, जहाँ से वह फिर कभी-भी उस कैद में वापस नहीं जाना चाहता।

हम अपने अहं को, उसकी कमियों तथा स्वार्थपरकता के साथ, ईश्वर के आगे जिस हद तक समर्पित करते हैं, उसी के अनुसार इस अहं के बंधनकारी स्वरूप का हमारा बोध विकसित होता है। ऐसे व्यक्ति की चेतना में प्रवेश करना ईश्वर के लिए असंभव है, जो निरंतर "मैं, मैं, मैं" ही सोचता है। जो व्यक्ति "मैं" में पूर्णतया निमज्जित रहता है, उसके अंतर् में ईश्वर के लिए कोई स्थान नहीं रहता। सर्वप्रथम लक्ष्य, जिसके लिए हमें प्रयत्न करना है, वह है उस "मैं" को समाप्त करना। यह सरल नहीं है, परन्तु यदि कोई ईश्वर के प्रति गहन लालसा विकसित करे तो यह सरल हो जाता है।

अधिकतर ईश्वर के प्रति यह लालसा कष्ट आने पर ही जाग्रत होती है। फिर भी, आध्यात्मिक पथ पर कष्टों को मैं इतना आवश्यक नहीं

मानती। जीसस के जीवन और शिक्षाओं की अनेक व्याख्याएँ दुःखों और कष्टों के महत्त्व पर बल देती हैं। यह धारणा बहुत हताश करने वाली है। किशोरावस्था में जब मुझे यह बताया गया, तो मैंने इसे अस्वीकार कर दिया था। मैं कल्पना भी नहीं कर सकती कि कोई भी स्वेच्छा से और खुशी से दुःखों अथवा कष्टों को चाहेगा। यह ईश्वर तक पहुँचने का यथार्थ एवं व्यावहारिक तरीका नहीं है, क्योंकि इस प्रकार की नकारात्मक स्थितियाँ आत्मा के स्वभाव में नहीं हैं। मैं योग मार्ग को कभी न अपनाती यदि मैं इसे दुःखों का पथ समझती! मेरी यह धारणा थी कि ईश्वर की खोज के द्वारा समस्त कष्टों एवं दुःखों का अन्त होना चाहिए। अब, इस आध्यात्मिक पथ पर करीब तीस वर्षों के बाद मैं पूर्णतः आश्वस्त हूँ कि ईश्वर की प्राप्ति और उसके साथ संपर्क वास्तव में मानव के दुःखों का अन्त कर देता है।

इसका अर्थ यह नहीं है कि आध्यात्मिक पथ पर चलने वाला व्यक्ति किसी भी कठिनाई के दौर से नहीं गुज़रता। यह एकदम निरर्थक मत है कि केवल इसलिए भगवान् को हमारे मार्ग से समस्त बाधाओं को दूर कर देना चाहिए क्योंकि हम उसके लिए प्रयासरत हैं। वे निश्चय ही ऐसा कर सकते हैं, परन्तु यदि वे ऐसा कहें, तो मनुष्य के अन्दर शक्ति भला कैसे आएगी? कोई माँसपेशी निरन्तर उपयोग में आने पर ही शक्तिशाली बनती है। एक निष्क्रिय लटकी हुई भुजा दुर्बल होते-होते सूख जाती है। ऐसा ही मानव के साथ भी होता है, यदि उसकी निष्ठा, समर्पण, दया, धैर्य, भक्ति, श्रद्धा, अनवरत प्रयास रूपी माँसपेशियाँ और समस्त अविकसित गुण, जो उसकी आत्मा की गहराई में विद्यमान हैं, को प्रयोग में नहीं लाया जाए; और साधना अथवा आध्यात्मिक खोज के समय उनका उपयोग नहीं किया जाए, तो वह स्वयं को कभी बदलेगा नहीं और अपनी मानवीय कमज़ोरियों और सीमितताओं पर विजय प्राप्त नहीं कर पाएगा।

ईश्वर एवं मानव निःशर्त प्रेम खोजते हैं

ईश्वर अपनी सन्तान के प्रति अति धैर्यशील हैं; वे हमसे निःशर्त प्रेम करते हैं। और क्या हम उनसे इसी प्रकार के प्रेम की लालसा नहीं रखते? हम ईश्वर से ऐसा कमज़ोर प्रेम नहीं चाहते कि यदि हमसे कोई ग़लती हो जाए, अथवा हम अपने उच्चत्तम आदर्शों के अनुसार जीवनयापन करने में सदा समर्थ न हों, तो वे हमें त्याग दें। और न ही ईश्वर के लिए हमारा प्रेम इतना कमज़ोर होना चाहिए कि यदि हमने ग़लती से सोच लिया है कि उन्होंने हमें त्याग दिया है, तो बदले में हम भी उन्हें त्याग दें। इस प्रकार के प्रेम का कोई अर्थ नहीं है। हम ऐसा प्रेम चाहते हैं जो निःशर्त एवं शाश्वत हो। और यदि हम इसे अपने लिए चाहते हैं, तो स्पष्टतया उसी प्रकार का प्रेम ईश्वर को देने के लिए हमें इच्छुक होना चाहिए, और इस संसार में दूसरों को भी यही प्रेम देने का प्रयास करना चाहिए।

मैं अच्छी तरह जानती हूँ कि जो कुछ मैं खोज रही हूँ, उसे कोई भी व्यक्ति मुझे नहीं दे सकता। निसंदेह, यह ज्ञान मुझे अपने अनेक पूर्व जन्मों और अनुभवों के माध्यम से प्राप्त हुआ है। आराधना, वैभव, प्रशंसा अथवा प्रेम, ये चाहे जितना भी कोई मुझे क्यों न दे, वह मेरे लिए पर्याप्त नहीं है। केवल ईश्वर ही मेरी आत्मा को संतुष्ट कर सकते हैं। केवल वे ही हम में से प्रत्येक की तीव्र लालसाओं को पूर्ण रूप से संतुष्ट कर सकते हैं।

ईश्वर को दृढ़ता से थामे रहें; वे आपकी सहायता कर सकते हैं

हमें विश्वास रखना चाहिए कि जो भी अनुभव हमारे समक्ष आते हैं, उनमें ईश्वर की इच्छा एवं आशीर्वाद समाहित होते हैं। उनका उद्देश्य दण्ड देना नहीं होता, बल्कि हमें शक्तिशाली बनाना और ईश्वर के लिए हमारे प्रेम को प्रमाणित करना होता है। ईश्वर ही सदा हमारे जीवन का

मार्गदर्शन करते हैं। जितना कसकर आप ईश्वर का हाथ पकड़े रहेंगे, उतनी ही वे आपकी सहायता कर सकेंगे। यदि खिन्न होकर आप अपना हाथ वापस खींच लेते हैं, या इस वजह से आपकी आस्था डगमगा गई है क्योंकि आप ऐसा मानते हैं कि संसार ने आपके साथ न्याय नहीं किया है, तो यह निश्चित रूप से जान लीजिए कि आप अपनी समस्त इच्छाओं की पूर्ति के मूल स्रोत, अर्थात् ईश्वर, से अपना हाथ पीछे खींच रहे हैं। यही महान् सत्य जीवन में बारम्बार परिलक्षित होता है।

यह याद रखें कि जो हम संसार को देते हैं, बिल्कुल वही हमें भी प्राप्त होता है। यह ईश्वर नहीं हैं जो हमें दण्ड देते हैं; हम स्वयं ही अपने इस जन्म में एवं पूर्व जन्मों में बुरे कर्मों द्वारा दुःखद अनुभवों के कारणों का बीज बोते हैं। कारण के अनुरूप परिणाम, और परिणाम के अनुरूप कारण होगा। एक क्षण के लिए भी इस पर शंका न करें। सदा उन कारणों के सृजन का प्रयास करें, जो वांछित परिणाम प्रकट करेंगे। हम जिस महानतम कारण को क्रियान्वित कर सकते हैं, वह है ईश्वर के प्रति एक सक्रिय, चेतन एवं सतत-वर्धमान प्रेम। केवल वे ही प्रत्येक भक्त की संपूर्ण इच्छाओं की पूर्ति कर सकते हैं। हमें इस सत्य को कदापि भूलना नहीं चाहिए।

ईश्वर को प्रसन्न करना हमारे जीवन का लक्ष्य होना चाहिए

चरम अर्थ में देखा जाए तो ईश्वर के प्रति भक्ति को मात्र शब्दों में व्यक्त करने का कोई खास महत्त्व नहीं है। ईश्वर के प्रति अपने भावों को हम वास्तव में केवल अपने कर्मों द्वारा ही व्यक्त कर सकते हैं। शायद इसीलिए बाइबिल यह कहती है कि किसी व्यक्ति के कर्मों द्वारा आप उसे जान सकते हैं।* अगर हमारे काम की प्रशंसा करने वाला कोई न भी

* "उनके कार्यों के फलों से तुम उन्हें जान जाओगे। हर कोई जो मुझसे प्रभु, प्रभु कहता है, वह स्वर्ग के साम्राज्य में प्रवेश नहीं कर सकता, केवल वही जो मेरे परमपिता की इच्छा पूर्ण करता है" *मत्ती* 7:20–21 (बाइबिल)।

हो तो भी इससे कोई फर्क नहीं पड़ता। अच्छा बनने, और अच्छा करने के कठोर प्रयास के बाद भी यदि कोई इसकी प्रशंसा अथवा परवाह करता दिखाई नहीं देता है तो भी हमें कदापि असंतुष्टि का अनुभव नहीं करना चाहिए। हम पृथ्वी पर मानव का नहीं बल्कि ईश्वर का कार्य करने के लिए हैं। प्रत्येक कार्य श्रद्धा और भक्ति के साथ ईश्वर के चरणों में अर्पित करने की भावना से किया जाना चाहिए। जीवन के प्रत्येक क्षण में एवं प्रत्येक कार्य में हमारा सरोकार सिर्फ ईश्वर के साथ है। ईश्वर ही वह जीवन्त शक्ति हैं जो हमारा मार्ग-दर्शन कर रही है, हमारा पालन-पोषण कर रही है। केवल वे ही सदा हमारे साथ हैं और हमारे प्रत्येक विचार को जानते हैं। इसलिए यह महत्त्वपूर्ण है कि हमारे विचार सदा उच्च व सर्वोत्तम हों। हमारी इच्छा सदा ईश्वर को प्रसन्न करने की होनी चाहिए। ईश्वर को प्रसन्न कर हम आशा कर सकते हैं कि हमारा जीवन और हमारी सेवाएँ ईश्वर के बच्चों को भी प्रसन्न कर सकेंगी।

जिनके हृदय निर्मल होते हैं, उन्हें ग़लतफ़हमी तथा इससे होने वाली पीड़ा नहीं होती। हृदय केवल तभी पवित्र होगा जब हमारी दृष्टि कभी-भी अपने लक्ष्य, अर्थात् ईश्वर, पर से न चूके। ईश्वर के प्रति सतत ललक, जो नियमित रूप से ईश्वर की उपस्थिति का अभ्यास करने से और उनसे मन-ही-मन वार्तालाप करने से उत्पन्न होती है; दैनिक ध्यान, चाहे ध्यान करने की इच्छा हो या न हो; तथा अपने जीवन को संपूर्ण हृदय से तथा समर्पण की भावना से ईश्वर की सेवा में अर्पित कर देना — अगर भक्त परम लक्ष्य तक ले जाने वाली इन बातों को याद रखता है, तो वह कभी पथ-भ्रष्ट नहीं होगा।

ईश्वर को हमारी आवश्यकता नहीं है, बल्कि हमें ईश्वर की नितांत आवश्यकता है। हमें सत्य की आवश्यकता है। अवास्तविकता के इस विशाल सागर में हमें वास्तविकता के वेड़े को पकड़ना होगा और उसे तब तक पकड़े रहना होगा, जब तक कि हम सागर को पार कर, ईश्वर की अनन्त, शाश्वत चेतना के तट पर सुरक्षित नहीं पहुँच जाते।

ईश्वर की कृपा कैसे प्राप्त करें

सेल्फ़-रियलाइज़ेशन फ़ेलोशिप की पचासवीं जयन्ती के अवसर पर आयोजित विश्व सम्मेलन में भाग लेने के लिए आए केन्द्र-प्रमुखों के साथ अंतर्राष्ट्रीय मुख्यालय में किया गया सत्संग, लॉस एंजिलिस, कैलिफ़ोर्निया 13 जुलाई, 1970।

अपनी शिक्षाओं में परमहंस योगानन्दजी ईश्वरीय ज्ञान, शांति, प्रेम और आनन्द के मोती पाने के लिए, मुख्य रूप से ध्यान के सागर में गहरे गोते लगाने के महत्त्व पर बल देते थे। गुरुजी ने हमें बताया था कि इस खज़ाने को संजोकर रखने के लिए भक्त को प्रशांतता के परिवेश में अपना जीवन जीना होगा, उसी परिवेश में विचरना होगा, और उसी में अपना संपूर्ण अस्तित्त्व बनाए रखना होगा। हम आश्रमों में इसका अभ्यास करते हैं। इससे आपको यह नहीं समझ लेना चाहिए कि हम अपना सारा समय ध्यान में मौन बैठकर व्यतीत करते हैं। हम यहाँ बहुत व्यस्त हैं। परन्तु हम अधिकतर अपने ही अन्तर् में रहना सीखते हैं। हम सीखते हैं कि हमे अपना समय और अपनी शक्ति व्यर्थ की बातों में जाए नहीं करना चाहिए। गुरुजी कभी-कभी कहते थे, जब तुम पानी से आधे भरे घड़े को हिलाते हो, तो पानी के छप-छप की ऊँची व खोखली-सी आवाज़ होती है। परंतु जब घड़े में ऊपर तक पानी भरा होता है, तो यह हिलाने पर भी कोई आवाज़ नहीं करता। मानव को भी उसी प्रकार होना चाहिए; ईश्वर चेतना के जल से लबालब भरा हुआ। जब मन रूपी घड़ा ईश्वर के विचारों से भरा होता है, तो व्यक्ति को बोलने की इच्छा बहुत कम होती है। वह एक मूक द्रष्टा बनकर, जो कुछ भी उसके चारों ओर अच्छा तथा सुन्दर है उसे अपने अन्तर् में आत्मसात् करते रहना पसन्द करेगा, और व्याकुल व परेशान करने

वाले तुच्छ विषयों से अलग रहना चाहेगा।

यह अन्यमनस्कता की स्थिति नहीं है। जो शिष्य गुरुजी के पास होते थे, उन्हें वे असावधान नहीं रहने देते थे। उन्होंने हमें सदा सतर्क रहना सिखाया। परन्तु जब कभी हमारे मन की चंचल अथवा अत्यधिक बहिर्मुखी होने की प्रवृत्ति होती तो परमहंसजी हमें यह कहते हुए सर्वोच्च लक्ष्य की याद दिलाते रहते, "सदा अपना मन ईश्वर में स्थिर रखो।"

गुरुजी से अपनी समस्याओं के बारे में बातचीत करने के पश्चात् कितनी ही बार मैंने अपनी डायरी में लिखा है, "गुरुदेव ने कहा, 'इसे ईश्वर को अर्पित कर दो। सब कुछ उन पर निर्भर है।'" परमहंसजी का अर्थ यह नहीं था कि इस संसार में सभी को अपने लक्ष्य को पाने के लिए केवल ध्यान में बैठकर प्रार्थना करते रहना चाहिए और सब कुछ उनके पास आ जाएगा। मान लीजिए हम वैज्ञानिकों को, व्यापारियों को अथवा गृहणियों को कहें, "बस बैठकर प्रार्थना करें, ईश्वर आपका सब कार्य कर देंगे?"

गुरुजी सदा व्यावहारिक थे; उनसे हमने सीखा कि ईश्वर उनकी सहायता करते हैं जो अपनी सहायता स्वयं करते हैं। सृष्टिकर्ता ने प्रत्येक व्यक्ति को अपनी दिव्य बुद्धि का एक अंश प्रदान कर रखा है, और हमसे यह आशा की जाती है कि उस बुद्धि के उपयोग के द्वारा हम अपनी शक्ति को विकसित करें। अपने कर्तव्यों को करते समय, हमें अपने अन्तर् में निरन्तर प्रार्थना करते रहना चाहिए, "प्रभु, मैं विवेक का प्रयोग करूँगा, मैं संकल्प करूँगा, मैं कर्म करूँगा परन्तु प्रत्येक विषय में आप मेरे विवेक, संकल्प और कार्यों का उचित दिशा में मार्गदर्शन करें।" यह प्रार्थना काम करती है। मैं इस प्रार्थना के प्रभाव को जानती हूँ क्योंकि इसी के द्वारा ही सेल्फ़-रियलाइज़ेशन फ़ेलोशिप [योगदा सत्संग सोसाइटी ऑफ़ इण्डिया] के कार्य इतने वर्षों से पूरे होते आ रहे हैं।

ईश्वर को जानना सबसे सरल काम है

कुछ जिज्ञासु यह शिकायत करते हैं कि ईश्वर को जानना बहुत कठिन है। परन्तु उन्हें जानना सबसे सरल है, क्योंकि वे हमसे पृथक नहीं हैं; वे हमसे कभी भी दूर नहीं हुए। यदि वे पृथक होते, तो हम यहाँ न होते, यहाँ तक कि हमारा अस्तित्त्व भी नहीं होता। ईश्वर ने स्वयं को हमसे पृथक नहीं किया है, मनुष्य ने अपने को ईश्वर से पृथक कर रखा है। इस सीमित विश्व की विविधताओं में तल्लीन, जब हमारे विचार बहिर्मुखी हो जाते हैं, तब हम अपने को उनसे पृथक कर लेते हैं। सीधा-सादा सत्य यही है।

अपनी चेतना का नाता ईश्वर के साथ कैसे जोड़ा जाए? सुबह जागने पर पहले अपने काम-काज के बारे में न सोचें, आप साधारणतया जिस समय पर सुबह को उठते हैं, उससे कुछ मिनट पहले उठने का अभ्यास करें, जिससे कि दिनचर्या शुरू करने से पहले आप पंद्रह मिनट या आधे घंटे तक ध्यान और ईश्वर से संपर्क कर सकें। उस दौरान, समय तथा अपने सांसारिक उत्तरदायित्वों को भूल जाएँ, यदि ध्यान जल्दी निबटाने का तनाव आपके मन में है, तो ईश्वर की उपस्थिति का अनुभव करने के लिए जितना ग्रहणशील होने की आवश्यकता है, उतना ग्रहणशील आप नहीं हो पाएँगे। ध्यान के दौरान समस्त बाहरी विचारों को भूल जाएँ; केवल ईश्वर के विषय में सोचें। अपने हृदय की भाषा में उनसे बात करें। ध्यान के पश्चात् अपने हृदय में एकल ध्यान की शांति को यथाशक्ति अपने समस्त क्रियाकलापों में बनाए रखें।

यदि चमत्कार आपका लक्ष्य है तो ईश्वर अपने आपको प्रकट नहीं करेंगे

अंततः, प्रायः जब आप इसकी बिल्कुल आशा नहीं करते, तब आप ईश्वर के मधुर उत्तर के कुछ संकेत पाएँगे। दिव्य चेतना में व्यक्ति

का विकास करने का यही मार्ग है। इसके लिए प्रतिदिन अभ्यास की आवश्यकता है। वह चेतना अचानक नहीं आती। प्रभु बादलों में से प्रकट होकर आपके लिए सुनहरे अक्षरों में नहीं लिखेंगे। ऐसे चमत्कारों की आशा न करें क्योंकि जब तक आप ऐसा करेंगे, ईश्वर स्वयं को छिपाए रखेंगे। यह उनका विधान है।

जब आप चमत्कारों की आशा करते हैं, तब आप ईश्वर को पाना नहीं चाहते। आप केवल इतना चाहते हैं कि वे स्वयं को सिद्ध करें कि वे हैं। ऐसा वे नहीं करेंगे। सच्चाई से अपना हृदय उन्हें सौंप दें। पूर्ण हृदय से और बिना शर्त के उनमें विश्वास रखें; तब वे आपके हो जाएँगे। जब तक आप उनके चमत्कारों की आशा करेंगे वे कदापि आपके सम्मुख प्रकट नहीं होंगे।

चमत्कारिक अनुभूतियाँ आवश्यक रूप से आध्यात्मिक विकास का प्रमाण नहीं होतीं। जो सच्चा भक्त होता है, वह प्रभु से प्रार्थना करता है कि उसे इस प्रकार की अनुभूतियाँ न दें, क्योंकि वह जानता है कि उसके सच्चे लक्ष्य — ईश्वर की प्राप्ति — में ये वास्तव में बाधा डाल सकती हैं। आध्यात्मिक अनुभूतियाँ ईश्वर के प्रति भक्त के प्रेम को तीव्र नहीं करती हैं। अपितु बार-बार ईश्वर की प्रमाणिकता को सिद्ध करने की इच्छा को तीव्र करती हैं।अनेक पवित्र आत्माएँ अपनी उच्च अवस्था से इसलिए गिर गईं क्योंकि चमत्कार की ताक में रहने के कारण उनकी दृष्टि ईश्वर पर से चूक गई। यदि परमहंसजी किसी भक्त को इस प्रकार पथभ्रष्ट होते देखते थे तो वे उसे सावधान करते, और कहते थे, "वह रास्ता तुम्हें भ्रम की ओर ले जाएगा। ईश्वर के लिए लालायित रहो और उनसे केवल उन्हीं के निमित्त प्रेम करो। तब वे तुम्हें उत्तर देंगे।" मेरे अपने जीवन में भी ऐसा ही रहा है। मैं ईश्वर से प्रार्थना करती थी, "प्रभु, मैं आपसे कुछ नहीं चाहती, मुझे कोई प्रमाण नहीं चाहिए। परन्तु मैं आपसे एक चमत्कार चाहती हूँ — चाहे मेरे जीवन में कुछ भी क्यों

न हो — कोई चिन्ता नहीं, किसी भी प्रकार का कर्त्तव्य-भार अथवा परीक्षा का मुझे सामना क्यों न करना पड़े — मुझे वचन दें कि मैं आपके प्रति अपनी ललक को कभी खो न दूँ। यदि यह ललक चली गई, तो मैं जीवित नहीं रह सकूँगी।" ईश्वर के लिए सतत लालसा सदा मेरी अभिलाषा रही है, क्योंकि इसी लालसा के कारण वे निरन्तर मेरे हृदय में हैं। भक्त इसी प्रकार अनुभव करता है।

वह अन्तर्दृष्टि जो प्रकृति के आवरण को हटा देती है

हम अपने जीवन को सर्वदा नये ढंग से रुचिकर और पूर्णतया मनोहर बना सकते हैं जिससे कि हम ईश्वर की सृष्टि में प्रत्येक वस्तु से सम्मोहित हो जाएं। कैसे? वस्तुओं के केवल बाहरी रूप को देखना बन्द कर दें; उनके पीछे प्रभु के हाथ को देखें। फूलों को देखें; उनका सौन्दर्य कितना लुभावना है; कितना विस्मयजनक है कि नन्हें-नन्हें बीज़ों में से, जिनमें से कई सारे एक जैसे ही दिखाई देते हैं, इतनी विभिन्न प्रकार की सुन्दर आकृतियाँ उभर कर आती हैं। यह आश्चर्य हमें अचंभित कर देता है।

अधिकांश मनुष्य सतही जीवन जीते हैं, किसी भी विषय के बारे में गहराई से नहीं सोचते, और सदा नवीन इन्द्रिय रोमांचों की तलाश में रहते हैं। इसका परिणाम यह होता है कि जीवन क्लांत और नीरस हो जाता है। यह आध्यात्मिक वेचैनी आज विश्व में व्यापक रूप से फैली हुई है।

परमहंस योगानन्दजी ने हमें बालू के एक कण की भी प्रशंसा करना सिखाया। कोई भी दो एक समान नहीं होतीं। और उन्होंने हमें फूलों और पेड़ों को निहारना और उनकी सुन्दरता का आनन्द लेना भी सिखाया। उनसे हमने ईश्वर की समस्त सृष्टि का सर्वोत्तम आदर करना व भौतिक रूपों के पीछे उनके सृष्टिकर्ता को देखना सीखा। जब कोई

इस भाव में जीना सीखता है, वह सृष्टि के छिपे हुए उस सौंदर्य को देख पाता है जिसे वह पहले देख नहीं सकता था। वह विशाल नीले आकाश के आर-पार ईश्वर की हस्तलिपी को देखना सीखता है। प्रकृति के आवरण को हटाकर, ईश्वर को प्रकट करने वाली यह अन्तर्दृष्टि ईश्वर-उपस्थिति के निरन्तर अभ्यास से ही आती है। जीवन की प्रत्येक वस्तु, यह विविधता, यह जनसमूह, इन सब का मूल अंततः एकमेव ईश्वर ही हैं। ईश्वर समस्त मानव-जाति के, समस्त सृष्टि के सर्वाधार हैं। आप चाहे कुछ भी क्यों न कर रहे हों, उन्हें सदा अपने विचारों में रखें। कर्म-योग तथा भक्ति-योग का यही अर्थ है।

एक सच्चे कर्म-योगी के आवश्यक गुण

कर्म का अर्थ है क्रिया; कर्म-योग वह पथ है जिसमें निष्काम कार्यों के द्वारा, अपने लघु अहम् को ईश्वर के साथ एकाकार किया जाता है। यदि कोई इस संसार में ईश्वर को जानना चाहता है, तो उसे सदा उन कार्यों को करने का प्रयत्न करना चाहिए जो उचित हों, जो श्रेष्ठ हों, जो सृजनात्मक हों, और जैसा परमहंसजी ने कहा, "सदा इस विचार के साथ कार्य करें कि आप जो भी कर रहें हैं, वह ईश्वर के लिए कर रहे हैं।"

प्रत्येक व्यक्ति के अपने कर्त्तव्य होते हैं जिन्हें उसे पूरा करना है। ये कर्त्तव्य उसे ईश्वर के द्वारा, एवं उसके पूर्व जन्म के कर्मों के आधार पर, कार्मिक विधान के द्वारा दिए गए हैं। ईश्वर की प्रज्ञा और उनके मार्ग-दर्शन में पूर्ण विश्वास रखते हुए उसे अपने कर्त्तव्यों को श्रेष्ठतम प्रयास के साथ पूरा करना चाहिए, और उनसे बचकर भागना नहीं चाहिए। जब कोई स्वयं के लिए कार्य करता है, तो वह अपने लघु अहं के साथ अपनी पहचान बना लेता है। परन्तु जब वह अपना सर्वस्व ईश्वर को समर्पित कर देता है, तो वह ब्रह्म के साथ अपनी अंतर्जात एकरूपता का

अनुभव करता है। कर्म-योग के द्वारा परिपूर्णता केवल तभी प्राप्त की जा सकती है, जब कोई अपने कार्यों के समस्त कर्मफल ईश्वर को समर्पित कर देता है। इस महत्त्वपूर्ण बात को याद रखना चाहिए।

हम ईश्वर पर पूर्णतः आश्रित हैं

मनुष्य अनित्य व नश्वर प्राणी होते हुए भी ऐसा क्यों सोचता है कि इस संसार की वस्तुओं पर उसका स्वतः सिद्ध अधिकार है? वह यह भी नहीं जानता कि वह पृथ्वी पर क्यों आया है और उसे यहाँ से कब वापस जाना है। हम सब पूर्ण रूप से ईश्वर पर आश्रित हैं; वे ही हमें यहाँ लाएँ हैं। हम इस पृथ्वी पर ईश्वर प्रदत्त कर्त्तव्यों को यथा सामर्थ्य पूरा करने और कर्मफलों को प्रभु के चरणों में सौंप देने के लिए आए हैं। हमारे जीवन का प्रत्येक क्षण केवल ईश्वर के द्वारा ही परिचालित है; केवल अब ही नहीं, बल्कि अनन्तकाल तक। कितने अफसोस की बात है कि मनुष्य उन्हें ही भूल जाता है, जिन्होंने उसे जीवन दिया है!

गुरुजी ने कहा, "सब कुछ ईश्वर को दे दो। यहाँ तक कि अपने कार्यों का दायित्व भी। वे चाहते हैं कि आप उन्हें उत्तरदायी बनाएँ, क्योंकि आपके द्वारा किए गए प्रत्येक कार्य का कर्ता वास्तव में वे ही तो हैं। आपने अपने कर्मों के फल और उन्हें पूरा करने का दायित्व, दोनों उनसे छीनने की कोशिश की है।" सुबह, दोपहर और शाम एक सामान्य मनुष्य, "मैं, मुझे, और मेरा" में तल्लीन रहता है। इसके विपरीत, हमारे गुरुदेव की विनम्रता कितनी मधुर, कितनी प्रभावकारी, कितनी प्रेरणादायक है। जब भी कोई उनकी प्रशंसा करता, एक अवर्णनीय कोमल मुस्कराहट उनके चेहरे पर आ जाती और वे कहते, "यह ईश्वर ही हैं जो कर्ता हैं, मैं नहीं।"

परमहंसजी ने सिखाया "जब न रहेगा 'मैं', तब जानूँगा मैं कि कौन हूँ मैं?" जब अहं भाव चला जाता है, केवल तब ही वास्तव में इस भाव

में रहा जा सकता है, "प्रभु यदि इस संसार में मैं कुछ अच्छा करता हूँ तो केवल आपके कारण। जो ग़लतियाँ मैंने की, उनके लिए मुझे क्षमा कर दें, और अगली बार अच्छा करने के लिए मेरी सहायता करें।"

ईश्वर के प्रति भय को कभी आश्रय न दें

ईश्वर, मानवीय ग़लतियों के लिए बदले की भावना से मनुष्य को दण्ड नहीं देते। वे बहुत दयालु, क्षमाशील और प्रेम से भरे स्वामी हैं। उनके प्रति भय को कभी आश्रय न दें। जब मैं छोटी बच्ची थी, तब भी मैंने प्रतिशोध लेने वाले ईश्वर की दार्शनिक संकल्पना को मन से स्वीकार नहीं किया। मैं एक ऐसे ईश्वर को स्वीकार नहीं कर सकती थी जो कठोरता के साथ अपनी संतान को उनकी ग़लतियों और पापों के लिए दण्ड देता हो। क्या कोई ऐसे पिता से प्रेम करता है? जो ग़लती करने पर अति क्रुद्ध होकर मारते-पीटते हैं ऐसे माता-पिता से बच्चा सदा डर कर रहेगा और उनसे दूर भागेगा। ईश्वर के सम्मुख हम बच्चों के समान हैं। वे मानवीय कमज़ोरियों को और अपने ब्रह्माण्डीय भ्रम (माया) के वश में आ जाने की मानवीय प्रवृत्ति को अच्छी तरह जानते हैं। हमारे द्वारा कोई ग़लत कार्य करने से पहले ही वे उसे जानते हैं। जब हम कोई ग़लती करते हैं तो हमें उसे मान लेना चाहिए और बच्चों की भाँति उनके पास क्षमाप्रार्थी बनकर चले जाना चाहिए तथा उनसे यह आशीर्वाद माँगना चाहिए कि हम भविष्य में अधिक अच्छा कर सकें। इस प्रकार ईश्वर के साथ बात करने की आदत डालने से उनके साथ गहन संबंध बन जाते हैं। जब ईश्वर के साथ ऐसी घनिष्ठता बन जाती है—जो कि भक्त के प्रेम पर और स्वयं को वेहतर बनाने के उसके सच्चे प्रयासों पर आधारित है—तब ईश्वर अपने उस बच्चे को दण्ड नहीं देते।

अपनी कठिनाइयों में ईश्वर को उनके दायित्व का स्मरण कराएँ

ईश्वर ने ही इस महान् भ्रम (माया) की रचना की है और मानव माया की इस दलदल में लोट रहा है। ईश्वर को स्मरण कराएँ कि यह उनकी भूल है। यदि उन्होंने माया के ब्रह्माण्डीय भ्रम की सृष्टि न की होती, तो मनुष्य ग़लत व्यवहार करने के लिए प्रेरित नहीं होता। अपनी कठिनाइयों में उनके दायित्व की ओर संकेत करके, हमें ईश्वर से उस माया जाल को तोड़ सकने की शक्ति देने की माँग करनी चाहिए ताकि हम यह जान सकें कि 'परम सत्य' क्या है। हमें इस बात की परवाह नहीं करनी चाहिए कि शेष संसार क्या करता है, या यह भी कि वह हमें स्वीकार करता है या ठुकराता है। हमें सदा केवल परम सत्य को ही देख पाने की और इसी के आधार पर जीने की इच्छा रखनी चाहिए।

यदि कोई संसार में लोकप्रिय नहीं भी है तो भी कोई बात नहीं, क्योंकि मानव यहाँ संसार की मान्यता को प्राप्त करने के लिए नहीं आया है। उससे अपेक्षा की जाती है कि वह ईश्वर की दृष्टि में प्रिय बने और ईश्वर की कृपा प्राप्त करने का प्रयास करे। हमें मानव के आदर्शों के अनुसार नहीं, अपितु ईश्वर के आदर्शों के अनुसार जीना चाहिए। सांसारिक आदर्शों के अनुसार रहने के कारण, देखिए, ईश्वर की सृष्टि का क्या हाल हो गया है! समाज की अवस्था ऐसी हो गई है कि कोई भी राजनीतिज्ञों, राजनेताओं, शिक्षकों, अभिभावकों अथवा युवाओं पर विश्वास नहीं करता — कोई भी किसी दूसरे पर विश्वास नहीं करता। कितनी बड़ी त्रासदी है यह स्थिति! हम इसे कैसे सुधार पाएँगे? इसके लिए सबसे पहले हमें ईश्वर पर भरोसा रखना होगा। अपने सृष्टिकर्त्ता में विश्वास, और जीवन के साक्षात स्रोत, ईश्वर, का निरन्तर चिंतन-मनन — आज इसी का अभाव है।

मानव को अपनी खोई हुई दिव्य विरासत को फिर पाना होगा।

जीसस द्वारा बताई गई नीतिकथा में भगोड़े बालक की तरह मनुष्य भी एक भगोड़ा बच्चा है जिसको अपने दिव्य पिता के पास वापस जाने के लिए प्रयास करना चाहिए। इसके लिए संन्यासी के गेरुए वस्त्र पहनने की आवश्यकता नहीं है। सच्ची सादगी और स्वतंत्रता तो हृदय में वास करती हैं। वहाँ ईश्वर चुपचाप आप पर दृष्टि रखते हैं, आपका चुपचाप मार्ग-दर्शन करते हैं। वहाँ आपको प्रेम और समर्पण के भाव से, उनके साथ बातें करने की आदत डालनी चाहिए।

साधना-रत भक्त को जीवन के प्रति समभाव अपनाना चाहिए; भावनाहीन उदासीनता को नहीं, बल्कि जैसा कि परमहंसजी ने कहा है, "अन्तहीन इच्छाओं, जो सदा खुशियाँ नहीं लाती, को विकसित करने की अपेक्षा जीवन के प्रति यह रवैया अपनाएँ, 'प्रभु! आपने ही मुझे यह शरीर दिया है। मैंने आपको यह जन्म देने के लिए नहीं कहा था। ये केवल आप ही हैं जो मेरी विद्यमानता का स्वप्न देख रहे हैं।'" दूसरे शब्दों में, यह समझें कि आप और अन्य समस्त प्राणी, और कुछ नहीं अपितु ईश्वर के घनीभूत अथवा साकार विचार हैं। जो कुछ भी हम हैं, जो कुछ भी हमारे पास है, वह सब उनका है; हम स्वयं कुछ भी नहीं हैं। उनमें ही हमें सब कुछ प्राप्त है; उनमें ही हम सब कुछ हैं। आइए इसी चेतना में रहते हुए हम सद्कार्य करें और इस जीवन के अच्छे कर्मफलों का आनन्द लें।

आध्यात्मिक प्रगति के रहस्य

सेल्फ़-रियलाइज़ेशन फ़ेलोशिप आश्रम केन्द्र,
एंसिनीटस, कैलिफ़ोर्निया, 25 मई, 1967

आध्यात्मिक आदतों का निर्माण करने के लिए एक आध्यात्मिक पथ प्रदर्शिका का होना अत्यावश्यक है। परमहंस योगानन्दजी कहते थे कि वे नियमों को पसन्द नहीं करते, परन्तु प्रारंभ में ईश्वर की खोज में रत भक्त के लिए ये आवश्यक हैं। जब कोई यह सीख जाता है कि कैसे व्यवहार करना है, तब नियम अनावश्यक हो जाते हैं।

स्वामी श्रीयुक्तेश्वरजी की ज्ञानात्मक व्याख्या के अनुसार, "कैसे व्यवहार करें" का अर्थ है, उचित अभिवृत्ति और ईश्वर के साथ अटूट तारतम्य बनाए रखते हुए किए गए कार्य। जब हम स्वयं को सदा उनकी चेतना में पाते हैं, तो हमें नियमों की आवश्यकता नहीं रहती। जब तक ऐसा न हो तब तक, हमें अवश्य ही उनके अनुशासन की आवश्यकता रहती है। हमें आध्यात्मिक नियमों को एक बंधन के रूप में नहीं सोचना चाहिए। ये हमारे मित्र हैं जो हमारी शक्तियों, विचारों, और कार्यों को रचनात्मक रूप से ईश्वर की ओर अग्रसर करते हैं।

हम नियमों को केवल तभी ठीक ढंग से समझ सकते हैं और उनका स्वेच्छा से पालन कर सकते हैं, जब हम उचित व्यवहार के इस सार को समझ सकें, "*जिन कार्यों को हमें करना चाहिए, उन्हें तब करें जब उन्हें करना चाहिए।*" जिस व्यक्ति ने इस उचित व्यवहार की कला को सीख लिया है, उसे नियमों की कोई आवश्यकता नहीं है, फिर भी वह पहले की भाँति ही बिना किसी प्रतिबंध के उन सिद्धान्तों का पालन करता रहता है। उदाहरण के लिए, हमारे आश्रमों में नित्य सामूहिक

ध्यान का नियम है। जब कोई व्यक्ति "जिन कार्यों को उसे करना चाहिए उन्हें तब करें जब उन्हें करना चाहिए" — इस बात को समझ लेता है और इसका अभ्यास करने में सक्षम हो जाता है, तब यह नियम उसके लिए नियम नहीं रह जाता। वह स्वतः ही इसका पालन करता है क्योंकि उसमें उचित व्यवहार की आदत दृढ़ हो गई है, और वह देखता है कि इस नियम के पालन द्वारा उसकी जीवन-शैली उस तरह बन गई है जिस तरह वह चाहता है; वह चाहता है ईश्वर का सान्निध्य।

यदि जल को भूमि पर अंधा-धुंध ढंग से बहने दिया जाए, तो यह विनाशकारी शक्ति का रूप धारण कर लेता है। जल की शक्ति को किसी रचनात्मक उद्देश्य से उपयोग करने के लिए मानव को जल के बहाव व दिशा को नियंत्रित करने हेतु पहले एक बाँध बनाना होगा। तब इसकी शक्ति को रचनात्मक रूप से काम में लाया जाता है। ऐसा ही आध्यात्मिक प्रयास में भी होता है। यदि हम इसे निर्देशित करें, तो यह सृजनात्मक बन जाता है। युक्तिसंगत नियम बाधा नहीं डालते, अपितु हमें एक स्पष्ट और नियंत्रित ढंग से वांछित दिशा में ले जाते हैं। आध्यात्मिक पथ पर ये जीवन का एक आवश्यक अंग हैं।

सेल्फ़-रियलाइज़ेशन फ़ेलोशिप [योगदा सत्संग सोसाइटी ऑफ़ इण्डिया] के शिष्यों को परमहंस योगानन्दजी द्वारा सिखाए गए सिद्धान्तों को, अपने "नियम" अथवा निर्देश-स्तंभ बना लेना चाहिए, और उनके द्वारा बताई गई आध्यात्मिक दिनचर्या का पालन करना चाहिए, तब वे पाएँगे कि बहुत ही प्रभावशाली ढंग से उनके प्रयास ईश्वर की ओर निर्देशित हो रहे हैं। इन नियमों में दैनिक ध्यान एवं उचित कर्म के बीच संतुलन को सर्वोपरि होना चाहिए।

सेवा और ध्यान में परस्पर संघर्ष

जो ईश्वर को गहनता से खोज रहा है, उसके मन में यह प्रश्न प्रायः

उठता है, "सेवा व ध्यान के बीच क्या संबंध है? मेरा कर्त्तव्य किस में निहित है — रचनात्मक कार्यों में अथवा ध्यान में?" अन्ततः ध्यान उच्चतम श्रेणी का कार्य है; इसलिए इसकी उपेक्षा नहीं की जानी चाहिए, चाहे इसके कारण भक्त के अन्य कर्त्तव्यों को थोड़ी-बहुत हानि पहुँचे।

ईश्वर सक्रिय व निष्क्रिय दोनों ही हैं। उनकी सक्रियता के बिना सृष्टि की रचना नहीं हो सकती थी। इसके साथ-साथ समस्त सृष्टि से परे अपने कैवल्य रूप में, वे शाश्वत रूप से स्थिर हैं। यदि हम उनके प्रतिरूप में बनी आत्मा हैं, स्वयं उनसे लेशमात्र भी कम नहीं, तब हमारी प्रकृति भी सक्रिय व निष्क्रिय दोनों ही है। प्रत्येक उस व्यक्ति का लक्ष्य, जो ईश्वर को जानना चाहता है, यह सीखना है कि इस जीवन में इन दोनों गुणों को कैसे संयुक्त किया जाए।

यह तो आदर्श होगा, यदि ऐसा व्यक्ति आठ से दस-बारह घंटे तक गहन ध्यान में बैठने का उत्साह, इच्छा-शक्ति, दृढ़ निश्चय और भक्ति रखता हो। मेरा अर्थ यह नहीं कि बस अनमना होकर बैठे रहें, कभी नींद में चले जाएँ और फिर दोबारा जाग जाएँ, बल्कि गहनता से ध्यान करें। परंतु जब तक साधक ने पहले से ही आध्यात्मिक प्रगति की एक उच्च अवस्था प्राप्त न कर रखी हो, तब तक वह इतने लम्वे समय के लिए ध्यानस्थ अवस्था को बनाए रखने में समर्थ नहीं होगा। इसलिए सामान्य व्यक्ति के लिए आध्यात्मिक पथ पर ईश्वर के लिए सेवा के रूप में कार्य करना भी अनिवार्य है। व्यक्ति की संपूर्ण इच्छा ध्यान की ओर प्रवृत्त होनी चाहिए; इसमें संदेह का प्रश्न ही नहीं उठता। परंतु इस इच्छा के साथ, उसे निःस्वार्थ कार्य के भाव को भी जोड़ना चाहिए।

भगवद्गीता हमें बताती है कि हमें क्रियाशील होना चाहिए — अपने लिए नहीं, अपितु ईश्वर के लिए; और हमें कर्म के साथ ध्यान को भी जोड़ना चाहिए। गीता में भगवान् कृष्ण द्वारा अर्जुन को दिए गए तत्त्वज्ञान के उपदेश का यही सार है। इस क्रियाशील जगत् में, अन्य

लोगों की भाँति, कर्त्तव्यों से पूर्णतः मुक्त होने का मुझे कभी भी कोई अवसर नहीं मिला। किन्तु प्रारंभ में ही मैंने यह तय कर लिया था कि मेरा प्रत्येक खाली क्षण ईश्वर की उपस्थिति से सराबोर होगा। यही सबसे आवश्यक है : सब कुछ ईश्वर के लिए ही करते हुए उनके लिए पूरी तरह से क्रियाशील रहना, और अपने खाली क्षणों में केवल उनका ही चिंतन-मनन करते रहना। अपने जीवन में सक्रियता एवं निष्क्रियता के इन दोनों सिद्धान्तों के बीच संतुलन लाने और इन्हें समेकित करने का यही उपाय है।

एक ग्रहणशील शिष्य ने एक बार मुझसे पूछा, "क्या यह प्रलोभन का एक रूप नहीं है जब कोई किसी प्रकार की सेवा करने के उद्देश्य से अपने ध्यान को छोड़ने के लिए, अथवा अपने ध्यान के समय को कम करने के लिए या ध्यान न करने के लिए तैयार हो जाए?", हाँ, यह सही है। हमारे कुछ कर्त्तव्य होते हैं इससे इन्कार नहीं किया जा सकता, परन्तु कई बार ऐसा होता है कि हम कुछ कर्त्तव्यों में स्वयं को व्यस्त कर लेते हैं, जिन्हें हम अपनी ध्यान की आवश्यकता को पूरा करने के बाद भी कर सकते हैं। इसके अतिरिक्त, जब कभी भी हमनें अपना काम पूरा कर लिया हो, तो उसी क्षण मन में ध्यान का विचार आने पर सब चीज़ों को छोड़कर हमें ध्यान करना चाहिए। सायंकाल और कार्यावधि के बाद के समय को ईश्वर को जानने के प्रयासों में लगाना चाहिए।

ध्यान हमारा सर्वाधिक महत्त्वपूर्ण कर्त्तव्य है

अपने बाकी उत्तरदायित्वों को पूरा करने के पश्चात्, साधक को गहन ध्यान के लिए एकान्त में जाने की आदत डालनी चाहिए। इस पथ पर हमें प्रारंभ में ही इस आदत को डालने के लिए बताया गया था। इस अभ्यास को मैंने सर्वाधिक सहायक पाया : सप्ताह में एक दिन मैं आश्रम के अपने कार्य सायं पाँच बजे समाप्त कर देती थी, और सायंकाल का

भोजन छोड़कर अपने कमरे में ध्यान करने के लिए चली जाती थी। मैं अपने आसन से अर्द्धरात्रि तक ध्यान से नहीं उठती थी। इस अभ्यास के द्वारा जो आध्यात्मिक शक्ति व दिव्य आशीर्वाद मुझे मिला, उसका शब्दों में वर्णन नहीं किया जा सकता। जो कोई भी निष्ठा के साथ ईश्वर के लिए समय निकालने का यथार्थ प्रयास करने के इस सिद्धान्त का पालन करेगा, वह अपनी प्रगति को अत्यन्त तीव्र होता पाएगा।

ध्यान करना हमारा सर्वाधिक महत्त्वपूर्ण कर्त्तव्य है। यह ईश्वर के साथ एक ऐसा संबंध स्थापित करता है जो जीवन की बाकी सब चीज़ों को सार्थक बना देता है। इसलिए हमें पहले ध्यान करना चाहिए और तब अपने दूसरे कर्त्तव्यों को पूरा करना चाहिए। अक्सर, जब हम ध्यान की उपेक्षा करते हैं तो हम इसे न्यायसंगत ठहराने के लिए बहाने बनाते रहते हैं। हम प्रायः ऐसा कुतर्क करते हैं "क्यों न मैं अपने कर्त्तव्यों को छोड़ दूँ और केवल ध्यान करूँ?" अथवा "मुझे अभी बहुत सारे कर्त्तव्य पूरे करने हैं; अतः मेरे पास ध्यान करने का समय नहीं है।" जब हम कार्य न करने अथवा ध्यान न करने का बहाना चाहते हैं, तो इस प्रकार तर्क करने लगते हैं। यदि कोई सच्चाई से ईश्वर को पाने की इच्छा करता है तो वह किसी भी चीज़ को अपने रास्ते की रुकावट नहीं बनने देगा। उसके कर्त्तव्य हो सकते हैं; उसे उन्हें अवश्य पूरा करना होगा। परन्तु, वह इस विचार को स्वीकार नहीं करेगा कि उसके कर्त्तव्य ईश्वर की खोज में रुकावट हैं। यही सही मनोवृत्ति है।

ईश्वर को खोजने और पाने के लिए असाधारण इच्छा-शक्ति एवं आत्मानुशासन की आवश्यकता है। केवल अधूरे मन से की गई कुछ प्रार्थनाओं अथवा कुछ अच्छे कार्यों द्वारा ही हम परम निधि को प्राप्त नहीं कर सकते। उस निधि को हम आत्मानुशासन, ध्यान और उचित कार्यों को करने में दृढ़ इच्छा-शक्ति का उपयोग, तथा अपने कर्त्तव्यों का उचित निर्वाह करके प्राप्त कर सकते हैं।

गोवर्धन मठ, पुरी के महामहिम जगद्गुरु शंकराचार्य भारती कृष्ण तीर्थ श्री दया माताजी के साथ, सेल्फ़-रियलाइज़ेशन फ़ेलोशिप अंतर्राष्ट्रीय मुख्यालय, लॉस एंजिलिस, मार्च 1958। महामहिम जगद्गुरु आदि शंकराचार्य (आठवीं या नौवीं शताब्दी के प्रारम्भ में, भारत के महानतम दार्शनिक) के उतराधिकारी थे। एसआरएफ़ को महामहिम के अमेरिका भ्रमण को आयोजित करने का सौभाग्य प्राप्त हुआ था।

महामहिम जगद्गुरु ने अनेक अवसरों पर परमहंस योगानन्दजी के कार्यों को शब्दों में अपना स्नेहिल आध्यात्मिक समर्थन दिया : "मुझे सेल्फ़-रियलाइज़ेशन फ़ेलोशिप में उच्चतम आध्यात्मिकता सेवा, एवं प्रेम देखने को मिला। इस संस्था के प्रतिनिधि संन्यासी न केवल इन सिद्धांतों को प्रसारित करते हैं अपितु स्वयं भी उनके अनुसार जीवन बिताते हैं।" दया माताजी के साथ पत्राचार में, उन्होंने सदा उन्हें पिता जैसी सहृदयता और आध्यात्मिक सम्मान के साथ "(अत्यन्त प्रिय) बच्ची दया देवी ('भगवान् वाली') के रूप में सम्बोधित किया।"

भक्तिपूर्ण भजन में तल्लीन दया माताजी की चेतना गहन
समाधिस्थ अवस्था में; राँची, 1967

"हे प्रभु! काश, संसार यह जान सके कि हृदय के इस विशाल मन्दिर में क्या-क्या अनुभव किया जा सकता है। सम्पूर्ण परिपूर्णता का एक ऐसा भाव जिसका इस हाड़-माँस के शरीर से कोई सम्बन्ध नहीं है, किन्तु जो आत्मा को इस प्रकार अभिभूत कर देता है कि दिन और रात आप केवल चेतना की उसी अवस्था में रहना चाहते हैं।"

मानव सोच भी नहीं सकता, यहाँ तक कि वह अपनी एक अँगुली भी नहीं हिला सकता, ऐसा करने के लिए यदि ईश्वर ने उसे शक्ति न दी होती। अतः ईश्वर ही कर्त्ता हैं। हम केवल उनके माध्यम मात्र हैं। जब कोई अपने कर्त्तव्यों को पूरा करते समय इस बोध को बनाए रखता है, तब उसके कार्य ध्यान का ही एक रूप बन जाते हैं। जैसा कोई सोचता है, वैसा ही वह बन जाता है। ध्यान, अर्थात् ईश्वर के साथ आन्तरिक तारतम्यता, एक ऐसी स्थिति है, जिसका प्रयोग अपने जीवन के प्रत्येक कार्य और प्रयोजन में किया जा सकता है।

हमारे चिंतन में बदलाव ईश्वर को अधिक निकट लाएगा

चूंकि ईश्वर हैं इसलिए हम हैं। जीवन के एकमात्र कारण वे ही हैं, उनसे परे कुछ भी नहीं है। तो यह तर्क-संगत ही है कि हम उन्हीं के एक अंग हैं। ईश्वर से पृथकता की अनुभूति एक भ्रम है। अपने विचारों को बदलकर हम इस भ्रम को तोड़ सकते हैं। चाहे हम कुछ भी क्यों न कर रहे हों, हमारा मन सदा कुछ-न-कुछ सोचता रहता है। अतः अपने मन को ईश्वर के बारे में ही सोचने दें और आंतरिक रूप से उनके साथ बातें करें।

उदाहरण के लिए, शरीर की देख-भाल करते समय, अन्तर में सोचें, "यह शरीर ईश्वर का मन्दिर है, मुझे इस शरीर से कुछ लेना-देना नहीं सिवाय इसके कि मैं इसकी देखभाल करूँ, ताकि वे अपनी इच्छा अनुसार इसका उपयोग करें। वे इसे कैसे उपयोग करते हैं अथवा वे इसे जीवित रखते हैं या नहीं, यह उनका कार्य है, मेरा नहीं। मैं इस शरीर को स्वस्थ रखने का प्रयास करूँगा, इसलिए नहीं कि इसमें मेरी रुचि है अथवा मैं इसमें आसक्त हूँ या मैं इसे पकड़े रहना चाहता हूँ, अपितु इसलिए कि मैं उनके लिए इसकी देख-भाल कर रहा हूँ।"

ज़ाहिर है कि अपने कर्त्तव्यों को पूरा करते समय अपने मन को

ईश्वर पर रखने के प्रयास में हमें अपने कर्त्तव्यों के प्रति अन्यमनस्क नहीं रहना चाहिए, अपितु बीच-बीच में मन-ही-मन दोहराते रहना चाहिए, "प्रभु, यदि आपकी शक्ति और विवेक इस शरीर में प्रवाहित न हो रहे होते, तो मैं कुछ भी नहीं कर पाता।" जब कोई गहरे ध्यान में ईश्वर के साथ आंतरिक संपर्क को विकसित कर लेता है तब चाहे वह कुछ भी क्यों न कर रहा हो, उसका मन ईश्वर में तल्लीन रह सकता है, वह ईश्वर के साथ मानसिक रूप से वार्तालाप करते रह सकता है। इसे परमहंस योगानन्दजी ने अपनी सुन्दर कविता ईश्वर! "ईश्वर! ईश्वर! ईश्वर!" में व्यक्त किया है, "जागते, खाते, करते काम, स्वप्न, निद्रा, सेवा या ध्यान, दिव्य प्रेम या कीर्तन गान, आत्मा नित्य करे गुणगान जिसके प्रति सब रहें अन्जान; ईश्वर! ईश्वर! ईश्वर!" परमहंसजी ने अपना संपूर्ण जीवन इसी प्रकार जीया। ऐसा करना संभव है। जब हम ईश्वर का निरंतर स्मरण करते रहेंगे तो वे अचानक एक दिन उत्तर देंगे। तब हमारा सर्वस्व कितने आनन्द से भर जाएगा! यही आनन्द भक्त को आध्यात्मिक पथ पर बनाए रखता है।

कर्त्तव्यों का पालन, बिना शिकायत के, सहर्ष करें

अपने कर्त्तव्यों का निर्वाह करते समय हमें कभी शिकायत नहीं करनी चाहिए। हमें हर क्षण उत्साहपूर्ण रहना चाहिए, चाहे हमारे हिस्से कुछ भी कार्य क्यों न आएँ। जब हम गिला-शिकवा करते हैं या जब हम नकारात्मक होते हैं, तब ईश्वर की शक्ति और उनके साथ संपर्क से हम वंचित रह जाते हैं। अपना सर्वोत्तम प्रयास करते हुए, हमें सदा सकारात्मक व प्रसन्न रहना चाहिए, और ईश्वर के प्रति समर्पण के भाव को अनुभव करना चाहिए। इससे हमें एक ऐसी शांति, एक ऐसी निश्चलता प्राप्त होती है, जो संसार में किसी और चीज़ से नहीं मिल सकती। और हमें सदा तत्पर भी रहना चाहिए। हमें अपने उद्देश्यों को

परखते रहना चाहिए ताकि किसी कर्त्तव्य की अवहेलना करके हम स्वयं को धोखा देने का प्रयत्न न करें। यद्यपि हम "नहीं" कहने का अच्छा-से-अच्छा तर्क भी दे सकते हैं, तब भी हम जानते हैं कि वास्तव में, हम उस कार्य विशेष को करना ही नहीं चाहते, और इसलिए इन्कार कर रहे हैं; जब हम अपनी छिपी हुई नकारात्मक प्रवृत्ति के कारण किसी कार्य को करने से इन्कार कर देते हैं तब हम इस बात को अच्छी तरह जानते हैं।

व्यक्ति को उत्साहपूर्वक एवं रचनात्मक रूप से अपने कर्त्तव्यों को पूरा करते हुए ईश्वर की सेवा करनी चाहिए, तथापि कार्य की सफलता पर अहंकार नहीं आना चाहिए। जब हम कुछ अच्छा कार्य करते हैं, तो वेशक इससे हमें प्रसन्नता मिलती है। प्रत्येक व्यक्ति अपने किए गए कार्य पर कुछ संतुष्टि का अनुभव करना चाहता है। इसमें कुछ ग़लत नहीं है। परन्तु हमें इस अभिमानी विचार को त्यागना चाहिए कि "यह मैंने किया।" यहीं पर अहंकार पदार्पण करता है। जब कोई हमारी प्रशंसा करता है तो हमें तुरन्त ही अपने अन्तर में ईश्वर का आभार प्रकट करना चाहिए "प्रभु, मैं जानता हूँ कि आप ही कर्त्ता हैं। स्वयं मैं कुछ नहीं जानता। मैं स्वयं कुछ नहीं कर सकता। यदि इस जीवन में मैंने कुछ अच्छा किया है तो यह केवल इसलिए कि आपने मुझे बुद्धि और आस्था प्रदान की है।" इस प्रकार का रवैया अपनाने से सफलता का सारा श्रेय ईश्वर को जाता है, जो कि इसके वास्तविक हकदार हैं। तब हमें अभिमान नहीं हो सकता।

आत्माओं के रूप में सभी मानव समान हैं

अभिमान को त्यागने का एक दूसरा तरीका है : यह जानें कि ईश्वर के समक्ष हम सब समान हैं, उनकी दृष्टि में कोई छोटा या बड़ा नहीं है। जब मृत्यु आती है, तो व्यक्ति अपनी समस्त सांसारिक उपलब्धियों

से वंचित कर दिया जाता है। तब कहाँ जाती है उसकी महानता? ईश्वर को इसमें कोई रुचि नहीं है कि कोई एक महान् वैज्ञानिक है अथवा एक महान् वक्ता है, एक महान् लेखक है अथवा सांसारिक दृष्टि से किसी ने कोई ऊँचा पद प्राप्त कर लिया है। ऐसी उपलब्धियाँ कोई विशेष आध्यात्मिक ज्ञान प्रदान नहीं करती। आत्म-साक्षात्कार ही केवल ऐसी प्राप्ति है, जिसका मूल्य चिरस्थाई है, जो मृत्यु के द्वारा भी छीनी नहीं जा सकती। आध्यात्मिक सिद्धान्त मानव के अहं को खत्म कर देते हैं!

हमारे गुरुदेव परमहंस योगानन्दजी के अनेक गुणों में से जिस एक गुण का मैं विशेष रूप से आदर करती थी, वह यह था कि वे प्रत्येक व्यक्ति को आत्मा के रूप में देखते थे। वे किसी को उसकी योग्यता अथवा स्तर के अनुसार ऊँचा अथवा नीचा स्थान नहीं देते थे। वे किसी की शक्ति अथवा स्थिति द्वारा प्रभावित नहीं होते थे। उनका एक मापदण्ड था, "क्या तुम ईश्वर से प्रेम करते हो और उन्हें प्राप्त करना चाहते हो?" केवल उन्हें इतने से ही मतलब था। जीसस ने इस उदाहरण को प्रस्तुत किया। उनके शिष्य कोई महान् बुद्धिजीवी व उपलब्धियाँ प्राप्त व्यक्ति नहीं थे। वे बारह प्रचारक, जिन्हें जीसस के संदेश का प्रचार करने का दायित्व सौंपा गया था, एक ऐसा संदेश जो दो हज़ार वर्षों से चला आ रहा है, वे जीवन के साधारणतम श्रेणी के व्यक्ति थे; उनमें से कुछ तो केवल मछुआरे थे। यह इस बात को दर्शाता है कि जो कुछ भी मानव इस संसार में प्राप्त करता है वह महत्त्व नहीं रखता, अपितु ईश्वर को जानने के अपने संघर्ष में और ईश्वर के साथ समरसता बनाने के अपने प्रयास में वह जो प्राप्त करता है, वही अधिक महत्वपूर्ण है।

अन्त में, सार यह है कि व्यक्ति को प्रत्येक कार्य अपनी संपूर्ण बुद्धि और योग्यता के साथ करना चाहिए, परन्तु इसे करने के पश्चात् उसे अपने कार्यों के फल में आसक्ति नहीं रखनी चाहिए। यही गीता का उपदेश है। जो अपने समस्त कर्त्तव्यों को अत्यधिक उत्साह से पूरा

करना सीखता है, तथापि परिणामों के प्रति अनासक्ति भाव को बनाए रखता है, वही विलक्षण मानसिक स्वतंत्रता को प्राप्त करता है।

ईश्वर ही एकमात्र अच्छाई हैं

जो व्यक्ति ईश्वर को दृढ़ संकल्प के साथ खोजता है, वह यह जान लेता है कि आज तक उसने जो कुछ भी संसार से अथवा मानवीय संबंधों से प्राप्त करना चाहा है, उसे वह सब कुछ ईश्वर से प्राप्त हो रहा है। जिस प्रोत्साहन और प्रशंसा के लिए उसकी आत्मा लालायित रहती है, वह सब ईश्वर से आ रही है। जिस प्रेम के लिए उसकी आत्मा जन्म-जन्मान्तरों से तड़प रही थी, वह सारा प्रेम उसे ईश्वर से मिल रहा है। समस्त ज्ञान, सहानुभूति और आनन्द जो वह दूसरों से और इस संसार की वस्तुओं से पाना चाहता था, वह उसे ईश्वर से ही प्राप्त हो रहा है। परिस्थितियों के थपेड़े खाकर भी अविचलित अकेले खड़े रहने की शक्ति वह परमेश्वर से ही प्राप्त कर रहा है। यही शक्ति और आत्म-संतोष हम सब चाहते हैं क्योंकि हमारी आत्मा, ईश्वर का प्रतिरूप होने के कारण, यह जानती है कि वह स्वतंत्र और सर्वशक्तिशाली है और ईश्वर के गुणों से संपन्न है। आत्मा की यह यातना कि वह अपनी सर्वशक्तिमान प्रकृति को प्रदर्शित नहीं कर सकती, मानवीय दुःखों का कारण है। मानव ने स्वयं पर जो परिसीमाएँ लगा रखी हैं, वे ऐसी गुप्त वेड़ियाँ हैं जिनके द्वारा उसने अपनी आत्मा को बाँध रखा है।

ध्यान आत्मा को इन बंधनों से मुक्त करता है; और उचित क्रिया-कलाप आत्मा की स्वतंत्र, सर्व-संपूर्ण, परमानन्दमय प्रकृति की अभिव्यक्ति है।

क्या ईश्वर का ध्यान आधुनिक जीवन के अनुकूल है?

सेल्फ़-रियलाइज़ेशन फ़ेलोशिप अंतर्राष्ट्रीय मुख्यालय, लॉस एंजिलिस, कैलिफ़ोर्निया में दिए गए प्रवचन का सार, 12 फरवरी, 1970

अन्तिम लक्ष्य वही है जिसे आप ध्यान में अनुभव करते हैं — न कि मौखिक अथवा लिखित शब्द। जिन सत्यों को परमहंस योगानन्दजी और युग-युगों से समस्त महान् सन्त हमें सिखाते आ रहे हैं, वे अपने आप में लक्ष्य नहीं हैं। वे केवल बहुमूल्य नियम, दिव्य आदर्श अथवा विधान की तरह कार्य करते हैं जिनके द्वारा हम ईश्वर के साथ आनन्दमय, प्रेममय और मदमस्त कर देने वाले संबंध का प्रत्यक्ष अनुभव कर सकते हैं। उस गहन अनुभूति की प्राप्ति में मौखिक अथवा लिखित शब्दों को बाधा न बनने दें। इसका अर्थ यह है कि हमें शब्द-जाल में नहीं फ़ँसना चाहिए, अपितु जिसका वे वर्णन करते हैं, उस अनुभूति में, उस बोधजन्य आनन्द में स्वयं को निमग्न कर देना चाहिए। कितने ही व्यक्ति सत्य को बौद्धिक स्तर पर समझने में लीन हो जाते हैं और चरम लक्ष्य को भूल जाते हैं।

किसी ने यह प्रश्न किया, "मैं बार-बार ध्यान करता हूँ और एक सीमा तक पहुँच जाता हूँ परन्तु मैं उसके आगे जाने में असमर्थ हूँ। कभी-कभी मुझे ऐसा लगता है कि मेरी चेतना का विस्तार होना आरम्भ हो गया है, परन्तु जैसे ही मैं अपने दैनिक कार्यों में व्यस्त होता हूँ, ईश्वर के साथ वह संपर्क टूट जाता है। ध्यान में प्राप्त अनुभूतियाँ अभी तक मेरे दैनिक अनुभव का भाग नहीं बनी हैं। मैंने अभी तक अपने प्रश्न का उत्तर नहीं पाया है कि क्या एक पाश्चात्य व्यक्ति का व्यस्त जीवन

ध्यान के लिए अनुकूल है। मेरे अंतर् की भावना कहती है कि शाश्वत परमात्मा को केवल गहनतम मौन और शांति में ही जाना जा सकता है। परंतु ऐसा कैसे सम्भव हो सकता है जब कि इस व्यस्त जीवन में अपने साथियों की सेवा करना भी हमारे लिए आवश्यक है?"

ध्यान को उचित कार्यों के साथ जोड़ें

यदि हम भगवद्गीता में भगवान् श्रीकृष्ण के उपदेशों पर और बाइबिल में जीसस के शब्दों पर ध्यान दें, तो उसमें हमें सिखाया गया है कि आत्म-साक्षात्कार प्राप्त करने का वही सच्चा मार्ग है, जो ध्यान को उचित कार्यों के साथ जोड़ता है। दिव्य चेतना का अनुभव करने के लिए दोनों ही आवश्यक हैं।

अनेक वर्ष पहले, जब मैंने आश्रम में प्रवेश लिया ही था, मेरा एकमात्र स्वप्न था कि प्रतिदिन जितना भी अधिक-से-अधिक समय मिले, मैं उसे लम्बे और गहरे ध्यान में समर्पित कर दूँगी। संस्था का कार्य करने का मेरे मन में कोई विचार नहीं था। फिर भी मैंने रसोई में, बागीचे में, कार्यालय में और इसके साथ-साथ गुरुजी की सचिव के पद पर कार्य किया; मैंने वह प्रत्येक कार्य किया जो मुझसे कहा गया, परन्तु इसके सिवाय मेरी कोई और इच्छा नहीं थी कि जितनी जल्दी हो सके मैं ईश्वर को प्राप्त कर सकूँ और उनके साथ दिव्य संपर्क बना सकूँ। लेकिन मैंने पाया कि जब-जब मैंने केवल ध्यान में ही लीन रहने का प्रयत्न किया, तब-तब गुरुदेव ने मुझे पुनः कार्य करने में लगाया। लम्बे समय तक इस बात ने मुझे परेशान किया; तब एक दिन गुरुदेव ने मुझसे कहा, "तुम्हें यह समझना चाहिए कि ईश्वर की खोज का अर्थ है मानव जाति के रूप में उनकी सेवा करना। तुम तब तक ईश्वर की दिव्य चेतना में पूर्णतः तल्लीन नहीं हो सकतीं जब तक कि तुम अपने जीवन में ध्यान एवं उचित कार्यों को संतुलित करना न सीख जाओ।"

गुरुजी के इस सत्य का अभिप्राय न केवल हम लोगों के लिए था जो आश्रमों में रहते हैं, अपितु पूरे विश्व के लिए था। एक संतुलित व्यक्तित्व के लिए यह परम आवश्यक है। जब मैं "संतुलन" के बारे में विचार करती हूँ, तो मैं उसे अपने जीवन में केवल एक ही ऐसे व्यक्ति में पाती हूँ जो मेरे विचार में निःसंदेह, पूर्णतया संतुलित थे—और वे थे हमारे गुरुदेव। वे पूरी तरह से ईश्वर में तल्लीन रहते थे, परंतु साथ-ही-साथ निःस्वार्थ समर्पण से ईश्वर का कार्य करने में वे पूर्णतया व्यस्त रहते थे। यही मेरा भी आदर्श है। तो फिर इस अवस्था को कैसे प्राप्त किया जाए? इसका आदर्श आपके सामने रखा जा चुका है। गुरुदेव सब धर्मों के सच्चे शिष्यों की ओर संकेत करते हुए प्रायः कहा करते थे, "जिस प्रकार एक क्रिश्चियन साईंटिस्ट अपने दिन का आरम्भ करने से पहले अपने पवित्र धर्मग्रन्थ, 'विज्ञान और स्वास्थ्य' में से उस दिन का पाठ पढ़कर आता है, जिस प्रकार एक कैथलिक भक्त प्रतिदिन प्रातःकालीन प्रार्थना सभा में जाता है, उसी प्रकार, सेल्फ़-रियलाइज़ेशन [योगदा सत्संग] का सच्चा अनुयायी स्वयं को प्रातः एवं सायं गहन ध्यान में समर्पित करने के लिए एकान्त का समय निर्धारित करता है।"

केवल ध्यान ही आपकी आध्यात्मिक क्षुधा को संतुष्ट कर सकता है

जब तक आप प्रातः एवं सायं नित्य ध्यान की आदत नहीं बना लेते, तब तक आप अपनी आत्मा को संतुष्ट करने में असमर्थ रहेंगे; और आप ईश्वर को भी प्रसन्न नहीं कर रहे होंगे। यह पूरे विश्व में हमारे समस्त भक्तों पर लागू होता है। सेल्फ़-रियलाइज़ेशन के भक्त के जीवन में सुबह और शाम के ध्यान के समय का

उतना ही महत्त्व होना चाहिए, बल्कि उससे भी कहीं ज़्यादा महत्त्व होना चाहिए जितना कि खाने और सोने के लिए निर्धारित समय का होता है। जब किसी भक्त में ऐसी धारणा, ऐसी आतुरता और ऐसा दृढ़ संकल्प हो कि वह ईश्वर के लिए उसी प्रकार समय निकाले जैसे कि वह अपने भोजन एवं निद्रा के लिए निकाल पाता है, तब आप निश्चित रूप से जान लें कि वह भक्त अपने लक्ष्य को प्राप्त कर ही लेगा। परन्तु दुर्भाग्यवश, हमारी अनेक अन्य आदतें होती हैं, न केवल इस जन्म की अपितु, अनेक पूर्व जन्मों की, जो हमें इस उत्तरदायित्व से, इस दिव्य कर्त्तव्य से बचकर भाग जाने के लिए प्रेरित करती हैं। परन्तु ऐसा कहने के लिए आपके पास कभी भी कोई मान्य कारण नहीं होता है कि आपको गहन ध्यान में ईश्वर को खोजने का अवसर नहीं मिला। आप स्वयं को धोखा दे रहे हैं, परन्तु ईश्वर को नहीं।

"अपने प्रति सदा ईमानदार रहें; तब आप कभी भी किसी के साथ ग़लत नहीं कर सकते। यह उतना ही सच है जितना कि दिन के बाद रात का होना सच है।"* अधिकतर लोग इन शब्दों का अर्थ नहीं समझ पाते। "अपने प्रति सदा ईमानदार रहें" का अर्थ यह नहीं है कि आप अपनी लघु अहं चेतना, आपके अन्दर वास करने वाले स्वार्थ-तत्त्व के प्रति ईमानदार रहें; बल्कि अपने अन्दर विद्यमान ईश्वर के प्रति सच्चे रहें। आध्यात्मिक मार्ग पर यह परम आवश्यक तथ्य है।

गुरुदेव जिस धारणा को पश्चिम में लाए, अर्थात् — व्यक्ति को ईश्वर की खोज करनी चाहिए और साथ ही अपने कर्त्तव्यों के प्रति समर्पित भी रहना चाहिए — आप इसे कैसे करेंगे? सर्वप्रथम, अपने मन में यह निश्चित करें कि आप अपने जीवन में क्या प्राप्त करना चाहते हैं; यह निश्चय आपको ईमानदारी से करना होगा। आप सोच सकते हैं

* *हॅमलॅट*, अंक I, दृश्य 3।

कि ऐसी अनेक वस्तुएँ हैं, जिन्हें आप प्राप्त करना चाहते हैं, "मैं धन चाहता हूँ, मैं यश चाहता हूँ, मैं पद-प्रतिष्ठा चाहता हूँ, मैं ये सब कुछ चाहता हूँ।" परंतु यदि आप सच्चाई से अपने विवेक का उपयोग करें, और यदि आप दूसरों की ग़लतियों से सीख सकें, आप अपने आस-पास उन सभी लोगों को देख सकें जिन्होंने वे सब वस्तुएँ प्राप्त की हैं जिन्हें आप भी चाहते हैं, तो आप पाएँगे कि वे अभी तक जीवन के परम लक्ष्य को प्राप्त नहीं कर पाए हैं, जो कि आनन्द है।

"सर्वप्रथम ईश्वर के साम्राज्य को खोजो....और ये सब तुम्हें प्रदान कर दिए जाऐगें।"* क्या ये शब्द झूठ हैं जो मानव को बहला-फुसलाकर आध्यात्मिक उदासीनता† की ओर ले जाने के लिए कहे गए हैं? अथवा क्या ये शब्द ईश्वर की शक्ति को, ईश्वर के जीवन्त ज्ञान को दर्शाते हैं? अपने लिए मैं निस्सन्देह कह सकती हूँ कि मैं इस महान् कथन की सत्यता को जानती हूँ : "सर्वप्रथम ईश्वर को खोजो, तब वे समस्त वस्तुएँ जिनकी तुमने कभी लालसा की थी, तुम्हें प्रदान कर दी जाएँगी।" मैं यह अनुभव करती हूँ कि मुझमें किसी चीज़ की इच्छा नहीं है। जानती हूँ कि मुझे कुछ नहीं चाहिए। मैं अपने अन्तर में पूर्णतया संतुष्ट हूँ।

अभी अपने ध्यान में, जैसे ही मैंने ईश्वर के उन्मत्त कर देने वाले प्रेम और महान् आनन्द का अनुभव किया, तो मैंने सोचा, "हे प्रभु! काश, संसार यह जान सके कि हृदय के इस विशाल मन्दिर में क्या-क्या अनुभव किया जा सकता है।" संपूर्ण परिपूर्णता का एक ऐसा भाव

* *मत्ती* 6:33 (बाइबिल)।

† अर्थात्, यह एक भ्रमपूर्ण धारणा है कि हमें केवल बैठकर प्रार्थना करनी है और ईश्वर हमारी सब ज़रूरतें पूरी कर देंगे। अपनी कमियों पर विजय पाने के लिए सच्चे आध्यात्मिक प्रयास के बिना; ध्यान में गहरी डुबकी लगाने के सच्चे प्रयास के बिना; स्वयं की देखभाल के लिए और इस संसार में अपने कर्त्तव्यों को पूरा करने और ईश्वर की सेवा करने के लिए शारीरिक परिश्रम किए बिना हमारे लिए परिपूर्णता का दिव्य नियम सिद्ध नहीं होगा।

जिसका इस हाड़-माँस के शरीर से कोई संबंध नहीं है, किन्तु जो आत्मा को इस प्रकार अभिभूत कर देता है कि दिन और रात आप केवल चेतना की उसी अवस्था में रहना चाहते हैं।

अपने आध्यात्मिक लक्ष्यों के प्रति ईमानदार रहें

अतः, सर्वप्रथम यह जानें कि आपका लक्ष्य क्या है, और फिर अपने लिए यह निर्धारित कर लें कि आप क्या-क्या कदम उठाएँगे, किस दिशा में जाएँगे, जिससे कि आप उस लक्ष्य की ओर बढ़ सकें। सर्वप्रथम — ध्यान करें। जब आपकी इच्छा न भी हो तब भी ध्यान करें। जब आपका शरीर साथ न दे रहा हो, तब भी किसी भी तरह ध्यान करने की आदत बनाएँ। जब आप थके हुए हों, तब भी विश्राम करने के लिए बिस्तर पर पहले न लेटें। आपको इस प्रकार का दृढ़ निश्चय करना ही होगा। यदि आप इस सिद्धान्त को सीख लेंगे तो यह आपके लिए एक आध्यात्मिक आधार बन जाएगा। वही व्यक्ति ईश्वर को प्राप्त करता है जिसके पास यह बल है, न केवल नैतिक बल बल्कि भावनात्मक बल और सर्वोपरि, एक आध्यात्मिक बल। ये तीनों ही आवश्यक हैं।

अतः आप पहले जान लें कि आपका लक्ष्य है क्या, फिर उसे न छोड़ें। चाहे ऐसा करने के लिए आप प्रलोभित भी क्यों न हों। वे लोग जो जीवन में किसी असंतोष अथवा दूसरे लोगों के साथ अपने संबंधों में असंतुष्टि के कारण लक्ष्य को छोड़ देते हैं, मैं देखती हूँ कि वे कितनी तेज़ी से नीचे गिरते चले जाते हैं, और आध्यात्मिक जीवन चक्र की धुरी से दूर अति दूर चले जाते हैं। गुरुदेव हमसे प्रायः कहा करते थे, "यदि तुम ईश्वर को जानना चाहते हो, तो कभी किनारे पर मत बने रहो।" जैसे कि बच्चे खेल के मैदान में या मेले में खेलते हैं, यदि आप घूमने वाले चक्र के केन्द्र के पास होते हैं, तो चाहे वह कितना ही तेज घूमे

आप दूर फेंके नहीं जा सकते हैं, परन्तु यदि आप किनारे पर रहते हैं तो आप तुरंत दूर फेंक दिए जाएँगे। ठीक ऐसा ही आध्यात्मिक मार्ग में भी होता है।

अब अगला प्रश्न है [दया माताजी अगला प्रश्न पढ़ती हैं], "मैंने सुना है कि कुछ शिक्षक दावा करते हैं कि किसी व्यक्ति को स्वयं को अनुशासित करने की कोई आवश्यकता नहीं है।" इस कथन के बारे में मैं कहूँगी, "यह सरासर नासमझी है।" ऐसा कदापि नहीं हो सकता! जब तक आप स्वयं को नियंत्रित न कर लें आप ईश्वर को नहीं जान सकते। यह असम्भव है। वह व्यक्ति जिसका मन ईर्ष्या से भरा है, वह व्यक्ति जिसका मन द्वेष से भरा है, वह व्यक्ति जिसका मन विषय-विकारों से भरा है, वह ईश्वर के लिए अपने द्वार बंद कर लेता है। एक ही समय और एक ही जगह पर आप प्रकाश और अंधकार को एक साथ नहीं रख सकते। आप अपने मन में ईश्वर की चेतना और मानवीय विकारों को एक साथ नहीं रख सकते। यह असम्भव है। आप अनुशासन के बिना इन बुरे विचारों को कैसे दूर कर पाएँगे? और कोई रास्ता नहीं है। मेरे विचार में समस्या यह है कि अधिकतर लोगों को यह स्पष्ट नहीं है कि अनुशासन का अर्थ है क्या।

सकारात्मक, उचित विचारधारा

यदि आपको अपने कमरे में से अन्धेरे को दूर करना हो तो आप अन्धेरे को इस तरह से तो नहीं पीटते रहेंगे जैसे कि मक्खी को भगा रहे हों? क्या आप ऐसा करेंगे? क्योंकि यदि आप ऐसा हज़ारों वर्षों तक भी करते रहेंगे तब भी आप इसे बाहर नहीं निकाल सकेंगे। अंधकार को कमरे से दूर करने के लिए बिजली जलानी होगी या माचिस जलानी होगी। अपने नकारात्मक विचारों पर विजय पाने के लिए विपरीत सकारात्मक विचारों को प्रयोग में लाना होगा। जब आप अपने जीवन

में और अधिक सकारात्मक रूप से सोचना आरम्भ करेंगे, अधिक सकारात्मक रूप से बोलने लगेंगे, और अधिक सकारात्मक रूप से कार्य करना आरम्भ कर देंगे तब आप यह निश्चित रूप से जान लें कि आप उन दिव्य नियमों का प्रयोग कर रहे हैं जो स्वतः ही आपको उन नियमों के अच्छे परिणामों की ओर आकर्षित करेंगे।

अतः दैनिक ध्यान के साथ, यह आवश्यक है कि प्रत्येक भक्त अपने विचारों को परखना सीखे, क्योंकि विचार ही किसी भी कार्य का जन्मदाता होता है। "जैसा विचार कोई अपने हृदय में रखता है, वह वैसा ही बन जाता है।"* जैसा आप सोचते हैं, वैसा ही आप अपने शब्दों में और अपने कार्यों में व्यक्त करते हैं। अतः प्रत्येक को अपने विचारों से ही आरम्भ करना चाहिए। प्रत्येक को अपने नकारात्मक, आलोचनात्मक और संदेहात्मक विचारों को बदल कर उनके स्थान पर सकारात्मक विचारों को लाना होगा, और मेरे अनुभव में इसका सबसे सरल तरीका यह है कि जब भी आपके पास अपने कार्यों से खाली समय हो, तब अपने मन को ईश्वर में लगाएँ। ईश्वर संसार में सबसे अधिक शक्तिशाली विचार हैं। इसे ईश्वर की उपस्थिति का अभ्यास करना कहते हैं। जब आप पैदा होते हैं तब मन एक खाली सड़क की तरह होता है। उसके बाद आपके विचार आपके मस्तिष्क में खाँचे बनाना आरम्भ कर देते हैं। जब आप किसी एक विचार पर केंद्रित हो जाते हैं, विशेषकर यदि यह नकारात्मक अथवा विनाशकारी है और बार-बार उसी के बारे में सोचते हैं; और यदि कोई भी आपको उस विचार के खाँचे से बाहर निकलने के लिए प्रशिक्षित अथवा अनुशासित नहीं करता, तो उम्र गुज़रते-गुज़रते एक समय ऐसा आएगा जब आप स्वयं को उस विचार से पूर्णरूपेण बँधा हुआ पाएँगे और आप स्वयं को

* *नीति वचन* 23:7 (बाइबिल)।

मुक्त भी नहीं कर पाएँगे।

दिन-रात ईश्वर का चिंतन करें

यदि आप ईश्वर को जानना चाहते हैं, तो आध्यात्मिक मार्ग पर यह महत्त्वपूर्ण है कि आप अपने मस्तिष्क में नए खाँचे बनाना आरम्भ कर दें—ईश्वर से सम्बन्धित सकारात्मक, भक्तिपूर्ण विचारों के नए खाँचे। चाहे आप शिक्षक हों, गणित का कार्य कर रहे हों, या पढ़ा रहे हों, अथवा एक गृहिणी के रूप में रसोई में खाना पका रही हों, अथवा कोई अन्य कार्य कर रहे हों, प्रत्येक क्षण एक ही खाँचा बनाते रहें, "मेरे प्रभु! मेरे प्रभु!" मेरे प्रभु! परंतु आपको अन्यमनस्क भी नहीं रहना है। हर समय, मैं सोचती रहती हूँ, "हे मेरे प्रभु! मुझे वह मार्ग दिखाएँ जिससे मैं आपको प्रसन्न कर सकूँ। मैं इस संसार में केवल आपको प्रसन्न करने के लिए रहना चाहती हूँ।" मैं इसी में अत्यधिक मदमस्त आनन्द पाती हूँ। मैं किसी और तरह से जीने की कल्पना भी नहीं कर सकती। यह आनन्ददायक है। जब भी आप ईश्वर का नाम लेंगे आप पाएँगे कि आपके हृदय में, आपकी चेतना में एक नवीन आनन्द का प्रवाह, एक नवीन प्रेम का प्रवाह हो रहा है।

ईश्वर की उपस्थिति का अभ्यास करें और ध्यान करें; इस संसार में अपने सगे-साथियों के साथ प्रसन्नता से रहने की विधि को सीखने का यही एक मार्ग है। आपको अपनी भावनाओं के विषय में सबको बताने की आवश्यकता नहीं है। वास्तव में, अपने आध्यात्मिक जीवन के बारे में दूसरों को बताना एक बहुत बड़ी भूल है। जैसे ही आप ऐसा करते हैं, उसी क्षण आप कुछ मात्रा में अपनी आध्यात्मिक शक्ति खो बैठते हैं। यह हमें गुरुजी ने बताया। ऐसा आपने अपने जीवन में भी देखा होगा; आपको कोई अद्भुत अनुभव हुआ और जैसे ही आपने इसे किसी को बताया तो आप अचानक पाएँगे, "ओह! मैंने कुछ खो दिया।" इसका कारण यह है कि जो आपके लिए अत्यधिक पवित्र था,

उसमें किसी दूसरे व्यक्ति की चेतना ने दखल कर दिया। इसलिए गुरुजी हम भक्तों से सदा कहा करते थे, "अपने दिव्य अनुभवों के बारे में बात मत करो।" जब ऐसे सत्संग में बैठे हों, और ऐसी बातें आप सभी की सहायता करती हों तो बात अलग है। परन्तु दूसरे लोगों से अपने अनुभवों की बातें करना ज़रूरी मत समझिए। दूसरों को प्रभावित करने का महानतम तरीका है अपने जीवन, अपने कार्यों, और अपने विचारों का आध्यात्मीकरण करना।

अपने प्रश्न पर वापस आते हैं : क्या एक पाश्चात्य व्यक्ति के लिए अपने व्यस्त जीवन में ध्यान करना सम्भव है? यह पूर्णतः सम्भव है। यह पूणतः तर्कसंगत है। जब ईश्वर ने मानव की रचना की तो उनकी हमारे लिए यही इच्छा थी। हमें इस संसार में उन समस्त कर्त्तव्यों को उत्साह के साथ, आनन्द के साथ, और गहन एकाग्रता के साथ पूरा करना होगा जो हमें दिए गए हैं, परन्तु सदा इस विचार के साथ — "मेरे प्रभु! मैं इसे केवल आपके लिए कर रहा हूँ।"

आध्यात्मिक पथ पर हम सभी में इस प्रकार का उत्साह अवश्य होना चाहिए। इससे बड़े दुःख की बात और कोई हो ही नहीं सकती कि कोई व्यक्ति आध्यात्मिक पथ पर आधे-अधूरे हृदय से लगा हुआ है। मेरे लिए यह एक त्रासदी है। और जैसा कि गुरुदेव कहा करते थे, मैं ऐसे व्यक्ति के जीवन को भी त्रासदी मानता हूँ जो जीवन ऐसे जीता है जैसे उसमें बिल्कुल कोई जान ही न हो; ऐसे व्यक्ति से हाथ मिलाने पर आपको लगेगा जैसे आपके हाथ में कोई निर्जीव माँस-पिण्ड आ गया है।

इस संसार में अपना कार्य करें, परन्तु कर्म-योगी* के आदर्शों का पालन करते हुए — "मैं अपने सभी कर्त्तव्यों को परिश्रमपूर्वक पूरा करता हूँ, मेरे प्रभु, परन्तु अपने लिए नहीं। मुझे परवाह नहीं चाहे आप मुझे यहाँ रखें अथवा और भी नीचे यहाँ रखें [यहाँ दया माताजी इशारा करते हुए

* जो कोई कर्म-योग के पथ का अनुसरण करता है। (देखें पृष्ठ 131।)

समझा रही हैं]। मुझे केवल इस बात की चिन्ता है कि आप मुझे जहाँ भी रखें, वहाँ आप मेरे साथ रहें। मैं कर्त्तव्यपरायणता से कार्य करूँगा, दूसरों को प्रसन्न करने के विचार से नहीं, अपितु केवल आपको प्रसन्न करने के लिए, स्वयं अपने श्रेय के विचार से नहीं, किसी से प्रशंसा पाने के विचार से भी नहीं। मेरे प्रभु, यदि मैं आपको प्रसन्न कर सका, तो यही मेरे लिए सब कुछ होगा।" यदि मानवजाति इस सिद्धान्त पर अमल करना सीख जाए तो उत्तम होगा। तब हम एक ऐसा विश्व पाएँगे जो शांति, संतुष्टि और आनन्द से परिपूर्ण होगा। यदि हम शांति स्थापित करने की आशा रखते हैं, तो मानव सभ्यता में इसी आदर्श को लाने की आवश्यकता है।

दायित्व का अभिप्राय

हमें कार्य करने में आनन्द लेना आरम्भ करना होगा। वह व्यक्ति जो बाग में जाकर सो जाता है और जिसका कोई दायित्व नहीं है, तथा जो दूसरों की कोई परवाह नहीं करता, वह एक आदर्श नहीं है। हम अति की एक सीमा से दूसरी सीमा तक चले गए हैं। हमें एक ज़िम्मेदार इन्सान बनना सीखना होगा। ईश्वर हमसे यही आशा करते हैं।

'ज़िम्मेदार' से अभिप्राय है कि हम अपने सच्चे स्वरूप को व्यक्त करें — वे सभी गुण जिनका आत्मा से संबंध है। और जब हम ऐसा करना आरम्भ करते हैं, तभी हम संसार में ऐसा जीवन व्यतीत कर पाएँगे जैसा ईश्वर मानव से जीने की आशा करते हैं। हम अपने सभी कार्य, मन को ईश्वर पर स्थिर रखते हुए करते हैं।

जैसा कि राजा जनक और शुकदेव की कथा में है, इस संसार में अपने सभी कर्त्तव्यों को पूरा करते समय अपनी चेतना को निरंतर ईश्वर के चेतना-रूपी तेल पर रखना सीखें।* जीवन में वे सभी कार्य,

* एक शिष्य के रूप में अपनाए जाने से पहले, युवा शुकदेव की परीक्षा लेने के लिए

जो प्रतिदिन ईश्वर आपको देते हैं, उन्हें पूरा करें; उनकी उपेक्षा न करें। उन्हें प्रभु के चरणों में भेंट के रूप में अर्पित करें, "मेरे प्रभु! मैं आपको सोना नहीं दे सकता। मैं आपको ज्ञान अर्पित नहीं कर सकता। मेरे पास कुछ भी नहीं है, जिसे मैं आपको अर्पण कर सकूँ, क्योंकि आपके पास तो पहले से ही सब कुछ है। मेरे प्रभु, मैं आपको क्या दूँ? अपने जीवन में प्रतिदिन, मैं आपको अपनी विनम्र सेवा अर्पित कर सकता हूँ। जहाँ कहीं भी मैं अच्छाई के बीज बो सकता हूँ, जहाँ कहीं भी मैं शांति प्रदान कर सकता हूँ, जहाँ कहीं भी रचनात्मक ढंग से बोल सकता हूँ, जहाँ कहीं मैं कुछ भी अच्छा कर सकता हूँ वहाँ यह सब मैं अपने लिए नहीं कर रहा हूँ—मैं आपकी ही सेवा कर रहा हूँ।"

रचनात्मक एवं विनाशकारी संवेदनशीलता (Sensitivity)

इस जीवन में लोगों के साथ बिना अधिक मतभेद के, सरलतापूर्वक रहना एक महान् कला है, जो हमें सीखनी है। गुरुदेव के साथ मैं अपनी पहली मुलाकातों के विषय में सोचती हूँ। उनके पास जो भी आता था, उसे अपनेपन का अनुभव कराने की उनमें विलक्षण क्षमता थी। ऐसा लगता था मानो, वे आपको सदा-सदा से जानते हों। ऐसा लगता था जैसे आप पहले क्षण में ही उनके सामने अपना पूरा हृदय खोलकर रख सकते हैं। उनमें ऐसी योग्यता थी कि वे अपनी सहज प्रवृत्ति को प्रकट कर सकते थे—मित्रता, प्रेम, सद्भावना जैसे दिव्य गुणों के मूर्तरूप।

हमें इस संसार में ऐसा आचरण करना सीखना चाहिए कि हम दूसरों को अनावश्यक ठेस न पहुँचाएँ। आप जानते हैं कि कुछ लोग किस तरह हमेशा मुँह फुलाए बैठे रहते हैं। ऐसा लगता है मानो आप

महान् सन्त राजा जनक ने उन्हें अपनी हथेली पर तेल से लबालब भरा दीप रखकर सारे महल में घूमने को कहा। परीक्षा में उत्तीर्ण होने की शर्त यह थी कि शुकदेव महल के प्रत्येक कमरे की प्रत्येक वस्तु का बारीकी से निरीक्षण करें और बाद में राजा को इसका पूर्ण विवरण दें, साथ ही दीप से एक बूंद भी तेल न गिरे।

जीवन भर यह सोचने पर मजबूर रहते हैं : "मैं कैसे बरताव करूँ जिससे कि वह मुझ पर न बिगड़े? मुझे इसके साथ सावधानी से बात करनी होगी ताकि वह मेरी बात का बुरा न मान ले।" हम सबको इसका अनुभव है। मैं आपको बताती हूँ कि गुरुदेव इससे कैसे निबटते थे! जब कभी भी वे किसी व्यक्ति को ऐसे मुँह फुलाए हुए देखते थे तो वे कहा करते थे, "तुम्हें अपनी अतिसंवेदनशीलता पर विजय पानी चाहिए।" इतने स्वार्थपरक न बनें। आप विश्लेषण करके देखेंगे तो पाएँगे कि जो व्यक्ति हमेशा मुँह फुलाए रहता है, वह अपने में इतना लिप्त रहता है कि उसे लगता है कि लोग उसका उपहास करते रहते हैं, और इसके विरुद्ध अपना बचाव करने के लिए वह हमेशा तैनात रहता है। यह ग़लत है। हमें अपनी चमड़ी थोड़ी मोटी करनी पड़ेगी। गुरुजी ने वर्षों पहले मुझसे ऐसा ही कहा था। मैं अत्यधिक संवेदनशील थी, और गुरुदेव से मिलने के बहुत समय पहले से मुझे इसके कारण बहुत कष्ट झेलने पड़ते थे। मैं दूसरों को दुःख नहीं पहुँचाना चाहती थी और मैं लोगों से दूर ही रहती थी, ताकि कहीं उनके व्यवहार से मुझे दुःख न पहुँचे। युद्ध* के दौरान मुझे बहुत कष्ट होता था। मुझे उन सभी जवानों का ख़याल आता था जो अपंग हो गए थे या मारे गए थे, और इस बात ने वास्तव में मुझे बहुत पीड़ित किया।

गुरुदेव ने एक दिन मुझसे कहा, "देखो, अगर तुम जीवन का सामना करना चाहती हो, तो तुम्हें मज़बूत बनना होगा।"

मैंने उत्तर दिया, "गुरुदेव, मुझे कठोर व्यक्ति पसन्द नहीं हैं।"

"मुझे ग़लत मत समझो", गुरुदेव ने कहा। "मेरा तात्पर्य उस कठोरता से नहीं है, जिसमें किसी दूसरे के प्रति कोई सहानुभूति नहीं होती। परंतु जब तक तुम अपने अन्तर में कुछ हद तक आध्यात्मिक शक्ति एवं आध्यात्मिक चरित्र बल विकसित नहीं कर लेती हो, तब तक तुम दूसरों की सहायता नहीं कर सकती, और न ही स्वयं अपनी

* विश्वयुद्ध II।

सहायता कर सकती हो।"

जिस क्षण कोई व्यक्ति नकारात्मक और कमज़ोर पड़ जाता है, तो उस व्यक्ति के प्रति अपनी अत्यधिक सहानुभूति के आवेश में आप भी उसके साथ भ्रम के उसी गड्ढे में गिर जाते हैं। तब आप उसको बाहर नहीं निकाल सकते। आध्यात्मिक रूप से उन्नत व्यक्ति अन्तर में पीड़ित होते हुए भी, उसके अपने कष्ट होते हुए भी, किसी अन्य को इसके बारे में पता नहीं लगने देता। वह चुपचाप अपना बोझ स्वयं सहता रहता है। परन्तु, जब वह किसी अन्य की पीड़ा के बारे में सुनता है, तो वह उस व्यक्ति के साथ गड्ढे में नहीं गिर जाता, अपितु हाथ बढ़ाकर कर उस व्यक्ति को बाहर खींच लाता है।

इस संसार में कभी-कभी हम दूसरों को अप्रसन्न करने के लिए विवश हो जाते हैं। यह असम्भव है कि कभी-भी किसी को अप्रसन्न किए बिना हम पूरा जीवन बिता सकें। क्राइस्ट भी ऐसा नहीं कर सके। गुरुदेव भी ऐसा नहीं कर सके। हमें यह समझ लेना चाहिए कि लोगों का जैसा स्वभाव है उसके कारण हम कभी-न-कभी उन्हें अप्रसन्न करेंगे ही। दूसरी ओर, यह समझ लेने पर जब हमें कोई अप्रसन्न करता हो तो, हमें भी अति संवेदनशील या भावुक नहीं होना चाहिए। हमें सदा ख़ुद को दूसरे की स्थिति में रखकर सोचने का प्रयास करना चाहिए। दूसरे के दृष्टिकोण से बात को समझने का प्रयास करना चाहिए, और किसी भी घटना को अत्यधिक निजी भाव से न लेने का प्रयत्न करना चाहिए। यदि कोई व्यक्ति विचार-विमर्श के दौरान हमेशा ही व्यक्तिगत रूप से उलझ जाता है तो उसके साथ बातचीत करना असम्भव हो जाता है। विचार-विमर्श करते समय केवल सिद्धांतों पर केन्द्रित रहना वेहतर होगा। व्यक्तित्वों को अनदेखा कर दें। तब आप कई ग़लतफ़हमियों से बच सकते हैं।

ये बातें मैं आपको एक कारण से बता रही हूँ। हम अपने आप से

पूछ रहे हैं : "हम अपने दैनिक जीवन में ईश्वर को कैसे ला सकते हैं?" उत्तर है — इस तरह के आत्मानुशासन के द्वारा। केवल किसी मंत्र* का जप कर लेने से ही हम यह नहीं कह सकते कि अब हम आत्मानुशासन का पालन किए बिना भी ईश्वर को प्राप्त कर लेंगे। आप ऐसा कदापि नहीं कर सकते। मन्त्र-जाप और ईश्वर की उपस्थिति के अभ्यास के साथ आपको उचित सोच-विचार और उचित कार्यों को भी जोड़ना होगा; क्योंकि, जैसा कि भगवद्गीता शिक्षा देती है, ध्यान और उचित कार्यों के अभ्यास से ही व्यक्ति को ईश्वरानुभूति प्राप्त होती है।

आप सारा दिन ईश्वर की बातें करें और साथ-साथ दूसरे लोगों के साथ अभद्रता करें, और फिर भी ईश्वर-संपर्क प्राप्त कर लें, यह असम्भव है। यदि हमारे विकास के लिए दूसरे लोगों के साथ संबंधों की आवश्यकता न होती तो ईश्वर प्रत्येक मानव को उसके छोटे-से संसार में ही रखते, जहाँ वह और कुछ भी न करके सारा दिन केवल ईश्वर का चिंतन कर सकता। परन्तु वे जानते हैं कि उनके साथ हमारा पुनः एकत्व स्थापित करने का यह तरीका नहीं है। उन्होंने करोड़ों व्यक्तियों को बनाया, भिन्न-भिन्न प्रकार के व्यक्तित्व, गुणों और प्रवृत्तियों वाले करोड़ों लोगों के समूह बनाए, और हमें इस पृथ्वी पर छोड़ दिया — सभी प्रकार की परिस्थितियों के बीच; और तब उन्होंने हमसे कहा, "अब तुम सब एक-दूसरे के साथ मिलजुल कर रहना सीखो।" यह केवल उन भक्तों के लिए ही लागू नहीं होता जो आश्रमों में रहते हैं, बल्कि पूरे संसार के लिए लागू होता है।

उचित कार्य-निर्वाह में यह भी सम्मिलित है कि अपने साथियों के

* साधारण अर्थ में मंत्र बीजाक्षरों की ध्वनियों का विज्ञान है। इन ध्वनियों से उत्पन्न होने वाले सहानुभूति स्पन्दनों की (Sympathetic vibration) सृष्टि के साथ संगतता होती है। आध्यात्मिक अर्थ में, बीज ध्वनियों का मौखिक अथवा मानसिक रूप से जप, मन को शांत करने अथवा आध्यात्मीकरण करने में सहायता प्राप्त करने के लिए किया जाता है।

साथ कैसे निभाया जाए। उचित कार्य-निर्वाह आत्मानुशासन के बिना नहीं हो सकता। यही आध्यात्मिक जीवन का मूल आधार है।

व्यक्ति ईश्वर का ही प्रतिरूप है; और जब तक वह इस देह-रूपी पिंजरे से और अपनी मनोवृत्तियों, आदतों और भावनाओं के अदृश्य पिंजरे से उस दिव्य प्रतिरूप को मुक्त करना नहीं सीखता, तब तक वह ईश्वर को नहीं जान सकता। इन दृश्यमान और अदृश्य पिंजरों, जिनमें आत्मा जकड़ी हुई है, से ख़ुद को मुक्त करने का केवल एक ही रास्ता है, और वह है आत्मानुशासन। स्वामी शब्द का वास्तविक अर्थ है— स्वयं पर पूर्ण नियंत्रण। जो ईश्वर को जानना चाहता है, उसके लिए यह सीखना आवश्यक है कि स्वयं पर नियंत्रण कैसे पाएँ। उसे अपनी आत्मा को देह के बंधन से, अपनी भावनाओं के बंधन से, अपनी आदतों के बंधन से मुक्त करना सीखना होगा; केवल तब ही वह जान पाएगा कि वह क्या है। तब ही वह जान पाएगा कि वह ईश्वर के प्रतिरूप में बना हुआ है। तब वह इस संसार में एक मुक्त आत्मा के रूप में विचरण कर सकता है और अपने सभी कर्त्तव्यों को एक साधारण व्यक्ति— जो अपने कर्त्तव्यों को केवल धन और ख्याति पाने के लिए पूरा करता है— से भी कहीं अधिक उत्साह से संपादित कर पाएँगा। दिव्य पुरुष, स्वेच्छा से और पूर्ण रूप से स्वयं को ईश्वर की सेवा और ध्यान दोनों के लिए समर्पित कर देता है। ये दोनों आवश्यक हैं।

ध्यान और उचित विचार

मन को संसार के सारे भटकावों से हटाकर, केवल ईश्वर पर केन्द्रित करने की योग्यता को ध्यान कहते हैं। ध्यान कई प्रकार का होता है। एक ध्यान वह है, जिसका अभ्यास ईसाई सन्त करते हैं। एक ध्यान वह है, जिसका अभ्यास हिन्दू संत, अर्थात् योगीजन करते हैं। इसी प्रकार, दूसरे महान् धर्मों में भी ध्यान करने के विभिन्न तरीके हैं।

सभी मार्ग ईश्वर की ओर ले जाते हैं। यही हम सिखाते हैं, यही हमारा विश्वास भी है। बिना किसी ध्यान की विधि के ईश्वर को नहीं जाना जा सकता। परंतु, केवल ध्यान पर्याप्त नहीं है। ध्यान के साथ-साथ व्यक्ति को अपने विचारों का मार्गदर्शन करना भी प्रारंभ करना चाहिए। जब कोई दूसरों के प्रति बुरे विचार सोचने के लिए प्रलोभित हो जाए, जब उसकी किसी से बदला लेने की इच्छा करे, जब वह अपनी वाणी द्वारा किसी को पीड़ा पहुँचाने की बात सोचे, तो ऐसे समय पर वह स्वयं को अनुशासित करता है, "मैं ऐसा नहीं करूँगा।" उसके ऐसा नहीं करने का एक बहुत सीधा-सादा कारण है— वह अनुभव करता है कि जिस क्षण उसकी चेतना में ओछे विचार प्रवेश करते हैं, उसी क्षण दिव्य प्रकाश लुप्त हो जाता है और अंधकार उसे घेर लेता है। मैंने अपने जीवन में इसके बारे में कई बार विचार किया है। आरंभिक वर्षों में कई बार ऐसे अवसर आए जब दया माँ को ठेस पहुँची थी। मैं जगन्माता से कहती थी : "हे माँ! मैं बहुत स्वार्थी हूँ। मैं अपने हृदय में दुर्विचारों अथवा बदले की भावना के विचारों, एवं घृणा के विचारों को प्रवेश नहीं करने दूँगी क्योंकि मैंने पाया है कि जिस क्षण ये अन्दर आते हैं, तुम ओझल हो जाती हो; और मैं तुम्हें जाने नहीं दूँगी। तो हे जगन्माता! यदि इस संसार में मुझे बचाव की आवश्यकता पड़ती है, तो मेरी लड़ाइयाँ तुम्हें लड़नी पड़ेंगी। मेरा कर्त्तव्य है, तुम्हारा स्मरण करते रहना। तुम यदि चाहो तो मेरे कुशल-मंगल के बारे में चिंता करो; मेरी एकमात्र अभिरुचि तुम में है।"

इस प्रकार का भाव ईश्वर के साथ एक मधुर संबंध बनाता है। यह ईश्वर के प्रति एक घनिष्ठ भक्ति-भाव स्थापित कर देता है। यह आपको इस बात का अनुभव करा देता है कि वास्तव में वे निकटतम से भी निकट हैं। अपनी सभी कठिनाईयों के विषय में बात करने के लिए ईश्वर के अतिरिक्त मैं और किसके पास जाऊँगी? मेरा सही मार्ग-

दर्शन करने के लिए प्रभु के अतिरिक्त और किसके पास इतनी समझ है? वे ही प्रिय से भी प्रियतम हैं। ईश्वर के अतिरिक्त और कौन मुझसे निःशर्त प्रेम करता है? जब मैं स्वयं को समझने में असफल हो जाती हूँ तब ईश्वर के अतिरिक्त और कौन मुझे समझ सकेगा? ईश्वर से अधिक निकट मेरा और कौन है? क्योंकि जिनका मैं पोषण करती हूँ और जिनसे इतना अधिक प्रेम करती हूँ उनको भी एक दिन मुझे छोड़ना ही पड़ेगा। परन्तु मैं उस प्रियतम प्रभु के बोध की अटूट निरन्तरता को स्वयं में पाती हूँ और मैं उस चेतना को पकड़े रहूँगी; जीवन के सभी परिवर्तनों से गुज़रते हुए भी, मैं अपने प्रियतम का चिंतन नहीं छोड़ूँगी। जब आप इस प्रकार सोचना आरम्भ करते हैं तो आप ईश्वर के साथ एक मधुर समस्वरता अनुभव करेंगे। आप पाएँगे कि वे सदा आपके साथ हैं; कोई दूरी नहीं है। जब वह अवस्था आती है तब आप किसी भी कारण से उसे खोना नहीं चाहेंगे। आप पाएँगे कि पूरे विश्व में ईश्वर के दिव्य संदेश को प्रसारित करने के लिए आपमें एक ज्वाला की तरह उत्साह दहक रहा है।

जीवन में आपका वास्तविक उद्देश्य

मैं नहीं जानती कि ईश्वर का चिंतन किए बिना लोग कैसे रहते हैं। आपने यह कहावत सुनी होगी, "Marooned in Space"*। यह आज के युग का आधुनिक कथन है, है न! यह संसार अपनी ही भ्रान्तियों में असहाय रूप से जकड़ा हुआ है। यह एक त्रासदी है; दुर्भाग्य की बात है कि जब हमारे जीवन में कोई दुःख आता है, केवल तभी हम अपना उद्धार करने के बारे में सोचना आरम्भ करते हैं। मेरे विचार में हमें उसके लिए प्रतीक्षा नहीं करनी चाहिए। अभी और इसी समय हमें

* "इस अंग्रेज़ी कहावत का अर्थ है : अपने आप को या किसी व्यक्ति को निर्जन स्थान में असहाय छोड़ देना।"

विचार करना चाहिए कि ईश्वर ने हमें इस संसार में किसी कारण से भेजा है। "मेरा जन्म क्यों हुआ है?" जैसे ही हम अपने आप से यह प्रश्न करना आरंभ करते हैं, तो माया के वश में जी रहे हम में से कई लोग यह मानने लगते हैं कि हमारा जन्म एक महान् मसीहा बनने के लिए हुआ है — और यह एक और भ्रम है! पहला उद्देश्य जिसे पूरा करने के लिए हम यहाँ भेजे गए हैं, वह है स्वयं का उद्धार! पहले स्वयं का उद्धार करें, और तब हो सकता है ईश्वर आपके माध्यम से दूसरों का उद्धार करने का प्रयास करेंगे। क्या यह स्वयं के प्रति ईमानदारी नहीं है? बहुत से लोग अपना उद्धार करने से भी पहले संसार का उद्धार करना चाहते हैं। मैं ऐसा इसलिए कह रही हूँ क्योंकि कई बार भक्त पत्र लिखते हैं और कहते हैं, "मैं जानता हूँ कि ईश्वर मुझसे कुछ कार्य करवाना चाहते हैं।" और मैं उनसे कहना चाहती हूँ, "जी हाँ! वह महान् कार्य है — आपका अपना उद्धार करना।"

अभी से ही गहरा लम्बा ध्यान करने की आदत डालें। अभी से ही अपने लघु अहं पर विजय पाने की आदत डालें, ताकि आपके अन्तर में परमात्मा स्पष्ट रूप से प्रकट हो सकें। गुरुदेव ने हम सबको यही प्रशिक्षण दिया।

तो मेरे प्रियजनों, मैंने आप सबको ये सुझाव दिए हैं : प्रतिदिन ध्यान करें और अपने विचारों को परखें। जब आप अपने में दुर्विचारों को पाएँ, तो अपने मन को अनुशासित करें। ईश्वर ने आपको विवेक दिया है, अर्थात् उचित और अनुचित के भेद को समझने की क्षमता। जब आप स्वयं को ग़लत दिशा में जाते हुए पाएँ तो उसी क्षण रुक जाएँ। वापस मुड़ें, और ईश्वर के विषय में सोचना आरंभ करें, "प्रभु! मुझे शक्ति दें, इस पर विजय पाने में मेरी सहायता करें।"

यदि आप उग्र स्वभाव के हैं तो स्वयं को अनुशासित करें। गुरुदेव हमसे कहा करते थे, "कटु शब्द बोलने से पहले अपनी जीभ को दाँतों

से दबा लो।" और मैं इसका अभ्यास किया करती थी। तब एक दिन मैं इस सत्य को समझ पाई, "देखो, जब भी तुम क्रोधित होती हो, तो इसके परिणामस्वरूप क्या हो रहा है? तुम अपनी शांति भी खो देती हो। कौन कष्ट भोग रहा है? तुम किसको दण्ड दे रही हो? केवल स्वयं को। यह तो हास्यास्पद है।" यदि आप बहुत गुस्से में हैं और आपका दिल करता है कि चीज़ों को उठाकर फर्श पर दे मारें, तो तुरन्त वहाँ से हट जाएँ और सैर करने निकल पड़ें। सैर करते जाएँ, परंतु जिस बात को आप पीछे छोड़ आए हैं, उसके बारे में न सोचें। प्रकृति की सुन्दरता के बारे में सोचने का प्रयत्न करें अथवा अपने मन को किसी दूसरे रचनात्मक कार्य में लगाएँ और यदि आप घृणा का अनुभव कर रहे हों तो याद रखें : जो आप देते हैं, दैवी नियम के अनुसार वही पलटकर आपके पास वापस आएगा। जो घृणा करता है वह इस संसार में घृणा का पात्र बन जाता है। जैसे ही आप किसी से घृणा करना आरम्भ करते हैं, उसी क्षण अपने आप से कहें, "यह पलटकर आने वाला अस्त्र है, जो वापस आकर मुझे ही लगेगा। प्रभु, उस आत्मा को आशीर्वाद दें! प्रभु, उस आत्मा को आशीर्वाद दें!" जब भी आपमें घृणा की भावना आए, तब यही कहें, "इस आत्मा को आशीर्वाद दें। प्रभु, इस आत्मा को आशीर्वाद दें।" जितना अधिक आप ऐसा सोचते हैं, उतना अधिक आप सचमुच चाहेंगे कि ईश्वर उस आत्मा को आशीर्वाद दें। वास्तव में ऐसा होता है।

आप इस सिद्धान्त को लेकर जीवन के विभिन्न संघर्षों में प्रयोग कर सकते हैं। सेल्फ़-रियलाइज़ेशन की शिक्षाओं को उपयोग करने का यही व्यावहारिक ढंग है। अपने जीवन में दिव्य नियमों का पालन करते हुए ईश्वर की उपस्थिति का अभ्यास करने का यही तरीका है।

[श्री दया माता ने समूह को प्रार्थना एवं ध्यान कराया, और

निम्नलिखित टिप्पणी करते हुए सत्संग को समाप्त किया।]

ध्यान में प्राप्त हुए शांति और बोध को, ध्यान के उपरांत भी भंग न होने दें। ध्यान के दौरान अपनी चेतना के पात्र में एकत्र की गई शांति को, और ईश्वर के चिन्तन को, दिन-भर संजोये रखने का भरपूर प्रयास करें। इसी प्रकार, भक्त अपने सभी कार्यों के दौरान ईश्वर को अपने साथ रखना सीखता है। गुरुदेव के शब्दों में, "हमें शांत भाव से सक्रिय रहना और सक्रिय रूप से शांत रहना सीखना चाहिए; समत्व के सिंहासन पर आरूढ़ शांति का राजकुमार बनकर अपने क्रिया-कलापों के साम्राज्य को निर्देशित करते हुए।"

प्रसन्नता का एकमात्र मार्ग

नई दिल्ली, 3 दिसम्बर, 1961

हमें यह समझना चाहिए कि हम एक पूर्ण और अमर आत्मा हैं। हम अपनी आदतों एवं मनोभावों द्वारा, रोग एवं असफलताओं द्वारा जो अपूर्णता व्यक्त करते हैं, वे हमारे वास्तविक स्वरूप का अंग नहीं हैं। हमने स्वयं को मर्त्य चेतना के साथ इतनी गहनता से एकरूप कर लिया है कि हम बिना सोचे इसकी परिसीमाओं को स्वीकार कर लेते हैं। इसकी अपेक्षा हमें प्रार्थना करनी चाहिए, "प्रभु, यह अनुभव करने में मेरी सहायता करें कि मैं यह शरीर नहीं हूँ और न ही मैं ये मनोभाव एवं आदतें हूँ। मुझे यह विश्वास दिलाएँ कि मैं आपके निष्कलंक प्रतिरूप में बना हुआ, सदा आपका बालक हूँ।"

एक दिन मैं ध्यान करते समय इस बात पर दुःखी हो रही थी कि मुझमें कितनी अपूर्णताएँ हैं। तभी अचानक मैंने जगन्माता की मधुर आवाज़ सुनी, "परंतु क्या तुम मुझसे प्रेम करती हो?" तत्क्षण ही मेरा संपूर्ण अस्तित्त्व जगन्माता के लिए एक महान् प्रेम से सराबोर हो गया। उस दिन से लेकर आज तक मेरा मन केवल एक विचार में तल्लीन रहा है : "मैं अपनी जगन्माता से प्रेम करती हूँ और उस प्रेम में मेरा जीवन उनके प्रति समर्पित है, वे इसके साथ जैसा चाहें वैसा करें।" मुझे उनमें पूर्ण विश्वास है; मैं जानती हूँ कि उनका प्रेम मुझे कभी निराश नहीं करेगा।

ईश्वर आप सबको एक समान प्रेम करते हैं। सूर्य का प्रकाश कोयले और हीरे पर एक ही जैसा पड़ता है। कोई यह नहीं कह सकता कि सूर्य पक्षपाती है क्योंकि हीरा कोयले की तुलना में अधिक प्रकाश प्रतिबिंबित करता है। उसी प्रकार, ईश्वर का प्रेम रूपी सूर्य-प्रकाश सभी

पर एक समान चमकता है। हमें हीरे की तरह बनना चाहिए जो ईश्वर के प्रकाश को ग्रहण करता है और प्रतिबिंबित करता है।

ईश्वर के नाम का अनवरत जाप करते रहें, अन्यमनस्क होकर नहीं बल्कि पूरे मनोयोग के साथ। ईश संपर्क के लिए आवश्यकता है हमारी चरम एकाग्रता की। चाहे हम बाह्य रूप से कुछ भी क्यों न कर रहे हों, हमारा अन्तर्मन सदा यह कहते हुए, केवल ईश्वर में तल्लीन रह सकता है, "आप ही मेरा एकमात्र प्रेम हैं।"

सर्वाधिक सफल व्यक्ति

यह ईश्वर का प्रेम ही है जो सभी मानवीय रूपों में हमें प्राप्त होता है। यदि आप सर्वप्रथम ईश्वर की खोज करें, तो आपको वह प्रत्येक वस्तु प्राप्त हो जाएगी जिसकी आपने कभी कामना की थी। मैंने स्पष्ट रूप से यह पाया है कि हर वह चीज़ जिसकी मनुष्य लालसा करता है, प्रियतम प्रभु में प्राप्त हो जाती है। काल के प्रारंभ से ही ईश्वर के महान् भक्त मानवजाति के लिए प्रेरणास्रोत रहे हैं। ऐसा कौन व्यक्ति है जो सर्वाधिक सफल रहा है— अपने आपमें पूर्ण, स्वयं को तथा समूचे विश्व को समझने वाला; संसार द्वारा युग-युगान्तर से स्मरणीय एवं सम्माननीय— कौन हुआ है ऐसा व्यक्ति? वही, जिसने ईश्वर को जान लिया है।

हमारे पूज्य गुरु, परमहंस योगानन्दजी, ने कहा है कि इस प्रकार का सफल व्यक्ति बनने के लिए सबसे पहले हमारे अन्दर ईश्वर के लिए ललक होनी चाहिए। आमतौर पर, जब तक मनुष्य किसी संकट का सामना नहीं करता तब तक उसके अन्दर ऐसी इच्छा जाग्रत नहीं होती। जब जीवन आसानी से चल रहा होता है, तो मनुष्य को ईश्वर की आवश्यकता महसूस नहीं होती। परन्तु, जब अचानक ही पूरा जीवन अस्त-व्यस्त हो जाता है— यदि वह अपना स्वास्थ्य, सम्पत्ति या

किसी प्रियजन को खो देता है, तब वह सहायता के लिए ईश्वर को पुकारता है।

गुरुदेव इस बात पर ज़ोर देते थे कि हम सर्वप्रथम ईश्वर को खोजें; क्योंकि हमारी चेतना ईश्वर में दृढ़तापूर्वक स्थापित होने पर ही हम इस जीवन संग्राम में विजयी हो सकते हैं। जब इस नित्य परिवर्तनशील संसार द्वारा कठिनाईयों से हमें रूबरू कराया जाता है, तो हमें दिव्य योद्धा बनकर इनका सामना करना चाहिए। हम ज़िन्दगी द्वारा अचानक अचम्भित किए जाने, भ्रमित किए जाने, थपेड़ों द्वारा गिरा दिए जाने की प्रतीक्षा क्यों करें? आइये, हम इसी पल ईश्वर को पाने की अपनी इच्छा को विकसित करें और उन तक पहुँचने की अपनी खोज आरम्भ करें। वे ईश्वर जो शांतिपूर्ण समयों में हमारे साथ रहते हैं, कठिन परिस्थितियों में भी हमारा परित्याग नहीं करेंगे।

आत्म-साक्षात्कार के सोपान

आत्म-साक्षात्कार के मार्ग पर पहला कदम है ललक, ईश्वर को पाने की ललक। दैनिक ध्यान द्वारा हम ईश्वर से प्रेम करने की आदत विकसित करते हैं। प्रत्येक व्यक्ति को प्रतिदिन थोड़ा-बहुत समय ईश्वर के गहन सान्निध्य में व्यतीत करना चाहिए। मनुष्य अपने शरीर को स्वस्थ और कष्टमुक्त रखने के लिए तत्पर रहता है तथा अपनी बुद्धि को विकसित करने का प्रयास भी करता है। परन्तु दिन के चौबीस घंटों में से वह कितना समय अपनी आत्मा को देता है, जो कि उसका वास्तविक स्वरूप है, शायद ही कुछ। यहाँ तक कि जब वह जप, पूजा या प्रार्थना करता है, तो उस समय भी उसका मन अशांत और इधर-उधर भटकता रहता है। हमें ईश्वर से सच्चा रहना चाहिए। यदि मन कहीं और भटक रहा हो, तो यह कहने का क्या लाभ कि "प्रभु मैं तुमसे प्रेम करता हूँ?" परन्तु सच्चे प्रेम के साथ यदि केवल एक बार भी ईश्वर का

नाम लें, अथवा गहन होती ललक एवं एकाग्रता के साथ उनका नाम बारम्बार जपें, तो यह आपके जीवन को रूपान्तरित कर देगा।

मेरे जैसे भक्त आपको ईश्वर के विषय में बताने के लिए बार-बार आएँगे, और आप यदि ईश्वर के बारे में अनगिनत पुस्तकें पढ़ भी लें, तो भी इनमें से कोई भी आपको ईश्वर प्राप्ति नहीं करा सकता। आपको अपने प्रयास द्वारा ही ईश्वर को उनकी अदृश्य सर्वव्यापकता में से ढूँढ़ निकालना होगा। आपको बस अपने मन को अन्तर्मुखी करना है, शरीर की चेतना से ऊपर उठना है, और आप ईश्वर को पा लेंगे।

ईश्वर को जानना ही जीवन का उद्देश्य है। हमें उनको जानना होगा। क्योंकि मानव-जाति का मूल रोग है अज्ञानता और केवल सर्वज्ञ ईश्वर के साथ समागम द्वारा ही हम इस अज्ञानता के प्रभाव से स्वयं को मुक्त कर पाएँगे।

ईश्वर के प्रति ललक को विकसित करने के अतिरिक्त भक्त को सादगी के लिए भी प्रयत्न करना चाहिए। जीवन को सादा और सरल रखें। अनावश्यक वस्तुओं की इच्छा न करें। पश्चिम में अत्यधिक सुख-सुविधा है, भारत में अत्यधिक दरिद्रता है। गुरुदेव कहा करते थे कि पूर्व के आध्यात्मिक आदर्शों और पश्चिम की भौतिक कार्य-कुशलता के बीच संतुलन होना चाहिए। अत्यधिक समृद्धि और अत्यधिक अभाव, ये दोनों ही अन्ततः दुःख उत्पन्न करते हैं। "सादा जीवन और उच्च विचार" ही एक सुखी जीवन का सबसे उत्तम सिद्धान्त है। अपने विचार अच्छे रखें, क्योंकि मन की शक्ति सब कुछ कर सकती है।

उसके बाद आता है उचित कर्म — अर्थात् हमें जब जो करना चाहिए हम तब वही करें। अधिकांशतः हमारे कार्य हमारी आदतों के अधीन रहने के लिए बाध्य होते हैं। उचित कर्म आदतों द्वारा नहीं, अपितु सत्य के नियम द्वारा नियंत्रित होते है। भारत में उचित कर्म को

यम तथा नियम* द्वारा वर्णित किया गया है, जो ईसाई सम्प्रदाय की "दस आज्ञाओं" (Ten Commandments) के समरूप है। इन सिद्धान्तों के अनुसार जीवन यापन करें। अपने प्रति ईमानदार रहें। हर कार्य के पीछे अपने असली उद्देश्यों को पहचानें। यह आपके विकास में और सत्य के अनुसार जीवन व्यतीत करने में आपकी अधिकाधिक सहायता करेगा।

उचित कर्म के साथ-साथ प्रसन्नता भी आवश्यक है। जब आप दुःखी होते हैं या आपका मन ठीक नहीं होता, तो आप इस स्थिति से बाहर आ सकते हैं, यदि आप यह निश्चय कर लें कि आपको प्रसन्न रहना है। गुरुदेव कहा करते थे, "यदि आप यह ठान लें कि आपको प्रसन्न रहना है, तो कुछ भी आपको अप्रसन्न नहीं कर सकता। परन्तु यदि आप अप्रसन्न रहने का मन बना लेते हैं, तो कुछ भी आपको प्रसन्न नहीं कर सकता।" इसलिए अपने मन में सदा प्रसन्न रहने की ठान लें। जब परिस्थितियाँ प्रतिकूल हों, तो भी यह स्मरण रखते हुए मन को सकारात्मक रखें कि यह कष्ट केवल अस्थाई है, और चला जाएगा।

राजयोग ईश्वर से वार्तालाप करने की वैज्ञानिक विधि सिखाता है। राजयोग की शिक्षा में एकाग्रता का अर्थ होता है मन को ध्यानाकर्षित करने वाले सभी विषयों से हटाकर, एक समय में एक ही विषय पर केन्द्रित करना। इसके पीछे सिद्धान्त है सभी चंचल विचारों को शांत करना, जिससे मन एक स्वच्छ, शांत सरोवर की तरह बन जाए, जिसमें आप अपने एकाग्रता के विषय को पूर्ण रूप से प्रतिबिंबित होते हुए देख सकें। एकाग्रता में सक्षम होना, संसार में सफलता पाने और ध्यान में प्रगति करने, दोनों के लिए ही आवश्यक है।

* नैतिक मार्गदर्शक सिद्धान्त (यम) और धार्मिक दिशानिर्देश (नियम) जो प्राचीन ऋषि पतंजलि द्वारा प्रणीत अष्टांग योग के प्रथम दो चरण हैं।

एकाग्रता की स्थिति प्राप्त करने के बाद व्यक्ति ध्यान के लिए तैयार होता है, जिसमें एकाग्रता का विषय होता है—ईश्वर। ध्यान में जब मन ईश्वर में तल्लीन हो जाता है, तो आप अपनी चेतना के विस्तार का अनुभव करना आरम्भ कर देते हैं और आप उस दिव्य प्रेम से सराबोर हो जाते हैं जो आपमें से उमड़ कर सभी पर बरसता है। यह प्रेम अधिकार जताने वाला नहीं बल्कि मुक्त करने वाला होता है। यह है ईश्वर का प्रेम। यह ऐसा प्रेम है जो हमारे हृदय तथा आत्मा की समस्त अभिलाषाओं एवं इच्छाओं की पूर्ति कर देता है। इसी प्रेम में ईश-चेतना का आनन्द प्राप्त होता है। आत्मा, शरीर की चेतना से मुक्त होकर, ईश्वर की आनन्दपूर्ण चेतना से ओतप्रोत हो जाती है; और सदा-सदा के लिए उसे दिव्य परमानन्द में निमग्न रहने के अलावा अन्य कोई इच्छा नहीं रहती। व्यक्ति को किसी बाह्य वस्तु की आवश्यकता महसूस नहीं होती।

हमारा साम्राज्य यह संसार नहीं है

लोग सोचते हैं कि केवल संसार ही वास्तविक है। किन्तु इस संसार से परे भी कुछ है, और मनुष्य के सदा असंतुष्ट रहने का कारण यही है कि उसका साम्राज्य यह संसार नहीं है। यहाँ की प्रत्येक वस्तु अस्थाई एवं परिवर्तनशील है तथा समय के भ्रम के अधीन है। जब कोई ईश्वर के साथ एकाकार हो जाता है तो भूत, वर्तमान या भविष्य का कोई अस्तित्त्व नहीं रह जाता। केवल ईश्वर ही शाश्वत हैं।

अब समय है कि ईश्वर की चर्चा करने के बजाए, ईश्वर के बारे में पढ़ने के बजाए, उन्हें अनुभव किया जाए। जब तक व्यक्ति ईश्वर में शांति अनुभव करना नहीं सीख लेता, तब तक संसार में शांति नहीं आ सकेगी।

संसार को बदल पाने से पहले मनुष्य को स्वयं को बदलना होगा।

महावतार बाबाजी की गुफा में गहन दिव्य ईश संपर्क में तल्लीन माताजी, हिमालय के निकट रानीखेत, 1963

"मौन की वाणी स्पष्ट रूप से ईश्वर की विद्यमानता का उद्घोष कर रही थी। आत्मानुभूति की तरंगें मेरी चेतना में प्रवाहित होने लगीं; और उस दिन की गई सभी प्रार्थनाओं के प्रत्युत्तर कालान्तर में मुझे प्राप्त हो गए।"

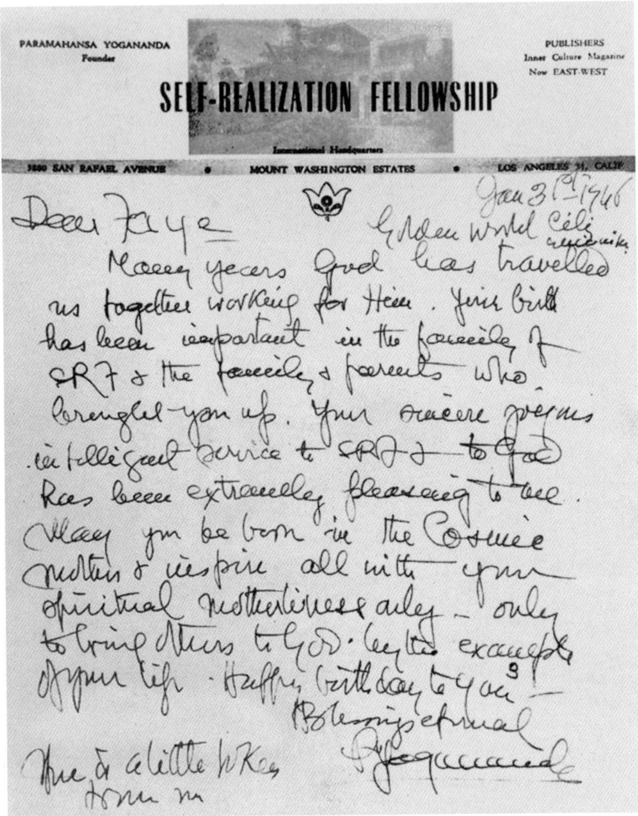

PARAMAHANSA YOGANANDA
Founder

PUBLISHERS
Inner Culture Magazine
Now EAST-WEST

SELF-REALIZATION FELLOWSHIP

International Headquarters

3880 SAN RAFAEL AVENUE • MOUNT WASHINGTON ESTATES • LOS ANGELES 31, CALIF.

Jan 31st 1946

Dear Faye

Golden World Celebration

Many years God has travelled us together working for Him. Your birth has been important in the family of SRF & the family & parents who brought you up. Your sincere joyous intelligent service to SRF & to God has been extremely pleasing to me. May you be born in the Cosmic mother & inspire all with your spiritual motherliness always — only to bring others to God by the examples of your life. Happy birthday to you!

Blessings eternal

Yogananda

Here is a little token from me

परमहंसजी द्वारा दया माताजी को उनके जन्मदिवस पर भेजा गया एक पत्र, 31 जनवरी 1946

"ईश्वर ने अपने कार्यों के प्रवर्त्तन के लिए हमें कई वर्षों से साथ रखा है। तुम्हारा जन्म एसआरएफ़ परिवार के लिए महत्त्वपूर्ण रहा है और उस परिवार एवं माता-पिता के लिए भी जिन्होंने तुम्हारी परवरिश की है। एसआरएफ़ के प्रति तुम्हारी सच्ची, विवेकपूर्ण, और आनन्द पूर्वक की गई सेवा से मैं बहुत प्रसन्न हूँ। ईश्वर करे कि तुम जगन्माता की चेतना में जाग्रत हो जाओ और सभी को अपने दिव्य मातृ प्रेम से प्रेरित करो ताकि अपने जीवन के उदाहरण द्वारा तुम दूसरों को ईश्वर की ओर ले जा सको। जन्मदिन की बधाई। अनन्त आशीर्वाद।"

परमहंस योगानन्दजी की वह तस्वीर जो दया माताजी को सबसे अधिक पसन्द है

"...गुरु होने के नाते उनका यह कर्त्तव्य था कि माया को पहचानने और उस पर विजई होने में वे भक्त की सहायता करें। उनका जीवन — लक्ष्य सिर्फ़ ईश्वर के विषय में मनुष्य के बौद्धिक ज्ञान की वृद्धि करना नहीं, बल्कि आत्मोंओ को ईश्वर की ओर ले जाना था।"

एसआरएफ़ के यूरोपियन केन्द्रों के तीन माह के भ्रमण के दौरान पेरिस में एक सत्संग, 1969

“ईश्वर की सन्तान होने के नाते इस संसार में हमारा कर्त्तव्य है...कि हम अपने बारे में, दूसरों के बारे में, जीवन के बारे में, और सर्वोपरि, ईश्वर के बारे में अपनी समझ को विकसित करें। यह संसार केवल तभी एक वेहतर स्थान बन सकता है जब मनुष्य के हृदय और मन में सद्भावना का आधिपत्य होगा।”

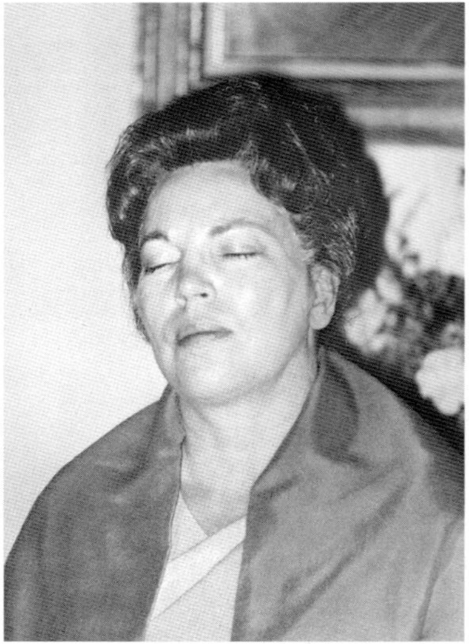

क्रियायोग दीक्षा समारोह के दौरान ध्यान में दया माताजी, एसआरएफ़ अन्तर्राष्ट्रीय मुख्यालय, लॉस एंजिलिस, 1965

“अधिक मौन रहना सीखिए और अंतर् में ईश्वर के प्रेम की वाणी को सुनिए।”

जब तक हम सब रूपों के पीछे, ईश्वर के प्रकाश की सृजनात्मक किरण को विद्यमान देखते हुए, ईश्वर के बच्चों की तरह एक साथ रहना न सीख लें, तब तक इस संसार में मानव जाति में आपसी विभाजन, युद्ध, दुःख तथा कष्ट रहेंगे। हमें अपने अन्तर में ईश्वर को ढूँढ़ना चाहिए और उसके बाद विनम्रता के साथ ईश्वर की शांति, उनके प्रेम, और सामंजस्यता को दूसरों के साथ बाँटना चाहिए। इस प्रकार, ईश्वर के माध्यम के रूप में सेवा करने का प्रयत्न करते हुए हमें प्रार्थना करनी चाहिए, "प्रभु, आप ही कर्त्ता हैं। आपकी ही इच्छा पूर्ण हो।" विनम्रता-विनम्र भाव से ईश्वर की इच्छा के अनुसार जीने का अर्थ आलसी बनना या कार्य के प्रति अनिच्छा तथा अकर्मण्यता नहीं है : ईश्वर उसकी ही सहायता करते हैं जो स्वयं अपनी सहायता करता है। वास्तव में, इसका अर्थ है ईश्वर के प्रति समर्पण, ताकि वे अपनी इच्छा के अनुसार इस संसार में अच्छे कार्य करने के लिए आपको अपने माध्यम के रूप में उपयोग कर सकें।

प्रतिदिन ध्यान के लिए समय निर्धारित करें — ईश्वर के साथ गहन, आनन्दपूर्ण संपर्क के लिए। चौबीस घंटों में से एक घंटा परम प्रिय परमात्मा को दें। वह व्यक्ति बुद्धिमान है जो इस सुझाव को गाँठ बाँध लेता है। "जब मुझमें बहे तव संगीत; जीवन है मधुर मृत्यु सपना, आनन्द मधुर दुःख सपना।" * प्रभु प्रज्ञा हैं, प्रभु परमानन्द हैं, प्रभु प्रेम हैं। और मेरे प्रियजनों! वे ईश्वर ही आपकी वास्तविकता हैं।

* परमहंस योगानन्दजी द्वारा रचित *Words of Cosmic Chants* से उद्धृत।

स्वर्ग हमारे अन्तर में ही है

सेल्फ़-रियलाइज़ेशन फ़ेलोशिप, अंतर्राष्ट्रीय मुख्यालय, लॉस एंजिलिस, कैलिफ़ोर्निया, 4 सितम्बर 1962

सदा अपने अन्तर में शांति बनाए रखने का सबसे सुनिश्चित तरीका यह है कि हम दिन-भर अपने विचारों में ईश्वर का स्मरण करते रहें चाहे हम कुछ भी क्यों न कर रहे हों, और चाहे हम कैसी भी आंतरिक उथल-पुथल या बाह्य अनुभवों से क्यों न गुज़र रहे हों। गुरुदेव हमारे सामने यह प्रश्न रखते थे : “तुम्हारा मन कहाँ है? तुम्हारे अस्तित्त्व का केन्द्र कहाँ है?” इस तरह वे हमें याद दिलाते थे कि हमें अपनी चेतना को सदा अंतर् में केन्द्रित रखना है, ईश्वर पर। हमारी चेतना एवं एकाग्रता सदा ईश्वर की उपस्थिति द्वारा जनित आंतरिक शांति पर ही केन्द्रित रहनी चाहिए, उस अनुभूति पर जो हमें गहन ध्यान के बाद प्राप्त होती है; कितनी आनन्ददायक, कितनी शांतिदायक, तथा ईश्वर के साथ नितान्त समस्वर कोई और इच्छा नहीं रहती, चेतना में ज़रा-सी भी चंचलता नहीं रहती। व्यक्ति को हमेशा इसी तरह से रहना चाहिए। उसे किसी भी वस्तु या घटना द्वारा स्वयं को विचलित नहीं होने देना चाहिए।

जीवन में आने वाली किसी भी कठिनाई को ईश्वर की एक ऐसी परीक्षा के रूप में देखा जाना चाहिए जो हमें शिक्षा देने और अधिक सशक्त बनाने के उद्देश्य से भेजी गई है। एक ज़ंजीर केवल उतनी ही मज़बूत होती है जितनी मज़बूत उसकी सबसे कमज़ोर कड़ी होती है; हममें से प्रत्येक केवल उतना ही शक्तिशाली है जितनी कि हमारी सबसे बड़ी कमज़ोरी। चाहे हमारे जीवन में कैसी भी समस्याएँ क्यों न आ जाएँ, हमें सदा शांत, अविचल, तथा निर्भीक रहना सीखना चाहिए।

चेतना का यह संतुलन केवल आध्यात्मिक सत्यों को पढ़ने या उनके बारे में चर्चा करने से प्राप्त नहीं हो सकता, बल्कि केवल ध्यान एवं प्रत्यक्ष व्यक्तिगत ईश्वरीय संपर्क द्वारा ही प्राप्त हो सकता है। उम्र बढ़ने के साथ-साथ व्यक्ति उतना ही अधिक यह देखता है कि जीवन उसके समक्ष कैसी-कैसी निराशाएँ लेकर आता है; इसके सुख अपने वादों पर ख़रे नहीं उतरते। परन्तु जितनी अधिक गहनता से वह ईश्वर को खोजेगा, उतना ही अधिक वह अनुभव करेगा कि ईश्वर के सान्निध्य के आनन्द की बराबरी अन्य कोई नहीं कर सकता। इस परिवर्तनशील और सापेक्ष भ्रांतिमय संसार में केवल ईश्वर का आनन्द ही वास्तविक है। व्यक्ति की अन्य कोई भी लालसा उसे दूर-दूर तक भी वैसी संतुष्टि प्रदान नहीं कर सकती।

खालीपन जिसे केवल ईश्वर ही भर सकते हैं

मैंने हाल ही में एक सफल युवा अभिनेत्री की आत्महत्या का समाचार सुना। उसके पास वह सब कुछ था जिसे संसार सुखी रहने के लिए आवश्यक समझता है। परंतु फिर भी उसने कहा था कि उसके अंतर् में अत्यधिक खालीपन, बहुत बड़ा सूनापन है। लोग ऐसा खालीपन क्यों अनुभव करते हैं ? क्योंकि उनका मन अत्यधिक बहिर्मुखी होता है; उन्होंने इसे आंतरिक ईश्वरीय शांति में दृढ़तापूर्वक स्थापित नहीं किया है। परमहंसजी हमसे कहा करते थे, "संसार जैसा दिखता है वैसा है नहीं।" जब हम भौतिक जगत् को पकड़ने का प्रयास करते हैं तो यह हमारी मुट्ठी में से फिसल जाता है। जीवन का भौतिक रूप क्षणभंगुर विचारों और धारणाओं का एक ढेर मात्र है जिसका कोई वास्तविक अस्तित्त्व नहीं है। यदि हम केवल बाह्य चीज़ों के आधार पर अपनी खुशियों का निर्माण करते हैं तो हम पाते हैं कि हमारे पास केवल सारहीन झाग के अतिरिक्त और कुछ नहीं रहता जो कि धीरे-धीरे

लुप्त हो जाता है। जब मनुष्य अपने अंतर् में ईश्वर को स्थान न देते हुए जीवन जीता है तो उसे अतीव खालीपन और अकेलापन महसूस होता है।

इस संसार में व्यक्ति यदि वास्तव में प्रसन्न रहना चाहता है, तो उसे अपने अंतर् में एक दृढ़ आध्यात्मिक जीवन का निर्माण करना होगा; उसे ईश्वर के साथ एक व्यक्तिगत संबंध स्थापित करना होगा। यह दैनिक गहन ध्यान द्वारा सम्भव है; जैसा कि सेल्फ़-रियलाइज़ेशन [योगदा सत्संग] का अनुकरण करने वाले हम शिष्यों को परमहंस योगानन्दजी ने सिखाया है। और ध्यान के साथ-साथ हमें दिन भर गहन भक्तिभाव के साथ ईश्वर का नाम मानसिक रूप से बारम्बार दोहराते रहना चाहिए। कभी-कभी मैं ईश्वर को भगवान् कृष्ण, या प्रभु जीसस के रूप में सोचती हूँ। और मैं उन्हीं रूपों में उनसे प्रेम करती हूँ। कभी-कभी मैं ईश्वर को अपनी प्रिय जगन्माता के रूप में देखती हूँ, और मैं उसी रूप में उनसे प्रेम करती हूँ। कभी-कभी मैं प्रभु को अपने गुरु के रूप में देखती हूँ, और मैं उस रूप में उनसे प्रेम करती हूँ। हम किसी भी ऐसे रूप में ईश्वर का मानस चित्रण कर सकते हैं जो हमारी भक्ति को सबसे ज़्यादा जाग्रत करता है और हमारे मन को आंतरिक रूप से ईश्वर के साथ समस्वर रखता है। हममें से प्रत्येक के अंतर् में कितना अद्भुत संसार विद्यमान है।* जीसस ने कहा था, "मेरा साम्राज्य इस संसार में नहीं है।"† गुरुदेव ने कहा, "मेरा स्वर्ग अन्तर में है।" यह आंतरिक स्वर्ग एक अस्पष्ट रिक्तता नहीं है; यह वास्तविक एवं आनन्द

* "और जब फ़रीसियों ने उनसे पूछा कि ईश्वर का साम्राज्य कब आएगा, तो उन्होंने उत्तर दिया, ईश्वर का साम्राज्य दृश्य रूप में नहीं आता : और न ही तुम कभी यह कहोगे कि, देखो यह यहाँ है! या, वहाँ है। क्योंकि देखो, ईश्वर का साम्राज्य तो तुम्हारे अन्तर में है" *लूका* 17:20–21 (बाइबिल)।

† *यूहन्ना* 18:36 (बाइबिल)।

से परिपूर्ण है। जब तक हम उस स्वर्ग को अन्तर में प्राप्त नहीं कर लेते तब तक हमारे लिए जीवन दुःखद घटनाओं की एक श्रृंखला बना रहेगा।

हम इस सत्य को भलीभाँति स्वीकार कर सकते हैं कि जब तक हम अपने अहं के लिए संघर्षरत रहेंगे अथवा किसी वस्तु को स्वार्थवश पकड़े रहेंगे, तो कभी-न-कभी हमारी शांति और वह वस्तु, दोनों ही हमसे छीन ली जाएँगी। हमें केवल उस वस्तु को ही पाने की इच्छा रखनी चाहिए, जो हमें भगवान् के हाथों से प्राप्त हो, और उस पर तभी तक अपना अधिकार मानना चाहिए जब तक कि भगवान् की इच्छा हो। जब हम ईश्वर के उपहारों को प्राप्त करते हैं, तो हमारे सर्वस्व को सराबोर करने वाली मधुर शांति एवं आनन्द द्वारा, तथा इन उपहारों का आनन्द लेते समय उत्पन्न होने वाले अनासक्ति के भाव द्वारा, हम यह पहचान पाते हैं कि ये आशीष ईश्वर द्वारा दिए गए है।

प्रत्येक दिन का आरम्भ इस विचार से करें, "हे प्रभु, आपकी इच्छा पूरी करने के अतिरिक्त मैं और कुछ नहीं चाहता। आपके अतिरिक्त मेरा और कोई सहारा नहीं है। मैं हर काम में आपका मार्गदर्शन चाहता हूँ, और आपका अनुसरण करने के लिए मैं भरसक प्रयास करूँगा।" ऐसा ज़रूरी नहीं है कि हम हमेशा ही पूर्णरूप से ईश्वर की इच्छा का अनुसरण करने में समर्थ हों। जब हम ऐसा कर सकेंगे, तब इस मृत्युलोक में हमें और अधिक रहने की आवश्यकता नहीं होगी। परंतु जब भी हम गिरें तो हर बार हमें स्वयं को उठाना चाहिए और पुनः प्रयास करना चाहिए। हमें कभी-भी किसी भी अप्रिय घटना पर दुःख नहीं करना चाहिए, और न ही स्वयं पर तरस खाना चाहिए, बल्कि यह कहना चाहिए, "मैं भरसक प्रयास करूँगा, और आपको प्रसन्न करने की चेष्टा करने के अपने दिव्य लक्ष्य से कभी विचलित नहीं होऊँगा।" एक बच्चे की भाँति जगन्माता को पकड़े रहें; एक बच्चे की भाँति उनकी

शरणागत हो जाएँ। अधिक निष्ठा का अभ्यास करें; अधिक गहन भक्ति विकसित करें। ये आवश्यक हैं।

भारत के धर्म-ग्रन्थ बताते हैं कि भक्त दो प्रकार के होते हैं, जिनका वर्णन एक बड़े ही सुन्दर उदाहरण द्वारा दिया गया है। पहले प्रकार के भक्त को, उस बन्दर के बच्चे के समान बताया गया है, जो अपनी माँ को दृढ़ता से थामे रहता है जबकि उसको माँ एक पेड़ से दूसरे पेड़ पर छलाँग लगा रही होती है; वह अपनी माँ को इतनी कसकर पकड़े रखता है कि वह कभी नहीं गिरता। दूसरे प्रकार का भक्त, बिल्ली के बच्चे के समान होता है जिसको उसकी माँ अपने मुँह में दबाकर एक जगह से दूसरी जगह ले जाती है; वह बिल्ली का बच्चा बिना किसी घबराहट या भय के बिल्कुल निश्चिन्त रहता है; वह पूरा आश्वस्त रहता है, चाहे उसकी माँ उसे कहीं भी ले जाए या रख दे। हमें इन दोनों ही प्रकार के भक्तों की तरह होना चाहिए। कठिनाइयों के दौर में जब हमें ऐसा लगे कि हम इधर-उधर पटके जा रहे हैं, तो हमें बन्दर के बच्चे की तरह जगन्माता को कसकर पकड़ लेना चाहिए। बाकी समय हमें बिल्ली के बच्चे की तरह होना चाहिए; परम संतुष्ट, अहं से पृथक, ईश्वर पर दृढ़ता के साथ पूर्ण रूप से निर्भर। ऐसा भक्त जानता है कि सच्ची शांति क्या होती है।

अंतर् से प्राप्त सत्य ही व्यक्ति के जीवन को बदलता है

सत्य उतना ही पुरातन है जितना कि काल और जीवन; फिर भी यह नित्य नवीन है। जिस क्षण हम इसको अपना लेते हैं, उसी क्षण यह हमारे लिए नवीन बन जाता है। हम किसी सत्य को बार-बार पढ़ सकते हैं, यह मानते हुए कि हमारे लिए इसमें कोई व्यक्तिगत अर्थ निहित नहीं है। हम सोचने लगते हैं कि क्यों हम इसमें से कुछ भी ग्रहण नहीं कर

पा रहे। इसका कारण है कि हमने अभी तक अपने अंतर् में उस सत्य को अनुभव ही नहीं किया। सत्य कहीं बाहर से हमारे अन्दर रोपित नहीं किया जा सकता। इसे अंतर् से बाहर लाना होगा; अन्यथा यह हमारे लिए सदा अवास्तविक ही रहेगा। कभी-कभी हम सभी को, ध्यान करते समय या अन्य समय पर, जब हम आध्यात्मिक रूप से समस्वरित में हों, वह अनुभव हुआ ही होगा जिसमें हमें तत्क्षण किसी ऐसे सत्य की अनुभूति हो जाती है जिसे हमने बिना समझे हुए पहले कभी पढ़ा था। यह कितना रोमांचकारी अनुभव होता है। अचानक हमने उस सत्य को अपने अंतर् में पा लिया और हमने पहली बार स्पष्ट रूप से उसका अनुभव किया।

आत्मा में सारा सत्य छिपा हुआ होता है, क्योंकि आत्मा ईश्वर का प्रतिबिंब है, और ईश्वर सत्य है। इसलिए हम भी सत्य हैं। परंतु जब तक हम अपने तुच्छ अहं के साथ एकरूप रहते हैं, स्वार्थी उद्देश्यों के लिए संघर्ष करते रहते हैं, और अपनी धारणाओं, पसन्द एवं नापसन्द में बंधे रहते हैं, तब तक सत्य हमसे छिपा रहता है, क्योंकि हम अभी तक माया द्वारा जनित मिथ्या धारणाओं से चिपके हुए हैं। हमें जगन्माता से इस माया के आवरण को हटाने के लिए प्रार्थना करनी चाहिए। जब वे ऐसा करती हैं, तो कई बार बहुत भयावह अनुभव भी होता है; हो सकता है कि हम अपनी सच्चाई का सामना करना न चाहें। परन्तु इससे भयभीत न हों। जगन्माता तो बस अपने बच्चों को त्रुटि-रहित बनाना चाहती हैं और वे हमारे समक्ष ऐसी कोई भी परीक्षा नहीं रखेंगी जिसका सामना करने और जिस पर विजय पाने की क्षमता हम में न हो।

इस सबसे अधिक, दिन-रात ईश्वर की भक्ति के लिए रोते रहें, ताकि आप ईश्वर के परम प्रेम को पा सकें। हर आत्मा प्रेम के लिए, दूसरों द्वारा उसे समझे जाने के लिए, एक साथी के लिए, तथा सुख-सुविधा के लिए छटपटा रही है। वही व्यक्ति बुद्धिमान है जो इन्हें ईश्वर

में खोजता है, ऐसी शांति, ऐसा आनन्द, ज्ञान और दिव्य-प्रेम के तट पर पहुँच कर, इस दुःखसागर से पार हो जाता है। हम सब इसी ओर बढ़े चले जा रहे हैं, परंतु कितने ही लोग व्यर्थ गोल-गोल चक्कर लगा कर तैरते हुए, शक्ति एवं समय गंवाते रहते हैं।

ध्यान द्वारा आप जो भी शांति, आनन्द अथवा भक्ति अपने हृदय में प्राप्त करते हैं, उसे संजोए रखें; उत्साह एवं सजगता के साथ इसका संरक्षण करें, तथा इसे संवर्द्धित करने का प्रयास करें। ऐसा करने के लिए जपयोग का अभ्यास करें। अपने दैनिक कर्तव्यों एवं कार्यों के दौरान जितनी बार भी हो सके ईश्वर के नाम का जाप करते रहें। यदि हम केवल परमहंस योगानन्दजी की कविता, "ईश्वर! ईश्वर! ईश्वर!" के अनुसार जीवन व्यतीत करें, तो हम जान जाएँगे कि ईश्वर क्या है। अपने जीवन की प्रत्येक अवस्था में, अपने कार्यों के दौरान, ध्यान में, कठिनाइयों के साथ संघर्ष में, जीवन के छोटे-छोटे सुखों का आनन्द लेते समय — हमें आंतरिक रूप से निरंतर इसी विचार में तल्लीन रहना चाहिए : "ईश्वर! ईश्वर! ईश्वर!"

ईश्वर सदा हमारे साथ हैं

ईश्वर को पकड़ने का तरीका है उनका स्मरण करना, क्योंकि वे हमसे कदापि दूर नहीं है। वे तो सृष्टि के प्रारंभ से ही हमारे साथ हैं; और सदा-सदा हमारे साथ रहेंगे। हम ही हैं जो उनसे दूर रहते हैं, क्योंकि हमारा मन दूसरी चीज़ों के लिए तथा अपने तुच्छ अहंकार के लिए संघर्ष करने में ही अतिव्यस्त रहता है, "हाय! मेरे दिल को ठेस लगी, मैं दुःखी हूँ; मुझे ग़लत समझा गया, मुझे तो कोई भी प्यार नहीं करता।" हम यह शरीर और अहं नहीं हैं; परन्तु हमने ख़ुद को अपनी भावनाओं, आदतों, और अहंकार की सीमित चेतना के साथ एकाकार कर लिया है। हम ईश्वर के बच्चे हैं; उनके आनन्दमय प्रतिरूप। तब

तक संतुष्ट न हों जब तक आप अपने जीवन में इसका अधिकाधिक अनुभव नहीं कर पाएँ।

जब आपका जीवन नीरस अथवा दुःखी होता है, तो इसका कारण है कि आपने ईश्वर की ओर पर्याप्त ध्यान नहीं दिया है; आपने अत्यधिक चिन्ताओं और सांसारिक बातों को अपनी चेतना में घर कर रखा है और ध्यान में पर्याप्त समय व्यतीत नहीं किया है। इस संसार में ऐसा कुछ भी नहीं है जो ईश्वर—जगन्माता, परमपिता, सखा, प्रियतम प्रभु—की तुलना में अधिक प्रमोदक, अधिक मदोन्मत्त करने वाला, अधिक आनन्ददायक, अधिक सन्तोषजनक हो। केवल ईश्वर ही हमारा एकमात्र सच्चा प्रेम है।

तुम्हारा अन्य कोई आराध्य नहीं होगा

सेल्फ़-रियलाइज़ेशन फ़ेलोशिप आश्रम केन्द्र, एंसिनीटस, कैलिफ़ोर्निया, 21 जून 1972

हम प्रायः इस बात को महत्त्व देना भूल जाते हैं कि ईश्वर ने हमें कितना कुछ दिया है। अपनी हिमालय यात्रा के दौरान मैंने देखा कि जो लोग उन भव्य पर्वतीय क्षेत्रों में रहते हैं — संसार के सबसे सुंदर पर्वतीय क्षेत्रों में — वे इन्हें कोई बड़ी बात नहीं मानते। पर्यटकों ने अभिभूत करने वाली श्रद्धा का अनुभव किया, परन्तु वहाँ के निवासियों के मन में आनन्दातिरेक का ऐसा कोई भाव नहीं था।

इस संसार का सबसे बड़ा आनन्द इस बात में निहित है कि हम किसी भी वस्तु के अत्यधिक आदी न बनें, ताकि हम अपने जीवन में सदा कुछ नया, उत्साहवर्द्धक, और रोमांचकारी पा सकें। एंसिनीटस में या माउण्ट वॉशिंग्टन के मैदानों में प्रवेश करते समय ऐसा कभी नहीं हुआ जब मुझे एक महान् रोमांच का अनुभव न हुआ हो, जैसे कि मैं इन्हें पहली बार देख रही हूँ। इस आदर्श का अभ्यास करें कि आप किसी भी चीज़ अथवा किसी भी व्यक्ति के महत्त्व को भुला न दें।

जो जीवन का पूरी तरह से आनन्द लेते हैं उनमें अपने वातावरण, अपने परिवेश के लोगों, एवं ईश्वर द्वारा प्रदत्त सभी वस्तुओं की प्रशंसा करने की योग्यता होती है। यह क्षमता तब आती है जब हम प्रतिदिन ईश्वर की उपस्थिति का अभ्यास करने का प्रयत्न करते हैं, क्योंकि ईश्वर नित्य नवीन हैं। गुरुदेव द्वारा कही गई यह बात मुझे कई बार याद आती है कि ईश्वर से प्रेम करना संसार का सबसे अलौकिक अनुभव है, हर उस संबंध से महानतर, जिसे आत्मा अनुभव कर सकती है, क्योंकि ईश्वर का प्रेम, उनका सम्पर्क, सदैव नित्य-नवीन है। ईश्वर के साथ

संबंध में कभी नीरसता नहीं आती; हमेशा ही कुछ नूतन आनन्द या अनुभव प्राप्त होता है, कोई अप्रत्याशित जागृति होती है या ज्ञान एवं बुद्धि का खुलासा होता है, भक्तिभाव का एक अविदित रोमांच जो भक्त के हृदय को छू लेता है।

आध्यात्मिक पथ पर एक महत्त्वपूर्ण तथ्य है — प्रत्येक दिन को नई शुरुआत के रूप में देखना। और उससे भी महत्त्वपूर्ण बात है सुबह उठने से लेकर रात को सोने तक ईश्वर के सान्निध्य का अभ्यास करते रहना। गुरुजी ने हमें ऐसा प्रशिक्षण दिया था; उन्होंने जीवन में बाह्य वस्तुओं, अथवा संस्था के निर्माण से सम्बन्धित कार्यों को कभी प्राथमिकता नहीं दी।

ऐसा कई बार होता था जब हम में से कोई किसी खास समस्या के बारे में कुछ कहता तो गुरुदेव का यही सरल मार्गदर्शन होता : "अपनी ओर से पूरा-पूरा प्रयास करो और फिर सब ईश्वर को सौंप दो," अथवा, "अपने मन को ईश्वर पर और अधिक लगाओ।" जितना अधिक आप अपना मन ईश्वर पर लगाए रखेंगे, आप पाएँगे कि जीवन के सभी अनुभवों का सामना करने में आप उतने ही अधिक सक्षम हैं, चाहे वे अनुभव नकारात्मक हों या सकारात्मक।

सन् 1936 में, जब गुरुजी भारत से वापस लौटे, तो उन्होंने हमसे कहा, "मुझे सत्ता या शक्ति पाने की इच्छा नहीं है; मुझे किसी भी चीज़ की इच्छा नहीं है, क्योंकि मैंने अपना सब कुछ जगन्माता को अर्पित कर दिया है। मैंने अपनी सभी इच्छाओं को इसी एक इच्छा की अग्नि में होम कर दिया है — कि मैं अपनी जगन्माता के मुखमण्डल का दर्शन करूँ। अपने हृदय की वेदी पर मैंने अपनी समस्त तुच्छ इच्छाओं को भस्म कर दिया है। उनके मुखमण्डल की एक झलक, उस दिव्य प्रकाश की एक झलक पाना ही मेरी एकमात्र इच्छा है।"

परमहंसजी ने अपना जीवन इसी आदर्श के साथ जीया, और

अभी भी वे इसी आदर्श को सभी के मन-मस्तिष्क में बैठाने के लिए प्रयासरत हैं। उन्होंने कहा, "मैं इस शरीर से बँधा नहीं हूँ। एक दिन जब मेरा यह शरीर नहीं रहेगा, तब ब्रह्माकार होकर, तुम सब पर दृष्टि रखने में मुझे प्रसन्नता होगी। मैं देखूँगा कि किस प्रकार तुम आध्यात्मिक रूप से प्रगति कर रहे हो, और गुरुजनों का यह कार्य कैसे आगे बढ़ रहा है। मैं शाश्वत ब्रह्म हूँ—सदा अमर; और मैं लाखों आँखों से तुम सब पर दृष्टि रखूँगा।"

यदि आप आज से ही आगे के लिए केवल इस एक विचार को पकड़े रहें, "मैंने अपनी समस्त इच्छाएँ जगन्माता को पाने की इच्छा में अर्पित कर दी हैं," और अपनी चेतना को बारम्बार इसी विचार पर वापस लाते रहें, तो आप पाएँगे कि आपके जीवन ने एक पूर्णतः नया अर्थ ले लिया है, और प्रतिदिन यह आपको एक नई प्रेरणा दे रहा है।

गुरुदेव कहा करते थे, "मेरी इच्छा यही है कि मैं अपने जीवन में आने वाली हर आत्मा में ईश्वर से सम्पर्क करने की इच्छा जागृत करने का प्रयास करूँ।" आत्म-साक्षात्कार का यही अर्थ है : ईश्वर से प्रत्यक्ष सम्पर्क करने की योग्यता। इसे किया जा सकता है, परंतु अपनी चेतना को पाँच-इन्द्रियों में व्यस्त रखने अथवा बाह्य जगत् की ओर अभिमुख रखने के द्वारा नहीं, अपितु इन्द्रिय संवेगों (sense telephones) को बन्द करके तथा अपने अंतर् के शांति मन्दिर में ईश्वर के साथ सम्पर्क करना सीख करके।

धर्म ग्रन्थ कहते हैं, "मेरे अतिरिक्त तुम्हारा अन्य कोई आराध्य नहीं होगा।...मैं तुम्हारा स्वामी, तुम्हारा परमेश्वर, ईर्ष्यालु ईश्वर हूँ।"* ईश्वर केवल संन्यासियों को ही ऐसा नहीं कह रहे थे; वे समस्त मानव-जाति, अपने सभी बच्चों के लिए कह रहे थे। उनका ऐसा कहना बिल्कुल

* *निर्गमन* 20:3, 5 (बाइबिल)।

यथार्थ संगत था। उनके कहने का अर्थ था : "मेरे प्रियजनों, मैंने तुम्हें तर्कबुद्धि, प्रज्ञा, विवेकबुद्धि प्रदान की है, और अन्तरात्मा की आवाज़ दी है, ताकि तुम्हें सही और ग़लत के बीच अंतर् दर्शा सकूँ। मैंने वह सब कुछ किया जिससे कि तुम एक ऐसे खुशहाल व्यक्ति बन सको जो दिव्यता को अर्थात् तुम्हारे अन्दर छिपी मेरी छवि को प्रतिबिंबित करता हो। अब, अपना जीवन जीओ। जो तुम चाहो सो करो, परन्तु मुझे मत भूलना। जब तुम मुझ ईश्वर से, जिसने तुम्हें जीवन दिया है, जिसने तुम में दिव्य गुणों को रोपित किया है, अपना संबंध विच्छेद कर लेते हो, तब तुम पथभ्रष्ट हो जाते हो।" ऐसा करने पर आपके जीवन में ईश्वर का स्थान प्रथम नहीं रह जाता क्योंकि आपने उनका स्थान अन्य वस्तुओं को दे दिया है।

जब हम क्रोध या लोभ व्यक्त करते हैं — या ऐसा कोई भी गुण जिसे हम मनुष्य में पसन्द नहीं करते — तो हम ईश्वर को अपने जीवन से बाहर निकाल देते हैं। परंतु, जब हम अपने पूर्ण सामर्थ्य के साथ उस दिव्यता को व्यक्त करने का प्रयास करते हैं जो हमारे अन्दर छिपी हुई है, तब हम ईश्वर को प्रथम स्थान देते हैं। केवल तभी मनुष्य अपने आत्म-स्वरूप को जान पाता है। वही मनुष्य वास्तव में जीता है जो प्रभात में जागने के साथ ही ख़ुद को स्फूर्ति से, जीने के आनन्द से भरपूर महसूस करता है, तथा लघु अहं को भुलाकर अपने वृहद् स्वरूप को — अर्थात् अपने अन्तर् में स्थित ईश्वर को — व्यक्त करने की इच्छा से भरपूर रहता है। जब तक वह ऐसा नहीं करता तब तक वह मात्र जीवित ही है।

गुरुजी आगे कहते हैं : "जीवन के प्रत्येक क्षण में प्रभु के सान्निध्य का निरन्तर अभ्यास करना, तथा प्रतिदिन गहन ध्यान करना ही ईश्वर प्राप्ति का मार्ग है। जब आप अपनी तीव्र लालसा रूपी बारूद के गोलों से मौन के उस दुर्गप्राचीर को ध्वस्त कर देंगे जिसके पीछे ईश्वर छिपे हुए हैं, तब वे आपके हृदय में बन्दी बन जाएँगे।"

मौन का महत्त्व

हमारे आश्रमों में भक्तों को मौन का अभ्यास करने के लिए प्रोत्साहित किया जाता है। हमारी साधना का यह एक महत्त्वपूर्ण अंग है; क्योंकि यदि हम मौन रहने के बारे में थोड़ा-बहुत भी नहीं सीखेंगे तो हम वास्तव में यह कभी नहीं जान पाएँगे कि ईश्वर की वाणी सुनने का अर्थ क्या होता है। ईश्वर को जानना तब तक बहुत कठिन है जब तक कोई व्यक्ति अच्छी आदतों को व्यवहार में नहीं लाता; अपनी जबान पर काबू रखना इन अच्छी आदतों का एक ज़रूरी अंग है।

गुरुजी को दूसरों की बुराई करना तनिक भी पसन्द नहीं था, और वे इसे बिल्कुल सहन नहीं करते थे। वे इसे उन अत्यधिक बुरी एवं क्रूर आदतों में से एक मानते थे जिनमें मानव जाति लिप्त है। जो व्यक्ति उनके पास दूसरों की आलोचना करने आते थे, उनसे वे प्रायः कहा करते थे, "मैंने दूसरों के विषय में तुम्हारे आलोचनात्मक शब्द सुन लिए हैं। अब मैं चाहता हूँ कि तुम अपने विरुद्ध बोलो। मुझे अपने दोषों के बारे में बताओ, क्योंकि तुम्हारे अन्दर भी वे सब हैं।"

गुरुजी ने सुन्दर उदाहरण दिया, "यह हमारा छोटा-सा मुँह एक तोप के समान है, और शब्द बारूद के समान हैं। ये बहुत कुछ नष्ट कर देते हैं। व्यर्थ बातें न करो, और तब तक मत बोलो जब तक तुम्हें यह न लगे कि तुम्हारे शब्दों से किसी का भला होने वाला है।"

अनेक धर्मों में आप ऐसे लोग पाएँगे जो मौन का अभ्यास करते हैं। भारत में इसे मौन कहते हैं, इसका अभ्यास करने वाले को मुनि कहा जाता है। ईश्वर को जानने की इच्छा रखने वाले हर भक्त को प्रत्येक दिन कुछ समय इस अद्भुत गुण के अभ्यास के लिए अलग रखना चाहिए। यह सम्भव है यदि हम अपना मन बना लें कि हम ऐसा करना चाहते हैं।

गुरुजी ने कहा था, "महान् व्यक्ति मितभाषी होता है; परंतु जब वह बोलता है, तो लोग उसे सुनते हैं।" यह सच है; आपको कभी कोई ऐसा महान् व्यक्ति नहीं मिलेगा जो बहुत अधिक बोलता हो। इसकी अपेक्षा वह शांत रहना ही पसन्द करता है, बोलने की बजाए सुनने में अधिक रुचि रखता है। परंतु जब वह बोलता है, तो सब सुनते हैं।

योग मनुष्य को स्वयं को बदलना सिखाता है

गुरुजी आगे कहते हैं, "हमें कभी भी दूसरों के दोषों की ओर ध्यान नहीं देना चाहिए।...'दूसरों के गुण दोष न परखें, ताकि आपके गुण दोष भी न परखे जाएं।'* यही तो भ्रान्ति है, कि हम दूसरों की त्रुटियाँ निकालने में तो दिलचस्पी रखते हैं जबकि हमारे अपने मानसिक गृह में अभी बहुत सफाई की आवश्यकता है। पहले अपने घर को साफ करो।"

ईश्वर को जानने की इच्छा रखने वाले भक्त को चाहिए कि वह अधिक मौन रहना सीखे, तथा अपने अंतर् में प्रेम की आवाज़ को सुनना सीखे। उसे चाहिए कि वह प्रेम के साथ जीवन जीना सीखे, कि वह पहले अपने अंतर् में इसका अभ्यास करे, और फिर बाह्य रूप से इसे अभिव्यक्त करे।

अपने जीवन में कितनी ही बार हम अपने शब्दों और कार्यों द्वारा लोगों को कष्ट पहुँचाते हैं। इसे ही कहते हैं मानसिक हिंसा; यह कई अर्थों में शारीरिक हिंसा से भी बुरी है। नीचता या कटुता के आवेश में आकर कभी कुछ न बोलें। यदि आप ओछेपन से रहित हृदय से नहीं बोल पा रहे हैं, तो वेहतर है कि आप अपने "होठों पर ताला" लगा लें। किसी को भी कष्ट देने की इच्छा क्रूरता है— चाहे बच्चे को, पति या पत्नी को, या माता-पिता को!

* *मत्ती* 7:1 (बाइबिल)।

योग-विज्ञान दुर्बलताओं पर विजय प्राप्त करने में मनुष्य की सहायता करता है। यह उसे स्वयं को, तथा अपनी प्रतिदिन की आदतों को परिवर्तित करना सिखाता है ताकि वह एक वेहतर व्यक्ति बन पाए, एक ऐसा व्यक्ति नहीं जिसे कहते हैं, "दुनिया वालों के लिए देवता और घर वालों के लिए राक्षस।" ऐसा व्यक्ति दूसरों के सामने तो अच्छी-अच्छी बातें करता है, परन्तु अपने घर में वह ऐसा नहीं होता। योग व्यक्ति को अन्तर्निरीक्षण करना सिखाता है— जैसा कि रॉबर्ट बर्न्स कहते हैं, "ख़ुद को दूसरों की नज़रों से देखना।" योग व्यक्ति को वह शक्ति देता है। यह भक्त को प्रशिक्षित करता है कि वह स्वयं को उसी दृष्टि से देखे जिस दृष्टि से दूसरे उसे देखते हैं, न कि वैसा, जैसा वह अपने बारे में सोचता है; दोनों में बहुत अंतर् है।

"मैं क्या हूँ? क्या मैं नीच हूँ? क्या मैं लोगों को कष्ट देने में, उनकी निन्दा करने में आनन्द लेता हूँ? यदि ऐसा है तो वेहतर है कि मैं इन बुरी आदतों पर विजय पाना सीखूँ।" अन्तर्निरीक्षण का यही अर्थ है।

गीता के प्रथम श्लोक का प्रतीकात्मक अर्थ है : "मेरी चेतना के युद्धक्षेत्र पर मेरे अच्छे गुण और बुरे गुण एक साथ एकत्र हुए हैं। आज मैंने क्या किया? किसकी जीत हुई?* इस महायुद्ध के दौरान क्या मैं शांत रहा? जब मैं किसी को आघात पहुँचाने की इच्छा से कुछ कहना चाहता था तब इसके विपरीत क्या उस समय मेरी वाणी विनम्र थी? क्या

* दया माताजी यहाँ *ईश्वर-अर्जुन संवाद : श्रीमद्भगवद्गीता* में परमहंस योगानन्दजी द्वारा की गई व्याख्या से उद्धरण प्रस्तुत कर रही हैं, कि भगवद्गीता के योद्धा प्रत्येक मानव में विद्यमान अच्छी और बुरी प्रवृत्तियों को प्रदर्शित करते हैं। "इस पवित्र दैहिक भूखण्ड में — अच्छे और बुरे कर्मों के कुरुक्षेत्र में — एकत्र मेरी विरोधी प्रवृत्तियों ने क्या किया? अनवरत संघर्ष में आज कौन सा पक्ष विजयी हुआ? चलो अब बताओ मुझे कि मेरे सभी पुत्रों — धूर्त, प्रलोभनकारी, बुरी प्रवृत्तियों, और उनके विपरीत खड़ी आत्मानुशासन एवं विवेक की शक्तियों ने क्या किया?" *(प्रकाशक की टिप्पणी)*

मैं निःस्वार्थी रहा, या क्या मैंने अपना स्वार्थ सिद्ध किया?"

अपने अन्तर में प्रेम में रहें। जब आप कुछ अप्रिय करना अथवा कहना चाहें, तो अपने हृदय में प्रेम का विचार करें। और तब किसी सद्कार्य अथवा सद्कर्म द्वारा इसे बाह्य रूप से व्यक्त करें।

एक पुष्प की तरह बनें : जब आप एक गुलाब को अपने हाथों में मसलते हैं तो वह मधुर सुगंध देता है। भगवान् के भक्त को भी इसी तरह होना चाहिए। चाहे किसी की निर्दयता द्वारा वह कितना भी क्यों न कुचला जाए, वह क्षमाशीलता की, सहृदयता की मधुर सुगंध ही निःसृत करता है। सन्त फ्रांसिस भी ऐसे ही थे। सभी सन्त करुणा और दया अभिव्यक्त करते हैं।

एक सच्चा ईश्वर भक्त स्वयं को सही साबित करने का प्रयत्न नहीं करता। ऐसी ही आत्मा को महान् शांति की प्राप्ति होती है। वह इस बात में अधिक तल्लीन रहता है कि ईश्वर उसके बारे में क्या सोचते हैं, न कि मनुष्य क्या सोचता है। ईश्वर ही उसके जीवन का पहला प्यार होता है; वह ईश्वर के समक्ष किसी अन्य शक्ति को महत्व नहीं देता। गुरुजी ने कहा था : "यदि सारा संसार आपका आदर करे, परंतु ईश्वर आप से अप्रसन्न हों, तो आप वास्तव में दरिद्र ही हैं; क्योंकि एक दिन जब आपको इस देहरूपी घर से जाने का संकेत मिलेगा तो आपको सब-कुछ छोड़कर जाना ही होगा। परन्तु यदि आपको ईश्वर की मान्यता प्राप्त है, तो आपके पास सब कुछ है; क्योंकि मृत्यु के परे आप ईश्वर की मान्यता अपने साथ लेकर जाते हैं।"

एक सद्पुरुष को इस बात की परवाह होती है कि दूसरों के प्रति उसका व्यवहार उचित हो। "क्या मेरे व्यवहार में, विचारों में और वाणी में दयालुता है? क्या मैं इस संसार में अच्छे कार्य करता हूँ?" अच्छे कार्य करने के लिए एक महान् गुरु बनने में उसे कोई दिलचस्पी नहीं होती। जी नहीं। वह जहाँ कहीं भी हो, जैसा भी हो, केवल भला

ही करना चाहता है। वह व्यक्ति उस सुगन्धित पुष्प की भाँति होता है, जिसके चारों ओर भक्तरूपी मधुमक्खियाँ एकत्र हो जाती हैं।

गुरुजी एक अन्य उदाहरण दिया करते थे, "मक्खियाँ झुण्ड बनाकर गन्दी चीज़ों के इर्द-गिर्द घूमना पसन्द करती हैं। मधुमक्खी केवल वहीं जाना पसन्द करती है जहाँ से वह मधुर शहद इकट्ठा कर सके। लोगों द्वारा मक्खियों की तरह व्यवहार किया जाना मुझे बिल्कुल पसन्द नहीं है — कि जहाँ कहीं भी अभद्रता, व्यर्थ की बातें, निर्दयता, कटुता, घृणा, ईर्ष्या, द्वेष, संकीर्णता, एवं पूर्वाग्रह जैसे अवगुण हों, वहीं एकत्र हो जाएँ। इनकी अपेक्षा, मैं सुगन्धित पुष्पों की तरह खिले आत्मा के गुणों का उद्यान देखना चाहूँगा जहाँ मानव-रूपी मधुमक्खियाँ प्रेम और करुणा और दया-रूपी दिव्य मधु का पान करने के लिए आकर्षित होती हैं।"

जब मैं ये शब्द कहती हूँ तो आप सभी अपने अंतर् में जान जाते हैं कि यह सही है। क्यों? क्योंकि ये आपकी आत्मा की प्रकृति को व्यक्त करते हैं; और मैं तो आपको केवल उसी का स्मरण करा रही हूँ जो आप हैं — प्रियतम प्रभु के प्रतिरूप में बनाई गई आत्माएँ।

"मेरे सिवा तुम्हारा अन्य कोई आराध्य नहीं होगा...मैं तुम्हारा स्वामी, तुम्हारा प्रभु एक ईर्ष्यालु ईश्वर हूँ;" अब आप समझ रहे हैं कि ईश्वर के कहने का तात्पर्य क्या है : जब हम ईश्वर सदृश कार्य करते हैं, जब हम ईश्वरीय गुणों को व्यक्त करते हैं, जो हम सब में जन्मजात हैं, तब ईर्ष्या, लोभ, क्रोध, घृणा, अथवा इस जैसा अन्य कोई दोष हमें प्रिय नहीं रह जाता। क्योंकि हमने ईश्वर को, उनके गुणों को, और उनके आदर्शों को अपने जीवन में प्राथमिकता दी है।

जगन्माता के साथ एक अनुभूति

एंसिनीटस में गुरुदेव को हुआ यह अनुभव कितना सुन्दर है। उन्होंने कहा, "जब दूसरे लोग अपना समय नष्ट कर रहे हों, तो तुम

ध्यान करो, और तुम देखोगे कि ध्यान में ईश्वर की शांति तुमसे बात करेगी। 'मेरी माँ को दो आत्मा की पुकार। वह अब छिप न सकेगी और। आओ मौन गगन से तुम, आओ शैल घाटी से तुम, आओ गुप्त आत्मा से मेरी, आओ शून्य गुफा से मेरी।'* मैं सर्वत्र ही परमात्मा को जगन्माता के रूप में अभिव्यक्त होता देखता हूँ। जल घनीभूत होकर बर्फ़ बन जाता है, और उसी प्रकार निराकार ईश्वर मेरी भक्ति के प्रभात द्वारा घनीभूत होकर साकार रूप धारण कर सकते हैं। काश, आप जगन्माता के उन सुन्दर नेत्रों को देख पाते जिनका दर्शन मुझे कल रात हुआ। मेरा हृदय अनन्त आनन्द से भर गया है। मेरे हृदय का छोटा-सा प्याला उस आनन्द और उस प्रेम को समाहित नहीं कर सकता जिसका दर्शन मुझे उन नेत्रों में हुआ—वे नेत्र जो कभी-कभी मुस्कुराते हुए मेरी ओर निहार रहे थे। मैंने उनसे कहा, 'ओह! और लोग कहते हैं कि तुम सच नहीं हो!' और जगन्माता मुस्कुराईं। मैंने कहा, 'केवल तुम ही यथार्थ हो और बाकी सब कल्पना है,' और जगन्माता पुनः मुस्कुराईं। मैंने प्रार्थना की, 'हे माँ, तुम सभी के लिए यथार्थ बन जाओ।' और मैंने उनका नाम कुछ लोगों के ललाटों पर लिख दिया जो वहाँ उपस्थित थे। माया अब कभी उनके जीवन को अपने अधीन नहीं कर सकेगी।"

कुछ लोगों को आश्चर्य हो सकता है कि गुरुजी ने ईश्वर को जगन्माता क्यों कहा। कुछ अवसरों पर उन्होंने ईश्वर को पिता के रूप में सम्बोधित किया, और अन्य अवसरों पर माँ के रूप में। परम रूप में ईश्वर निराकार हैं, किन्तु भक्त ऐसे किसी भी रूप में भगवान् को पूज सकता है जो उसे आकृष्ट करता हो। कभी-कभी हम परम ब्रह्म के रूप में ईश्वर का चिंतन करना पसन्द करते हैं, किन्तु अधिकांश समय में साकार रूप में ईश्वर का चिंतन करना लोगों को अधिक प्रिय

* *Words of Cosmic Chants* से उद्धृत।

होता है। अनेक जन्मों से हम देह धारण करते आ रहे हैं, इसलिए हम सगुण साकार रूप में ईश्वर की कल्पना करने के लिए स्वतः ही बाध्य हो जाते हैं। इतिहास के प्रारंभ से ही मनुष्य ने परमब्रह्म को किसी न किसी स्वरूप में रखकर देखा है। यह मूर्ति पूजा नहीं है। हम जीसस के सुन्दर स्वरूप को कूटस्थ चैतन्य का मूर्त रूप मानकर देखते हैं। परन्तु अनन्त ईश्वर केवल उस स्वरूप तक ही सीमित नहीं हैं। ऐसा क्यों होता है कि जब हम जीसस की प्रतिमा को देखते हैं तो हम में से अनेक अति आनन्दित अनुभव करते हैं? हम उनकी दया एवं क्षमाशीलता को, मानव जाति के प्रति प्रेम के उनके अद्भुत गुण को याद करते हैं। हम इसे इस प्रकार अनुभव न कर पाते यदि हम क्राइस्ट के साकार रूप को न देखते।

गुरुजी आगे कहते हैं, "मैं दिन और रात ऐसा ही आनन्द अनुभव करता हूँ। दिन रात में परिवर्तित हो जाता है और मुझे समय का बिल्कुल भी भान नहीं रहता। मुझे अब ध्यान करने की आवश्यकता नहीं पड़ती, क्योंकि मैं जिसका ध्यान करता था वह तो अब मेरे साथ एकाकार हो गया है। कभी मैं श्वास लेता हूँ और कभी श्वास रहित हो जाता हूँ। कभी हृदय धड़कता है, कभी धड़कन बन्द हो जाती है। मैं अनुभव करता हूँ कि केवल उस एक चेतना के अतिरिक्त मैंने बाकी सब कुछ त्याग दिया है। चाहे यह शरीर रूपी इंजन चले या न चले, मुझे ईश्वर के महान् प्रकाश का दर्शन होता रहता है। ऐसा है मेरा आनन्द।" यही वह परम लक्ष्य है जिसका अनुभव हर उस व्यक्ति ने किया है जिसने ईश्वर के साथ सम्पर्क साधा है। वह पाता है कि यद्यपि वह एक स्थूल देह में वास करता है, फिर भी उसकी चेतना उस सीमित स्वरूप के परे विस्तृत हो गई है।

अन्त में, मैं आपको गुरुजी का यह विचार पढ़कर सुनाती हूँ : "आपकी मुक्ति के लिए ईश्वर चाहे दस हज़ार जीसस क्राइस्ट भी भेज

दें, तो भी जब तक आप स्वयं प्रयास नहीं करते, आपकी मुक्ति नहीं हो सकती। कोई भी महान् आत्मा आपकी सहायता नहीं कर सकती जब तक कि आप स्वयं अपनी सहायता न करें। दैवी नियम की कोई सीमाएँ नहीं होतीं। आप तो पहले ही ईश्वर की संतान हैं। प्रयत्न करें, ईश्वर के विधान को जानें, और प्रतिदिन ध्यान करें; आप अपने दिव्य लक्ष्य तक पहुँच जाएंगे। सुबह और शाम ध्यान करें। ध्यान में गहन से गहनतर जाएँ। और देर रात्रि को देर तक ध्यान करें। यह न सोचें कि आपको इतनी नींद तो चाहिए ही।" यह सत्य है। आपमें से जिसने भी अत्यधिक गहनता से ध्यान किया है, वह जानता है कि गहरे ध्यान में शरीर एवं मन को पूरा विश्राम मिल जाता है, उससे कहीं अधिक जितना कि आपको नींद की अवचेतन अवस्था में मिल सकता है। नींद में हम स्वप्न देखते हैं। ऐसा नहीं होता कि हमें सदा ही शरीर और मन के लिए पूरा विश्राम मिल पाता है। परंतु गहन ध्यान में शरीर एवं मन एक पूर्णतः प्रशांत अवस्था में चले जाते हैं, प्रगाढ़ शांति की अवस्था में।

यदि आप वास्तव में ईश्वर को पाना चाहते हैं, तो आपको ईश्वर को पाने की ललक में पूरी तरह से निमग्न होना होगा। अपने संपूर्ण हृदय से उन्हें प्रेम करें। ईश्वर को यह सिद्ध कर दिखाएँ कि आप केवल उन्हें ही चाहते हैं, और उनसे कम कुछ भी नहीं। ईश्वर को खोजें क्योंकि जब तक आप यह नहीं जान पाते कि आप उनके साथ एक हैं, तब तक आप द्वन्द्व भरे इस संसार से, इस दुःखों के संसार से बंधे हुए हैं। ईश्वर मानवजाति के दुःख-कष्टों का कारण नहीं हैं। हम उनके ही अंश हैं, और जब तक हम यह अनुभव न कर लें, तब तक हम कभी सुखी नहीं रह सकते। हम इसलिए कष्ट भोगते हैं क्योंकि हमने ख़ुद को ईश्वर से पृथक किया हुआ है। हम अकेलापन महसूस करते हैं, असुरक्षित महसूस करते हैं; जब इस मर्त्य शरीर के साथ कुछ होता है तो हम घबरा जाते हैं क्योंकि हम अपने अस्तित्त्व के उस अटूट चक्र को नहीं

देख पाते जो कि अनन्त है। सब दुःख-कष्ट हमारे द्वारा ख़ुद को यह रक्त-माँस का शरीर मान लेने का ही परिणाम हैं। कष्ट चाहे दरिद्रता के भय का हो, अस्वस्थता का हो, या किसी अज्ञात घटना का हो, यह इसी कारण है कि हम ईश्वर को नहीं जानते।

जब कोई व्यक्ति ख़ुद को अमर्त्य आत्मा के रूप में अनुभव करना प्रारम्भ कर देता है, तब वह जान जाता है कि अग्नि इसे जला नहीं सकती, पानी इसे डुबा नहीं सकता और न ही शस्त्र इसे काट सकते हैं।* योग और धर्म का यही अर्थ है : मानव को उसके अमर, शाश्वत, अविनाशी स्वरूप का अनुभव कराने में सहायता करना। सत्य अद्भुत है। आप इसके विषय में अन्तहीन चर्चा कर सकते हैं, और आप इसे संक्षेप में कुछ ही शब्दों में भी कह सकते हैं : सत्य वह है जो प्रत्येक मानव को पुनः ईश्वर की ओर लौटने के लिए प्रोत्साहित करता है और उसकी सहायता करता है।

ईश्वर का कोई चहेता नहीं है। वे हम में से हर एक से वैसा ही प्रेम करते हैं जैसा वे अपने परम सन्तों से करते हैं। साधारण मनुष्यों और सन्तों में केवल इतना ही अंतर् है कि सन्तों ने कभी प्रयास करना नहीं छोड़ा। जितनी बार भी वे गिरे, उन्होंने अपने आपको यह कहते हुए उठाया, "कोई बात नहीं, मैं प्रयास जारी रखूँगा। मैं सत्य, प्रेम, एवं ज्ञान को जानने के लिए कृत संकल्प हूँ। मैं ईश्वर को पाने के लिए कृत संकल्प हूँ।"

यही आपका भी लक्ष्य होना चाहिए। आपका अन्य कोई आराध्य नहीं होगा। ईश्वर को अपने अंतर् में खोजने के दौरान, अपने जीवन

* "न कोई शस्त्र आत्मा को काट सकता है; न ही अग्नि इसे भस्म कर सकती है; न जल इसे भिगो सकता है; और न ही वायु इसे सुखा सकती है" (भगवद्गीता II:23)। (परमहंस योगानन्दजी की गीता पर टीका *ईश्वर-अर्जुन संवाद : श्रीमद्भगवतगीता* से उद्धृत)

में प्रत्येक दिन, हर सम्भव तरीकों से ईश्वर की सेवा करके, ईश्वर की अपनी खोज को बाह्य रूप से भी व्यक्त करें।

याद रखें कि ईश्वर आपके उतने ही निकट हैं जितना निकट आपके विचार उन्हें आने देते हैं। वे सर्वव्यापी हैं। यदि इसी क्षण आप यह स्वीकार कर लें कि वे आपके साथ हैं, आपकी बंद आँखों के ठीक पीछे, तो आप उनकी निकटता को अनुभव करेंगे। इस पर ध्यान करें, और आप देखेंगे कि आपके जीवन में ऐसा ही हो जाएगा।

गुरुदेव परमहंस योगानन्दजी के साथ मेरे अनुभव

भारत और अमेरिका के प्रवचनों से उद्धृत स्मृतियाँ

प्रत्येक व्यक्ति का हृदय प्रेम के लिए लालायित रहता है। और मानवीय प्रेम के सब रूप — जैसे माता-पिता एवं बच्चों के बीच, पति एवं पत्नी के बीच, मालिक एवं नौकर के बीच, मित्रों के बीच, गुरु एवं शिष्य के बीच — उसी परम प्रेम से उत्पन्न होते हैं जो ईश्वर हैं।

प्रत्येक व्यक्ति का हृदय आनन्द खोज रहा है। यही जीवन का लक्ष्य है। कोई यह कह सकता है, "मेरा लक्ष्य है व्यवसाय में सफलता पाना," अथवा "मेरा लक्ष्य है सुन्दर संगीत की रचना करना;" परंतु, चाहे केवल अवचेतन रूप से ही सही, प्रत्येक विशिष्ट इच्छा की तृप्ति द्वारा हम आनन्द प्राप्त करने की ही आशा कर रहे हैं। आनन्दित रहने की इच्छा, और प्रेम करने की एवं प्रेम पाने की इच्छा, हमारे सभी क्रिया-कलापों और महत्वाकांक्षाओं के पीछे प्रेरणादायक शक्तियाँ हैं।

भारत के सन्तों ने बताया है कि ईश्वर सच्चिदानन्द हैं। वे हमें बताते हैं कि वह सुख जो हम ढूँढ रहे हैं, वह आनन्द जो सदा बना रहेगा और कभी पुराना नहीं होगा, हमें ईश्वर में ही प्राप्त होगा। परन्तु वह है कहाँ? ईश्वर की दिव्य छवि आत्मा के रूप में हर मनुष्य में वास करती है। हम आत्मानुभूति की दिव्य-शांति को नहीं जानते क्योंकि हमने अपने मन और अपनी खोज को इस संसार की वस्तुओं की ओर मोड़ रखा है। हमें याद रखना चाहिए कि धरती पर प्राप्त होने वाली प्रसन्नता शर्तों एवं परिस्थितियों पर निर्भर है और अस्थाई है। केवल ईश्वर का आनन्द ही शाश्वत है।

केवल ईश्वर में ही प्रेम एवं आनन्द को इनके शुद्धतम रूपों में पाया जा सकता है। परन्तु हम इन्हें ईश्वर के अतिरिक्त बाक़ी सब जगह खोजते रहते हैं। जब भीषण परीक्षाओं और घोर दुःखों से सामना होता है, केवल तभी हम ईश्वर का चिंतन करना और उनकी आराधना, प्रार्थना अथवा पूजा, या किसी मंत्र का जाप करना — प्रारंभ करते हैं। परन्तु एक समय आता है जब ये बाह्य कर्म-काण्ड हमें संतुष्ट नहीं कर पाते। यदि मन इधर-उधर भटक रहा हो तो प्रार्थना में प्रभाव नहीं रह जाता, और मन्त्रों का बारम्बार दोहराया जाना तथा जप का अभ्यास भी ईश्वर से वह प्रत्युत्तर लाने में विफल हो जाता है जिसकी लालसा आत्मा को रहती है।

ईश्वर को केवल व्यक्तिगत अनुभव द्वारा ही जाना जा सकता है

एक अत्यधिक मीठा फल होता है जिसे चैरिमोया* कहते हैं। यह गोल होता है और इसका छिलका हरे रंग का होता है; इसके अन्दर सफेद रंग का मुलायम गूदा होता है और पूरे गूदे में बड़े-बड़े काले रंग के बीज भरे होते हैं। मैंने आपको इस फल का विवरण तो दे दिया, परंतु क्या आप वास्तव में जान गए कि चैरिमोया क्या है और इसका स्वाद कैसा है? यदि आपने मुझसे केवल इसका विवरण ही सुना है और कभी इसको देखा अथवा चखा नहीं है तो आप नहीं जानते।

ईश्वर के साथ भी ऐसा ही है। ऋषियों और सन्तों ने ईश्वर के अपने अनुभवों का वर्णन किया है, परन्तु मात्र उनके विवरण को पढ़ने से ही आप ईश्वर को जानने में असमर्थ होंगे। दूसरों द्वारा हमें दिए गए विवरण मात्र से हम ईश्वर को नहीं जान सकते। हमें लम्बे और गहन ध्यान द्वारा प्राप्त होने वाली समाधि की महान् अवस्था में ईश्वर की उपस्थिति को

* शरीफ़ा जैसा एक फल।

स्वयं ही अनुभव करना होगा।

साधारण मनुष्य चिन्ताओं, कर्त्तव्यों, और सांसारिक सुखों की इच्छाओं में सदा इतना व्यस्त रहता है कि वह अपना मन ईश्वर की ओर कभी मोड़ता ही नहीं है। और यदि वह ईश्वर पर ध्यान लगाने के लिए तथा अपने अंतर् में शांति को खोजने के लिए प्रतिदिन थोड़ा-बहुत समय निकाल भी ले, तो भी वह ध्यान कर पाने में असफल रहता है क्योंकि वह पर्याप्त गहनता से ध्यान नहीं करता।

गुरु को अर्पित भक्ति ईश्वर को ही अर्पित होती है

साधना में एक गुरु का होना अत्यावश्यक है। एक सद्गुरु का मन सदा परम प्रिय ईश्वर में निमग्न और लीन रहता है। चाहे वह राजयोग, ज्ञानयोग, कर्मयोग अथवा भक्तियोग के मार्ग का अनुसरण करें, उनकी चेतना सदा ईश्वर के साथ एक रहती है। अपने शिष्यों द्वारा उन्हें अर्पित सारी भक्ति को वे ईश्वर को अर्पित कर देते हैं। वह भक्त के मन को अपनी ओर नहीं, अपितु परमपिता की ओर मोड़ देते हैं।

ऐसे एक महान् पुरुष थे परमहंस योगानन्द, जो मेरे गुरु थे। वे चाहते थे कि उनके शिष्य कभी भी न उनके व्यक्तित्व से मोह करें और न उस पर आश्रित रहें। उनकी इच्छा थी कि हम केवल ईश्वर से ही प्रेम करें और उन्हें ही खोजें। उन्होंने सदा हमारे विचारों को ईश्वर की ओर मोड़ा, और हमें अपने मन को दिन और रात ईश्वर के साथ समस्वर रखने का प्रशिक्षण दिया। जब भी कभी गुरुदेव हमारे मन को किसी बाह्य वस्तु पर तल्लीन होता देखते, तो वे हमें डाँट देते थे। उन्होंने हमें सिखाया कि हम अपने मन को सदा ईश्वर के विचार में मदमस्त रखें, हमारे होंठ सदा ईश्वर की ही बात करें, हमारा हृदय सदा उनका गान करता रहे। गुरुदेव हमारे समक्ष इस बात का एक सच्चा उदाहरण थे कि किस प्रकार हमारा संपूर्ण तन-मन ईश्वर में तल्लीन रहना चाहिए।

निर्विकल्प समाधि का एक अनुभव

गुरुजी के जीवन का अन्तिम समय ईश्वर की अखण्ड समाधि, अर्थात् निर्विकल्प समाधि* में व्यतीत हुआ, जो जून 1948 में आरम्भ हुई। जिस समय उन्होंने इस अवस्था में प्रवेश किया था तो मुझे तथा कुछ अन्य भक्तों को वहाँ उपस्थित होने का सौभाग्य प्राप्त हुआ था। लगभग सन्ध्या का ही समय था, और उन्होंने हमें अपने कमरे में आने के लिए कहा। वे एक बड़ी कुर्सी पर बैठे हुए थे और बस आम खाना शुरू करने ही वाले थे। अचानक उनका मन अन्तर्मुखी हो परमानन्द में लीन हो गया; वे रात-भर समाधि में रहे। इसका प्रत्यक्षदर्शी होना एक अद्भुत और रूपान्तरण करने वाला अनुभव था। हालाँकि हमने उन्हें पहले भी समाधि में देखा था, परन्तु इस विशेष अनुभव के दौरान एक महान् चमत्कार घटित हुआ : गुरुदेव ने जगन्माता से प्रश्न किए, और फिर जगन्माता ने उत्तर देने के लिए गुरुदेव की वाणी का ही प्रयोग किया। उस रात जगन्माता ने गुरुजी की वाणी के माध्यम से विश्व की घटनाओं तथा सेल्फ़-रियलाइज़ेशन [योगदा सत्संग] के संदेश के प्रसार संबंधी जो भविष्यवाणियाँ की थीं, उनमें से कई तब से लेकर अब तक की अवधि में पूरी हो चुकी हैं।

मैं प्रायः संशयात्मा बन जाती थी जो ईश्वर की विद्यमानता का स्पष्ट प्रमाण माँगती थी। उस रात सारे सन्देह हमेशा के लिए समाप्त हो गए।

* समाधि परमानन्द की वह अधिचेतन अवस्था है जिसमें योगी यह अनुभव करता है कि उसकी लघु आत्मा परमात्मा के साथ एक हो गई है। निर्विकल्प समाधि परमानन्द की सर्वोच्च अवस्था है जो केवल अति उच्च कोटि के गुरुजन ही अनुभव कर पाते हैं। समाधि के निम्नतर स्तरों का यह लक्षण होता है कि इनमें शरीर को जड़वत और सम्मोहित-सी अवस्था में बना रहना पड़ता है। परंतु निर्विकल्प समाधि में इसकी आवश्यकता नहीं है। परमानन्द की इस सर्वोच्च अवस्था में रहने वाला सद्गुरु अपने सभी कार्य करता रह सकता है—चाहे वे सामान्य कार्य हों अथवा जटिल—परंतु इसके कारण उसकी ईश्वरानुभूति में बिल्कुल भी कमी नहीं आती है।

मेरी चेतना उस प्रियतम प्रभु के लिए प्रेम और व्याकुलता की अग्नि से धधक उठी जिनकी वाणी हमने अपने पूज्य गुरुदेव के माध्यम से सुनी और जिनके प्रेम को हमने उनके द्वारा अनुभव किया।

समाधि के पश्चात् गुरुजी ने हमसे कहा, "मैं नहीं जानता जगन्माता मेरे जीवन के साथ क्या करेंगी। या तो वे मुझे इस पृथ्वी से उठा लेंगी, या वे चाहती हैं कि मैं संस्था के कार्य से पीछे हट जाऊँ और एकान्तवास में रहूँ।" गुरुजी मरुभूमि में एक एकान्त निवास (retreat) में चले गए और तब से ही उन्होंने ख़ुद को ध्यान एवं लेखन कार्य में समर्पित करते हुए अपना अधिकांश समय एकान्तवास में बिताया।

गुरुदेव के साथ अन्तिम कुछ दिन

फ़रवरी 1952 के अन्तिम सप्ताह में गुरुजी को मरुभूमि में अपने एकान्त निवास पर समाचार मिला कि उनको भारत के राजदूत, श्री बिनय रंजन सेन, के स्वागत के लिए लॉस एंजिलिस में भाषण देने हेतु निमंत्रित किया गया है। गुरुदेव 1 मार्च को लॉस एंजिलिस स्थित हमारे मुख्यालय वापस आ गए। तीन मार्च को गुरुजी के दिशा-निर्देशन में हमने घंटों लगा कर श्री बिनय रंजन सेन के लिए विशेष मिठाइयाँ और रसदार तरकारियाँ तैयार कीं। श्री सेन अगले दिन अतिथि के रूप में सेल्फ़-रियलाइज़ेशन फ़ेलोशिप के मुख्यालय पधारने वाले थे।

देर रात, जब तैयारियाँ लगभग पूरी हो चुकी थीं, पूज्य गुरुदेव ने मुझे अपने साथ नीचे हाल में आने के लिए कहा। हॉल में लगे अपने गुरु स्वामी श्रीयुक्तेश्वरजी के चित्र के सामने वे रुक गए और उसके बगल में बैठकर उन्होंने अत्यन्त प्रेमपूर्ण भाव से उस महान् आत्मा के लिए उद्गार व्यक्त किए जिसने ईश्वर की ओर उनका मार्गदर्शन किया था।

फिर गुरुदेव ने मुझसे कहा, "क्या तुम जानती हो कि केवल कुछ घण्टों की ही बात है जब मैं इस देह को त्याग दूँगा?" दुःख की एक

भारी वेदना ने मेरे हृदय को भेद दिया। गुरुदेव द्वारा शीघ्र ही अपनी देह त्याग की बात कहे जाने के कुछ क्षणों बाद मैंने उनसे कहा, "गुरुजी, आपके बिना हमारा क्या होगा? हमारे हृदय रूपी मुद्रिका के और अपनी संस्था के आप हीरा हैं। हीरे की सुन्दरता के बिना इन सबका क्या मूल्य है?" तब उस महान् भक्त ने यह उत्तर दिया : "इस बात को याद रखो : मेरे जाने के बाद केवल प्रेम ही मेरा स्थान ले सकता है। दिन-रात ईश्वर के प्रेम में तल्लीन रहो, और यही प्रेम सबको दो।"

इस प्रेम की कमी के कारण ही संसार दुःखों से भर गया है।

अन्तिम दिन (7 मार्च को), जब मैं गुरुदेव के कमरे में आई तो वे अपनी आराम-कुर्सी पर पद्मासन में बहुत शांत बैठे थे। जब मैं उनके समीप गई तो उन्होंने अपनी अंगुली अपने होंठों पर रखी, यह संकेत करते हुए कि वे शांति चाहते हैं। उनका मन अत्यंत अन्तर्मुखी था, ईश्वर में तल्लीन। उस कमरे से शांति एवं प्रेम के शक्तिशाली स्पन्दन निःसृत हो रहे थे। शाम को वे बिल्टमोर होटल गए, जहाँ राजदूत का स्वागत समारोह होना था। उस रात गुरुजी ईश्वर के प्रति प्रेम के बारे में इतने वेग से बोले कि समस्त श्रोता चेतना के एक अलग ही स्तर पर पहुँच गए। निश्चित रूप से उन श्रोताओं ने इससे पूर्व कभी भी किसी को ईश्वर की विद्यमानता के विषय में इतनी अंतरंगता के साथ बोलते हुए नहीं सुना था।

कई वर्ष पूर्व गुरुदेव ने भविष्यवाणी की थी, "जब मैं इस देह का त्याग करूँगा, तो मैं ईश्वर और अपने प्रिय भारत के विषय में बोलते हुए करूँगा।" और उस रात पृथ्वी पर हमारे गुरुदेव के अन्तिम शब्द ईश्वर एवं भारत के विषय में ही थे। उन्होंने अपनी कविता *"My India"* से ये शब्द कहे : "जहाँ गंगा, बनरायें, हिमालय की कंदराएँ और जन-मानस रहे मग्न प्रभु-चिंतन में अनन्य—ऐसी तपोभूमि को कर स्पर्श, मैं हुआ परम धन्य!" इन शब्दों के साथ उन्होंने अपने नेत्रों को कूटस्थ

केन्द्र* की ओर उन्नत किया और शरीर त्यागते हुए धीरे से फर्श पर समाधिस्थ हो गए।

पलक झपकते ही हम में से कुछ शिष्य उनके पास जा पहुँचे। उन्होंने हमें सिखाया था कि उन्हें समाधि से बाहर लाने के लिए हम उनके कान में ओम् का उच्चारण करें। आनन्द माता† और मैं अपने दिव्य गुरु की ओर झुके और हमने ओम् का उच्चारण करना आरम्भ कर दिया। जैसे ही मैंने ऐसा किया, अचानक एक महान् शांति और आनन्द मुझ पर छा गया, और मैंने अपने अन्दर एक अथाह दिव्य शक्ति को प्रवेश करते हुए अनुभव किया। उस रात को प्राप्त आशीर्वाद मुझसे कभी अलग नहीं हुआ।

शिष्य को गुरु के साथ सदा मानसिक एवं आध्यात्मिक समस्वरित बनाए रखने के लिए प्रयत्न करना चाहिए। एक ईश्वर-प्राप्त गुरु के आशीर्वाद की शक्ति अतुलनीय होती है।

गुरु द्वारा प्रदत्त साधना का अनुसरण करें

हमारे गुरुदेव, श्री श्री परमहंस योगानन्दजी द्वारा सिखाई गई साधना पद्धति हमें बताती है कि हम किस तरह महर्षि पतंजलि के अष्टांग-योग को जीवन में लागू करें। सबसे पहले आते हैं, यम-नियम, अर्थात् नैतिक एवं आध्यात्मिक तथ्य, जिनका पालन सभी व्यक्तियों को आवश्यक रूप से करना चाहिए ताकि वे ईश्वरीय नियम के साथ एक समस्वरतापूर्ण जीवन व्यतीत कर सकें। उसके बाद आता है आसन, अर्थात ध्यान के लिए मेरुदण्ड को सीधा रखते हुए उचित मुद्रा में बैठना। सही आसन में बैठना महत्त्वपूर्ण है ताकि जब मन ईश्वराभिमुख होने का प्रयास करे

* दिव्य जागरूकता या कूटस्थ चैतन्य का केन्द्र, भौंहों के मध्य में स्थित है।

† सन् 1931 से परमहंस योगानन्दजी की निष्ठावान शिष्या, एवं दया माताजी की बहन। आनन्द माताजी ने सन् 1933 में 17 वर्ष की आयु में आश्रम में प्रवेश किया। वे 2005 में अपने देहावसान तक वाईएसएस/एसआरफ़ की अधिकारी एवं निदेशक बोर्ड की सदस्या थीं।

तो शरीर द्वारा इसे भटकाए जाने से रोका जा सके।

उसके बाद आता है प्राणायाम, अर्थात् प्राणशक्ति पर नियंत्रण, जो अति आवश्यक है ताकि श्वास चेतना को देह के बन्धन में न रख सके। अगला चरण है प्रत्याहार, अर्थात् मन को अन्तर्मुखी करना, जो पाँचों इन्द्रियों द्वारा हमारे पास पहुँचने वाले सांसारिक विकर्षणों से हमें मुक्त करता है। तब हम एकाग्रता और ईश्वर चिंतन के लिए मुक्त हो जाते, हैं, जिसे धारणा और ध्यान कहते हैं, और ये हमें समाधि की ओर, अर्थात् ईश्वर के साथ एकाकार होने के अधिचैतन्य अनुभव की ओर, ले जाते हैं।

ईश्वर का कोई चहेता नहीं है; वे सभी से समान प्रेम करते हैं। सूर्य "कोयले" एवं हीरे पर समान रूप से चमकता है, परंतु हीरा उस प्रकाश को ग्रहण करता है और प्रतिबिम्बित करता है। अधिकतर व्यक्तियों की मानसिकता कोयले जैसी होती है; इसीलिए वे ऐसा सोचते हैं कि ईश्वर उन्हें आशीर्वाद नहीं देते। ईश्वर का प्रेम और उनके आशीर्वाद तो विद्यमान ही हैं; मनुष्य को तो केवल उन्हें ग्रहण करना है। भक्ति के द्वारा व्यक्ति अपनी चेतना को एक हीरे जैसी मानसिकता में परिवर्तित कर सकता है, ताकि वह ईश्वर के प्रेम तथा उनकी अनुकम्पा को पूरी तरह से ग्रहण तथा प्रकट कर सके। तब उसके जीवन में शांति एवं परिपूर्णता आएगी। केवल थोड़ा-सा ध्यान और अपने दिव्य रचयिता के प्रति सच्चा प्रेम मानव हृदय को शांति प्रदान करेगा, और तब संसार की अवस्था वास्तव में सुधर जाएगी।

गुरु के समक्ष अपने हृदय की भक्ति समर्पित करने, और इसके फलस्वरूप गुरु के निःशर्त दिव्य प्रेम एवं मित्रता को ग्रहण करने के द्वारा हम यह सीखते हैं कि ईश्वर के साथ सच्चा प्रेम करने का अर्थ क्या होता है। गुरु हमारे अन्तर में ईश्वर के प्रति सच्चे प्रेम को जागृत करते हैं, और सिखाते हैं कि हम किस तरह ईश्वर से प्रेम करें।

भक्ति का मार्ग

सेल्फ़-रियलाइज़ेशन फ़ेलोशिप, अंतर्राष्ट्रीय मुख्यालय, लॉस एंजिलिस, कैलिफ़ोर्निया, 13 अप्रैल, 1965

ईश्वर प्राप्ति का सबसे सरल मार्ग है भक्ति। कोई भी व्यक्ति जो सरल मार्ग खोज रहा है, उसे खासतौर से इस गुण को विकसित करने पर ध्यान देना चाहिए। परन्तु भक्ति के साथ-साथ उसे विवेक को भी विकसित करने की आवश्यकता होगी। हमारे गुरु, परमहंस योगानन्दजी, ने एक बार कहा था कि विवेक का अर्थ होता है यह सीखना कि हमें जब जो कार्य करने चाहिए, हम तब वे कार्य करें।

आध्यात्मिक विवेक हमारे विचारों को एक ही लक्ष्य पर केन्द्रित रखता है। जब भी हम कोई कार्य करते हैं तो इस प्रकार का विवेक हमें स्वयं से यह प्रश्न पूछने पर विवश करता है : "क्या यह कार्य मुझे ईश्वर का अधिक बोध प्रदान करेगा?" जो कार्य हमें ईश्वर की ओर नहीं ले जाएँगे, उनके लिए यह हमें नेति, नेति कहने में सक्षम बनाता है, और उन्हें न करने का प्रण लेने की शक्ति प्रदान करता है। जिन कार्यों के लिए विवेक हमें बताता है कि वे हमें ईश्वर की ओर ले जाएँगे, उनके लिए हम यह कह पाते हैं, "इन्हें मैं निष्ठापूर्वक करूँगा।" यदि आप भक्ति और विवेक, इन दोनों मूल सिद्धान्तों का अनुसरण करें, तो आप पाएँगे कि ये ईश्वर प्राप्ति के सरलतम मार्ग हैं। जब मैं कहती हूँ "भक्ति," तो स्वाभाविक है कि इसमें गुरु द्वारा प्रदत्त ध्यान की प्रविधियों का अभ्यास भी सम्मिलित है।

किसी व्यक्ति को अपना बनाने का सबसे सरल तरीका क्या है? तर्क नहीं, प्रेम के द्वारा। इसलिए उस दिव्य-मित्र, अर्थात् ईश्वर, को अपना बनाने का तर्कसंगत मार्ग है उनसे प्रेम करना। इस संसार में मैं

संन्यास दीक्षा समारोह के उपरान्त आश्रमवासियों से अनौपचारिक भेंट के दौरान दया माताजी, एसआरएफ़ अंतर्राष्ट्रीय मुख्यालय, लॉस एंजिलिस, 1965

"अपने जीवन की प्रत्येक अवस्था में — अपने कार्यों के दौरान, ध्यान में, कठिनाईयों के साथ संघर्ष में, जीवन के छोटे-छोटे सुखों का आनन्द लेते समय — हमें आन्तरिक रूप से निरंतर इसी विचार में तल्लीन रहना चाहिए, "प्रभु! प्रभु! प्रभु!"

पालपाड़ा के एक गाँव में, पश्चिम बंगाल, 1973

“जब हम ईश्वर को सबका पिता मानकर उन्हें अपना सामूहिक प्रेम देते हैं, तो उस प्रेम में सीमाएँ मिट जाती हैं। हमें ईश्वर को समस्त मानव जाति का एकमात्र सर्वमान्य आदर्श, एकमात्र साझा लक्ष्य बनाना होगा।”

प्रेम ही खोज रही थी। प्रेम के लिए ही मैं जी रही थी। परंतु मैं ऐसा प्रेम चाहती थी जो पूर्ण हो; और मैंने यह जाना कि हमें मनुष्यों से पूर्ण प्रेम की आशा रखने का अधिकार नहीं है, क्योंकि वे स्वयं ही अपूर्ण हैं। आज संसार में एक समस्या यह है कि पति-पत्नी, बच्चे, एवं परिवार शिकायत करते हैं कि उन्हें एक-दूसरे से पर्याप्त प्रेम नहीं मिलता। वे एक पल रुक कर यह नहीं सोचते कि यदि आप प्रेम पाना चाहते हैं तो पहले आपको प्रेम देना होगा। किसी से माँगने भर से ही आपको प्रेम नहीं मिल जाएगा। आपको पहले प्रेम देना होगा, और तब आप उसे प्राप्त करेंगे।

और यदि आप ईश्वर को पाना चाहते हैं, तो पहले आपको उन्हें प्रेम देना होगा। बदले में आप इतना अथाह प्रेम प्राप्त करेंगे कि फिर कभी आप इस संसार के अपूर्ण प्रेम के लिए नहीं रोएँगे।

जब भी कभी मैं मित्रों के बीच, या माता-पिता और बच्चों के बीच, या पति-पत्नी के बीच आदर्श प्रेम के विषय में पढ़ती, तो मैं सोचा करती थी : "प्रियतम प्रभु, यदि ये मानवीय संबंध इतने मधुर हो सकते हैं तो आपके साथ संबंध इनसे कितना अधिक मधुर होगा? आपसे ही तो प्रेम के ये भिन्न-भिन्न रूप निःसृत होते हैं।" यह विचार कितना प्रेरणादायक और उत्साहजनक है! परंतु ईश्वर के गुणों के विषय में इस प्रकार तर्क करने मात्र से ही आप उन्हें प्राप्त नहीं कर सकते; आपको इन गुणों को महसूस करने का, इन पर चिंतन करने का, ईश्वर के स्वभाव पर ध्यान लगाने का तब तक प्रयास करना होगा जब तक कि ईश्वर के ये गुण आपकी अपनी अनुभूति का हिस्सा न बन जाएँ। ईश्वर को प्रेम के रूप में जानने के लिए किसी एक ख़ास विचार को लें जो आपमें भक्ति जागृत करता हो और अपनी अनुभूति की गहनता में वृद्धि करने के लिए गहन ध्यान के दौरान लम्बे समय तक इस पर चिंतन करें।

भक्ति केवल ईश्वर के लिए होनी चाहिए, न कि दूसरों को प्रभावित करने के लिए

जो भक्त भक्ति-मार्ग का अनुसरण करता है उसे कुछ समय के लिए भावुकता के दौर से गुज़रना पड़ सकता है। परंतु यदि उसकी भक्ति अत्यन्त सच्ची है, तो वह बाहरी उत्साह धीरे-धीरे समाप्त हो जाएगा, और उसके स्थान पर एक गहन भक्तिमय चेतना की अवस्था आ जाएगी। भक्ति के मार्ग का अनुसरण करने वाले कई सन्तों की जीवनियों में आपने इस बारे में पढ़ा ही होगा। अत्यधिक भावुकता का एक समय आता है; आँसू बहने लगते हैं और कभी-कभी भक्त अपनी चेतना तक खो बैठता है। परंतु यदि वह सतत प्रयास करता रहे और पूरी तरह से सच्चा रहे, यदि वह दूसरों को प्रभावित करने का प्रयास नहीं कर रहा है, तो धीरे-धीरे उसका मन इतना अन्तर्मुखी हो जाता है कि उसकी भावना का बाह्य प्रदर्शन बहुत ही कम रह जाता है।

कुछ साधक, थोड़ी-सी भक्ति अनुभव करने पर, दूसरों को प्रभावित करने की चेतन अथवा अवचेतन इच्छा से उनके सामने इसका अत्यधिक दिखावा करते हैं। इस प्रकार के बाह्य प्रदर्शन द्वारा वे अपने सच्चे भक्ति-भाव को पूर्णतः खो बैठते हैं। अतः जब कोई व्यक्ति भावुकता की प्रारंभिक अवस्था में प्रवेश करता है तो उसे ख़ुद से पूछना चाहिए, “क्या मैं सच्चा हूँ?” इसे सदा स्मरण रखें। भक्त को ईमानदारी से अपना विश्लेषण करना चाहिए : “क्या मैं किसी को प्रभावित करने का प्रयत्न कर रहा हूँ? जब मैं अकेला होता हूँ, जहाँ मुझे कोई देख नहीं सकता, तो क्या मुझ में ईश्वर के प्रति उतना ही गहन भक्ति-भाव होता है जितना कि तब जब मैं दूसरों के साथ होता हूँ?” सबसे पहले जो उसे करना चाहिए वह है : अपने प्रति ईमानदार रहना। यदि वह पाता है कि जब वह अकेला होता है, तो उसकी भावनाएँ उस समय भी उतनी ही

गहन हैं, कि उसके अश्रु उतनी ही सहजता से बहने लगते हैं, तो उसकी भक्ति सही रास्ते पर है। इसके विपरीत, यदि वह पाता है कि जब वह दूसरों के साथ होता है तब ईश्वर के प्रति उसकी भावना अधिक प्रबल होती है, तो उसे चाहिए कि वह मानसिक रूप से एक क्षण रुके और अपने आप से पूछे कि क्या वह वास्तव में अपनी "बड़ी आध्यात्मिक उन्नति" से दूसरों को प्रभावित करने की उम्मीद कर रहा है? यदि वह पाता है कि ऐसा है, तो उसे गहनता से ईश्वर से यह प्रार्थना करनी चाहिए, "हे प्रभु, आपके लिए भक्ति के जिस स्फुल्लिगं को मैं अनुभव करता हूँ, उसे कृपया कदापि दूषित न होने दें! इस बाह्य प्रदर्शन को दूर करने में मेरी सहायता करें ताकि आपके प्रति मेरे प्रेम को कोई और न देख सके। मैं इसे आपके और अपने बीच गुप्त रख सकूँ, पवित्र रख सकूँ।" इस प्रकार उसे बाहर की ओर प्रवाहित हो रही अपनी भावनाओं और विचारों को मोड़कर अन्तर्मुखी करना चाहिए।

जब भक्त ईश्वर के साथ सच्चा प्रेम करने लगता है, जब उसकी भक्ति गहन एवं शुद्ध हो जाती है, तब वह संसार को भूल जाता है। वह फिर इस बात की चिन्ता नहीं करता कि संसार उसे पागल समझता है या संत, कि संसार उसे स्वीकार करता है या उसका तिरस्कार। वह केवल ईश्वर के प्रेम को अनुभव करना चाहता है, और उसी प्रेम में तल्लीन रहना चाहता है। चेतना की उस अवस्था में यदि उसका मन क्षण मात्र के लिए भी बहिर्मुखी हो जाता है और जब अश्रु कभी-कभी बह निकलते हैं, तो उसकी इच्छा यही होती है कि ईश्वर के अलावा उन अश्रुओं को कोई और न देख पाए। ऐसा भक्त जान ले कि वह सही रास्ते पर है; और यह कि उसकी भक्ति धीरे-धीरे अधिक गहन, अधिक प्रत्याहार्य, अधिक अंतर्मुखी होती जाएगी — परंतु फिर भी यदा-कदा यह बहिर्मुखी हो सकती है।

आनन्द ही मनुष्य का परम लक्ष्य है

मनुष्य एक ऐसा प्राणी है जो विवेकशील भी है और प्रेमपूर्ण भी। उसकी आत्मा में विवेक, और भावना दोनों विद्यमान हैं, और दोनों ही गुण परमानन्द का उन्माद प्रदान कर सकते हैं। मुझे याद है कि गुरुदेव ने एक बार कहा था, “जब मैं ज्ञान की अवस्था में होता हूँ तो विवेक सर्वोपरि होता है और मुझे भक्ति का भान नहीं रहता। जब मैं भक्ति की अवस्था में होता हूँ तो वही भाव सर्वोपरि होता है और मैं विवेक के भाव को कम अनुभव करता हूँ।” परंतु प्रेम एवं ज्ञान, दोनों ही परमानन्द का उन्माद प्रदान करते हैं।

प्रत्येक व्यक्ति आनन्द की खोज कर रहा है। जीवन का एकमात्र लक्ष्य यही है। और यही ईश्वर है—सच्चिदानन्द। आत्मा का भी यही स्वभाव है। आप कह सकते हैं कि मनुष्य कई अलग-अलग चीज़ें खोजता है। परंतु उन सबके द्वारा, अपनी खोज की पूर्ति के द्वारा, वह केवल एक ही अनुभव प्राप्त करने की आशा करता है : प्रसन्नता या आनन्द। यदि वह प्रेम को खोजता है, तो इसलिए नहीं कि वह दुःख चाहता है; वह प्रेम किए जाने के आनन्द को अनुभव करना चाहता है। यदि वह ज्ञान प्राप्त करना चाहता है, तो इसलिए नहीं कि वह सीमा में बँधना चाहता है; वह सर्वज्ञ बनने से प्राप्त मदोन्मत्त करने वाला आनन्द चाहता है। मनुष्य स्वर्ण क्यों पाना चाहता है? स्वर्ण, अथवा धन, का अपने आपमें कोई अर्थ नहीं होता। मनुष्य इसे परिपूर्णता के उस आनन्द के लिए खोजता है, जो उन सब चीज़ों को प्राप्त करने से मिलता है जिसकी इच्छा उसे होती है। जब वह यश खोजता है, तो वह इस विचार से प्राप्त आनन्द को अनुभव करने के लिए कि, “मैं सर्वशक्तिमान हूँ,” या “मैं शाश्वत हूँ।” मनुष्य की प्रत्येक खोज के पीछे उसका परम लक्ष्य आनन्द ही है।

आत्मा की प्रकृति है शक्ति, आनन्द, प्रेम, शाश्वत चेतना, सर्वज्ञता और सर्वव्यापकता। अतः मनुष्य इस संसार में जिन चीज़ों को खोजता है, उन सबमें वह उन गुणों को अनुभव करने का प्रयास कर रहा होता है जो उसके वास्तविक स्वभाव का हिस्सा हैं। इसका विश्लेषण करें; अमरत्व प्राप्त करने की इच्छा के सिवा यश और क्या है; यह इच्छा कि जब तक हम यहाँ हैं तब तक सब हमें जानें, और इस संसार से चले जाने के बाद हम लोगों की स्मृति में जीवित रहें। मनुष्य इन सबके पीछे भागता है क्योंकि वह अचेतन रूप से अपनी आत्मा के स्वभाव की अनुभूति खोज रहा है।

इसलिए मनुष्य को सांसारिक जीवन में संतुष्टि पाने हेतु की जाने वाली वेताब खोज के लिए क्षमा कर दिया जाएगा। संतुष्टि खोजना ग़लत नहीं है, परन्तु जिस तरह से इसे खोजा जाता है वह प्रायः ग़लत होता है। जो शाश्वत है, उसे उसमें प्राप्त नहीं किया जा सकता जो स्वयं क्षणभंगुर है।

परम संतुष्टि प्राप्त करने का केवल एक ही रास्ता है। क्राइस्ट इसे जानते थे, और इसलिए उन्होंने कहा, "पहले ईश्वर के साम्राज्य को खोजो और उसके नियमों का पालन करो; और सब कुछ तुम्हें प्रदान कर दिया जाएगा।" यदि आप ईश्वर को खोजते हैं तो उनमें आप बाक़ी सब कुछ पा लेंगे जिसकी आपको लालसा है। उस शाश्वत ईश्वर में आपकी इच्छाओं की पूर्ति हो जाएगी, क्योंकि आप अपनी शाश्वत आत्मा को जान जाएँगे।

महावतार बाबाजी का आशीर्वाद

सेल्फ़-रियलाइज़ेशन फ़ेलोशिप, आश्रम केन्द्र, एंसिनीटस, कैलिफ़ोर्निया, 24 अगस्त, 1965

भारत में परमहंस योगानन्दजी के आश्रमों की यात्रा के दौरान (अक्टूबर 1963 से मई 1964), श्री दया माताजी ने हिमालय की उस गुफा की पावन यात्रा की जो महावतार बाबाजी* की सशरीर उपस्थिति द्वारा पवित्र की गई थी। इस यात्रा के बाद कुछ समय तक दया माताजी सार्वजनिक सभाओं में अपने इस अनुभव की चर्चा करने से इंकार करती रहीं। परंतु जब एंसिनीटस में इस सत्संग के समय एक भक्त ने माताजी से बाबाजी की गुफा की उनकी यात्रा के बारे में पूछा, तो ईश्वरीय इच्छा ने उन्हें इस अनुभव को बताने के लिए प्रेरित किया। उनके शब्दों में इस अनुभव का विवरण यहाँ प्रस्तुत किया जा रहा है,

* क्रियायोग का निष्ठापूर्वक अभ्यास करने वाले योगदा सत्संग सोसाइटी ऑफ़ इण्डिया/सेल्फ़-रियलाइज़ेशन फ़ेलोशिप के समस्त सदस्यों के आध्यात्मिक कल्याण का उत्तरदायित्व लेने वाले ईश्वर प्राप्त गुरुओं की परम्परा में सर्वोच्च गुरु।

दया माताजी अपनी तीर्थ यात्रा के दौरान जिस गुफा में गईं वह वही गुफा है, जिसमें महावतार बाबाजी अपने महान् भक्त लाहिड़ी महाशय को सन् 1861 में क्रियायोग की पवित्र दीक्षा देने के समय रहा करते थे। उनके मिलन की अद्भुत कथा, जैसा कि लाहिड़ी महाशय द्वारा वर्णित है, परमहंस योगानन्दजी द्वारा *योगी कथामृत* के अध्याय 34 में लिपिबद्ध की गई है : "एक दिन अपराह्न में, मैं पहाड़ों का भ्रमण कर रहा था, कहीं दूर से अपने नाम की पुकार सुन कर मैं चौंक गया। उत्साह के साथ मैंने ऊपर की ओर चढ़ाई जारी रखी...। अंत में मैं एक छोटे समतल स्थान पर पहुँच गया जिसके चारों ओर छोटी-छोटी गुफाएँ थीं। उसी पर्वत के एक शिखर पर, एक युवक मुस्कराते हुए स्वागतार्थ हाथ फैलाये खड़ा था...। 'लाहिड़ी तुम आ गए! इस गुफा में विश्राम करो। मैं ही तुम्हें पुकार रहा था।'" लाहिड़ी महाशय द्वारा वर्णित असाधारण परिस्थितियों में महावतार बाबाजी द्वारा क्रियायोग की पवित्र दीक्षा प्राप्त करने की कथा जारी रहती है।

ताकि इससे सब प्रेरणा प्राप्त कर सकें।

परमहंस योगानन्दजी और महावतार बाबाजी के बीच एक अत्यंत विशेष संबंध था। गुरुदेव प्रायः बाबाजी के बारे में, तथा उस घटना के बारे में बताया करते थे जब उनके अमेरिका आगमन के लिए भारत छोड़ने से एक दिन पूर्व, कोलकाता में महावतार बाबाजी ने उन्हें दर्शन दिए थे।* जब कभी भी गुरुदेव उस महान् अवतार† का उल्लेख करते, तो वह इतने भक्ति-भाव के साथ होता था, इतने सम्मान की भावना के साथ होता था कि हमारे हृदय दिव्य प्रेम और ईश-ललक से भर जाते थे। कभी-कभी तो मुझे ऐसा लगता था कि मेरा हृदय फट जाएगा।

गुरुदेव के देहत्याग के बाद बाबाजी का चिंतन मेरी चेतना में उत्तरोत्तर बढ़ता गया। मैं सोचा करती थी कि अपने अन्य प्रिय परम गुरुओं‡ के प्रति यथोचित प्रेम और आदर होते हुए भी, बाबाजी के प्रति मेरे हृदय में एक विशेष भाव क्यों था; मुझे याद नहीं पड़ता था कि मुझे उनसे कोई ख़ास प्रत्युत्तर प्राप्त हुआ हो जिसने शायद मुझमें उनके साथ निकटता के इस स्पष्ट भाव को जाग्रत किया था। स्वयं को पूर्णतः अयोग्य समझते हुए मैंने बाबाजी के पवित्र सान्निध्य की व्यक्तिगत अनुभूति की कभी आशा नहीं की थी। मैं सोचती थी कि सम्भवतः अगले किसी जन्म में यह आशीर्वाद मुझे प्राप्त हो जाए। मैंने कभी भी आध्यात्मिक अनुभवों की न तो कोई माँग की है और न ही कोई लालसा रखी है। मैं बस ईश्वर से प्रेम करना चाहती हूँ और उनके प्रेम को महसूस करना चाहती हूँ। मेरा आनन्द तो ईश्वर से प्रेम करने में ही है; मुझे जीवन में अन्य कोई उपलब्धि प्राप्त करने की इच्छा नहीं है।

* *योगी कथामृत* में अध्याय 37 देखें।

† दैवीय अवतार : वह व्यक्ति जो स्वयं मुक्ति और ब्रह्म के साथ पूर्ण पहचान प्राप्त करने के पश्चात् मानव जाति की सहायता करने हेतु स्वेच्छा से पृथ्वी पर लौट आया है।

‡ परम गुरु, अर्थात् गुरु के गुरु, यहाँ योगदा सत्संग सोसाइटी ऑफ़ इण्डिया/सेल्फ़-रियलाइज़ेशन फ़ेलोशिप की पवित्र परम्परा के गुरुओं, महावतार बाबाजी, लाहिड़ी महाशय, स्वामी श्रीयुक्तेश्वर गिरि और परमहंस योगानन्दजी का उल्लेख किया गया है।

इस बार जब हम भारत गए, तो मेरे साथ गए दो भक्तों* ने बाबाजी की गुफा की यात्रा करने की इच्छा व्यक्त की। पहले तो मुझे कोई व्यक्तिगत इच्छा नहीं हुई, परन्तु फिर-भी हमने पूछ-ताछ की। यह गुफा हिमालय की पहाड़ियों में रानीखेत से आगे, नेपाल की सीमा के समीप स्थित है। दिल्ली में अधिकारियों ने हमें बताया कि उत्तरी सीमा क्षेत्र विदेशियों के लिए वर्जित है; तब ऐसा प्रतीत हुआ कि यह यात्रा सम्भव न हो सकेगी। मैं निराश नहीं हुई। मैंने इतने चमत्कार होते देखे हैं कि मुझे इस बात पर कोई संदेह नहीं कि जगन्माता में वह सब सम्भव करने की शक्ति है जिसकी वे इच्छा कर लेती हैं। और यदि उनकी ऐसी इच्छा नहीं थी कि यह यात्रा हो, तो फिर उनकी इच्छा के आगे मेरी अपनी कोई इच्छा नहीं थी।

एक या दो दिन बाद योगाचार्य विनय नारायण† ने मुझे बताया कि उन्होंने उत्तर प्रदेश राज्य के मुख्यमंत्री से इस विषय में सम्पर्क किया है। बाबाजी की गुफा इसी राज्य में स्थित है। मुख्यमंत्रीजी ने हमारी टोली को उस क्षेत्र की यात्रा करने की विशेष अनुमति प्रदान कर दी थी। दो दिन के अन्दर हम यात्रा के लिए तैयार हो गए। पहाड़ों के ठण्डे वातावरण के लिए हमारे पास उपयुक्त गर्म कपड़े थे ही नहीं, केवल सूती साड़ियाँ और ऊनी शॉल ही थे। अपने उत्साह में आकर हम थोड़े से दुस्साहसी बन गए थे!

हम उत्तर प्रदेश की राजधानी लखनऊ के लिए रेलगाड़ी पर सवार हो गए, और लगभग शाम के आठ बजे राज्यपाल के निवास स्थान पर

* श्री आनन्द माता (पृष्ठ 202n. द्रष्टव्य) और श्री उमा माता। श्री उमा माता योगदा सत्संग सोसाइटी ऑफ़ इण्डिया/सेल्फ़-रियलाइज़ेशन फ़ेलोशिप के बोर्ड की सदस्य हैं।

† परवर्ती काल में वे स्वामी श्यामानन्द के नाम से जाने गए। वे योगदा सत्संग सोसाइटी ऑफ़ इण्डिया के महासचिव थे, और सन् 1971 में अपने देहावसान के समय तक वे इस पद पर कार्यभार सँभालते रहे।

पहुँच गए। हमने राज्यपाल, मुख्यमंत्रीजी, एवं अन्य अतिथियों के साथ रात का भोजन किया। दस बजे हम मुख्यमंत्रीजी के साथ काठगोदाम जाने वाली रेलगाड़ी पर सवार हो गए। तड़के ही हम इस छोटे-से स्टेशन पर पहुँच गए। अभी वहाँ से कार द्वारा द्वाराहाट के पहाड़ी शहर की यात्रा बाकी थी जहाँ पर हमारे जैसे तीर्थ-यात्रियों के लिए ठहरने की व्यवस्था होती है।

बाबाजी द्वारा दिव्य संपुष्टि

कुछ समय के लिए काठगोदाम स्टेशन पर मैं अकेली बैठी थी। अन्य भक्त कारों की प्रतीक्षा में बाहर चले गए थे। मैं गहन भक्ति-भाव से भगवान् के नाम का बारम्बार उच्चारण कर रही थी, जिसे भारत में जपयोग कहते हैं। इसके अभ्यास से संपूर्ण चेतना धीरे-धीरे अन्य सभी विषयों से हट कर केवल एक ही विचार में निमग्न हो जाती है। मैं बाबाजी के नाम का जाप कर रही थी। मेरे हर विचार में केवल बाबाजी ही थे। मेरा हृदय एक अवर्णनीय रोमांच से फटा जा रहा था।

अचानक मैंने इस संसार की पूरी सुध-बुध खो दी। मेरा मन चेतना की एक अलग ही अवस्था में पूर्णतः अन्तर्मुखी हो गया। एक अति मधुर आनन्द की समाधि अवस्था में मैंने बाबाजी के दर्शन किए। तब मैं समझी कि अविला की सन्त टेरेसा (St. Teresa of Avila) का क्या अभिप्राय था जब उन्होंने निराकार क्राइस्ट के "दर्शन" करने की बात कही थी : निराकार क्राइस्ट, अर्थात् आत्मा के रूप में अभिव्यक्त ईश्वर का व्यक्तिगत स्वरूप, जो केवल विचार तत्व का आवरण धारण किए हुए है। यह "दर्शन" एक ऐसी अनुभूति है जिसकी स्पष्टता, भौतिक वस्तुओं की स्थूल रूपरेखाओं से और अधिचेतन अनुभूतियों से भी अधिक सटीक और जीवंत होती है। मैं मन-ही-मन बाबाजी के आगे नतमस्तक हुई और उनकी चरणधूलि ली।

गुरुदेव ने हम में से कुछ भक्तों से कहा था, "तुम्हें हमारी संस्था के नेतृत्व के बारे में कभी भी चिन्ता करने की आवश्यकता नहीं है। बाबाजी ने उन लोगों को पहले ही चुन रखा है जो इस कार्य का मार्ग-दर्शन करने के लिए नियत हैं।" जब निदेशक बोर्ड (Board of Directors) द्वारा मुझे चुना गया, तो मैंने प्रश्न किया, "मुझे क्यों?"* अब मैं इस बारे में बाबाजी से प्रार्थना कर रही थी : "उन्होंने (बोर्ड ने) मुझे चुना। मैं तो अत्यंत अयोग्य हूँ। यह कैसे सम्भव है?" मैं मन-ही-मन उनके चरणों पर सिसक रही थी।

कितनी मधुरता से उन्होंने उत्तर दिया, "मेरी बच्ची, तुम्हें अपने गुरु पर संशय नहीं करना चाहिए। उन्होंने सत्य कहा था। उन्होंने तुमसे जो कहा वह सच है।" जैसे ही बाबाजी ने ये शब्द कहे, एक आनन्दमय शांति मुझ पर छा गई। मैं नहीं जानती कितनी देर तक मेरी पूरी चेतना उस शांति में निमग्न रही।

धीरे-धीरे मुझे आभास हुआ कि टोली के अन्य सदस्य कमरे में वापस आ गए थे। जब मैंने अपनी आँखें खोलीं तो मैंने अपने आस-

* एक अवसर पर परमहंस योगानन्दजी से पूछा गया कि योगदा सत्संग सोसाइटी ऑफ़ इण्डिया/सेल्फ़-रियलाइज़ेशन फ़ेलोशिप के भावी अध्यक्षों की नियुक्ति कैसे की जाएगी, जो अपने पद की गरिमा के कारण उनके प्रतिनिधि के रूप में देखे जाएँगे और वाईएसएस/एसआरफ़ के आध्यात्मिक प्रमुख भी रहेंगे। उन्होंने उत्तर दिया, "इस संस्था का नेतृत्व हमेशा ऐसे स्त्री-पुरुषों के हाथों में रहेगा जिन्हें आत्म-साक्षात्कार प्राप्त हुआ हो। ईश्वर और गुरुजन पहले से ही जानते हैं कि ये कौन होंगे।"

यद्यपि परमहंस योगानन्दजी ने दया माताजी को उनके भावी आध्यात्मिक कार्य के लिए चुना और प्रशिक्षित किया था, तो भी दया माताजी ने इस बात को आंतरिक रूप से पूरी तरह स्वीकार नहीं किया था। उन्हें लगा कि जब इसका समय आएगा, तो ईश्वर अवश्य ही किसी और को उनके स्थान पर चुनेंगे। परंतु संपूर्ण रूप से योग्य किन्तु विनम्रता के कारण अनिच्छुक इस भक्त की कोरी आशा, न तो ईश्वर के संकल्प को और न ही गुरु द्वारा व्यक्त की गई इच्छा को बदल सकी। *(प्रकाशक की टिप्पणी)*

पास के परिवेश को एक नई दृष्टि से देखा। मुझे याद है कि मैं अचरज के साथ ऐसा बोल पड़ी, "अरे हाँ! मैं तो पहले भी यहाँ आ चुकी हूँ।" एक ही क्षण में हर चीज़ जानी-पहचानी लगने लगी, पूर्वजन्म की स्मृतियाँ पुनः जागृत हो गईं!

जिन कारों से हमें पहाड़ी यात्रा करनी थी, वे तैयार थीं। हम उनमें बैठ गए और पहाड़ी सड़क की घुमावदार यात्रा आरम्भ हुई। प्रत्येक स्थान, प्रत्येक दृश्य मेरे लिए परिचित था। काठगोदाम में हुए अनुभव के बाद बाबाजी की उपस्थिति मेरे साथ इतनी प्रबल रूप से बनी रही कि जहाँ कहीं भी मैं देखती, वे वहीं उपस्थित प्रतीत होते। हम कुछ समय रानीखेत में रुके, वहाँ नगर के पदाधिकारियों ने हमारा स्वागत किया। उन्हें मुख्यमंत्रीजी द्वारा हमारी यात्रा की पूर्व सूचना दे दी गई थी।

अंततः हम द्वाराहाट के छोटे-से दूरवर्ती शहर पहुँच गए, जो हिमालय की ऊँची पहाड़ियों में स्थित है। हम सरकारी डाक बंगले में ठहर गए, तीर्थ यात्रियों के लिए एक छोटा साधारण-सा बंगला। उस रात आस-पास के गाँवों से कई लोग हमसे मिलने आए। उन्हें ख़बर पहुँच गई थी कि पश्चिम से कुछ तीर्थ यात्री पवित्र गुफा के दर्शन के लिए आए हुए हैं। इस क्षेत्र में अनेक व्यक्ति बाबाजी की चर्चा करते हैं, जिनके नाम का अर्थ है "पूजनीय पिता।" उन्होंने हम पर प्रश्नों की झड़ी लगा दी, और हमने मिलकर सत्संग किया, ठीक वैसे ही जैसे कि हम अभी कर रहे हैं। उनमें से अनेक अंग्रेज़ी समझते थे, और जो नहीं जानते थे उनके लिए पास बैठा कोई-न-कोई व्यक्ति अनुवाद कर देता था।

एक भविष्य सूचक दिव्य-दर्शन

सत्संग समाप्त होने के बाद जब गाँववासी चले गए, तो हम ध्यान करने बैठे, और फिर अपने गर्म बिस्तरबंदों (sleeping bags) में घुस कर सो गए। अर्धरात्रि में मुझे एक अधिचेतन अनुभव हुआ। अचानक

ही एक विशाल काला बादल मुझे निगलने का प्रयास करते हुए मेरे ऊपर उमड़ पड़ा। जैसे ही ऐसा हुआ, मैं ईश्वर से उनकी सहायता के लिए चीख पड़ी, और मेरी आवाज़ सुनकर मेरे साथ कमरे में सो रहीं आनन्द माँ और उमा माँ जाग गईं। वे घबरा गईं और पूछने लगीं कि क्या हुआ। मैंने कहा, "मैं इसके बारे में अभी बात नहीं करना चाहती। मैं ठीक हूँ, तुम लोग सो जाओ।" ध्यान के अभ्यास द्वारा हम में से हर व्यक्ति में अन्तर्ज्ञान की सर्वज्ञता की शक्ति विकसित हो जाती है। मैं अन्तर्ज्ञान द्वारा समझ गई थी कि इस संकेतात्मक अनुभव द्वारा ईश्वर मुझे क्या बताना चाहते हैं। यह एक गंभीर बीमारी की भविष्यवाणी थी जिसे मुझे जल्दी ही झेलना था; और यह इस बात की भी सूचक थी कि समस्त मानवजाति को एक अत्यन्त कठिन समय का सामना करना पड़ेगा, जिसमें अनिष्टकारी शक्तियाँ संसार को निगलने का प्रयत्न करेंगी। चूँकि बादल ने मुझे पूरी तरह ढंका नहीं था—ईश्वर के मेरे विचारों द्वारा वह पीछे हट गया था—अतः उस दिव्य दर्शन का अर्थ यह था कि मैं व्यक्तिगत संकट से उबर जाऊँगी, और ऐसा ही हुआ। इसी प्रकार उस दर्शन ने यह दिखाया कि संसार भी भयावह काले बादल रूपी कर्मों से अंततः उबर जाएगा, परंतु पहले मानव जाति को ईश्वर की ओर मुड़कर अपना कर्त्तव्य निभाना होगा।

अगले दिन प्रातः नौ बजे हमने गुफा की ओर अपनी यात्रा प्रारम्भ की। यात्रा के इस चरण में अधिकतर रास्ता हमें पैदल ही तय करना पड़ा, परंतु कभी-कभी हम घोड़े पर अथवा डाँडी में भी चले। यह लकड़ी की बनी छोटी पालकी जैसी होती है जो रस्सियों के सहारे दो बल्लियों से लटकी होती है, और इसे चार लोग अपने कंधों पर उठाते हैं।

हम चढ़ाई चढ़ते गए, चढ़ते गए, चढ़ते गए; कभी-कभी तो हमें

वास्तव में रेंग-रेंग कर चलना पड़ा क्योंकि चढ़ाई एकदम खड़ी थी। रास्ते में हम केवल थोड़े-थोड़े समय के लिए दो डाक बंगलों पर रुके। दूसरा डाक बंगला सरकारी था, जहाँ हमें गुफा से वापस आते समय रात बितानी थी। शाम के लगभग पाँच बजे जब पहाड़ों के पीछे सूरज डूबने लगा, हम गुफा पहुँच गए। यह सूर्य का प्रकाश था या किसी अन्य शक्ति का प्रकाश? एक स्वर्गीय आभा की जगमगाहट ने पूरे वातावरण को और हर चीज़ को आच्छादित कर दिया था।

इस क्षेत्र में अनेक गुफाएँ हैं। इनमें से एक का मुख खुला है, जो प्राकृतिक शक्तियों के प्रभावों के कारण एक विशाल चट्टान के फटने से बना है। शायद यह वही चट्टान है जिसके किनारे बाबाजी खड़े थे जब लाहिड़ी महाशय ने उन्हें पहली बार देखा था। वहीं एक और गुफा है; इसमें प्रवेश करने के लिए आपको अपने हाथों और घुटनों के बल रेंग कर जाना पड़ता है। यह वही गुफा है जिसके बारे में कहा जाता है कि बाबाजी इसमें रहते थे। सौ वर्ष पूर्व जब बाबाजी इसमें रहते थे, तब से लेकर अब तक प्राकृतिक शक्तियों के कारण इसकी आकृति, विशेषकर इसके प्रवेशद्वार में परिवर्तन आ गया है। इस गुफा के भीतरी कक्ष में हम लम्बे समय तक गहन ध्यान में बैठे, और गुरुदेव के सभी भक्तजनों एवं समस्त मानव जाति के लिए प्रार्थना की। इससे पूर्व निःशब्दता ने इतना कभी नहीं कहा। मौन की वाणी स्पष्ट रूप से ईश्वर की विद्यमानता का उद्घोष कर रही थी। आत्मानुभूति की तरंगें मेरी चेतना में प्रवाहित होने लगीं; और उस दिन की गई सभी प्रार्थनाओं के प्रत्युत्तर कालान्तर में मुझे प्राप्त हो गए।

अपनी यात्रा के एक स्मृति-चिन्ह के रूप में, और गुरुदेव के सभी भक्तों के महावतार बाबाजी के प्रति आदर एवं श्रद्धा के प्रतीक रूप में हमने गुफा में एक रूमाल छोड़ दिया था जिस पर सेल्फ़-रियलाइज़ेशन

[योगदा सत्संग] का प्रतीक चिह्न* सिला हुआ था।

अंधेरा होने पर हमने अपनी वापसी यात्रा प्रारम्भ की। अनेक गाँववासी हमारी तीर्थ यात्रा में सम्मिलित हो गए थे, और कुछ ने बुद्धिमानी से अपने साथ मिट्टी के तेल की कुछ लालटेनें ले ली थीं। मुक्त कण्ठ से भजन और कीर्तन करते हुए हम लोग पर्वत से नीचे उतर आए। लगभग नौ बजे हम इस क्षेत्र के एक अधिकारी के सादे से घर पहुँच गए, जो गुफ़ा तक हमारे साथ आए थे। यहाँ उन्होंने हमसे विश्राम करने के लिए आग्रह किया था। घर के बाहर एक आग जलाई गई जिसके चारों ओर हम बैठ गए, और हमें भुने हुए आलू, रोटी एवं चाय परोसे गए। रोटी को अंगारों पर सेंका गया था, और यह देखने में एकदम काली थी। मैं कभी नहीं भूल सकती कि पवित्र हिमालय की रात की ठंडी ताज़ी हवा में वह भोजन कितना स्वादिष्ट लग रहा था।

जब हम सरकारी डाक बंगले पर पहुँचे तो आधी रात हो चुकी थी। गुफा की ओर जाते समय हम यहाँ पर रुके थे। यहीं पर हमें रात बितानी थी — अब जो भी बची थी! बाद में हमसे कई लोगों ने कहा कि ईश्वर पर हमारा पूर्ण विश्वास ही हमें उस क्षेत्र से रात को सुरक्षित वापस ले आया। वह क्षेत्र ख़तरनाक साँपों, बाघों और तेंदुओं से भरा हुआ है। अंधेरा होने के बाद वहाँ रहने की कोई सोच भी नहीं सकता। परन्तु कहते हैं न कि जिसके बारे में पता न हो उसका भय भी नहीं होता, और हमें भय का विचार भी नहीं आया। यदि हम ख़तरों से अवगत भी होते, तो भी मुझे पूरा विश्वास है कि हम सुरक्षित अनुभव करते। परन्तु मैं यही सलाह दूँगी कि रात के समय यह यात्रा न करें!

* मुख पृष्ठ देखें। यह चिह्न अन्तर्ज्ञान के आध्यात्मिक नेत्र को प्रदर्शित करता है (ललाट पर, भ्रूमध्य में स्थित), जिसके द्वारा मानव ईश्वर का दर्शन कर सकता है। चिह्न का बाहरी बॉर्डर (outer border) खिली हुई पँखुड़ियों वाला एक कमल दर्शाता है जोकि दिव्य ज्ञानोदय का एक प्राचीन प्रतीक चिह्न है।

काठगोदाम में मुझे बाबाजी का जो अनुभव हुआ था, वह उस पूरे दिन मेरी चेतना में बना रहा; और निरंतर यह भी आभास होता रहा कि मैं अतीत के दृश्यों को पुनः जी रही हूँ।

"मेरा स्वरूप प्रेम है"

उस रात मैं सो न सकी। जैसे ही मैं ध्यान में बैठी कि अचानक संपूर्ण कक्ष सुनहरे प्रकाश से जगमगा उठा। फिर वह प्रकाश चमकीला नीला हो गया, और एक बार फिर हमारे प्रिय बाबाजी की उपस्थिति का आभास होने लगा! इस बार उन्होंने कहा, "मेरी बच्ची, यह जान लो कि मुझे खोजने के लिए भक्तों को इस स्थान पर आने की आवश्यकता नहीं है। जो कोई भी मुझमें विश्वास करते हुए और मुझे पुकारते हुए गहन भक्ति-भाव के साथ अपने अंतर् में जाएगा, उसे मेरा प्रत्युत्तर प्राप्त होगा।" आप सबके लिए उनका यह संदेश था। यह कितना सत्य है! यदि आप केवल विश्वास करें, यदि आपमें श्रद्धा हो और आप अन्तर्मन से बाबाजी को पुकारें, तो आप उनके प्रत्युत्तर का अनुभव करेंगे।

फिर मैंने कहा, "बाबाजी, मेरे प्रभु, हमारे गुरुजी ने हमें सिखाया कि जब कभी हम ईश्वर के ज्ञान स्वरूप को अनुभव करना चाहें तो हमें श्रीयुक्तेश्वरजी से प्रार्थना करनी चाहिए, क्योंकि वे ज्ञान के मूर्त रूप हैं; और जब कभी हम परमानन्द का अनुभव करना चाहें, तो लाहिड़ी महाशय के साथ समस्वरित स्थापित करना चाहिए। आपकी प्रकृति क्या है?" जैसे ही मैंने यह कहा, ओह, मैंने अनुभव किया कि जैसे मेरा हृदय प्रेम से फटा जा रहा है, इतना प्रेम मानो हज़ारों लाखों प्रेम एक में ही समाहित हो गए हों! वे केवल प्रेम हैं; उनका पूरा स्वरूप ही दिव्य प्रेम है।

यद्यपि यह मौन वार्तालाप था, तथापि इससे अधिक सारगर्भित उत्तर की मैं कल्पना नहीं कर सकती थी; परंतु बाबाजी ने इसे और अधिक

मधुर एवं अर्थपूर्ण बना दिया जब उन्होंने इसमें ये शब्द जोड़ दिए : "मेरा स्वरूप प्रेम है; क्योंकि यह केवल प्रेम ही है जो इस संसार को बदल सकता है।"

महावतार बाबाजी की उपस्थिति मुझे दिव्य प्रेम में आनन्दपूर्वक ओतप्रोत करते हुए मन्द होते नीले प्रकाश में धीरे-धीरे विलुप्त हो गई।

मुझे याद है कि गुरुदेव ने अपना शरीर छोड़ने से कुछ समय पहले मुझसे क्या कहा था। मैंने उनसे पूछा था, "गुरुजी, प्रायः जब किसी संगठन का संस्थापक चला जाता है तब उस संगठन का विकास नहीं बल्कि ह्रास होने लगता है। आपके बिना हम इसे कैसे चलाएँगे? जब आप शरीर में नहीं होंगे, तब हमें कौन प्रोत्साहित करेगा और हमें संगठित रखेगा?" मैं उनका उत्तर कभी भूल नहीं सकूँगीं, "इस संसार से मेरे जाने के बाद केवल प्रेम ही मेरा स्थान ले सकता है। ईश्वर के प्रेम में दिन-रात इतनी मदमस्त रहो कि तुम्हें और कुछ न सूझे। और यही प्रेम सबको दो।" बाबाजी का भी यही संदेश है — इस युग के लिए संदेश।

ईश्वर के लिए प्रेम, और सबमें ईश्वर को देखते हुए सभी से प्रेम करना वह शाश्वत संदेश है जिसका उपदेश पृथ्वी पर अवतरित हुए सभी महान् सन्तों ने दिया है। इस सत्य को हमें अपने जीवन में अवश्य अपनाना चाहिए। आज के समय में यह नितान्त आवश्यक है जब लोगों को कल का भरोसा नहीं है, जब ऐसा लगता है कि घृणा, स्वार्थपरायणता, लोभ संसार को नष्ट कर सकते हैं। हमें प्रेम, करुणा, और सौहार्द रूपी शस्त्रों से लैस दिव्य योद्धा बनना होगा; इसकी आज अत्यन्त आवश्यकता है।

अतः मेरे प्रियजनों, मैंने इस अनुभव को आपके साथ बाँटा ताकि आप जान सकें कि बाबाजी अमर हैं। वे वास्तव में हैं; और दिव्य प्रेम

का उनका संदेश शाश्वत है। मैं साधारण मानवीय संबंधों के स्वार्थी, संकुचित और अपना अधिकार जताने वाले प्रेम का उल्लेख नहीं कर रही हूँ। मेरा अभिप्राय उस प्रेम से है जो भगवान् कृष्ण अपने भक्तों को देते हैं, जो क्राइस्ट अपने भक्तों को देते हैं, जो गुरुदेव हमें देते हैं : निःशर्त दिव्य प्रेम। यही प्रेम हमें दूसरों को देना चाहिए। हम सब इसी के लिए लालायित हैं। इस कक्ष में उपस्थित हम में से एक भी व्यक्ति ऐसा नहीं है जो प्रेम के लिए, थोड़ी-सी दयालुता के लिए, और दूसरों द्वारा थोड़ा-सा समझे जाने के लिए लालायित न हो।

हम आत्मा हैं, और आत्मा का स्वरूप पूर्णता है; अतः हम कदापि किसी ऐसी वस्तु से पूरी तरह संतुष्ट नहीं हो सकते जो कि पूर्ण से थोड़ी भी कम हो। परन्तु हम पूर्णता को तब तक कभी जान नहीं सकते जब तक कि हम ईश्वर को जान न लें, अपने उस प्रभु को जो पूर्ण प्रेम हैं, पिता हैं, माता हैं, हमारे सखा और प्रियतम हैं।

सत्य का सार

सेल्फ़-रियलाइज़ेशन फ़ेलोशिप, अंतर्राष्ट्रीय मुख्यालय, लॉस एंजिलिस, कैलिफ़ोर्निया, 2 मई, 1963

परमहंस योगानन्दजी के आश्रमों में बिताए अपने समय के दौरान मुझे ऐसे बहुत से अवसर याद नहीं पड़ते जब आश्रमवासियों के साथ वार्तालाप में उन्होंने आध्यात्मिक प्रश्नों पर गहन चर्चा की हो। ऐसा इसलिए नहीं था कि हममें रुचि का अभाव था, या उनमें ज्ञान का अभाव था। वे जान-बूझकर ऐसे विचार-विमर्शों से दूर रहते थे ताकि वे हमें अध्यात्म को केवल बौद्धिक स्तर पर समझने की दिशा में जाने से रोक सकें। वे नहीं चाहते थे कि हम दार्शनिक चिंतनों में उलझ जाएँ, और इस कारण हम सर्वप्रथम ईश्वर को जानने की, उन्हें अनुभव करने की अपनी ज्वलंत इच्छा को महसूस करना ही बन्द कर दें।

इसी प्रकार, आज की शाम हम इस प्रश्न पर चर्चा कर सकते हैं कि क्या आत्माओं का निरन्तर सृजन किया जा रहा है, और यदि ऐसा है तो ईश्वर ने आज कितनी नई आत्माओं का सृजन किया, इत्यादि; गुरुजी अपने लेखों में इस प्रकार के विषयों पर कभी-कभी चर्चा किया करते थे। परंतु वे इन्हें बहुत अधिक महत्त्वपूर्ण नहीं मानते थे, क्योंकि जैसे-जैसे लोगों की आत्मोन्नति होती जाती है, वैसे-वैसे सभी में इन बातों का ज्ञान आ जाता है। जब तक ईश्वर की अनुभूति प्राप्त न हो जाए, तब तक ईश्वर की खोज कर रहे व्यक्ति को तत्व-मीमांसा की दिशा में भटक कर पथच्युत हो जाने से स्वयं को बचाना चाहिए। कोई व्यक्ति परमहंसजी की शिक्षाओं में पाण्डित्य प्राप्त कर सकता है और फिर भी उनके सत्य को आत्मसात करने में वह विफल रह सकता है। मैं इस आदर्श के प्रति समर्पित हूँ कि इस मार्ग पर चलने वाले भक्तों के

जीवन में ईश्वर एवं गुरुदेव की चेतना अवश्य ही व्यक्त होनी चाहिए। ऐसे ही शिष्य इस कार्य का भविष्य हैं क्योंकि जो लोग ध्यान में गुरु के साथ समस्वरित द्वारा उस चेतना को आत्मसात करेंगे, उन्हें अपना आत्म-साक्षात्कार प्राप्त हो जाएगा और ब्रह्माण्ड के सारे सत्य का ज्ञान मिल जाएगा। गुरुजी की शिक्षाओं का गहनतापूर्वक अध्ययन करें यह बात सही है; परन्तु प्राथमिकता उसे दें जो महत्त्वपूर्ण है। आपकी सर्वोच्च अभिरुचि एवं यथाशक्ति प्रयत्न यही होना चाहिए कि आप अपनी आत्मा में उस ईश्वर को अनुभव करें जिसके बारे में गुरुदेव आपको शिक्षा दे रहे हैं।

दार्शनिक ज्ञान पर सबसे अद्भुत व्याख्या सुनने की अपेक्षा, मैं ऐसे व्यक्ति के चरणों में बैठकर ईश्वर के विषय में उसके अनुभव सुनना कहीं अधिक पसन्द करूँगी जो ईश्वर के प्रेम में मदमस्त है। यदि आश्रम में हम अपना पूरा समय ऐसी व्यर्थ और शुष्क तत्वमीमांसाओं में व्यतीत करते, जैसे ईश्वर क्या हैं और वे क्या करते हैं, तो अपने अंतर् में एक रिक्तता और अधीरता महसूस करते। परंतु जब कोई व्यक्ति अपने अनुभव से ईश्वर के विषय में थोड़ी-बहुत चर्चा करता है, और आप लोग एक साथ ध्यान करते हैं तथा ईश्वर की उपस्थिति को अनुभव करते हैं, तब आप आंतरिक रूप से संतुष्ट हो जाते हैं, और आध्यात्मिक रूप से प्रगति करते हैं।

इन शब्दों को याद रखें : जब तक किसी व्यक्ति में ईश्वर के अलावा किसी भी अन्य चीज़ की इच्छा है, तब तक वह भ्रम में फँस कर संघर्ष कर रहा है। यदि परमहंसजी देखते थे कि किसी आश्रमवासी में ईश्वर की अपेक्षा अन्य किसी वस्तु की इच्छा जाग्रत हो रही है, तो वे उसके मार्ग में हर सम्भव बाधा डाल देते थे, ताकि वह अपने भ्रम से जाग सके। और यदि कोई भक्त अपने विलक्षण प्रश्नों से परमहंसजी को प्रभावित करने का प्रयास करता था तो वे उसकी ओर कोई ध्यान ही

नहीं देते थे। परन्तु जब परमहंसजी किसी भक्त में ईश्वर को जानने की सच्ची लालसा का चुंबकीय आकर्षण महसूस करते थे, तो वे उस व्यक्ति के साथ घण्टों व्यतीत कर देते थे। वे आध्यात्मिक सत्यों की केवल बातें नहीं करते थे, बल्कि ध्यान करने का मार्ग-दर्शन और प्रोत्साहन देते थे; और वे उस भक्त को अनुशासित करते थे — यदि आवश्यकता पड़े तो कठोर शब्दों से भी। वे ऐसा प्रशिक्षण इसलिए देते थे क्योंकि गुरु होने के नाते उनका यह कर्त्तव्य था कि माया को पहचानने और उस पर विजयी होने में वे भक्त की सहायता करें। उनका जीवन लक्ष्य केवल ईश्वर के विषय में मनुष्य के बौद्धिक ज्ञान की वृद्धि करना नहीं, बल्कि आत्माओं को ईश्वर की ओर ले जाने का था।

सत्य को केवल अनुभव द्वारा ही पूरी तरह समझा जाता है

जब कोई व्यक्ति किसी सत्य का गहनतापूर्वक बोध पा लेता है, जब कोई व्यक्ति असीम प्रेम करता है, तो वह आसानी से अपनी भावनाओं के बारे में बोल नहीं पाता। इसलिए किसी भक्त के लिए ईश्वर के एक सुन्दर अनुभव को शब्दों में पिरो पाना बहुत कठिन होता है। यह अनुभव अपने आपमें इतना दिव्य, इतना शुद्ध होता है कि वह इसके विषय में बात नहीं करना चाहता। सन्त जन कहते हैं कि जैसे ही हम किसी दिव्य अनुभव का शब्दों में वर्णन करते हैं, तो वह कुछ मात्रा में अपूर्ण हो जाता है। शब्द अपने आपमें अपूर्ण माध्यम हैं, और इसलिए ये संपूर्णता को पूरी तरह से व्यक्त नहीं कर सकते। और ऐसा ही सत्य के साथ भी है। जब सत्य, अर्थात् ईश्वर को अनुभव न करके केवल इसके विषय में कोरी बातें की जाती हैं, तो हम कुछ-न-कुछ खो देते हैं। जीसस क्राइस्ट की शिक्षाएँ इसका एक उदाहरण हैं। इनकी सही व्याख्या तभी होती है जब कोई सन्त फ्रान्सिस (असीसी) या क्राइस्ट को प्रेम करने वाला कोई अन्य महान् भक्त जन्म लेता है। और ऐसे भक्त को शब्दों से

उतना मतलब नहीं होता जितना कि उनके पीछे छिपे तत्व से मतलब होता है; उसकी यही इच्छा होती है कि वह क्राइस्ट की चेतना में जीए। जो व्यक्ति परमहंस योगानन्दजी के पास प्रशिक्षण के लिए आते थे, उन्हें वे सत्य के इस सार को समझाने का प्रयत्न करते थे।

अधिकांश लोग ईश्वर को तत्परता से नहीं खोजते क्योंकि उन्हें इस बात का अहसास नहीं होता कि सच्चा सुख कहीं और से प्राप्त नहीं होगा। मानव की यश और प्रभुत्व पाने की लालसा, भौतिक ऐश्वर्य पाने की इच्छा, और दूसरों द्वारा सम्मान पाने की इच्छा, ये सब आत्मा की अपनी असीम क्षमता को अभिव्यक्त करने की स्वाभाविक प्रवृत्ति से ही उत्पन्न होती हैं। आत्मा अपने परिपूर्ण स्वरूप को जानती है—दिव्य वैभव से युक्त एवं सर्वशक्तिमान। किन्तु अहं से भ्रमित अवस्था में हम आत्मा की इस परिपूर्णता को नहीं जान पाते; हम केवल आत्मा के प्रोत्साहनों को महसूस करते हैं जो हमें अपनी सहजात शक्ति और वैभव को प्रकट करने के लिए कहती है, और हम इनका ग़लत अर्थ निकालते हैं।

इच्छाओं को तृप्त करने का उचित मार्ग

अच्छे लक्ष्यों एवं इच्छाओं का होना ग़लत नहीं है; परंतु इन्हें सीमित तरीकों से अभिव्यक्त करने एवं तृप्त करने की चेष्टा करके हम ग़लती करते हैं, क्योंकि तब हम भ्रम में फँस कर रह जाते हैं। जब ऐसी इच्छाएं उत्पन्न हों, तो मन-ही-मन प्रार्थना करें, "प्रभु, मैं जानता हूँ कि आपके प्रतिरूप में बनी आत्मा की अपने अनन्त स्वरूप को व्यक्त करने की इच्छा ही इन लालसाओं का मूल कारण है। मेरी सहायता करें कि स्वयं को आत्मा के रूप में पहचान कर मैं प्रेम, प्रभुत्व, एवं सम्मान की अपनी लालसा को संतुष्ट कर सकूँ।" भ्रम पर विजय पाने के लिए विवेक द्वारा इस प्रकार तर्क करना एक अद्भुत उपाय है।

"लेकिन पहले ईश्वर के साम्राज्य को खोजो, और उनके नियमों का पालन करो; और सब कुछ तुम्हें प्रदान कर दिया जाएगा।" मैं जानती हूँ कि यह सत्य है। अनेक वर्ष पहले, जब मैं इस पथ पर नई थी, मैंने अनुभव किया कि इन शब्दों में क्राइस्ट ने ईश्वर के इस महान् आश्वासन को व्यक्त किया है कि यदि हम सर्वप्रथम ईश्वर की खोज करें, और सभी चीज़ों से ज़्यादा केवल ईश्वर को ही खोजें, तो वे सब वस्तुएँ हमें प्राप्त हो जाएँगी जिनकी हमने कभी लालसा की थी। मैंने निश्चय किया कि मैं अपने जीवन में इस कथन को सत्य अथवा असत्य प्रमाणित कर के रहूँगी। जब कभी भी शंका के क्षण आते, तो मैं अपनी आंतरिक प्रतिज्ञा को पुनरुज्जीवित करती : मुझे इस जीवन में प्राप्त अवसरों द्वारा यह सिद्ध करना है कि बाइबिल के ये शब्द सत्य हैं या असत्य।

आध्यात्मिक पथ का अनुसरण करने की सबसे सरल विधि है धर्मग्रन्थों के किसी एक सिद्धान्त, अथवा महापुरुषों द्वारा कहे गए किसी एक सत्य को लेकर उसके अनुसार अपने जीवन का गठन करना। धर्मग्रन्थों में, अथवा महान् सन्तों द्वारा कहे गए शब्दों में आप सबके लिए कोई-न-कोई ऐसा सत्य होता है, जो आपको प्रेरणा देता है और इस कारण यह आपको विशेष रूप से प्रिय होता है। केवल शब्दों से प्रेरणा प्राप्त कर संतुष्ट न हो जाएँ। इस सत्य को जीने का भरसक प्रयास करें, ताकि आपकी प्रेरणा प्रत्यक्ष अनुभव में परिणत हो जाए।

गुरुदेव को जो बात सबसे अधिक रुचिकर थी, वह था भक्त का उत्साह — ईश्वर का अनुभव करने की प्रेमपूर्ण ललक तथा दृढ़ संकल्प। यही बात सच्ची आध्यात्मिक शिक्षाओं को पवित्र एवं जीवन्त रखती है। संसार का सारा बौद्धिक ज्ञान भी ऐसा नहीं कर सकता क्योंकि बौद्धिकता प्रायः ही ईश्वर के विषय में पढ़ने अथवा सुनने से प्राप्त समझ, और ईश्वर के प्रत्यक्ष अनुभव के बीच एक बाधा बन जाती है। जब कोई जिज्ञासु ईश्वर के प्रेम एवं ज्ञान की व्यक्तिगत अनुभूति पा लेता

है, तो उसके विश्वास को कोई विचलित नहीं कर सकता। "वह जो जाने वही जाने; और कोई न जाने।"* वह भक्त केवल सत्य का जीवन जीना चाहता है, ईश्वर की उपस्थिति को अनुभव करना चाहता है, और ईश्वर के साथ एक हो जाना चाहता है। उसकी और कोई महत्त्वाकांक्षा या इच्छा नहीं होती।

अतः यदि आप ईश्वर को प्राप्त करते हैं, या केवल अपने पूरे मनोयोग से ईश्वर को खोजते भी हैं, तो इसका अर्थ है समस्त इच्छाओं का अन्त, क्योंकि ईश्वर के साथ संबंध सर्व-संतुष्टिदायक होता है। ईश्वर से एकाकार व्यक्ति पूरी तरह संतुष्ट होने के कारण स्वयं को ईश्वर से पृथक एक अहंयुक्त अस्तित्त्व के रूप में अभिव्यक्त करने की इच्छा नहीं रखता। वह केवल ईश्वर की इच्छा पूर्ण करने में ही रुचि रखता है — दूसरों को ईश्वर की चेतना महसूस कराना, उनके अन्तर में अपने लिए नहीं बल्कि ईश्वर के लिए रुचि जागृत करना। उसका सच्चा आनन्द दूसरों को अपने उस एकमात्र प्रियतम की ओर आकृष्ट करने में निहित होता है जिसकी वह आराधना करता है।

जो लोग गहनतापूर्वक ध्यान करते हैं, क्रियायोग का निष्ठापूर्वक अभ्यास करते हैं, और जो ईश्वर का प्रत्यक्ष अनुभव प्राप्त करते हैं, ऐसे लोग ही सेल्फ़-रियलाइज़ेशन फ़ेलोशिप [योगदा सत्संग सोसाइटी ऑफ़ इण्डिया]को संपोषित करेंगे। इस कार्य की रूपरेखा ईश्वर ने आकाश तत्व (ether) में निश्चित की हुई है; उनके ही आदेश† से इसकी स्थापना हुई थी, और उनका प्रेम तथा उनकी इच्छा ही इसे सँभाले रखेगी तथा इसका मार्गदर्शन करेगी। मुझे इसमें ज़रा भी संदेह नहीं है। क्रियायोग का अभ्यास परमहंस योगानन्दजी के अनुयायिओं की प्रत्येक पीढ़ी के लिए स्वयं ही अपने सत्य का प्रमाण प्रस्तुत करेगा।

* परमहंस योगानन्दजी द्वारा रचित *Words of Cosmic Chants* से अनूदित।

† विश्व-भर में क्रियायोग के प्रसार के लिए योगदा सत्संग सोसाइटी ऑफ़ इण्डिया/सेल्फ़-रियलाइज़ेशन फ़ेलोशिप की स्थापना तक की प्रत्येक घटना का सविस्तार वर्णन परमहंस योगानन्दजी ने *योगी कथामृत* में किया है।

क्या अवतारों के भी कर्म संस्कार होते हैं?

सेल्फ़-रियलाइज़ेशन फ़ेलोशिप अंतर्राष्ट्रीय मुख्यालय, लॉस एंजिलिस, कैलिफ़ोर्निया, 17 अगस्त, 1965

इस सत्संग में श्री दया माता ने इन प्रश्नों के उत्तर दिए हैं— क्या बंधन-मुक्त जीव के कष्ट भूतकाल के बुरे कर्मों का परिणाम हैं? क्या इस जीवन में उनके द्वारा किए गए कार्यों से उनका कोई कर्म बन्धन बनता है?

हमारे अच्छे अथवा बुरे कार्यों के संचित परिणामों को कर्म कहते हैं। कर्म का सिद्धान्त कार्य-कारण का सिद्धान्त है : हम जैसे बीज बोते हैं वैसा ही फल पाते हैं। अच्छे कार्य हमारे जीवन में अच्छे फल प्रदान करते हैं और बुरे कार्य दुःख और बुरे फल। समस्त मानव जाति, केवल उन असाधारण आत्माओं को छोड़कर जिन्होंने ईश्वर के साथ अपना एकत्व स्थापित करके स्वयं को ऊपर उठा लिया है, इस नियम के अधीन है। कृष्ण व जीसस जैसी आत्माएँ भी पृथ्वी पर कष्ट भोगती हैं, परंतु यह कहना कि उनके कष्ट उनके अपने दुष्कर्मों का फल हैं, एक वेतुका निष्कर्ष है। इस तर्क के अनुसार तो हमें यह मानना चाहिए कि दुःख भोगती हुई मानव जाति की सृष्टि करके भगवान् ने बहुत बुरे कर्म अर्जित किए हैं। और यदि हम ईश्वर का ही स्वरूप हैं, जैसा कि शास्त्र सिखाते हैं, तब हमारे कष्ट ईश्वर के बुरे कार्यों का फल होना चाहिए, और इस प्रकार ईश्वर ही हमारे माध्यम से कष्ट भोग रहे हैं। परंतु यह सोचना असंगत है कि कर्म का सिद्धान्त ईश्वर के लिए अथवा उन लोगों के लिए भी लागू किया जा सकता है जो ईश्वर के साथ अभिन्नता

स्थापित कर उनके नियमों व सिद्धान्तों के परे चले गए हैं। सर्प के फन में विष होता है परंतु वह अपने ही विष से कभी नहीं मरता। परमात्मा अपने अंदर द्वैत के नियम — मायारूपी विष — को धारण करते हैं, परन्तु वे इससे अप्रभावित रहते हैं। इसी प्रकार, जो ईश्वर के साथ एक हो गए हैं वे माया से अछूते रहते हैं। जो द्वैत के नियम से प्रभावित हैं केवल वे ही माया के विष से कष्ट भोगते हैं। यहाँ तक कि महान् सन्तों के भी अपने कर्मों के कुछ अवशेष हो सकते हैं, जो उन्हें भोगने पड़ते हैं। परन्तु जब कोई आत्मा जीवन-मुक्त हो जाती है और फिर पृथ्वी पर वापस आती है तो वह कर्म के नियम से मुक्त होती है। चाहे वह कुछ भी करे, वह अपने को तथा अपने कार्य के परिणामों को पूर्ण नियंत्रण में रखती है।

सद्गुरु बिना क्रोध के भी उग्र हो सकते हैं

उदाहरण के लिए, यह कहना उचित नहीं होगा कि गुरुदेव परमहंस योगानन्दजी को क्रोध आता था; मैंने उन्हें कभी क्रोधित होते नहीं देखा, किन्तु आवश्यकता पड़ने पर वे उग्र रूप धारण कर सकते थे। यदि किसी व्यक्ति को किसी यंत्र में प्रवीणता प्राप्त है तो वह इसे अपने इच्छित उद्देश्य के अनुसार प्रभावशाली ढंग से उपयोग कर सकता है। यदि उसे उस उपकरण पर नियंत्रण नहीं है तो वह उसका दुरुपयोग कर सकता है। ईश्वर ने मानव को जोश के साथ बोलने व कार्य करने की शक्ति दी है। यहाँ तक कि क्राइस्ट ने भी इसका प्रदर्शन किया; वे उग्र थे जब उन्होंने धन की हेरा-फेरी करने वालों को चर्च से बाहर भगा दिया।* उन्होंने विनम्रतापूर्वक उनके पास जाकर यह नहीं बोला, "मेरे बच्चों, तुम यह ग़लत कार्य कर रहे हो, कृपया अपना यह व्यापार यहाँ से बाहर तो ले जाओ।" उन्होंने तो उनकी मेजों को पलट दिया और

* *मत्ती* 21:12 (बाइबिल)।

उन फ़ाख्ताओं (doves), जिन्हें वेचा जा रहा था, को पिंजरे से बाहर उड़ा दिया। इसी प्रकार सभी सद्गुरु, जो स्वयं के स्वामी हैं, कभी-कभी क्रुद्ध प्रतीत होने वाले स्वभाव को प्रदर्शित कर सकते हैं परन्तु यह सब उनके पूर्ण नियंत्रण में होता है। कोई भी साधारण व्यक्ति जो क्रोधित होने का आदी है और उसे अपने पर कोई नियंत्रण नहीं है, उसे अपने भावावेग पर विजय पाना सीखना होगा अथवा कार्मिक फलों को भोगना पड़ेगा।

परमहंसजी ने बताया कि जब वे एक किशोर बालक थे, एक बार उन्हें एक लड़ाकू बालक पर क्रोध आ गया, जो छोटे-छोटे बच्चों को उठाकर पटक देता था। एक कुश्ती में उन्होंने उस लड़ाकू बालक को चित कर दिया और फिर उन्होंने प्रण किया कि अब कभी दोबारा वे क्रोधित नहीं होंगे। लेकिन यह क्रोध भी विशेष किस्म का था। जब एक महान् आत्मा इस संसार में जन्म लेती है तो प्रथम वह एक बच्चे की मानसिकता और शरीर को अभिव्यक्त करती है। उसमें बचपन की कुछ परिसीमाएँ रहती हैं। परंतु, जैसे एक बीज के अन्दर सुन्दर पुष्प छिपा रहता है, उसी प्रकार उस बच्चे में उसकी प्रकृति का आवश्यक दैवी गुण भी छिपा रहता है; महानता की रूपरेखा उसमें रहती है। इसी प्रकार, गुरुदेव को बच्चे वाला क्रोध आया था, परंतु वह भी एक अवचेतन विवेक द्वारा शासित था क्योंकि वह उचित कारण से आया था।

यह तथ्य कि परमहंसजी अपनी माता के गर्भ में ही सचेत थे, इस बात को दर्शाती है कि वे एक साधारण बालक नहीं थे। अनेक जन्मों पहले उन्होंने ईश्वर के साथ एकत्व स्थापित कर लिया था। इस जीवन में वे एक सद्गुरु के रूप में आए थे। किन्तु, वे इतने विनम्र थे कि उन्होंने लोगों के समक्ष अपने बारे में ज्यादा कुछ नहीं कहा। उन्होंने कभी अपनी महानता की घोषणा नहीं की। एक सच्चे महापुरुष का यही तरीका होता है। पूर्ण विनम्रता के वशीभूत हुए वे अपनी श्रेष्ठता

के विषय में कभी कुछ नहीं सोचते। ईश्वर भी ऐसे ही हैं। वे अपनी अतुलनीय महानता को अपने संतों के सम्मुख भी कभी नहीं कहते। फिर भी जब हम प्रकृति को देखते हैं तो इसका अवलोकन कर पाते हैं। उसमें प्रभु के सुन्दर रूप और प्रज्ञा को देखें : सागर की शक्ति में, पर्वतों की भव्यता में, ब्रह्माण्ड को शासित करने वाले नियमों की सर्वज्ञता — में इन सबमें हम प्रभु की अव्यक्त उत्कृष्टता को पाते हैं।

इसी प्रकार, जो लोग वास्तव में महान् होते हैं, वे अपनी महानता के बारे में नहीं कहते। सभी महान् पुरुषों के साथ ऐसा ही होता है; गुरुदेव के साथ भी ऐसा ही था।

जिस तरह अभिनेता एक भूमिका निभाते हैं उसी तरह अवतार भी एक नाम और रूप धारण करते हैं

पृथ्वी पर मानवीय रूप में रहने के लिए एक सद्गुरु को भी कुछ हद तक माया को धारण करना पड़ता है, अन्यथा उनके शरीर के अणु-परमाणु आपस में जुड़े नहीं रह सकते; किन्तु ये कर्म बंधन नहीं हैं। जीसस सलीब पर चढ़ाए जाने के बाद जब कब्र से बाहर निकल कर आए और मरियम मगदलीनी से कहा, "मुझे मत छूओ क्योंकि मैं अभी तक अपने परमपिता के पास नहीं पहुँचा हूँ,"* तो इसका अर्थ यही था कि एक अवतारी रूप के लिए भी माया की आवश्यकता होती है। जब कोई आत्मा, चाहे क्राइस्ट भी, द्वैत के संसार में अवतरित होती है और एक मानवीय रूप धारण करती है तो उसे कुछ परिसीमाओं को स्वीकार करना पड़ता है। परन्तु कर्म के सिद्धान्त के अधीन रहना उनमें से एक नहीं है। वे तब भी समस्त कर्म-बंधनों से ऊपर और परे रहते हैं।

भारत की आध्यात्मिक परम्परा में अनगिनत सच्ची व पौराणिक कथाएँ हैं, जिनका प्रयोजन अति गूढ़ सत्यों को सुगम रूप से स्पष्ट

* *यूहन्ना* 20:17 (बाइबिल)।

बनाना है। उदाहरण के लिए, भगवान् कृष्ण की एक कहानी इस प्रकार है : कहा जाता है कि वे अपने एक भक्त के साथ एक छोटे-से गाँव के खेतों में से गुज़र रहे थे। वहाँ उन्होंने देखा एक मादा सुअर अपने बच्चों को स्तनपान करा रही थी। मादा सुअर अपने बच्चों से बीच-बीच में बातें करने के रूप में गुर्रा रही थी, और बच्चे संतुष्टि से किकिया रहे थे। भगवान् कृष्ण ने इसमें मातृ-प्रेम का एक सुन्दर भाव देखा। उन्होंने अपने भक्त से कहा, "मैं इस अनुभव को पाने के लिए कुछ क्षण के लिए इस सुअरनी के शरीर में प्रवेश कर रहा हूँ।" श्रीकृष्ण अदृश्य हो गए और उन्होंने अपने स्वरूप को सुअरनी में समाहित कर दिया।

अधिकांश लोग सूकर के प्रति आकर्षित नहीं होते। परन्तु जब मैं छोटी थी, तब प्रत्येक गर्मियों में हम अपनी दादीजी से मिलने उनके फार्म जाते थे। और वहाँ गुलाबी रंग के छोटे-छोटे सूकर के बच्चों को देखकर मैं सोचती थी कि इनसे सुन्दर और प्यारी वस्तु कुछ भी नहीं हो सकती है। वे बहुत ही प्यारे, साफ, एवं लुभावने थे। हम उनको घर के सामने बागीचे में उठाकर ले आते और उनके साथ घण्टों खेलते रहते। अतः जब मैंने यह कहानी पहली बार सुनी तो मैं भगवान् कृष्ण के भाव को भली भाँति समझ सकी।

कई महीने बीत गए। तब उस भक्त को चिन्ता हुई कि भगवान् कृष्ण अभी तक वापस क्यों नहीं आए। वह भक्त पुनः उस खेत में गया जहाँ उसने कृष्ण को छोड़ा था। उसने प्रसन्न मादा सुअर को अपने बच्चों से घिरा देखा। "कृष्ण, मेरे प्रभु, आप क्या कर रहे हैं? आपने कहा था कि आप कुछ क्षण के बाद उस रूप से बाहर आ जाएँगे।"

कृष्ण ने उत्तर दिया, ओह! "यह इतना अधिक मधुर अनुभव है कि मैं इसे छोड़ना नहीं चाहता।"

"मेरे प्रभु, आप भगवान् कृष्ण हैं! आप इस प्रकार बंधन में नहीं

रह सकते! बाहर आइए!"

कृष्ण ने स्वीकार किया। "तुम ठीक कहते हो। एक बरछा लो और उसे इस शरीर में घोंप दो।" जब शिष्य ने आज्ञा का पालन किया, तब कृष्ण उस मादा सुअर के शरीर से प्रकट हुए— उस अनुभव से बिलकुल अछूते और अप्रभावित।

इसी प्रकार, क्राइस्ट एवं सभी जीवन-मुक्त सद्गुरुओं के कोई कर्म-बंधन नहीं होते, और न ही वे ग्रहण की गई इन परिसीमाओं द्वारा कुछ क्षणों से अधिक प्रभावित होते हैं— और वह भी केवल सतही रूप से। केवल जब वे अवतरित होते हैं तो वे अस्थाई रूप से उस शरीर में स्वयं को सीमित कर लेते हैं। ईश्वर का कोई रूप नहीं है; वह कोई सफेद दाढ़ी वाला वृद्ध पुरुष नहीं है जो स्वर्ग में कहीं किसी सिंहासन पर बैठा हो। वह परमात्मा है, असीम, बंधन मुक्त। जब कभी वह अस्थाई रूप से कोई रूप धारण करता है, तो सीमितता केवल उस रूप में है।

क्योंकि महान् आत्माएँ पृथ्वी पर केवल एक भूमिका निभाने के लिए आती हैं, इसलिए उनके कोई कर्म नहीं होते। जीसस क्राइस्ट कुछ समय के लिए ही अपनी देह से बंधे थे और सलीब पर चढ़ाए जाने के समय वे जानते थे कि आत्मा के अमरत्व को प्रदर्शित करने की भूमिका उन्हें ईश्वर की इच्छा से निभानी है। इसलिए वे कह सके, "इस शरीर रूपी मन्दिर को ध्वस्त कर दो और मैं तीन दिन में इसे फिर से निर्मित कर लूँगा।"* उनके पास यह शक्ति थी। परन्तु यह कहना ग़लत होगा कि क्राइस्ट ने दुःख नहीं झेला। निसंदेह! उन्होंने दुःख झेला। उन्होंने उस शरीर में वास्तविक दर्द का अनुभव किया, जब उन्हें सताया गया, उनके शरीर में कीलें ठोक दी गईं, काँटो का मुकुट पहनाया गया और

* *यूहन्ना* 2:19 (बाइबिल)।

भाले से गोदा गया। उनको कितनी पीड़ा थी वे ही जानते थे, अन्यथा वे यह नहीं पुकारते, "मेरे प्रभु, मेरे प्रभु, आपने मुझे क्यों त्याग दिया?"* परंतु अगले ही क्षण उन्होंने माया की उस सीमा पर विजय पा ली थी। यह कथा हम सब में आशा जगाती है कि हम भी विजय पा सकते हैं, यदि हम प्रयत्न करते रहें।

हमारी वास्तविक शक्ति आत्म-समर्पण से आती है

एक कहावत है कि जिसका हम कुछ उपचार नहीं कर सकते उसे हमें झेलना सीखना चाहिए। हमें इस संसार में थोड़ा और अधिक सहनशील बनना चाहिए। हमें इतना कमजोर भी नहीं होना चाहिए— हमेशा रोते रहना, शिकायत करते रहना, और यह महसूस करते रहना कि यह जीवन कितना व्यर्थ है। जब तक जीवन है तब तक आशा है। हमें अंतर् मन से कदापि हार नहीं माननी चाहिए। बल्कि हमें मानसिक रूप से स्वयं को प्रभु के चरणों में अर्पित कर देना चाहिए जो कि हमारा बल हैं, हमारी शक्ति हैं, हमारा प्रेम हैं, और हमारा आनन्द हैं। वास्तविक शक्ति इस प्रकार के आत्मसमर्पण से ही आती है। ऐसा करना कठिन है; यदि यह आसान होता, तो प्रत्येक व्यक्ति ऐसा कर लेता। किन्तु अपने इस लघु अहम् को त्यागना बहुत ही कठिन है। इसी पाठ को सीखने के लिए हम इस पृथ्वी पर आए हैं।

जैसा क्राइस्ट के साथ हुआ, वैसा ही सभी महान् आत्माओं के साथ होता है। उन्हें पृथ्वी पर अपनी भूमिका पूर्ण कर लेने के पश्चात् पुनः अपने उस स्वरूप (देह) की चेतना से मुक्त होना ही होता है। मृत्यु के आगमन पर महानतम आत्माओं को भी आकस्मिक आघात लगता है। जब लाहिड़ी महाशय के पास बाबाजी का यह संदेश आया, "लाहिड़ी से कहना कि इस जीवन की संचित शक्ति क्षीण होती जा रही है; यह

* *मत्ती* 27:46 (बाइबिल)।

लगभग समाप्त हो गई है,"* तो लाहिड़ी महाशय काँप गए। इसी प्रकार स्वामी श्रीयुक्तेश्वरजी के साथ हुआ, जब उनके शरीर त्याग का समय आया। यही माया की शक्ति है। परन्तु यह क्षणिक भय, दिव्य-आत्माओं की महानता को कम नहीं कर देता।

देर-सवेर ईश्वर सभी इच्छाओं को पूर्ण कर देते हैं

जिस प्रकार मुक्त आत्माएँ कर्मों के द्वारा बंधी नहीं होतीं, उसी प्रकार वे अपनी इच्छाओं से बंधी नहीं होतीं। जब लाहिड़ी महाशय को क्रिया-योग की दीक्षा मिली, बाबाजी ने अपने शिष्य की पिछले किसी जन्म की भूली† हुई इच्छा को संतुष्ट करने के लिए एक स्वर्ण-महल की रचना की। परंतु लाहिड़ी महाशय एक अवतार थे और ऐसी कोई इच्छा उनके बंधन का कारण नहीं बन सकती थी। भारत के सन्त कहते हैं कि इस मानवीय रूप को पाने के लिए अस्सी लाख योनियों को पार करना पड़ता है, और हम लोग इस मानवीय रूप में अब तक असंख्य जन्म ले चुके हैं। इन सब जन्मों में हमारी करोड़ों, अरबों इच्छाएँ रही होंगी। उनमें से कुछ आइसक्रीम खाने जैसी छोटी-सी इच्छा भी हो सकती है। जब अन्त में कोई ईश्वर को प्राप्त कर लेता है, और उसने कभी भी, किसी भी वस्तु की लालसा की हो, चाहे वह कितनी ही छोटी क्यों न हो तो वह भगवान् के द्वारा पहचान ली जाएगी और किसी-न-किसी समय संतुष्ट कर दी जाएगी। यदि कोई ईश्वर को पाने के लिए अपनी अन्य समस्त इच्छाओं को त्यागने की कल्पना करता है तो क्या यह त्याग है? आपने कुछ नहीं त्यागा है। आपने केवल उनके पूर्ण होने तक लगने वाले समय का त्याग किया है। क्योंकि जब तक आपमें किसी भी वस्तु के लिए न्यूनतम लालसा भी रहेगी तब तक वह इच्छा परिपूर्णता

* *योगी कथामृत*, अध्याय 36।

† *योगी कथामृत*, अध्याय 34।

को खोजती रहेगी — चाहे वह मिटा दी जाए, चाहे निष्क्रिय कर दी जाए अथवा संतुष्ट कर दी जाए। त्याग का अर्थ है कि आप कहें, "हे प्रभु, मैं केवल आपको चाहता हूँ! अब आप ही मेरी चिन्ता करें। यह आत्मा, यह अहम् आपका है — अब यह आपकी समस्या है। आपको पाने से बढ़कर अब, मेरी और कोई इच्छा नहीं है।"

कई जन्म पहले अपने किसी पिछले जन्म में, लाहिड़ी महाशय की महल की एक इच्छा रही होगी। यह उनकी आध्यात्मिक प्राप्ति में बाधा नहीं बनी हुई थी, क्योंकि वे पहले ही ईश्वर को प्राप्त कर चुके थे, और इस तरह अपनी पिछली सब इच्छाओं को निष्क्रिय कर चुके थे। जिस प्रकार, मानो आप मेरे पास आएँ और कहें कि मुझे बचपन में आइसक्रीम खाना बहुत प्रिय था और मैं आपको प्रसन्न करने के लिए आइसक्रीम की व्यवस्था कर दूँ। आपको इसकी आवश्यकता नहीं है क्योंकि आप बहुत समय पहले ही इसकी लालसा से ऊपर उठ चुके हैं। मैं जानती हूँ कि यह न तो इस समय और न ही कभी भूतकाल में, आपके जीवन की कोई ऐसी शर्त रही है, जिसके बिना आप आगे न बढ़ सकें।

उदाहरण के लिए, साल्ट लेक शहर में मुझे (मेरे यहाँ माउण्ट वाशिंगटन मुख्यालय में आने से पहले) गुरुदेव के प्रत्येक प्रवचन के बाद उनके कुछ सेवकों की संगति में उनके होटल रूम में उनके साथ सत्संग करने का सौभाग्य मिला था। वे वहाँ आराम करते और साथ-साथ हमसे अपने प्रवचनों और अन्य आध्यात्मिक विषयों के बारे में अनौपचारिक वार्त्ता किया करते थे। और जब मैं घर जाने के लिए तैयार होती तो वे सदा मेरे लिए चॉकलेट सॉस वाली आइसक्रीम मँगाते। मैंने एक बार उन्हें बताया था कि मैं चॉकलेट सॉस वाली आइसक्रीम पसन्द करती हूँ। तो बस पूरे तीन महीने जब तक वे सॉल्ट लेक शहर में रहे हम प्रत्येक रात्रि को चॉकलेट सॉस वाली आइसक्रीम खाया करते।

होली उत्सव, राँची, मार्च 1973

ऊपर : योगदा पाठशालाओं के अध्यापक एवं छात्र दया माताजी के कर-कमलों से गुलाल की बौछार का आनन्द लेते हुए। *नीचे :* एक बच्चा एकाग्र भाव से माताजी के चरणों पर गुलाल अर्पित करते हुए।

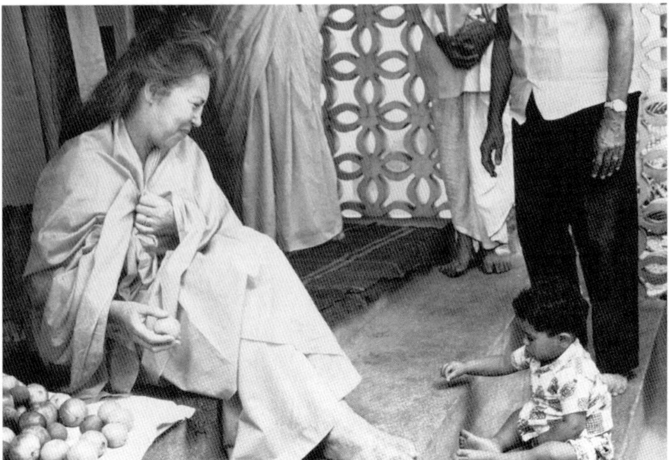

"जब आप अपने अंतर् में ईश्वर को देखते हैं तो आप परम सरलता, दिव्य और आनन्ददायक सादगी को देखते हैं। ईश्वर ऐसे ही हैं।"

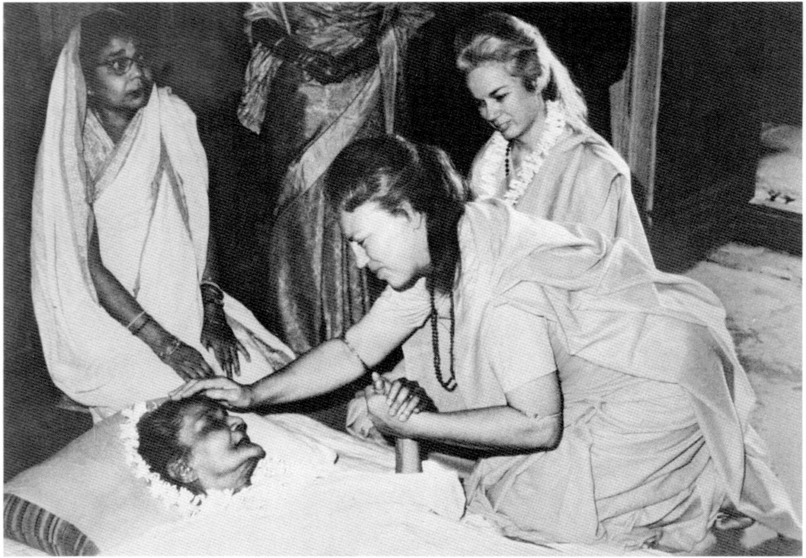

कोलकाता, 1968

"हमें समझना चाहिए कि हम अकेले नहीं हैं और हम कभी भी अकेले नहीं थे और न ही कभी अकेले रहेंगे। काल के प्रारंभ से ईश्वर हमारे साथ रहे हैं और अनन्तकाल तक वे हमारे साथ रहेंगे।"

लगभग दस वर्ष पश्चात्, गुरुदेव वापस वहाँ गए। मैं भी उनके साथ थी। हम सब उसी होटल में ठहरे जहाँ उन्होंने पहले प्रवचन दिए थे। पहली शाम को हम सब उनके कमरे में इकट्ठे हुए और देखा कि उन्होंने चॉकलेट सॉस वाली आइसक्रीम मँगा ली थी। उन्होंने चमकती आँखों से मेरी ओर देखा जैसे कि वे कह रहे हों, "यह तुम्हारे लिए है।" वे जानते थे कि उस इच्छा की पूर्ति करना अब आवश्यक नहीं था; यह केवल उनके प्रेम की अभिव्यक्ति थी — मुझे वह देना, जिसका कभी मेरे लिए बहुत अधिक महत्व था।

इसी प्रकार, लाहिड़ी महाशय के लिए महल की रचना करने के पीछे बाबाजी का भी तात्पर्य यही था, "चूँकि कभी किसी समय तुम्हारी एक महल की लालसा थी, इसलिए मैं इसे पूरा करना चाहता हूँ।" यह इच्छा किसी भी प्रकार लाहिड़ी महाशय के मोक्ष के लिए प्रतिबन्ध नहीं थी। वह तो उन्होंने पहले ही प्राप्त कर लिया था। चेतना की उस उच्च अवस्था में किसी के लिए एक महल का भला क्या अर्थ रहा होगा? जब मेरी ही समझ में इसका कोई मूल्य नहीं है तो लाहिड़ी महाशय जैसे महापुरुष के लिए इसका कोई मूल्य कैसे हो सकता है?

सत्य कितना दिलचस्प होता है, और मोहक भी! कोई भी इस विषय पर अन्तहीन विचार-विमर्श कर सकता है। सबका निचोड़ यही है, प्रभु के साथ प्रेम में रहना सीखना ही परम सत्य है। उस प्रेम में हम परमेश्वर के साथ एकत्व को प्राप्त करते हैं। तब कोई इच्छा, दुर्बलता, अथवा प्रश्न नहीं रह जाता। इसलिए गुरुदेव ने हमें सिखाया कि सर्वोपरि हमें ईश्वर के प्रेम में ही रहना चाहिए।

ईश्वर में हमारी एकरूपता

सन् 1975 में सेल्फ़-रियलाइज़ेशन फ़ेलोशिप के अधिवेशन के उद्घाटन की संध्या पर दिए गए सत्संग का सार, लॉस एंजिलिस, कैलिफ़ोर्निया, 25 जुलाई, 1975

आज इस अति विशिष्ट दिवस* पर, संसार के सभी भागों से यहाँ एकत्र हुए आप सभी भक्तों को देखकर मुझे अति प्रसन्नता हो रही है। इस प्रकार के समारोह प्रत्येक पाँच वर्ष में आयोजित किए जाते हैं और आपमें से अनेक 1970 में स्वर्ण जयन्ती समारोह के अवसर पर भी यहाँ उपस्थित थे। आज गुरुदेव परमहंस योगानन्दजी के कार्य की पश्चिम में स्थापना के पचपनवें वर्ष का हम अभिनन्दन करते हैं।

ये आगामी दस दिन बहुत सारी गतिविधियों से भरे रहेंगे, और कहना न होगा कि हमारी प्रार्थना एवं हार्दिक अभिलाषा यही रहेगी कि ये दिन आप सबके लिए महान् प्रेरणा से भरे हुए हों। ईश्वर की खोज, जैसा कि आप जानते ही हैं, एक व्यक्तिगत लक्ष्य है। अन्य कोई हमें ईश्वर से नहीं मिला सकता, ठीक वैसे ही जैसे यदि हम प्यासे हों तो कोई हमारे बदले में पानी नहीं पी सकता। गुरुजी प्रायः कहा करते थे कि यदि आप प्यासे हैं तो जल के विषय में केवल पढ़ने अथवा भावपूर्ण उपदेश सुनने मात्र से आपको तृप्ति नहीं होगी। जब आप कुएँ का शीतल, ताज़ा जल पीएँगे, केवल तभी आपकी प्यास

* योगदा सत्संग सोसाइटी ऑफ़ इण्डिया/सेल्फ़-रियलाइज़ेशन फ़ेलोशिप द्वारा 25 जुलाई महावतार बाबाजी के स्मृति दिवस के रूप में मनाया जाता है जो कि परमहंस योगानन्दजी का बाबाजी से मिलन के दिन का वार्षिक उत्सव है। इस असाधारण मिलन और बाबाजी के विषय में, परमहंस योगानन्दजी द्वारा *योगी कथामृत* में विस्तार से वर्णन किया गया है।

पूर्ण रूप से तृप्त हो पाएगी। ठीक इसी प्रकार, हम ईश्वर के विषय में असंख्य धार्मिक उपदेश पढ़ सकते हैं, परन्तु वे कदापि हमारी आत्मा की आंतरिक प्यास को तृप्त करने में समर्थ नहीं होंगे। केवल एक वस्तु हमारी लालसा को संतुष्ट कर सकती है, हमारी आवश्यकता को पूर्ण कर सकती है, और वह है — ईश्वर के प्रेम का अनुभव करना। अतः इसी विचार को अपना परम लक्ष्य मानकर हम इस समारोह का शुभारम्भ करते हैं।

सेल्फ़-रियलाइज़ेशन फ़ेलोशिप [योगदा सत्संग सोसाइटी ऑफ़ इण्डिया] द्वारा हर वर्ष यह दिन महावतार बाबाजी के सम्मान में मनाया जाता है। अतः यह उचित होगा कि इस अवसर पर संसार में उनके मिशन के बारे में चर्चा की जाए। भारत में अनेक वर्षों पूर्व, बाबाजी ने ही गुरुजी को चुना और एक संदेश, जो युगों पुराना होते हुए भी आज भी मानव जाति के कल्याण के लिए उतना ही नवीन व प्रभावशाली है; के साथ पश्चिम में भेजा था। सत्य शाश्वत है। यह किसी एक युग की, जन-समुदाय की, राष्ट्र की, अथवा धार्मिक संगठनों की धरोहर नहीं है। यह समस्त मानव जाति का है। इस शाश्वत सत्य — जिसका भारत में पोषण हुआ — को विश्व-भर में प्रसारित करने की बाबाजी की इच्छा थी; तब उन्होंने अपने प्रिय योगानन्द का इस कठिन कार्य के लिए चयन किया, जिनके जीवन ने ईश्वरत्व को ही पूर्णतया प्रतिबिंबित किया है। इस प्रकार, परमहंस योगानन्दजी सेल्फ-रियलाइज़ेशन का महान् उपदेश और विश्व के लिए बाबाजी का अद्वितीय उपहार, क्रियायोग, हमारे लिए लेकर आए। मानव जाति के लिए परमहंस जी का आग्रह है, "मेरे बच्चों! ईश्वर की विद्यमानता एक पूर्ण सत्य है। विश्व के सभी धर्मों के विभिन्न धर्म-ग्रंथों में आपने पढ़ा है; उन सबमें ईश्वर-साक्षात्कार के दिव्य अनुभवों का उल्लेख है। परन्तु यह पर्याप्त नहीं है। तुम्हें सत्य को आत्मसात् करना होगा और इसकी विधि है — क्रियायोग।"

ईश्वरानुभूति के लिए एकाग्रता व ध्यान की प्रविधियों की सर्वप्रथम भारत में ही खोज की गई थी। और जैसा कि गुरुजी ने सन् 1934 में

भविष्यवाणी की थी, अब भारत का "ध्यान का विज्ञान" पश्चिम जगत् में फैल रहा है।

भारत में एक कहानी प्रचलित है जो यह बताती है कि सत्य पर किसी का एकाधिकार नहीं है। जन्म से अंधे छः लड़के, अपने पिता के हाथी को स्नान करा रहे थे। एक जो पूँछ को धो रहा था, उसने निष्कर्ष निकाला कि हाथी एक रस्सी की भाँति होता है। दूसरा जो टाँगें धो रहा था, उसने हाथी का वर्णन चार खम्बों के रूप में किया। तीसरे वेटे ने कहा, "तुम दोनों ग़लत कह रहे हो। हाथी दो पंखों के समान है जो आगे पीछे झूलते रहते हैं।" वह कानों को धो रहा था। चौथे वेटे ने कहा, "नहीं! हाथी एक विशाल दीवार जैसा है।" वह हाथी के पार्श्व भाग की सफाई कर रहा था। पाँचवाँ वेटा हाथी के बाहर निकले दाँतों की सफाई कर रहा था। वह आश्वस्त था कि हाथी केवल अस्थियों का एक जोड़ा है। अन्त में, आखिरी अन्धे वेटे ने कहा, "मैं तुमसे कहता हूँ कि तुम सब ग़लत हो। हाथी एक अजगर की भाँति होता है।" वह हाथी की सूँड़ को धो रहा था।

उनमें वाद-विवाद जारी रहा; प्रत्येक पुत्र आश्वस्त था कि केवल वही सत्य जानता है कि हाथी कैसा होता है। पिता ने अपने बच्चों को आपस में लड़ते देखा और उनसे परेशानी का कारण पूछा। उन्होंने सारी बात बता दी और आग्रह किया कि, "हममें से कौन सही है?" पिता ने उत्तर दिया, "मेरे प्रिय पुत्रों, तुम सभी सही हो, और साथ-ही-साथ तुम सब ग़लत भी हो। देखो, हाथी का स्वरूप किसी एक के बताए हुए जैसा नहीं है। अपितु, वह जैसा कि तुम सबने उसका वर्णन किया, उसी सबका मिला हुआ रूप है। तुमने इस बात पर सोच-विचार नहीं किया कि प्रत्येक का कथन समूचे हाथी के केवल एक भाग का विवरण दे रहा है।"

सत्य के साथ भी ऐसा ही है। सत्य पर किसी एक धर्म का

एकाधिकार नहीं है; प्रत्येक में अनन्त की अनेकरूपता का कुछ-न-कुछ अंश समाहित है। जब हम विभिन्न साम्प्रदायिक मतों की सीमाओं के परे जाएँ और ध्यान में निश्चलता से बैठकर अपने विचारों से आकाश को मथ डालें, "मेरे प्रभु, मेरे प्रभु, मेरे प्रभु, मेरे प्रभु, दर्शन दो, स्वयं को प्रकट करो, स्वयं को प्रकट करो," और आत्मा में छिपे सत्य एवं प्रेरणा के स्रोत में, शांति से गहरे और अधिक गहरे उतरते जाएँ तब हमें ईश्वर का बोध होना आरंभ होता है। तब हम सहज रूप से सभी धर्मों में प्रभु का सम्मान करते हैं और प्रत्येक सच्चे आचार्य के प्रति आदर अनुभव करते हैं। हम अपने ईश्वर को जगदीश्वर के रूप में जान लेते हैं और सत्य की विविध अभिव्यक्तियों को संपूर्ण का ही एक अंश समझते हैं। इस अनुभूति के द्वारा हम अपने साथियों को भी अच्छे ढंग से समझ पाते हैं।

मनुष्य का भ्रातृभाव और ईश्वर का पितृभाव

मैं गुरुदेव के द्वारा सन् 1937 में, इसी भवन* में की गई भविष्यवाणी को पढ़कर सुनाना चाहती हूँ, "यह एक नया संसार है जो हमारे सामने है...और इसमें होने वाले परिवर्तनों के साथ-साथ हमें स्वयं को बदलना चाहिए। नई पीढ़ी के लिए यह परम आवश्यक है कि वे समस्त मानव जाति के देवत्व को मान्यता दें और विभाजित करने वाली समस्त सीमाओं को नष्ट कर दें। मैं भगवान् कृष्ण, जीसस क्राइस्ट अथवा प्राचीन ऋषिगणों को किसी व्यक्ति को एक हिन्दू, ईसाई, यहूदी या इसी प्रकार के किसी और नाम से सम्बोधित करते हुए सोच भी नहीं सकता। मैं यह अवश्य सोच सकता हूँ कि वे प्रत्येक व्यक्ति को "मेरे भाई"

* लॉस एंजिलिस में यूनाइटेड मैथोडिस्ट चर्च का सभागार। परमहंस योगानन्दजी ने यहाँ 25 फरवरी 1937 को, धार्मिक प्रमुखों की एक सभा में भाषण दिया था। सेल्फ़-रियलाइज़ेशन फ़ेलोशिप ने अपने सन् 1975 के समारोह के अनेक विशेष कार्यक्रमों के लिए इस बड़े सभागार को आरक्षित किया था।

कहकर पुकारते। किसी भी नए धर्म की स्थापना दूसरी जातियों के प्रति द्वेष पर आधारित नहीं होगी और न ही इस विचारधारा पर होगी कि कुछ लोग "ईश्वर की चुनी हुई संतान हैं;" परन्तु इसका आधार होगा इस पृथ्वी पर जी रहे प्रत्येक इंसान में भगवान् के अस्तित्त्व की पहचान, तथा यह बोध कि समस्त मानवजाति एक ही परमपिता की संतान है।"

गुरुजी प्रायः कहा करते थे कि यदि भगवान् कृष्ण, जीसस क्राइस्ट, भगवान् बुद्ध और वे सभी संत, जिन्होंने ईश्वर से संपर्क स्थापित किया हो, एक साथ एकत्र होते, तो उनमें आपस में कोई मतभेद नहीं होता क्योंकि वे सत्य के एकमात्र स्रोत से अमृत पान करते। वे ईश्वर में एकरस हैं। ईश्वर उन सबमें व्यक्त हैं। यह तो संकुचित दृष्टिकोण वाले शिष्यों का भटका हुआ उत्साह होता है जो विभाजन का कारण बनता है। यदि हम महान् सन्तों के सच्चे शिष्य बनना चाहते हैं तो हमें विचारों की संकीर्णता से बचना होगा। हमें सभी धर्मों का आदर करना चाहिए, और सभी व्यक्तियों से, चाहे वे काले, पीले, लाल, सफेद अथवा भूरे हों, प्रेम करना चाहिए। व्यक्ति को उसके रंग के आधार पर परखना मूर्खता है। विद्युत किसी भी लाल, पीले, हरे, अथवा नीले रंग के बल्ब में से होकर प्रवाहित हो सकती है, परंतु क्या आप कहेंगे कि प्रत्येक बल्ब में विद्युत भिन्न है? नहीं। उसी प्रकार ईश्वर अविनाशी आत्मा के रूप में समस्त मानव-बल्बों में समान रूप से चमकते हैं। त्वचा के रंग से कोई फर्क नहीं पड़ता। हमें सीमित धारणाओं से दूर रहना चाहिए। ईश्वर चाहते हैं कि हम सभी मनुष्यों के अच्छे गुणों और आदर्शों को लें और उन्हें आत्मसात् कर लें।

जहाँ दो या तीन एक साथ एकत्र होते हैं

अंत में, मैं गुरुजी के कुछ विचार आपके साथ बाँटना चाहूँगी, "हमें विश्वभर में ध्यान मण्डलियाँ व केन्द्र स्थापित करने चाहिए। परंतु

जो मन्दिर और केन्द्र रूपी छत्ते, ईश्वरानुभूति के मधु से खाली हैं उनमें मेरी कोई रुचि नहीं है; संगठन रूपी छत्ते ईश्वर के सान्निध्य रूपी मधु से भरे रहने चाहिए।"

एक साथ मिलकर ध्यान करके, संगठन रूपी छत्तों को ईश्वर के प्रेम रूपी मधु से भरा जा सकता है। जब मैं प्रथम बार आश्रम में आई तो गुरुदेव ने मुझसे कहा था, "दो या तीन लोगों के साथ मिलकर ध्यान करो।" ऐसा ही उनके गुरु भी उनसे कहा करते थे। मैं देखती हूँ कि गुरुदेव जैसा चाहते थे, अब विश्व-भर में आप सभी भक्तगण छोटे-छोटे समूहों में एकत्र होते हैं, एक शिक्षक बनने की व्यक्तिगत आकांक्षा के लिए अथवा दर्शनशास्त्र पर विचार-विमर्श करने के लिए नहीं, अपितु ध्यान में ईश्वर की खोज करने के लिए। जब आप मिलकर ध्यान करते हैं, चाहे भक्तों की संख्या कम ही क्यों न हो, तब भी आपमें से प्रत्येक व्यक्ति समूह के दूसरे सदस्यों की ईश्वर-भक्ति को और बल प्रदान करते हैं।

गुरुदेव ने बताया, "भारत के महान् गुरुजनों ने कहा है कि धर्म का प्रयोजन कुछ ऐसे धार्मिक सिद्धान्तों को बना देना नहीं है जिनका बिना कुछ सोचे समझे अनुसरण किया जाए; अपितु उसका ध्येय मानव जाति को चिरस्थाई सुख प्राप्ति की शाश्वत विधि को दर्शाना है। जिस प्रकार एक व्यापारी दूसरों की कुछ आवश्यकताओं की पूर्ति कर उनके कष्टों को दूर करने का प्रयत्न करता है, जिस प्रकार प्रत्येक मनुष्य पृथ्वी पर कुछ अच्छा करने के लिए ईश्वर का प्रतिनिधि है, उसी प्रकार भगवान् कृष्ण, जीसस क्राइस्ट, बुद्ध — सभी सन्त महात्मा — मानव जाति के परम कल्याण हेतु शाश्वत आनन्द के ज्ञान को प्रदान करने और अपने उत्कृष्ट जीवन का अनुसरण करने की हमें प्रेरणा देने के लिए इस पृथ्वी पर आए। चाहे आप कितने ही शक्तिशाली क्यों न हों, आपकी देह को अन्ततः मिट्टी में मिलना ही होगा। अब और समय नष्ट न

करें। मेरे प्रिय क्राइस्ट एवं कृष्ण द्वारा सिखाई गई योग प्रविधियाँ मनुष्य को आत्मानुभूति और ईश्वर के साथ एकरूपता प्राप्त करने में समर्थ बनाकर अज्ञान व कष्टों को अवश्य नष्ट कर देंगी।"*

[अट्ठाईस देशों से आए इन भक्तों के लिए दया माताजी भगवान् से प्रार्थना करती हैं — उसी प्रार्थना को इन देशों में से कुछ की भाषा में दोहराते हुए — और फिर इन शब्दों के साथ समापन करती है :]

जगन्माता ने मुझे बहुभाषीय योग्यता का वरदान तो नहीं दिया ! परन्तु मैं आपके साथ अपनी आत्मा की सार्वजनीन भाषा में कहती हूँ : मैं आप सबको अपनी आत्मा का दिव्य प्रेम एवं मित्रता प्रदान करती हूँ। जो प्रेम मैं अपने प्रियतम प्रभु के लिए अनुभव करती हूँ, वही प्रेम मैं आपमें से प्रत्येक के लिए अनुभव करती हूँ आप सब जिन्हें मैं अपना मानती हूँ और जो एकमात्र परम लक्ष्य — ईश्वर की ओर ले जाने वाले मार्ग पर साथ चल रहे हैं। आप सबको ईश्वर का आशीर्वाद प्राप्त हो।

* परमहंस योगानन्दजी की पुस्तक *मानव की निरंतर खोज* में, "क्राइस्ट एवं कृष्ण : एक ही सत्य के अवतार" से।

जीवन का एकमात्र समाधान

भारत-अमेरिका आध्यात्मिक सम्मेलन, भारत सरकार के सांस्कृतिक केन्द्र द्वारा प्रायोजित, सेन फ्रांसिस्को, कैलिफ़ोर्निया, 23 मार्च, 1975

आज शाम की इस सभा में उपस्थित होना मेरे लिए सौभाग्य की बात है। इस सभा का महान् उद्देश्य है — धार्मिक विचारों का एकीकरण।

उन्नीसवीं शताब्दी के अन्तिम वर्षों में महान् आध्यात्मिक गुणों से सम्पन्न, स्वामी विवेकानन्द अमेरिका आए। उन्होंने यहाँ पहली बार सनातन धर्म का बीज बोते हुए, भारत के शाश्वत धर्म के अमर संदेश का परिचय कराया। कुछ दशकों पश्चात्, एक अन्य प्रबुद्ध गुरु परमहंस योगानन्द को उनके गुरु द्वारा बोस्टन में धार्मिक उदारवादियों के सम्मेलन में व्याख्यान देने के लिए भेजा गया। उन्होंने भी भारत के शाश्वत धर्म* का बीजारोपण किया।

सत्रह वर्ष की आयु में मुझे परमहंस योगानन्दजी के चरणों में अध्ययन प्रारंभ करने का, उनके अनुशासन को ग्रहण करने एवं उनके वचनों को लिपिबद्ध करने का सौभाग्य प्राप्त हुआ। सन् 1934 में उन्होंने सार्वजनिक रूप से यह घोषणा की, "मेरे भौतिक शरीर को छोड़ देने के बाद, एक समय ऐसा आएगा, जब आध्यात्मिक उत्साह एवं ईश्वर में रुचि का विशाल प्रवाह उमड़ पड़ेगा। भारत का यह संदेश, संसार का आध्यात्मिक मार्गदर्शक बनकर, पृथ्वी पर गहरा प्रभाव डालेगा।" ये शब्द अनेक बार मेरे कानों में गूंजे हैं क्योंकि मैं देखती हूँ कि आज यही तो हो रहा है। हम पाते हैं कि इस बात की परवाह किए बिना कि

* परमहंस योगानन्दजी भारतीय धर्म के प्रथम धर्म प्रचारक थे जो पश्चिम (अमेरिका) में रहे और तीस वर्षों से भी अधिक समय तक शिक्षा प्रदान की।

वह किस रंग का है अथवा पृथ्वी के किस भाग में जन्मा है, मनुष्य में पहले से कहीं अधिक मेल-जोल की चाह है और उन सभी प्रश्नों के उत्तर पाने की लालसा है जो उसे दुःख देते हैं।

हम एक नवीन युग में आ गए हैं, जिसमें मानव जाति के लिए संगठित होना आवश्यक हो गया है। कोई भी युद्ध मानवता की रक्षा नहीं कर सकेगा। हम क्राइस्ट के दो हज़ार वर्ष पूर्व के वचनों को सुन सकते हैं, "यदि आप तलवार का उपयोग करेंगे, तो आप तलवार से ही मारे जाएँगे।"* इस आधुनिक युग में कितने दुःखद रूप से हमने जीवन का मोल चुकाया है। आज हम एक अनिश्चित भविष्य का सामना कर रहे हैं।

सभी देशों की युवा पीढ़ी में अन्ध व्यवस्था फैली हुई है। दो वर्ष पूर्व अपनी यूरोप की यात्रा के दौरान, और फिर अफगानिस्तान तक की यात्रा में, मैंने देखा कि युवाओं में कितनी वेचैनी है। वे कुछ तलाश रहे थे और भ्रमित थे। वे असंतुष्ट थे, उससे, जो उन्होंने अपने जीवन में प्राप्त किया एवं उन उदाहरणों से जो उनके सामने प्रस्तुत किए गए। समुदायों में असंतोष है, राष्ट्रों में असंतोष है और संपूर्ण विश्व में असंतोष ही असंतोष है।

मानव जाति के अस्तित्त्व का उद्देश्य और जीवन का उत्तर केवल एक ही है। यदि यह सत्य है कि मनुष्य ईश्वर के प्रतिबिम्ब में बना है, जैसा कि प्रत्येक पैगंबर ने सिखाया है, तब इसका अर्थ है कि यह प्रतिबिम्ब हम सब में विद्यमान है। तब हमारा यह कर्त्तव्य है कि हम उस अच्छाई और पवित्रता को, और उस ऐश्वर्य को जो मानव हृदय में विद्यमान है, प्रकट करने का भरसक प्रयास करें।

* "तब जीसस ने उससे कहा, अपनी तलवार को फिर से उसके म्यान में रख दो क्योंकि जो तलवार चलाते हैं वे तलवार से ही मारे जाएँगे" *मत्ती* 26:52 (बाइबिल)।

भगवद्गीता और ईसाई धर्मग्रन्थ, दोनों ही बताते हैं कि मनुष्य का लक्ष्य ईश्वर को जानना, ईश्वर से प्रेम करना, और मानव-सेवा के द्वारा ईश्वर की सेवा करना है। यह संदेश, जो कि शाश्वत सत्य है, आज भी उतना ही महत्त्वपूर्ण है जितना कि यह तब था जब, सहस्रों वर्षों पूर्व, महान् आध्यात्मिक मनीषियों द्वारा यह व्यक्त किया गया था।

यदि हम अपनी अंतरात्मा का अवलोकन करें तो हम पाएँगे कि हम अपने जीवन की उस अवस्था-बिन्दु तक पहुँच गए हैं जहाँ हम एक ऐसे प्रेम की भूख, ललक, और आवश्यकता का अनुभव करते हैं जो हमें पूर्ण परितोष प्रदान कर सके; हम ऐसी पूर्ण सुरक्षा चाहते हैं जो इस संसार की कोई वस्तु हमें नहीं दे सकती; न धन और न ही स्वास्थ्य द्वारा और न ही कितनी भी बौद्धिक समझ के द्वारा ही यह प्राप्त हो सकती है। तब यह हमें गीता के संदेश की ओर मोड़ती है, जिसके अनुसार ध्यान एवं उचित व्यवहार का युग्म ही सत्य का रास्ता है, तथा ईश्वर की ओर — उस परम स्रोत की ओर — ले जाने वाला मार्ग भी है जो हमें वह सब कुछ प्रदान कर सकता है जिन्हें हम खोज रहे हैं।

सभी धर्मों में, अनुयायियों को मौन चिंतन या ध्यान का अभ्यास करना ही सिखाया जाता है — चाहे इस प्रक्रिया के विविध नाम भले ही क्यों न हों। ईसाई धर्म सिखाता है "अनवरत रूप से प्रार्थना करते रहो।"* आज, पहले से अधिक आप देख सकते हैं कि महाविद्यालयों में, संयुक्त राष्ट्र में, अनेक महत्त्वपूर्ण संगठनों में, एक छोटी-सी शांत जगह है जहाँ जाकर, शांति से बैठकर कोई भी अपने हृदय की भाषा में ईश्वर से बातें कर सकता है। लाखों सच्ची आत्माओं द्वारा इस प्रकार के ईश संपर्क का अभ्यास किया जा रहा है।

हम पृथ्वी पर इसलिए भेजे गए हैं ताकि हम उनको जानने का

* *I थीस्सलुनीकियों* 5:17 (बाइबिल) : "अनवरत प्रार्थना करते रहो।"

प्रयास करें, जिन्होंने हम सबको यहाँ भेजा है। हम उनकी संतान हैं। क्या यह बात विचित्र नहीं है कि हम उनके द्वारा दी गई प्रत्येक वस्तु का उपयोग तो करते हैं परन्तु फिर भी हम उनको भूले हुए हैं जो पिछले असंख्य जन्मों से हमारे साथ रहे हैं और जो आने वाले जन्मों में भी हमारे साथ रहेंगे? बुद्धि, प्रेम, इच्छा की स्वतंत्रता तथा वे सारे गुण जिन्हें हम अपने दैनिक जीवन में व्यक्त करते हैं, केवल एकमात्र शक्ति ईश्वर — से ही आते हैं। ईश्वर द्वारा दी गई सब योग्यताओं का उपयोग करते हुए भी हम उनको भुलाए रहते हैं।

गीता में निर्देशित "उचित व्यवहार" क्या है? इसका अर्थ है, अच्छाई को जन्म देने वाले सिद्धांतों पर दृढ़ रहना — पहले मन में फिर वचन और कर्म में। सच्चाई के लिए प्रयत्नशील रहो; सभी धर्म यही सिखाते हैं। भाईचारे के लिए प्रयत्न करो; सभी यही सिखाते हैं। ईमानदारी, पवित्रता, उच्च नैतिक सिद्धान्त के अलावा कोई भी धर्म भिन्न कुछ नहीं सिखाता। परंतु मानव जाति ने इन्हें अधिकांशतः भुला दिया है। यही कारण है कि आज हम अपने आपको इस घोर दुर्व्यवस्था में पाते हैं।

अपनी जिम्मेदारियों की वज़ह से मुझे समय-समय पर विश्व-भर में यात्रा करनी पड़ती है। अपनी यात्राओं के दौरान मैं अधिकाधिक यह पाती हूँ कि आप जैसे लोग जो आज यहाँ उपस्थित है; खासकर युवा पीढ़ी के सदस्य 'यह' जानने में गहन रूचि ले रहे हैं कि जीवन क्या है और सत्य क्या है। और सर्वोपरि, वे भारत के सनातन धर्म को खुले दिल से स्वीकार कर रहे हैं अपनी युवावस्था में जब मैं ईश्वर को खोज रही थी, तब इस "धर्म" की ओर मैं आकर्षित हुई क्योंकि मेरी धारणा यह थी कि ईश्वर के विषय में ओजपूर्ण प्रवचन सुनना अथवा उनके विषय में पढ़ना ही पर्याप्त नहीं है। जिन-जिन उपदेशकों से मैं मिलने जाती, उन्हें देखती और सोचती, "ठीक है, परन्तु क्या आप ईश्वर से प्रेम

करते हैं? मैं तो उनकी खोज कर रही हूँ जो मुझमें उस प्रेम को रोपित कर सकें, जो मेरी आत्मा को इतना प्रज्वलित कर दे कि मैं अपने प्रभु के अतिरिक्त कुछ न जानूँ और अपने आपको उनकी सेवा में समर्पित कर दूँ, तथा उनके माध्यम से विश्व-भर में अपने भाई-बहनों की सेवा कर सकूँ।" भारत के महान् पुत्र, मेरे गुरुदेव परमहंस योगानन्दजी में मैंने उस व्यक्तित्व को पाया।

आप जैसी आत्माओं के सम्मुख, भारत के इस शाश्वत धर्म के विषय में बोलना मेरा सुखद सौभाग्य है। जीवन क्या है, ईश्वर की संतान होने के नाते हम उन्हें कैसे जान सकते हैं, और उनके साथ मधुर व घनिष्ठ संबंध कैसे बना सकते हैं, इस विषय में मैं परमहंसजी द्वारा लिखित इन शब्दों से उपसंहार करना चाहूँगी।

(दया माताजी ने परमहंस योगानन्दजी की इस कविता द्वारा अपना प्रवचन समाप्त किया।)

ईश्वर! ईश्वर! ईश्वर!

निद्रा की गहराईयों से जब,
जागृति की सर्पिल सीढ़ियाँ चढ़ता हूँ,
मन्दस्वर में जपता हूँ :
ईश्वर! ईश्वर! ईश्वर!

आप आहार हैं, और मैं जब
आप से रात्रि-वियोग का उपवास समाप्त करता हूँ,
आपके रस को चखकर मन ही मन जपता हूँ :
ईश्वर! ईश्वर! ईश्वर!

चाहे कहीं भी मैं जाता हूँ,
मेरे मन की ज्योति आप पर ही रहती है,

और कर्म के कोलाहल भरे संग्राम में,
मेरा मौन युद्ध घोष भी सदा यही है :
ईश्वर! ईश्वर! ईश्वर!

जब परीक्षाओं के प्रचण्ड तूफान करें शोर,
चिन्ताओं का उत्क्रोश देता झकझोर,
उनके कोलाहल करूँ शांत, ऊँचे स्वर में जब करूँ गान :
ईश्वर! ईश्वर! ईश्वर!

जब मेरा मन बुनता है स्वप्न
लेकर धागे स्मृतियों के,
उस जादुई वस्त्र पर करता हूँ,
कशीदगी उच्चित्रण से :
ईश्वर! ईश्वर! ईश्वर!
प्रत्येक रात्रि, प्रगाढ़ निद्रा के समय,
मेरी शांति स्वप्न में पुकार उठती है :
आनन्द! आनन्द! आनन्द!

और मेरा आनन्द आता है करते शाश्वत गान :
ईश्वर! ईश्वर! ईश्वर!

जागते, खाते, करते काम, स्वप्न, निद्रा, सेवा या ध्यान,
दिव्य प्रेम या कीर्तन गान, मेरी आत्मा नित्य करे गुणगान,
जिसके प्रति सब रहें अनजान :
ईश्वर! ईश्वर! ईश्वर!

आप सबको ईश्वर का आशीर्वाद प्राप्त हो।

अन्तर् में ईश्वर के साथ रहें

सेल्फ़-रियलाइज़ेशन फ़ेलोशिप अंतर्राष्ट्रीय मुख्यालय, लॉस एंजिलिस, कैलिफ़ोर्निया, 9 फरवरी, 1956

हमारी एकाग्रता जगन्माता पर इस प्रकार दृढ़ रहनी चाहिए कि हमारे बाहरी जीवन की बदलती परिस्थितियाँ हमें अन्तर् में प्रभावित न कर पाएँ। दुःख और निराशा से हमें विचलित नहीं होना चाहिए और न ही भौतिक सुखों से हमें अनावश्यक रूप से आकृष्ट होना चाहिए। मुझे याद है किसी ने परमहंसजी से कहा था, "अवश्य ही वह अवस्था अत्यंत नीरस एवं अरुचिकर होगी।" गुरुदेव ने उत्तर दिया, "इसके विपरीत, जो व्यक्ति दिव्य आनन्द में तल्लीन रहता है, जगन्माता की उपस्थिति की चेतना और बोध में तल्लीन रहता है, वह संसार के समस्त सुखों का आनन्द वेहतर रूप से अनुभव कर पाता है; परंतु सांसारिक गतिविधियों में लिप्त रहने से जो मोह एवं शोक आम तौर पर होते हैं, उनसे वह बचा रहता है।"

हमें सुखों में आसक्त न होना, और कष्टों से भयभीत न होना सीखना होगा। बिना अधिक उल्लसित हुए अथवा बिना निराश हुए जो भी जीवन में हमें मिलता है, उसे स्वीकार करना चाहिए। एक सच्चे आध्यात्मिक व्यक्ति की यही अवस्था होती है। यह अवस्था कोई ताकतवर शक्ति जैसी नहीं है, जिसे, जब किसी बड़ी समस्या का सामना करने की आवश्यकता पड़े तो हम तुरंत उसे बटोरकर पर प्रयोग कर सकें। प्रतिदिन की समस्याओं और घटनाओं के प्रति उचित प्रतिक्रिया व्यक्त करने का अभ्यास करते हुए हमें चेतना की इस अवस्था को अपने अन्दर धीरे-धीरे विकसित करना होगा।

गुरुदेव, जगन्माता की उस चेतना में रहे, जहाँ कोई भी बाहरी वस्तु

उन्हें अन्तर में स्पर्श नहीं कर सकी। राजर्षि* ने वह स्थिति अभिव्यक्त की और हमारी पूज्य ज्ञानमाताजी† ने भी। यह हमारे जीवन के प्रत्येक दिन का भी अंग बन जाना चाहिए।

अपनी सांसारिक प्रवृत्ति के प्रति या सांसारिक सुखों अथवा परिस्थितियों के प्रति किसी भी तरह की आसक्ति से मुक्त होकर, अन्तर में हमें ईश्वर के साथ रहने का अभ्यास करना चाहिए। क्रोध, लोभ, ईर्ष्या, घृणा, गर्व और रोष को हमें अपने हृदय से निकाल देना चाहिए। भावनाओं, इच्छाओं और मानवीय प्रवृत्ति पर काबू पाना आध्यात्मिक व्यक्ति का लक्ष्य होता है। प्रत्येक व्यक्ति, चेतन अथवा अचेतन रूप से आत्मजयी बनने के लिए प्रयत्नशील है, क्योंकि केवल स्वयं का स्वामी बनकर ही व्यक्ति सच्चे रूप में सुखी हो सकता है। हमें उस अवस्था को पाने का प्रयत्न करना चाहिए जहाँ प्रत्येक परिस्थिति में हम अपने आत्म-संयम को बनाए रख सकें। इस सम्पूर्ण शांति और धैर्य को गहन ध्यान के अतिरिक्त और किसी भी रास्ते से प्राप्त नहीं किया जा सकता। क्योंकि गहन ध्यान द्वारा ही हम उस दिव्य स्रोत (ईश्वर) के समीप पहुँचते हैं जो कि हमारी आत्मा का, हमारे सच्चे स्वभाव का मूल उद्गम स्थान है। ध्यान द्वारा अपनी चेतना की छोटी-सी बूंद को दिव्य चेतना-सागर (ईश्वर) में विलीन करके ही हम सन्तों के उदाहरण का अनुसरण कर सकते हैं, उनकी उत्कृष्ट आनन्दमयी स्थिति का अनुभव प्राप्त कर सकते हैं।

परमात्मा के साथ हमारी एकरूपता के कारण उत्पन्न होने वाले गुणों को छोड़कर हमारे व्यक्तित्व के अन्य सभी गुण-विशेष (traits) मात्र एक चोगा हैं जो हम धारण करते हैं — एक दिखावटी रंग-रूप जो हमारी सच्ची भावनाओं को हमारे सच्चे आंतरिक स्वभाव को अभिव्यक्त नहीं करता। हमें अपनी चेतना को अन्तर में गहरे ले जाना है और ईश्वर से अपनी समरसता को अनुभव करने का प्रयत्न करना है। फिर जब हमारी

* राजर्षि जनकानन्द, पृष्ठ xvii देखें।

† पृष्ठ 87n. देखें।

चेतना बाहरी जीवन के संचालन के लिए इस संसार में लौटती है, तब हम इस तरह व्यवहार करने में सक्षम हो जाते हैं जिससे कि हमारा दिव्य स्वभाव अभिव्यक्त होता हो — वह स्वभाव जो हम चेतना की उस स्थिति में महसूस करते हैं, और जो कि हमारा सच्चा आंतरिक स्वभाव है।

सर्वप्रथम ईश्वर, अन्त में ईश्वर, सदा ईश्वर, केवल ईश्वर! हमें इस आदर्श को, इस विचार को बनाए रखना चाहिए। भले ही हम कितनी ही बार गिरें, यदि हम निरन्तर प्रयास जारी रखेंगे, तो यह आदर्श अन्ततः हमारे जीवन का एक अंग बन जाएगा। सच तो यह है कि हम इसके एक अंश बन जाएँगे, यह लक्ष्य ही हमारा सर्वस्व बन जाता है, यह एक नियन्ता एवं प्रोत्साहन शक्ति बनकर हमारे जीवन का मार्ग-दर्शन करेगा और हमें आनन्दित करेगा।

कभी भी निराश न हों। कभी न सोचें कि आप आध्यात्मिक उन्नति नहीं कर पा रहे हैं, कोई चिन्ता नहीं, यदि यह किसी समय कठिन भी प्रतीत होता हो। गुरुजी का सबसे अधिक सांत्वनादायक एवं आशाजनक कथन जो हमने उनसे सुना, वह था : "सन्त वह पापी है जिसने कभी हार नहीं मानी।" जब भी हम निराश हों अथवा ऐसा लगे कि हम अपने आध्यात्मिक लक्ष्य से भटक गए हैं तो हमें इसका स्मरण करना चाहिए। भावी सन्त में विशेषता यह होती है कि वह कभी हार नहीं मानता, वह सदा प्रयत्नशील रहता है चाहे वह कितनी ही बार क्यों न गिरे, चाहे उसने कितनी भी ग़लतियाँ क्यों न की हों। कभी भी हार न मानकर हम ईश्वर के समक्ष यह सिद्ध कर देते हैं कि हमारी भक्ति, हमारी निष्ठा, उसको पाने की हमारी इच्छा, निःशर्त है। यदि ईश्वर एक बार आश्वस्त हो जाएँ कि हम केवल उन्हें चाहते हैं, कि हम केवल उनके पास वापस जाना चाहते हैं, तब वे हमारी समस्त कमज़ोरियों एवं अभावों के होते हुए भी संतुष्ट हो जाते हैं। तब ईश्वर हमारा हाथ थाम लेतें हैं और "वे हमारे साथ चलते हैं, वे हमारे साथ बातें करते है, और हमें बता देते हैं कि हम उनके अपने हैं।"*

* सी ऑस्टिन माइल्स की ख्याति प्राप्त कविता *इन द गार्डन* में से भावानुवाद।

सदाचार की शिक्षा

संकलन

गुरुदेव परमहंस योगानन्दजी हमसे कहा करते थे कि उनके गुरु, स्वामी श्रीयुक्तेश्वरजी, प्रायः यह परामर्श देते थे, "उचित व्यवहार सीखो।" जब गुरुदेव ने पहली बार मुझसे यह कहा, मैंने सोचा, "ओह, यह तो सरल है। मुझे केवल इतना ही ध्यान रखना है कि प्रतिदिन मेरा व्यवहार आदरपूर्ण एवं कोमल हो। यह तो बहुत आसान है।" परन्तु मुझे बहुत कुछ सीखना था! इसके लिए बहुत कुछ करना था। उचित व्यवहार सीखना ही तो सब कुछ है। मन की अभिवृत्ति ही तो सब कुछ है।

जब तक कोई भक्त अन्तर्निरीक्षण नहीं करता तथा समस्त बुराइयों और नकारात्मक प्रवृत्तियों को, जो उसे अपने आप को एक अहंकारी देहरूपी चेतना में बनाए रखती हैं, धीरे-धीरे नष्ट नहीं कर देता तब तक वह ईश्वर के पथ पर बहुत दूर तक नहीं बढ़ सकता। "यह मेरा है!" "मेरी भावनाएँ आहत हुई हैं।" 'मैं' यह और 'मैं' वह — इस प्रकार सोचना एक गंभीर त्रुटि है। परन्तु कोई साधक, जितना अधिक ध्यान करता है वह उतना ही अधिक अनुभव करता है कि यह 'मैं' कर्त्ता नहीं है। केवल ईश्वर ही कर्त्ता हैं। भक्त को प्रार्थना करनी चाहिए, "प्रभु, मुझे अधिक सहयोगशील यंत्र बना दीजिए। इस यंत्र का आप अपने अनुसार मार्ग-दर्शन कीजिए जिससे कि आपके द्वारा नियुक्त किए गए कर्त्तव्यों का यह पालन कर सके, और उसी प्रकार सेवा कर सके जैसा कि आप चाहते हैं।"

यह पर्याप्त नहीं है कि हम केवल पाप कर्मों से बचे रहें। यह पर्याप्त नहीं है कि हम केवल अपने गुस्से को नियंत्रित करना सीख लें, जिससे कि तनाव के क्षणों में हम कोई अपशब्द न बोलें। यह भी पर्याप्त नहीं है कि जब मन में पाप व क्रोध हो हम केवल अपनी जिह्वा को शांत कर

लें। हमें अपने अन्तर में इन बुराइयों को वश में करना होगा। यदि कर्म में ग़लत व्यवहार को रोकना महत्त्वपूर्ण है तो इसे विचारों में भी रोकना आवश्यक है। विचार और कर्म दोनों ही में सावधान रहो।

भलाई और बुराई, दोनों को जीवन में एक साथ सफलतापूर्वक निभाया नहीं जा सकता

वे सभी भक्त जिन्होंने ईश्वर को खोजने का निश्चय किया है, कभी-न-कभी एक ऐसी अवस्था से गुज़रते हैं जहाँ वे अपनी अच्छी और बुरी दोनों ही आदतों को पकड़े रखते हैं। ऐसे भक्त अपने विचारों का विश्लेषण करने पर पाते हैं कि यद्यपि वे ईश्वर को पाने के लिए अत्यधिक उत्सुक तो हैं और वे ध्यान की एवं आध्यात्मिक कार्यों की अच्छी आदतों को स्थापित करने में सच्चाई से प्रयत्न भी कर रहे हैं, तथापि वे अपनी बुरी आदतों, जैसे क्रोध, मनोदशा, राग-द्वेष आदि, को त्यागने के लिए तैयार नहीं हैं। तथापि ईश्वर के लिए समर्पित जीवन में अच्छे और बुरे कर्मों के बीच समझौता संभव नहीं है। ऐसा हो ही नहीं सकता। हमारे मन को इस सत्य को स्वीकारना होगा, अन्यथा हम चित्तवृत्तियों (moods) एवं ग़लत आदतों पर विजय पाने के लिए उचित प्रयास नहीं कर पाएँगे। अधिक गहनता से ध्यान करके और सभी कर्त्तव्यों को ईश्वर की सेवा समझकर करने से, धीरे-धीरे भक्त अपनी अच्छी आदतों एवं प्रवृत्तियों को पुष्ट करता है। जैसे-जैसे ये वरिष्ठता प्राप्त करती हैं, वैसे-वैसे बुरी आदतों की पकड़ ढीली पड़ती जाती हैं।

अतः, ईश्वर की खोज़ करने और अच्छे व्यक्ति बनने के प्रयास में सफल होने के लिए हमें साथ जुड़ी इस शर्त को भी स्वीकार करना होगा कि बुराई को भी त्यागना आवश्यक है। कोई भी सफलतापूर्वक, अपने अन्तर में बुराई और भलाई दोनों को एक साथ नहीं निभा सकता। देर-सवेर, उनके बीच विरोध, उसके मन की शांति को नष्ट कर देगा। मुझे

याद है, कई बार भक्तों को कहे गए गुरुदेव के ये वचन, "यदि आप सोचते हैं कि आप अपने क्रोध, अपनी ईर्ष्या, अपनी स्वार्थी इच्छाओं के रहते हुए ईश्वर को प्राप्त कर सकते हैं तो आप भूल कर रहे हैं। आप ऐसा नहीं कर सकते!"

अनाध्यात्मिक गुणों पर विजय पाने के लिए सदा भरसक प्रयास करने का उत्साह रखें, परन्तु यदि इसमें अधिक समय लगे तो निराश न हों। ईश्वर को इसमें कोई रुचि नहीं है कि हम अपने दोषों को समाप्त करने में कितना समय लगाते हैं। उनका मुख्य आशय इस बात में है कि हम अपने कर्मों में और विचारों में अपनी बुरी आदतों का निरंतर विरोध करते रहें। जब हम स्वयं को सुधारने का तथा लम्बा एवं गहन ध्यान करने का प्रयास करते रहते हैं, तो कभी-कभी और प्रायः तब जब इसकी बिल्कुल भी अपेक्षा नहीं होती, हम ऐसा अनुभव करते हैं कि हमारी चेतना से कोई बड़ा बोझ हटा दिया गया है, और हम किसी बुरी आदत से या प्रवृत्ति से पूरी तरह मुक्त हो गए हैं।

ईश्वर की एक झलक की रूपान्तरक शक्ति

गुरुदेव प्रायः हमसे कहा करते थे, "यदि आपको केवल एक बार जगन्माता की झलक मिल जाए तो आप समस्त प्रतिकूल इच्छाओं एवं आकांक्षाओं को त्याग देंगे। आप किसी भी अन्य वस्तु के प्रति इच्छा का अनुभव नहीं करेंगे।" यह सत्य है; परन्तु इसका यह आशय नहीं है कि प्रलोभनों को आपके रास्ते से हटा दिया गया है। भक्त को अनेक प्रलोभनों, अनेक परीक्षाओं, अनेक विपत्तियों का सामना करना पड़ता है, परन्तु क्योंकि उसने ईश्वर के प्रेम का अनुभव किया है, अतः वह विवेचन करने में समर्थ है। वह ऐसा कुछ भी नहीं चाहता जिसके कारण वह स्वयं को ईश्वर से पृथक अनुभव करे। यदि भक्त सांसारिक गतिविधियों में अत्यधिक लिप्त हो जाता है तो वह अनुभव करता है

कि ईश्वर उसके हृदय से दूर चले जा रहे हैं और इसलिए वह निश्चय करता है, "मुझे और अधिक ध्यान करना चाहिए।" यदि उसे दूसरों की आलोचना करने अथवा तुनक-मिज़ाजी होने की आदत है, तो अचानक उसे विचार आता है, "मैं इतना अधिक परेशान क्यों हो रहा हूँ? मैं अपने आपको क्यों नहीं सुधारता? मैं क्यों अपने विश्वासों, अपने विचारों, अपनी धारणाओं को दूसरों के सामने सिद्ध करने का प्रयत्न करने में अपना समय नष्ट करता रहता हूँ, जबकि मेरा समय ईश्वर के चिंतन में वेहतर ढंग से व्यतीत हो सकता है?"

आत्म-जय की अवस्था में कुछ भी हमें अशांत अथवा विचलित नहीं कर सकता

शरीर की चेतना, इच्छाएँ, आदतें, मनोदशाएँ — इन सबसे ऊपर उठ पाने को ही आत्मजय की अवस्था कहते हैं। जब कभी कुछ भी मन को अशांत करे, तो समझें कि ईश्वर आपकी परीक्षा ले रहे हैं, आपको अनुशासित कर रहे हैं। यदि वह परीक्षा आपको अशांत कर दे, यदि वह आपका मन ईश्वर से दूर ले जा सके, यदि वह आपको परेशान कर सके, यदि वह आपमें क्रोध को भड़का दे, यदि वह आपको आत्म-दया का अनुभव करा दे, तब समझिए कि आपने अपनी चेतना रूपी ज़ंजीर में एक कमज़ोर कड़ी ढूँढ़ ली है।

एक सच्चा भक्त वह है जिसका मन सदा जगन्माता में डूबा रहता है — उसकी स्तब्धता में, उसकी शांति में। इस आनन्ददायक अवस्था को प्राप्त करने के लिए हमें स्वयं पर इस कदर नियंत्रण पाने के लिए संघर्ष करना चाहिए जहाँ हमें कुछ भी अशांत अथवा विचलित न कर सके। प्रतिदिन आप पर जो विपत्तियाँ आएँ, उन्हें दार्शनिक दृष्टिकोण से देखें और उन्हें झेलने के लिए जो भी करना पड़े, उसे करें। सागर के ऊपर कॉर्क की तरह बन जाएँ; चाहे लहरें कॉर्क को कितना भी उछालें, वह सदा

तैरता रहेगा। चाहे जीवन हमें कितनी ही कठोरता से क्यों न डिगाए, हमें स्वयं को माया के सागर में, दुःखों के सागर में, डूबने नहीं देना चाहिए।

बाधाएँ हमें शक्तिशाली बनाने के लिए होती हैं

इस बात को समझ लें कि ईश्वर की ओर जाने वाले मार्ग पर अभी आपको और कितनी दूर जाना है और नित्यप्रति जीवन में आने वाले तुच्छ कष्टों से ऊपर उठना कितना महत्त्वपूर्ण है। कठिनाइयों की मामूली चुभन को भूल जाएँ। वे आपका ध्यान आपके जीवन के लक्ष्य से हटा देंगे। अर्थात् ईश्वर की खोज करना, तथा उचित कार्यों के द्वारा एवं अपने जीवन में दिव्य गुणों को प्रकट करने के द्वारा उनसे एकरूपता स्थापित करना।

जीवन का पथ कठिनाइयों एवं कष्टों के अनेक पत्थरों से भरा पड़ा है। हम आशा नहीं कर सकते कि ईश्वर इन्हें हमारे मार्ग से हटा देंगे, परन्तु उनकी ठोकरों से बचने के लिए हम प्रभु से शक्ति व विवेक माँग सकते हैं। ईश्वर यह नहीं चाहते कि हमारे जीवन में कोई बाधा ही न हो, क्योंकि ऐसा होने से हम कमज़ोर रह जाएँगे। वे चाहते हैं कि उन पर विजय पाकर हम शक्तिशाली बनें।

इस शक्ति को पाने के लिए, हमें केवल इस एक सरल नियम को अपनाने की आवश्यकता है : जगन्माता के लिए अपने प्रेम को बढ़ाना। ईश्वर के लिए अपने हृदय की भावना का विस्तार करने से, कठिनाई रूपी प्रत्येक पहाड़ मिट्टी का एक छोटी-सा ढेर लगने लगेगा। प्रत्येक कार्य जो पहले असंभव प्रतीत होता था, संभव हो जाएगा।

संसार की महानतम शक्ति

प्रेम संसार में महानतम प्रेरणा शक्ति है; और ईश्वर का प्रेम सृष्टि में प्रेम की उच्चतम अभिव्यक्ति है। जितना अधिक जगन्माता के प्रेम पर आप अपने मन को लगाएँगे, चाहे आप अपने हृदय में इसका सदा

अनुभव न कर सकते हों, और जितना अधिक आप उनसे प्रार्थना करेंगे कि आप उनके दिव्य प्रेम को अनुभव कर सकें और इसे दूसरों को भी दे सकें, तो उतना ही अधिक आप उस प्रेम को अपने अन्दर क्रमशः जागृत होता हुआ अनुभव करेंगे। अन्य कुछ भी इसके समान नहीं है! इस आनन्दमय दिव्य प्रेम का सुख मानव के समस्त रोगों के लिए राम बाण है।

कभी न रुकें — एक क्षण के लिए भी नहीं, दिन अथवा रात — जब तक कि आप अपने हृदय में ईश्वर के प्रेम को अनुभव न कर लें। एक बार जब आप ऐसा कर लेंगे तो अथाह बोध का मार्ग खुल जाएगा। आप यह जान लेंगे कि ईश्वर ने ही पूर्ण प्रेम, समझ-बूझ व मित्रता, संसार से छिपा रखी है, ताकि हम ये चीज़ें सीधे उनसे ही प्राप्त करें। वे हमसे इतना प्रेम करते हैं कि वे नहीं चाहते कि हम मानव जगत् से इस परिपूर्णता को प्राप्त करें। अन्यथा हम अस्थाई आनन्द के टुकड़ों से संतुष्ट हो जाते और उनसे सदा के लिए अलग हो जाते।

ईश्वर से इतना गहन प्रेम करें, अपने संपूर्ण हृदय से, अपने संपूर्ण मन से, और अपनी संपूर्ण आत्मा से, कि दिन और रात, चाहे आप कुछ भी क्यों न कर रहे हों, उनका विचार आपके मन में सदा घूमता रहे। गुरुदेव प्रायः कहा करते थे, "अपने विचारों को परखो। और जानो कि तुम कितना समय व्यर्थ, मूर्खतापूर्ण अथवा नकारात्मक विचारों में व्यतीत करते हो और कितना समय तुम ईश्वर के विचारों में व्यतीत करते हो।"

कभी संतुष्ट न हों, जब तक ईश्वर का विचार आपके मन में सदा विद्यमान न रहे, ईश्वर का प्रेम आपके हृदय में सर्वोपरि न रहे, चाहे आपको कितने ही कर्त्तव्यों को पूरा क्यों न करना हो अथवा आप किसी भी सुख में व्यस्त क्यों न हों। इतने पर भी संतुष्ट न हों, जब तक कि आप प्रत्येक भक्त के चरम लक्ष्य को प्राप्त न कर लें — अर्थात् प्रभु के साथ ऐसी पूर्ण दिव्य एकता जिसे महान् सन्तों ने अनुभव किया है।

ईश्वर को कैसे जानें

संकलन

हम क्योंकि ईश्वर के प्रतिरूप में बनाए गए हैं, इसलिए जब तक हम एक बार फिर उनके साथ एक न हो जाएँ, तब तक हम कभी भी संतुष्ट नहीं होंगे। जब हम लोगों से सर्वथा परिपूर्ण प्रेम प्राप्त करने की कोशिश करते हैं, तो हम इसे प्राप्त नहीं कर पाते। गुरुदेव परमहंस योगानन्दजी प्रायः हमें स्मरण कराते थे, "ईश्वर के अतिरिक्त प्रत्येक वस्तु आपको निराश करेगी।" इसलिए अपनी चेतना को ईश्वर के विचारों से भरना बहुत महत्त्वपूर्ण है।

सांसारिक मनुष्य की चेतना मुख्यतः मेरुदण्ड* के मूलाधार, स्वाधिष्ठान एवं मणिपुर चक्रों में रहती है; वह कदाचित् ही अपनी चेतना को उनसे ऊपर उठा पाता है। जब-जब वह उदासी या क्रोध या इस प्रकार की कोई भी नकारात्मक मानवीय भावनाओं को मन में जगह देता है, तब-तब उसकी चेतना मेरुदण्ड के निचले तीन केन्द्रों में चली जाती है।

देव-तुल्य पुरुष की चेतना मुख्यतः अनाहत चक्र, अर्थात् हृदय

* योग-विज्ञान सिखाता है कि मानव के मस्तिष्क व मेरुदण्डीय स्नायुजालों (plexuses) में जीवन व चेतना के सात सूक्ष्म केन्द्र हैं। योग शास्त्र इन केन्द्रों का वर्णन इस प्रकार करता है—मूलाधार, स्वाधिष्ठान, मणिपुर, अनाहत, विशुद्ध, आज्ञा, और सहस्रार (मूर्धा में सहस्रदल कमल)। इन चक्रों में विशिष्ट शक्ति के बिना, देह मिट्टी का एक निष्क्रिय ढेर मात्र होगी। मानव की हीनतर सांसारिक प्रवृत्तियों एवं आग्रहों को प्रेरित करने वाली शक्तियाँ मेरूदण्ड के निचले तीन सूक्ष्म केन्द्रों में निवास करती हैं। उच्चत्तर केन्द्र दिव्य भाव तथा प्रेरणा एवं आध्यात्मिक अनुभूति के उद्गम स्थल हैं। व्यक्ति के विचार और इच्छाएँ मेरूदण्ड के जिस शक्ति-केन्द्र से समस्वर रहते हैं उसकी चेतना उसी केन्द्र की ओर आकर्षित होकर वहाँ एकाग्रचित्त हो जाती है।

केन्द्र में, आज्ञा चक्र (मेरुशीर्ष, medulla) में और कूटस्थ चैतन्य केन्द्र (कृष्ण या क्राइस्ट चैतन्य केन्द्र) में रहती है। अनाहत केन्द्र में चेतना स्थिर होने पर व्यक्ति ईश्वर एवं मानवजाति के लिए निर्मल प्रेम का अनुभव करता है; आज्ञा चक्र में स्थिर होने पर वह यह बोध प्राप्त करता है कि समस्त सृष्टि ईश्वर का पवित्र स्पंदन है और उस स्पंदन को वह ओम्* के ब्रह्मनाद के रूप में सुन पाता है; और कूटस्थ केन्द्र† में चेतना स्थिर होने पर उसकी चेतना का विस्तार होता है और प्रत्यक्ष अनुभूति द्वारा वह सृष्टि के प्रत्येक अणु में ईश्वर के साथ अपने एकत्व का बोध प्राप्त करता है। जब-जब हम कृपा, क्षमाशीलता, समझ, धैर्य, साहस, विश्वास अथवा प्रेम जैसे गुणों को व्यक्त करते हैं तब हमारी चेतना मेरुदंड के इन उच्चतर केन्द्रों की ओर आकर्षित हो जाती है।

आत्म-विश्लेषण, आध्यात्मिक प्रगति को परखने की उत्तम विधि

यदि हम यह जानना चाहते हैं कि वास्तव में हम आध्यात्मिक प्रगति कर रहे हैं या नहीं, तो इसका एक उपाय है कि हम स्वयं का ईमानदारी से विश्लेषण करें। हो सकता है कि हमारे मन में अपनी आध्यात्मिक उन्नति एवं विकास के विषय में ग़लत धारणायें हो। हम अपने आपको श्रेष्ठ केवल इसलिए मान लेते हैं क्योंकि हम ऐसा मानना चाहते हैं। हमें बारीकी से अपने विचारों का निरीक्षण करना चाहिए। परमहंसजी प्रायः हमसे कहा करते थे कि प्रतिदिन के कार्यकलापों के दौरान, बीच-बीच में रुकें और स्वयं से पूछें, “मेरी चेतना कहाँ है?” इसका उत्तर प्रायः एक कटु जागृति लाता है। यदि हमारी चेतना ईश्वर के साथ मौन वार्तालाप

* बाइबिल का “शब्द” अथवा “समुद्र गर्जन”। (देखें *यूहन्ना* 1:1, *प्रकाशित वाक्य* 19:6, *यहेजकेल* 43:2।)

† भ्रूमध्य बिन्दु।

में, अपने साथियों के हित के चिंतन में और उनके लिए प्रेम में, या फिर चेतना के विस्तारण की अनुभूति में, जो अन्तर में 'ओम्' ध्वनि सुनने से आती है, तल्लीन नहीं है, तब हमें मानना होगा कि हमें आध्यात्मिक पथ पर अभी बहुत दूर तक जाना है।

ध्यान हमारे जीवन को रूपान्तरित करता है

सबसे पहला चरण है ध्यान। यह सबसे अधिक महत्त्वपूर्ण है, क्योंकि यदि हम गहनता से एवं नियमित रूप से ध्यान कर रहे हैं केवल तभी हम निश्चित रूप से जान पाएँगे कि हम उस दैवी अवस्था की ओर अग्रसर हैं। अन्यथा हम बहुधा यह मान लेते हैं कि हमने वह स्थिति प्राप्त कर ली है और इस तरह स्वयं को केवल भ्रम में रखते हैं। ध्यान हमें अपने प्रति भ्रम के अन्ध कूप में गिरने से बचा सकता है।

ध्यान द्वारा हम अपने अहं को भूल जाते हैं; हम ईश्वर के साथ अपने संबंध के विषय में तथा लोगों की सेवा के द्वारा ईश्वर की सेवा करने के विषय में अधिक सोचने लगते हैं। यदि भक्त यह स्मरण रखना चाहता है कि वह ईश्वर के ही अमर, नित्य-चेतन दैवी प्रतिरूप में बना है तो उसे अपने लघु अहं को भूलना होगा। बाइबिल कहती है, "निश्चल हो जाओ, और जानो कि मैं ईश्वर हूँ।" यही योग है। "निश्चल हो जाओ" का अर्थ है शरीर एवं क्षुद्र अहंकार से, उन समस्त इच्छाओं एवं आदतों से अपनी चेतना को पृथक करना जो मन को उन निचले मेरुदण्डीय केन्द्रों में खींचती हैं जहाँ देह-प्रतीति की भावना प्रबल होती है। जब कोई अपनी चेतना को बोध के उच्चत्तर केन्द्रों में उठाता है, केवल तब ही वह अनुभव कर सकता है कि वह ईश्वर के प्रतिरूप में बना है।

लम्बे समय तक ध्यान में बैठने के लिए कभी अनिच्छुक न हों। जितना अधिक आप ध्यान करेंगे, उतना अधिक आप ध्यान करना चाहेंगे।

जितना कम ध्यान करेंगे, उतना आप कम ध्यान करना चाहेंगे।

यदि आप गहरे ध्यान की आदत डालने का प्रयत्न करेंगे, तो आप पाएँगे कि आपका संपूर्ण जीवन बदल जाएगा। जब आप अपने जीवन में आध्यात्मिक संतुलन लाना आरंभ कर देंगे जो आवश्यक है, तो आप अनुभव करेंगे कि ईश्वर आपका मार्गदर्शन कर रहे हैं, वे आपके साथ हैं और आपका पोषण कर रहे हैं। वे वास्तव में हैं। समस्या केवल यह है कि हम इसको पूर्ण रूप से अनुभव नहीं करते। यह जानने के लिए कि यह केवल ईश्वर ही हैं जो हमारा पोषण करते हैं, उन्हीं की ऊर्जा हमारे शरीरों में प्रवाहित होती है, उन्हीं की बुद्धि हमारी चेतना के द्वारा कार्य करती है, हमें अपनी देह के साथ एकरूपता को त्यागना होगा।

अपनी नश्वर चेतना को भूल जाना और यह स्मरण रखना कि हम अमर आत्मा हैं—यही तो ध्यान है। आत्मा की चेतना में ही वह शक्ति एवं योग्यता है जिससे हम जो कुछ भी जीवन में चाहते हैं उसे पा सकते हैं।

किसी भी बात से निराश न हों। समस्याएँ हमें केवल यह याद दिलाने के लिए आती हैं कि हमें अपने अन्तर में ईश्वर की आवश्यकता है। इन सबका स्वागत करें। यदि हमारा जीवन सुगमता से चलता रहे तो हममें ईश्वर को खोजने की कोई चाह नहीं रहेगी। हम उन्हें भूल जाएँगे। जब हम प्रतिकूल परिस्थितियों द्वारा औंधे मुँह गिर जाते हैं, केवल तभी हम सुख चैन पाने को आतुर होते हैं। साधारण मानव अपने परिवार व मित्रों की ओर दौड़ता है, परन्तु भक्त जगन्माता के चरणों की ओर दौड़ता है, और उन्हीं में वह चैन व मुक्ति पाता है।

ईश्वर से अनुरक्ति भौतिक आसक्तियों को कम करती है

अपने दिन का आरंभ, सबसे पहले ईश्वर के साथ वार्तालाप से करें। अपने दिन की समाप्ति भी, फिर से, गहन ध्यान द्वारा करें; जब

शेष संसार निद्रा में चला गया हो। जगन्माता से अपने सम्मुख प्रकट होने के लिए गंभीरतापूर्वक प्रार्थना करें, यदि आवश्यक हो तो उनका ध्यान आकर्षित करने के लिए संघर्ष करें। चाहे केवल पाँच या दस मिनट के लिए ही सही, अपने हृदय के पूर्ण आग्रह के साथ उनसे प्रार्थना करें अथवा मानसिक रूप से उनके नाम का बारम्बार जप करें। ध्यान के उपरांत उनके विचारों में लीन होकर ही निद्रा में जाएँ। ये अभ्यास आपकी चेतना का उत्थान करने में सहायक होते हैं। आप एक दिव्य शांति का अनुभव करेंगे, अन्तर में शांति व नीरवता का एक निरन्तर प्रवाह।

जब आपने ईश्वर को अपने जीवन का ध्रुव-तारा बना लिया हो, और जब आप यह अनुभव करने लगें कि सुबह व शाम, ध्यान में ईश्वर के साथ संपर्क आपके दैनिक कार्यक्रम का सर्वाधिक महत्त्वपूर्ण भाग बन गया है, तब प्रभु में आपकी आसक्ति बढ़ती चली जाएगी और संसार के प्रति आपकी आसक्ति कम होती जाएगी। आप जीवन के प्रति रुचि नहीं गवाएँगे, अपितु आप इसकी उलझनों से मुक्त रहने में समर्थ होकर जीवन बिताएँगे। भगवान् कृष्ण ने हमें उपदेश दिया है, "तुम योगी बनो,"* अर्थात् ईश्वर की चेतना में इतनी दृढ़ता से स्थिर हो जाओ कि उनके प्रति आपकी निष्ठा व भक्ति संसार की परिवर्तनशील परिस्थितियों से अप्रभावित रहे।

जो भक्त ईश्वर को जानना चाहता है, उसे ईमानदारी से और लम्बे समय तक इसके लिए श्रम करना होगा। परन्तु ईश्वर में बालोचित विश्वास के भाव से। यदि आप अपने दैनिक कार्यों के दौरान एक क्षण के लिए रुकें और उसी क्षण अपने अंतर् में दिव्य शांति को उमड़ते हुए अनुभव कर सकें, और यदि अपने हृदय में ईश्वर के प्रति व प्रत्येक

* श्रीमद्भगवद्गीता VI:46 (परमहंस योगानन्दजी की गीता पर टीका *ईश्वर-अर्जुन संवाद : श्रीमद्भगवतगीता* से उद्धृत)।

प्राणी के प्रति प्रेम को अनुभव कर सकें तब आप समझ सकते हैं कि आप आध्यात्मिक पथ पर प्रगति कर रहे हैं।

ईश्वर हमारे शाश्वत सखा हैं

भक्त को यह अनुभव करना चाहिए कि ईश्वर उसके अंतरंग मित्र हैं। जो कुछ भी वह करे, उसमें ईश्वर उसके साथ हैं। हमें समझना चाहिए कि हम अकेले नहीं हैं और हम कभी भी अकेले नहीं थे और न ही कभी अकेले रहेंगे। प्रारंभिक काल से ईश्वर हमारे साथ रहे हैं और अनन्तकाल तक वे हमारे साथ रहेंगे। स्वयं को ईश्वर की संतान के रूप में, अथवा उनके मित्र के रूप में, अथवा उनके भक्त के रूप में मानकर उनके साथ और अधिक निजी संबंध को विकसित करें। हमें इस चेतना के साथ जीवन का आनंद उठाना चाहिए कि हम जिस प्रभु के साथ अपने अनुभवों को बाँट रहे हैं वे परम दयालु हैं, विवेकशील हैं, और स्नेही हैं। केवल ईश्वर ही हमारे विचारों को हमारे सोचने से पहले ही जानते हैं और यदि सच्चाई से हम उन्हें खोजते हैं तो वे हमसे मुँह नहीं मोड़ेंगे, चाहे हम ग़लत भी क्यों न हों। इस प्रकार का प्रेम, इस प्रकार की उदारता, प्रत्येक मानव आत्मा खोज रही है। परन्तु हमें अपना कर्त्तव्य करना है। हमारे प्रिय गुरुदेव परमहंस योगानन्दजी ने कहा है :

"ईश्वर को केवल अनवरत भक्ति द्वारा ही प्राप्त किया जा सकता है। जब वे तुम्हें समस्त सांसारिक उपहार दे चुके होंगे, और तब भी तुम उनके (ईश्वर के) बिना, संतुष्ट होने से इंकार कर दोगे, जब तुम आग्रहपूर्वक केवल दाता को ही चाहोगे, न कि उनके उपहारों को, तब वे तुम्हारे पास आएँगे। हम जीवन के भीड़ भरे गलियारों में घूम रहे हैं और यदा-कदा हम कुछ जाने-पहचाने चेहरों को देखते हैं परंतु एक के बाद एक, वे गुम हो जाते हैं। जीवन ऐसा ही है। आप और मैं, अभी एक दूसरे को देख रहे हैं परंतु किसी न किसी दिन हम एक दूसरे की दृष्टि से

ओझल हो जाएँगे। यह एक दुःख-भरा संसार है, जहाँ भ्रम की अग्नि में सभी आत्माओं को तपना पड़ता है, और कभी-कभी जलना भी पड़ता है। परंतु जो उसमें विजयी होते हैं और कहते हैं, 'मेरे प्रभु, मैं केवल आपको जानना चाहता हूँ,' वे ईश्वर एवं मुक्ति को प्राप्त करते हैं।"

अपनी समस्याएँ ईश्वर को सौंप दें

सेल्फ़-रियलाइज़ेशन फ़ेलोशिप अंतर्राष्ट्रीय मुख्यालय, लॉस एंजिलिस, कैलिफ़ोर्निया, 31 मार्च, 1961

"ध्यान करो! ध्यान करो!" मैं आप सब से यही कहती हूँ। कार्य तो दूसरे स्थान पर आता है। यद्यपि यहाँ आपका जीवन बहुत व्यस्त है तथापि ईश्वर के महान् कार्य में गुरुदेव के उदाहरण का अनुसरण करते हुए, ध्यान का स्थान प्रथम होना चाहिए — इसे सदा स्मरण रखें। इसके अतिरिक्त मैंने कभी किसी अन्य बात पर बल नहीं दिया और न ही गुरुजी ने।

अपने जीवन में उस समय को याद करो जब आपने व्यर्थ बातों में, अथवा तुच्छ नकारात्मक विचारों में घण्टों समय गँवाया हो। इसके बदले, अब से, आप अपना समय ईश्वर को दें। आप पर मानसिक एवं भावनात्मक बोझ हो सकते हैं — प्रत्येक व्यक्ति पर होते हैं जब तक कि वह परमात्मा के साथ एकाकार न हो जाए — परन्तु जब तक आप उनके बारे में रोते बिलखते रहेंगे और उनकी नकारात्मकता को फैलाते रहेंगे, आप कभी भी ईश्वर की ओर नहीं बढ़ेंगे।

जब कभी कोई समस्या आ जाए, अपनी ग़लती को सुधारने का भरसक प्रयत्न करें, परंतु अपने मन से नकारात्मक चिन्ताओं को निकालकर दूर फेंक दें। कैसे? मानसिक रूप से ईश्वर के चरणों में शीश झुकाएँ और अपनी समस्या उनके समक्ष रख दें। आपके द्वारा ईश्वर के समक्ष अपनी समस्याएँ ले जाने से पूर्व ही वे उनको जानते हैं। उनके समक्ष समर्पण करने से पूर्व ही वे आपके बोझ को जानते हैं। जितना अधिक आप प्रभु के चरणों से दूर चले गए हैं, उतने ही वे कष्ट ज़्यादा भारी हो गए हैं। यदि मैं आपके मन में केवल यह एक विचार

बैठा सकूँ यहाँ आपका सरोकार केवल ईश्वर और अपने गुरु से है। अपनी समस्याओं को उनके समक्ष प्रस्तुत करें। ईश्वर में अधिकाधिक ध्यान लगाएँ। आप कितना हर्षोन्माद, कितना आनन्द, कितना प्रेम अनुभव करेंगे!

अपने जीवन में और अधिक आनन्द, प्रफुल्लता, समझ, करुणा, प्रेम आदि गुणों को व्यक्त करने का प्रयास करें। ये केवल गहन से गहनतर व नियमित ध्यान के द्वारा ही आते हैं। ध्यान के द्वारा प्राप्त दिव्य तारतम्यता (divine attunement) से आप देखेंगे कि आपके प्रत्येक कार्य में ईश्वर व गुरु, आपका कैसे मार्गदर्शन करते हैं। जब आपके जीवन में ईश्वर व गुरु के प्रति सच्चाई है, तो आपके जीवन का प्रत्येक कार्य भी ठीक होगा। आप सदा अंतर् में आनन्द का अनुभव करेंगे। किसी भी प्रकार की प्रतिकूलता, आपसे उस आनन्द को छीनने में समर्थ नहीं हो सकेगी।

यदि आप यह सोचने की आदत बना लेते हैं कि बाहरी परिस्थितियाँ आपको अप्रसन्न करने का कारण हैं अथवा आपकी परेशानियों के लिए दूसरे व्यक्ति उत्तरदाई हैं तब मैं कहूँगी कि आश्रम में भी आपने अपने जीवन के अर्थ को नहीं जाना है। यदि आपमें से प्रत्येक अपने जीवन में प्रफुल्लता, आनन्द व प्रेम को व्यक्त नहीं कर सकता, तब आपको केवल स्वयं को ही दोषी मानना होगा, केवल स्वयं को! ईश्वर उसकी सहायता करते हैं जो अपनी सहायता स्वयं करता है। परंतु ईश्वर उस हृदय में प्रवेश नहीं कर सकते जो शंकाओं से भरा हुआ हो। वे उस मन के द्वारा व्यक्त नहीं होते जो कड़वाहट से व्याप्त हो। एक ऐसे भक्त के जीवन में ईश्वर के लिए कोई स्थान नहीं होता जो नकारात्मकता से भरा हो। यह याद रखें!

यहाँ (आश्रम में) आपके पास ईश प्राप्ति के लिए समय एवं अवसर दोनों ही हैं। ऐसे प्रयास के लिए यह दिव्य वातावरण श्रेष्ठ है। परन्तु,

एंसिनीटस, कैलिफ़ोर्निया में प्रशांत महासागर के तट पर
जहाँ से सेल्फ़-रियलाइज़ेशन आश्रम के परिसर नज़र आते हैं

"मैंने कभी-भी आध्यात्मिक अनुभवों की न तो कोई माँग की है और न ही कोई लालसा रखी है। मैं बस ईश्वर से प्रेम करना चाहती हूँ और उनके प्रेम को महसूस करना चाहती हूँ। मेरा आनन्द तो ईश्वर से प्रेम करने में ही है; मुझे जीवन में अन्य कोई उपलब्धि हासिल करने की इच्छा नहीं है।"

कश्मीर की पहाड़ियों में, पहलगाँव, 1961

"वही मनुष्य वास्तव में जीता है जो सवेरे जागने के साथ ही खुद को स्फूर्ति से, जीने के आनन्द से भरपूर महसूस करता है, तथा लघु अहं को भुलाकर अपने बृहद् स्वरूप को, अर्थात् अपने अन्तर् में स्थित ईश्वर को, व्यक्त करने की इच्छा से भरपूर रहता है। जब तक वह ऐसा नहीं करता तब तक वह मात्र एक जीव है।"

आपको स्वयं अपने अन्दर स्वर्ग बनाना होगा; कोई भी दशा अथवा परिस्थिति आपको उस पवित्र अधिकार से वंचित नहीं कर सकती।

अपने संपूर्ण हृदय से ईश्वर को चाहें

मैंने सदा इस एक सिद्धान्त पर जीने का प्रयत्न किया है जिसे मैंने अनेक वर्षों पूर्व गुरुदेव के चरणों में रहकर सीखा था। यह सिद्धान्त सन्त फ्रान्सिस के शब्दों में इस प्रकार व्यक्त किया गया है, "दोषारोपण को, आलोचना को और निन्दा को शांति से, बिना प्रतिवाद के स्वीकार करना सीखो, चाहे वे असत्य एवं असंगत ही क्यों न हों।" इस परामर्श में ज्ञान का कितना भंडार है। आप अपनी आत्मा के प्रति अन्याय करते हैं, जब आप दूसरों की आलोचना करते हैं अथवा दूसरों के द्वारा की गई आलोचना या प्रशंसा को महत्त्व देते हैं। इससे क्या फर्क पड़ता है कि लोग क्या सोचते हैं? आपको तो केवल ईश्वर की ही स्वीकृति चाहिए, बस। केवल एक कामना से संपूरित रहो—प्रभु, प्रभु, प्रभु, केवल प्रभु की कामना। जब तक आप पूर्णतया एकनिष्ठ नहीं होंगे, मेरे प्रियजनों! उनको पाना बहुत कठिन है। यदि आप अपने साथियों की कटु आलोचना और अहंकारपूर्ण कटाक्षों की क्षुद्रता की दलदल में अपने मन को निरंतर फँसने देंगे, तो आप इस जीवन में ईश्वर को कदापि प्राप्त नहीं कर पाएँगे। क्यों अपना समय व्यर्थ गँवाते हो? आपके पास अधिक समय नहीं है। जैसे-जैसे आपकी उम्र बढ़ती जाएगी आप इसे और अधिक से अधिक समझते जाएँगे।

यदि आप ईश्वर को चाहते हैं, तो उन्हें संपूर्ण हृदय से चाहें। वह अपने भक्त की ओर से शत-प्रतिशत से थोड़ा-सा भी कम समर्पण स्वीकार नहीं कर सकते और न ही करेंगे। क्राइस्ट ने इसे सिद्ध किया। यहाँ तक कि उन्होंने अपना शरीर, जो कि मनुष्य का सर्वाधिक मूल्यवान खज़ाना है, को भी समर्पित कर दिया, और बिना किसी क्रोध अथवा

कड़वाहट के उन्होंने कहा, "परमपिता, उन्हें क्षमा कर दें क्योंकि वे नहीं जानते कि वे क्या कर रहे हैं।"

हमें क्राइस्ट की क्षमाशीलता एवं दया के दिव्य उदाहरण का अनुसरण करना चाहिए। परंतु ऐसा करते समय हमें यह नहीं सोचना चाहिए, "ओह, मैं कितना अच्छा हूँ," मैं कितना श्रेष्ठ हूँ, मैं उदारतापूर्वक अपने शत्रुओं को क्षमा कर देता हूँ। आध्यात्मिक अहंकार खतरनाक होता है। हृदय में सच्ची करुणा और शुद्ध प्रेम होना चाहिए। परन्तु ऐसा तब तक नहीं हो सकता जब तक हम पहले ईश्वर को प्रेम न करें। सर्वप्रथम उनको खोजें। अपने संपूर्ण हृदय, मन और आत्मा से उनसे प्रेम करें और जब तक आप उस दिव्य प्रेम को प्राप्त न कर लें कभी संतुष्ट न हों। दिन और रात प्रभु के लिए आँसू बहाएँ, निरंतर उनसे बातें करें, उनको पाने की इच्छा में हर समय मतवाले बने रहें, और तब आप देखेंगे कि आपका जीवन कितने अद्भुत रूप से बदल जाएगा।

सेल्फ़-रियलाइज़ेशन फ़ेलोशिप/ योगदा सत्संग सोसाइटी ऑफ़ इण्डिया के आध्यात्मिक लक्ष्य

बिल्टमोर होटल के सभागार में सेल्फ़-रियलाइज़ेशन फ़ेलोशिप के स्वर्ण जयन्ती अधिवेशन में दिए गए समापन संभाषण का सार, लॉस एंजिलिस, कैलिफ़ोर्निया 12 जुलाई 1970

लगभग चालीस साल पहले, जब मैं अपने गुरु परमहंस योगानन्दजी से प्रथम बार मिली थी, तब से लेकर आज तक यह मेरे लिए बहुत ही आनन्द का विषय रहा है कि मैं अपने हृदय को, आत्मा को, और अपनी इस मर्त्य देह को ईश्वर के चरणों में समर्पित कर सकी, इस आशा से प्रेरित होकर कि प्रभु उनके लिए समर्पित मेरे इस जीवन को अपने किसी काम में लगा सकेंगे। ये वर्ष मेरी आत्मा के लिए कितने संतोष भरे वर्ष रहे; ऐसा लगता है मानो दिव्य प्रेम के झरने से मैं निरन्तर अमृत पान कर रही हूँ। इसका श्रेय मैं स्वयं को नहीं दे सकती; यह केवल गुरुजी का ही आशीर्वाद है; और यह आशीर्वाद हम सब प्राप्त कर सकते हैं, यदि हम स्वयं को इसके लिए तैयार कर लें।

मैं आप सबसे अपने लिए प्रार्थना करने एवं शुभकामनाएँ और आशीर्वाद देने के लिए विनती करती हूँ जिससे कि मैं आपके साथ मिलकर सेल्फ़-रियलाइज़ेशन फ़ेलोशिप/योगदा सत्संग सोसाइटी ऑफ़ इण्डिया के इस महान् कार्य में अपनी सेवा अर्पित करती रह सकूँ।

हम एक महान् आध्यात्मिक पुनरुत्थान की आरम्भिक अवस्था में भाग ले रहे हैं, जो विश्व-भर में फैल जाएगा। जब गुरुजी हम शिष्यों को कुछ बताते थे, तो मैं उनकी बातों को नोट कर लेती थी। और अक्सर

मैं उन नोट्स को पढ़ती हूँ। सन् 1934 में उन्होंने कहा था कि एक समय आएगा जब भारत का यह महान् संदेश पूरे विश्व में फैल जाएगा क्योंकि इसमें वे अमर सत्य विद्यमान हैं जो कि जीवन और समस्त धर्मों का मूल आधार हैं। इन आध्यात्मिक, मुक्तिदायिनी शिक्षाओं का प्रसार करना ही सेल्फ़-रियलाइज़ेशन फ़ेलोशिप का उद्देश्य है। महावतार बाबाजी ने इस धर्म-प्रचार के कार्य को परमहंस योगानन्दजी को सौंपा था। आइये, अब हम सेल्फ़-रियलाइज़ेशन फ़ेलोशिप [योगदा सत्संग सोसाइटी ऑफ़ इण्डिया] के उद्देश्यों व आदर्शों का संक्षेप में पुनरावलोकन करते हैं।

ईश्वर की प्रत्यक्ष व्यक्तिगत अनुभूति प्राप्त करने के लिए सुनिश्चित वैज्ञानिक प्रविधियों के ज्ञान का विभिन्न राष्ट्रों में प्रचार करना। सेल्फ़-रियलाइज़ेशन फ़ेलोशिप का सर्वप्रथम और मुख्य उद्देश्य है, एक सुनिश्चित विज्ञान का प्रचार, जिसके अभ्यास के द्वारा सभी धर्मों के अनुयायी ईश-संपर्क कर सकें और न केवल किसी महान् गुरु अथवा धर्मशास्त्र के शब्दों द्वारा, अपितु अपने प्रत्यक्ष आध्यात्मिक अनुभव द्वारा जान सकें कि ईश्वर हैं।

गुरुदेव हमसे कहा करते थे, "मैं आपको कटहल के फल के स्वाद के विषय में बता सकता हूँ, मैं इसकी व्याख्या कर सकता हूँ, इसके टुकड़े-टुकड़े करके व इसका परीक्षण करके इसके विभिन्न संघटकों के बारे में आपको समझा सकता हूँ, वैसे ही जैसे कोई वैज्ञानिक करता; परंतु, चाहे मैं हज़ारों वर्षों तक इसके विषय में आपको बताता रहूँ तब भी आप नहीं जान पाएँगे कि कटहल के फल का स्वाद कैसा होता है। परंतु, यदि मैं आपको खाने के लिए इस फल का एक टुकड़ा दे दूँ तो आप एक क्षण में ही कहेंगे, 'हाँ! अब मैं जानता हूँ।'"

यही उदाहरण ईश्वर के साथ हमारे संबंध में भी लागू होता है। ईश्वर के विषय में अनन्त शब्द, अनन्त प्रवचन, अनन्त लेख अपने आपमें

पर्याप्त नहीं हैं। वे सौभाग्यशाली हैं जो उन शब्दों को सुनते, पढ़ते और उन पर ध्यान देते हैं। परंतु सर्वोपरि, परमहंस योगानन्दजी का संदेश है, हम उस सत्य का स्वाद अवश्य चखें। हम अपने प्रत्यक्ष, व्यक्तिगत अनुभव द्वारा ईश्वर को अवश्य जानें।

भगवान् श्रीकृष्ण द्वारा उपदिष्ट मूल योग और ईसा मसीह द्वारा उपदिष्ट मूल ईसाई धर्म में मूलभूत एकता और पूर्ण सामंजस्य पर प्रकाश डालना और यह दर्शाना कि सत्य के ये सिद्धान्त सभी सच्चे धर्मों के सामान्य वैज्ञानिक आधार हैं। धर्म के नाम पर युगों-युगों से पता नहीं कितने ही युद्ध लड़े जा चुके हैं! सत्य केवल एक है क्योंकि ईश्वर एक है, यद्यपि मानव उसे अनेक नामों से पुकारता है। परमहंस योगानन्दजी का उद्देश्य यह बताना है कि ईश्वर की ओर जाने वाला सर्वजनीन राजमार्ग एक ही है जिस पर सभी धर्मों के अनुयायियों को चलना पड़ेगा, यदि वे आत्म-साक्षात्कार, अर्थात् ईश्वरानुभूति, पाना चाहते हैं। इसका वर्णन अगले उद्देश्य में है।

एक ही दिव्य राजमार्ग को इंगित करना जिसकी ओर सच्चे धर्मों के सारे पथ अंततः पहुँचाते हैं। वह राजमार्ग है ईश्वर का दैनिक वैज्ञानिक, भक्तिमय ध्यान। तीस वर्ष पूर्व गुरुजी ने कहा था, "एक दिन आएगा जब मंदिर, चर्च और मस्जिद खाली हो जाएँगे।" यह धर्म का दोष नहीं है, बल्कि इसके अनुयायियों का दोष है। जब तक मनुष्य ऐसे धर्म-स्थलों में केवल सत्य के कुछ शब्द सुनने तथा थोड़ी बहुत प्रेरणा पाने के लिए ही जाता रहेगा, और फिर घर लौटकर वह उसी तरह ईश्वर-विस्मृति के अपने साधारण स्वभाव के अनुसार ही व्यवहार करता रहेगा — पहले की भाँति ही चिड़चिड़ापन, स्वार्थ, अधीरता, तनाव, भय एवं इंद्रिय सुख की लालसा अभिव्यक्त करता रहेगा — तो ऐसे धर्म-पालन का क्या मूल्य है? सेल्फ़-रियलाइज़ेशन का उद्देश्य है, प्रत्येक मानव को अपने हृदय में ईश्वर के एक

पवित्र मन्दिर की स्थापना के लिए प्रेरित करना, जहाँ वह गहरे ध्यान में स्वयं प्रभु के साथ नित्य संपर्क कर सके।

शरीर पर मन की, और मन पर आत्मा की वरिष्ठता प्रतिपादित करना— हम यह प्रमाणित करना चाहते हैं कि मानव इस लघु देहरूपी पिंजरे में बंधा हुआ नहीं है। जीसस ने कहा था, "अपने जीवन के बारे में कुछ मत सोचो, तुम क्या खाओगे, या क्या पीओगे, और न ही शरीर के बारे में कि तुम क्या पहनोगे।"* इस भौतिक रूप पर इतना अधिक ध्यान मत दो। मन की शक्ति और ईश्वर की शक्ति पर अधिक निर्भर रहो जो कि हमारी आत्मा में हैं। हमारा अस्तित्त्व शरीर पर आधारित नहीं हैं, सच तो यह है कि यह मन पर भी आधारित नहीं है, चाहे हम भले ही मन और भौतिक शरीर के द्वारा कार्य करते हैं। हम आत्मा हैं— अनन्त ब्रह्म की एक व्यक्तिगत अभिव्यक्ति। यही हमारी वास्तविक प्रकृति है। इस आदर्श को अभिव्यक्त करने का अर्थ है स्वयं को उन समस्त दैहिक एवं गुप्त मानसिक ज़ंजीरों से मुक्त करना जो आत्मा को शरीर से तथा मनोदशाओं से बाँध कर रखती हैं और इस तरह हमें शांति से वंचित रखती हैं।

मनुष्य को तीन प्रकार के कष्टों— शारीरिक रोग, मानसिक अशांति, और आध्यात्मिक अज्ञान, से मुक्त कराना। केवल ईश्वरानुभूति ही मानव को उसके समस्त कष्टों से स्थाई रूप से मुक्त करा सकती है। शरीर, मन व आत्मा से उचित क्रियाकलाप करना व उचित रीति से किए गए ध्यान के साथ उनका संतुलन, तीनों प्रकार की मुक्ति प्राप्त करने का सूत्र है।

पूर्व और पश्चिम के बीच सांस्कृतिक एवं आध्यात्मिक सौमनस्य का विकास करना, और उनके सर्वोत्तम विशिष्ट पहलुओं के आदान-

* *मत्ती* 6:25 (बाइबिल)।

प्रदान का समर्थन करना। यद्यपि यह संसार पूर्व और पश्चिम में विभाजित है, तथापि ईश्वर आज यह सिखा रहें है कि मानवजाति को राष्ट्रों की संकुचित सीमाओं में अब और अधिक देर तक सीमित नहीं रखा जा सकता। हमारे गुरुजी ने कहा है, "ईश्वर ने पृथ्वी बनाई, और मानव ने सीमा-बद्ध देशों और उनकी काल्पनिक सीमाओं को बना डाला।"* ईश्वर हमें सिखा रहे हैं कि इन स्वार्थमयी सीमाओं को अब और नहीं रहना चाहिए। परंतु उनको बम एवं क्रूर शक्तियों द्वारा नष्ट नहीं किया जा सकता। उन सीमाओं को समाप्त करने का केवल एक ही रास्ता है, जिसका प्रदर्शन आज आप यहाँ कर रहे हैं। सबके पिता के रूप में ईश्वर से मिलकर प्रेम करने से सीमाएँ लुप्त हो जाती हैं। वे समस्त मानवजाति का एक साझा आदर्श, एक साझा लक्ष्य होने चाहिए। जैसे-जैसे हम उन्हें जीवन के एकमात्र स्रोत और पालनहार के रूप में पहचानने लगते हैं, पूर्वाग्रहों के बंधन टूट जाते हैं। हम यह जानने लगते हैं कि जिन्हें हम अपने से बहुत भिन्न समझते थे वे हमारे जैसे ही हैं। मैं अब तक चार बार विश्व भ्रमण पर गई हूँ और मैंने लगभग सभी प्रमुख देशों का भ्रमण किया है; प्रत्येक राष्ट्र के लोगों में मैंने वही मधुर लगन, वही आकांक्षाएँ एवं आवश्यकताएँ तथा वही अभिरुचियाँ देखी हैं। सेल्फ़-रियलाइज़ेशन को दिव्य बन्धुत्व के संदेश का ध्वज-धारक बनना चाहिए। जब आप अपने घर वापस जाएँ तो यही आपका आदर्श हो। पूर्वाग्रह समाप्त हो जाएँ। इस बंधुत्व की भावना में आप सभी को स्वीकार करें। यही आपमें स्थित ईश्वर की सच्ची झलक है।

विज्ञान और धर्म में उनके मूलभूत सिद्धान्तों की एकता के प्रत्यक्ष

* परमहंसजी 7 मार्च, 1952 की रात्रि को अपनी महासमाधि में प्रवेश करने से कुछ समय पूर्व बिल्टमोर होटल में दे रहे अपने व्याख्यान में अपनी कविता मेरा भारत से इन पंक्तियों को और अन्य कुछ पंक्तियों को सुना रहे थे।

निरूपण द्वारा दोनों में सामंजस्य स्थापित करना। विज्ञान और धर्म में अंतर् जैसी कोई बात नहीं है। अंततः दोनों ही एक निष्कर्ष पर पहुँचेंगे जगत् में केवल एक ही सत्ता है। भौतिक वैज्ञानिक इस सृष्टि का कारण खोजने में निरंतर प्रयत्नशील हैं। कुछ ईश्वर की विद्यमानता को नकारते हैं; परंतु एक नास्तिक भी, जब अपने जीवन में किसी बड़े संकट का सामना कर रहा होता है, अनायास ही चिल्ला उठता है, "हे, मेरे प्रभु, मेरे प्रभु!" अचेतनरूप से वह उस शाश्वत सत्ता, (ईश्वर) को पकड़े रहता है जिससे जीवन की निरंतरता का भाव उत्पन्न होता है। यही एक शाश्वत सत्ता जीवन का मार्ग-दर्शन कर रही है; घटनाएँ अकारण या आकस्मिक नहीं होतीं। हम सब इस समय यहाँ पर इसलिए हैं क्योंकि हम सबका इस समय यहाँ पर होना पहले से निर्धारित था। जिस प्रकार सूर्य, चाँद व तारों का अपनी निर्धारित गति व समय से आकाश में घूमना निश्चित है, उतने ही निश्चित रूप से हम सबका जीवन उस महान् और न्यायपूर्ण सत्ता — ईश्वर द्वारा मार्ग-दर्शित व संरक्षित है। "क्या दमड़ी के भाव दो चिड़ियाँ नहीं बिकती? उनमें से एक भी बिना परमपिता के जाने, धरती पर नहीं गिरतीं।"*

"सादा जीवन और उच्च विचार" को प्रोत्साहित करना, तथा मानवजाति के मध्य उनकी एकता के शाश्वत आधार — ईश्वर से संबंधकी शिक्षा देकर बंधुत्व की भावना का प्रचार करना। ईश्वर की खोज करना और परमहंस जी द्वारा कथित "अनावश्यक आवश्यकताओं" को त्यागने का अर्थ गरीबी को गले लगाना नहीं है। वे कहा करते थे, "मैं 'गरीबी' शब्द को पसन्द नहीं करता, यह एक नकारात्मक संकेत लिए हुए है। इसकी अपेक्षा, मैं सादे जीवन में विश्वास करता हूँ। सादगी मेरा आदर्श है।" हृदय में सादगी, वाणी में सादगी, वस्तुओं के स्वामित्व

* *मत्ती* 10:29 (बाइबिल)।

में सादगी; शुद्धता जो एक सुलझे हुए जीवन एवं मन के होने से आती है, शुद्धता जो ईश्वर के साथ प्रत्यक्ष व व्यक्तिगत संबंध से आती है जिससे आप यह अनुभव कर पाते हैं, "प्रभु मैंने स्वयं को आपके चरणों में सौंप दिया है। आप मुझे जो कुछ भी दें और मुझे जिस भी हाल में रखें, मैं उसी में संतुष्ट हूँ।"

उच्च विचार का अर्थ है, अपने मन को सदा उस उच्च स्तर पर रखना जहाँ से किसी भी क्षण हमारी चेतना ईश्वर की ओर तुरंत मोड़ी जा सके। मन सदा गप्प-शप व नकारात्मकता आदि, जिनके द्वारा चेतना घबराहट और अशांति में चली जाए, से मुक्त रहना चाहिए। जो मन ईश्वर के विचारों से भरा रहता है, वह शांत है और मानवीय प्रकृत्ति और जीवन के अनुभवों को स्पष्ट रूप से समझ सकता है।

एक सुखी और उच्च कोटि का आध्यात्मिक जीवन जीने के लिए जिन परिस्थितियों की आवश्यकता है, उन्हें कम करते-करते जब हम बुनियादी आवश्यकता तक पहुँचते हैं तो हम पाते हैं कि इस प्रकार के जीवन के लिए एकमात्र आवश्यकता है — ईश्वर। हम यह समझ जाते हैं कि हम, और समस्त प्राणी, ईश्वर से ही आए हैं, केवल उनकी शक्ति ही हमारा पोषण करती है, और एक दिन हम उनके ही पास वापस लौट जाएँगे। हम स्वयं को उस दिव्य माता-पिता के एक विशाल परिवार के एक सदस्य के रूप में देखते हैं; किसी भी जाति, रंग, धर्म, राष्ट्रीयता, अथवा सामाजिक स्तर के भेद-भाव से रहित, सारी मानव जाति हमारी अपनी बन जाती है। सौन्दर्य और शांति के उस संसार की कल्पना करो, जो इस सत्य की विश्वव्यापी स्वीकृति से खिल उठेगा।

बुराई पर भलाई से, दुःख पर आनन्द से, क्रूरता पर दया से, अज्ञानता पर ज्ञान से विजय पाना। हम अंधेरे को छड़ी से पीट-पीट कर दूर नहीं भगा सकते, यह केवल तभी समाप्त हो सकता है जब हम प्रकाश को अन्दर लाएँगे। उसी प्रकार, केवल सकारात्मक गुणों और

कार्यों का प्रकाश, और आत्म-साक्षात्कार का प्रकाश ही इस संसार से बुरी नकारात्मक शक्तियों को दूर भगा सकता है।

आप लोगों में इतना आनन्द देखकर आज मैं बहुत पुलकित हो रही हूँ। जब मैं पहली बार आश्रम में आई थी तो मेरा यह मत था कि ईश्वर की खोज एक बहुत गंभीर विषय है, जहाँ हँसने के लिए कोई समय नहीं मिलेगा। परंतु गुरुजी ने मुझसे कहा, "सदा कान्तिमय एवं आनन्दित रहो क्योंकि यह तुम्हारी आत्मा की मूल प्रकृति है। तुम्हें इस संसार में इतना खुश रहना चाहिए कि तुम दुःख को कभी न जानो क्योंकि दुःख वास्तविक नहीं है, केवल ईश्वर ही वास्तविक है, और वे आनन्द हैं। ईश्वर को खोजने का अर्थ है सभी दुःखों का अन्त।" मैं ये शब्द कभी नहीं भूली हूँ। और इस प्रकार, जब मैं भक्तों के मुस्कराते, चमकते चेहरे देखती हूँ और एक दूसरे के साथ मधुर मेल-जोल देखती हूँ तो मेरा हृदय आनन्द से भर जाता है क्योंकि मैं अनुभव करती हूँ कि हम गुरुजी के आदर्शों का पालन कर रहे हैं।

अपनी ही वृहद्-आत्मा के रूप (परमात्मा) में मानव जाति की सेवा करना। सेल्फ़-रियलाइज़ेशन सदस्यों का यह आदर्श होना चाहिए कि वे दूसरों का भला करने के विचारों में अधिक और 'मैं, मेरा और मुझे' के विचारों में कम रहने का प्रयत्न करें। जिन्होंने इस विश्व के विभिन्न भागों से आए, इतने सारे प्रिय सदस्यों और मित्रों के लिए, इस अधिवेशन को एक सुखद और आध्यात्मिक रूप से लाभप्रद अवसर बनाने में सेवा की है, देखो आपको कितना आनन्द प्राप्त हो रहा है। आपने निःस्वार्थ भाव से उनकी सेवा करके इस दिव्य सौहार्द को बनाने में सहायता की है; कई बार आपने अपनी थकान, और छोटी-छोटी समस्याओं और तनावों, जो इतने बड़े समारोह के आयोजन का एक अंश हैं, को भुला दिया है। आपने वास्तव में अपनी वृहद्-आत्मा के रूप में, मानव जाति की सेवा करने के आदर्श को व्यक्त किया है। मैं

प्रार्थना करती हूँ कि आप सब इस निःस्वार्थता के आदर्श को आत्मसात् करेंगे क्योंकि दूसरों की सेवा करके ही हम सभी में ईश्वर को देखना और उनका अनुभव करना सीखते हैं।

यह पचासवीं वर्षगाँठ एक ऐसा अवसर है, जिसे हम सब लम्वे समय तक याद रखेंगे। आप अपने घरों में वापस जाएँगे और प्रायः आप इस दिव्य मधुर भाईचारे को याद करेंगे, जिसका हमने यहाँ आनन्द लिया। आप हमारे प्रेम की कुछ यादें अपने साथ लिए जा रहे हैं और मैं विश्वास करती हूँ कि आप भी अपने प्रेम की कुछ यादें हमारे लिए यहाँ छोड़कर जा रहे हैं—एक पारस्परिक आदान-प्रदान। हमने आध्यात्मिक मैत्री का एक बंधन बनाया है, एक दिव्य संबंध, जो दीर्घकाल तक चलेगा। जैसे-जैसे हम इसका पोषण करेंगे, यह और अधिक दृढ़ बनेगा और इस तरह एक महान् चुम्बकीय शक्ति बन जाएगा, जो दूसरे अनेक व्यक्तियों को सेल्फ़-रियलाइज़ेशन फ़ेलोशिप के इस पवित्र पथ की ओर आकृष्ट करेगा।

अन्त में, मैं गुरुदेव के इन शब्दों को पढ़ना चाहूँगी, "मेरा शरीर नहीं रहेगा परन्तु मेरा कार्य चलता रहेगा। और मेरी आत्मा सदा रहेगी। जब मैं शरीर में नहीं रहूँगा तब भी मैं आप सबके साथ कार्य करूँगा, ईश्वर के संदेश का प्रसार कार्य संसार की मुक्ति के लिए। स्वयं को ईश्वर के वैभव को पाने के लिए तैयार करो। स्वयं को ईश्वर की लौ से प्रज्ज्वलित करो। यदि ईश्वर मुझसे आज कहें, घर लौट आओ! बिना पीछे दृष्टि डाले मैं यहाँ अपने संगठन, भवन, योजनाओं व लोगों आदि से संबंधित संपूर्ण दायित्वों को छोड़कर अति शीघ्रता से उनकी आज्ञा का पालन करूँगा। संसार को चलाना उनका दायित्व है। वे ही कर्त्ता हैं, न कि आप अथवा मैं।"

परामर्श का संकलन

आध्यात्मिक पथ पर मार्गदर्शन एवं प्रेरणा देने वाले शब्द। अगर उद्धरण को अलग से उल्लेख न दिया हो, तो इसका अर्थ है कि वह लेख कैलिफ़ोर्निया के लॉस एंजिलिस में स्थित सेल्फ़-रियलाइज़ेशन फ़ेलोशिप के अंतर्राष्ट्रीय मुख्यालय में दिए गए व्याख्यानों से चयनित है।

ईश्वर महानतम निधि हैं

25 मई, 1961

जब आप अकेलापन अनुभव करें, अपने परमपिता को पुकारें। जब आप सहानुभूति के लिए व्याकुल हों, तब तुरंत प्रभु की शरण में जाएँ। मनुष्य को इस बात का बोध ही नहीं है कि कितना महान् मित्र, कितना उत्कट प्रेमी, कितना स्नेहिल माता-पिता-प्रियतम उसके प्रेम की खोज कर रहा है।

परंतु पहले आपको उन्हें खोजना होगा। वे स्वयं को अपनी संतान पर नहीं थोपेंगे। वे अपनी संतान द्वारा स्वयं को खोजे जाने की प्रतीक्षा करते हैं। वे आपको सब कुछ देंगे, केवल अपने को छोड़कर। वे एक के बाद दूसरी, समस्त वस्तुएँ आपको देते रहेंगे, यह देखने के लिए कि आप उनसे कब तक संतुष्ट होते रहेंगे। यदि आप संतुष्ट रहते हैं तो आप आध्यात्मिक पथ पर एक जगह रुके रह जाते हैं। परन्तु बुद्धिमान भक्त, एक नटखट बच्चे की भाँति, प्रत्येक खिलौने को, प्रत्येक तुच्छ सांसारिक आकर्षण की वस्तु को एक ओर फेंक देता है और ईश्वर के लिए अपनी पुकार जारी रखता है। ऐसा ही भक्त ईश्वर को प्राप्त करता है, अन्य कोई उन्हें प्राप्त नहीं कर पाता।

मैं प्रार्थना करती हूँ कि आप सब परमपिता की नटखट संतान बन जाएँ, अन्तर् में निरंतर उन्हें पुकारते रहें। अपने मन को असंतोष और

वेकार के मनोरंजनों की दलदल में मत भटकने दें। मेरे प्रियजनों, अपने जीवन को इस प्रकार न गँवाएँ। प्रति क्षण अन्तर् में ईश्वर के लिए निरंतर लालायित रहें। ईश्वर के लिए आपकी लालसा प्रचंड अग्नि की तरह जलती रहे। अपनी समस्त लालसाओं को, ईश्वर को पाने की तीव्र इच्छा की एक अतिविशाल ज्वाला में परिवर्तित कर दें। आपकी समस्त कमज़ोरियाँ उस मुक्तिदायी ज्वाला में भस्म हो जाएँगी।

जब सांसारिक प्रलोभन विचलित करें तो प्रार्थना करें, "प्रभु जब भौतिक आनन्द इतने लुभावने प्रतीत होते हैं तो आप स्वयं कितने अधिक लुभावने होंगे।" ईश्वर महानतम निधि हैं। सभी धर्मशास्त्र यही बताते हैं। अपने तुच्छ उद्देश्यों का परित्याग कर देने और उस एकमात्र शाश्वत अनमोल निधि को पाने के लिए अपनी विवेक बुद्धि का प्रयोग करें।

ईश्वर ही समस्त समस्याओं का समाधान हैं

3 मई, 1956

इस जीवन में हमारे सामने आने वाली हर समस्या का समाधान ईश्वर ही हैं। हमें उन्हें और अधिक-से-अधिक मज़बूती से पकड़े रहना चाहिए। हमें मार्गदर्शन के लिए और जीवन की पहेलियों को सुलझाने के लिए उनकी ही शरण में जाना चाहिए। अन्त में हमें यह शरीर तो छोड़ना ही पड़ेगा, तो फिर सांसारिक विषयों को इतना महत्त्व क्यों दें?

ईश्वर की खोज और उनकी सेवा को सबसे ज़्यादा महत्त्व दें। आत्म-समर्पण के गहन भाव के साथ ईश्वर की सेवा करना और उनके लिए ही अपने समस्त कर्त्तव्यों को पूरा करने की चेतना बनाए रखना, ध्यान का ही एक रूप है — ईश्वर को पाने का एक तरीका। अपनी चेतना में ही उनकी खोज करना और उन्हें अपना शाश्वत सखा बनाना हमें सीखना होगा।

गप्पे करने और व्यर्थ की बातों में समय नष्ट करने के लिए आपस में मिलने की अपेक्षा, गुरुदेव प्रायः हमें ध्यान करने हेतु छोटे-छोटे समूहों में

एकत्र होने के लिए प्रोत्साहित किया करते थे। आप पाएँगे, जैसा कि हमने अनुभव किया, कि बातें करने की अपेक्षा, किसी के साथ अथवा अकेले ध्यान करने से कितना अधिक लाभ होता है।

जीवन की छोटी-छोटी समस्याओं पर अधिक सोच-विचार करने से बचना चाहिए। आपके लिए सबसे अधिक महत्त्वपूर्ण है, आपका ईश्वर के साथ संबंध। आपकी भावनाएँ, आपकी आदतें, जिन्हें आप अपना अधिकार समझते हैं — ये सब इतने महत्त्वपूर्ण नहीं हैं। इनके बारे में ईश्वर को चिंता करने दें। आप ईश्वर के साथ अपनी तारतम्यता का पोषण करें और ईश्वर आपका पोषण करेंगे। यही दिव्य अनुबंध है, जगन्माता और उसके पुत्र के बीच। इस अनुबंध पर दृढ़ रहें और इस बात पर कभी संदेह न करें कि एक दिव्य विधान है जो पूरी सृष्टि की देखभाल कर रहा है।

ईश्वर और गुरु के साथ हमारा संबंध ही एकमात्र वास्तविक संबंध है। उनका हाथ पकड़े रहें। लीज़ू की सन्त थैरेसा ने कहा था, "मैं पृथ्वी पर शुभ कार्य करने के लिए स्वर्ग का भी त्याग कर दूँगी।" यही गुरुदेव का वचन था। उनकी मात्र एक इच्छा है — ईश्वर को पाने में हमारी सहायता करना। जो भी उनसे मार्गदर्शन माँगेगा, जो भी उनकी सहायता पाने के लिए अपना एक हाथ बढ़ाएगा, निश्चित रूप से वह उनकी सहायता का अनुभव करेगा। आपको विश्वास रखना होगा, आपको अपने हिस्से का काम करना होगा, आपको ध्यान करना होगा। तब आप गुरु की सर्वव्यापक सहायता एवं आशीर्वाद के साथ पूर्ण रूप से समस्वर हो पाएँगे।

अच्छाई व बुराई का मनोवैज्ञानिक युद्ध

12 जुलाई, 1956

चाहे आपके जीवन में कितनी ही बड़ी विपत्तियाँ क्यों न आएँ, चाहे कितनी ही परीक्षाएँ क्यों न ली जाएँ, सदा स्मरण रखें कि जगन्माता आपका संरक्षण कर रही हैं। आध्यात्मिक पथ पर चलते हुए यदि कठिनाइयों और

संघर्षों से हमारा सामना होता है तो इससे आश्चर्यचकित नहीं होना चाहिए। कभी-न-कभी ये प्रत्येक भक्त के सामने आती ही हैं। हमें उनका बहादुरी से सामना करना चाहिए, इस विश्वास के साथ कि जगन्माता के प्रेम और संरक्षण की कृपा हमारे साथ है।

हमारे अन्दर हर समय अच्छाई व बुराई के मध्य युद्ध चलता रहता है। गुरुदेव कहा करते थे कि भक्त बीच में खड़ा है, एक ओर से वह बुराई और नकारात्मक शक्तियों रूपी शैतान द्वारा खींचा जाता है, और दूसरी ओर से अच्छाई और सकारात्मक शक्तियों रूपी ईश्वर द्वारा खींचा जाता है। न तो अच्छाई और न ही बुराई तब तक हमारी चेतना के साम्राज्य पर अधिकार जमा सकती है, जब तक कि हम स्वयं उन्हें अपने पर शासन करने का अवसर न दें। ईश्वर ने हमें बुराई को स्वीकार अथवा अस्वीकार करने की और अच्छाई को स्वीकार अथवा अस्वीकार करने की स्वतंत्र इच्छा प्रदान की है; अर्थात् ईश्वर के साथ सहयोग करने की अथवा शैतान के साथ सहयोग करने की स्वतंत्रता।

जगन्माता हममें से प्रत्येक के पीछे खड़ी हमारा मार्गदर्शन कर रही हैं और हमारी सहायता कर रही हैं। अच्छाई और बुराई की मनोवैज्ञानिक युद्धभूमि में, हर संभव तरीके से अपने विवेक द्वारा उचित निर्णय लेने में वे हमारी सहायता कर रही हैं। उनका अद्भुत आशीर्वाद यह है कि भक्त के द्वारा किए गए प्रत्येक छोटे-से-छोटे प्रयास का — ईश्वर को पाने के, ईश्वर का अनुभव करने के, ईश्वर के सान्निध्य में रहने के प्रत्येक छोटे-से-छोटे प्रयास का भी जगन्माता उत्तर देती हैं। जगन्माता के उत्तर के प्रति हम सदा सजग न भी हों, परन्तु जब हम अपने आन्तरिक युद्ध लड़ रहे होते हैं और हम सहायता के लिए जगन्माता की ओर मुड़ते हैं तो वे अपने सर्वव्यापी प्रेम से हमें सुरक्षा प्रदान करने के लिए, हमारे प्रयासों को समर्थन देने और हमारे कार्यों को निर्देशित करने के लिए, अपनी कृपा सदा बरसाती रहती हैं।

आत्म-साक्षात्कार आन्तरिक शांति से मिलता है

आनन्दमयी माँ के कोलकाता आश्रम में; 18 जनवरी, 1959

आत्म-साक्षात्कार का अर्थ है, ईश्वर के साथ आत्मा का मिलन। सभी युगों में प्रबुद्ध आत्माओं के अनुभवों ने प्रमाणित किया है कि सभी धर्मों का मूल प्रयोजन और चरम लक्ष्य, आत्म-साक्षात्कार ही है। परमानन्द-मग्न आनन्दमयी माँ, मेरे गुरुदेव परमहंस योगानन्द, और समस्त अन्य महान् सन्तों ने भी उसी एक लक्ष्य की ओर संकेत किया है।

हमें धर्म के बाह्य आचरणों — कर्मकाण्डों अथवा विधियों में नहीं खो जाना चाहिए। पूजा-अर्चना और यज्ञों आदि का उद्देश्य अपने अन्तर् में ईश्वर को खोजने के लिए भक्तों को केवल प्रेरित करने के लिए होना चाहिए; अन्यथा पूजा के ये सब बाहरी रूप व्यर्थ ही हैं।

ईश्वर सच्चिदानन्द हैं — अर्थात् सदा रहने वाले, सदैव चेतन, सर्वशक्तिमान, नित्य-नवीन आनन्द। परमात्मा का व्यष्टि रूप होने के नाते आत्मा भी अमर, सर्वशक्तिमान, नित्य, सदैव चेतन, नित्य-नवीन आनन्द है। ध्यान के द्वारा इसे अनुभव किया जा सकता है। केवल अपनी आन्तरिक शांति में गहरे जाकर ही हम स्वयं आत्मा को जान सकते हैं। अपने घर में अथवा आश्रम में कोई एकान्त स्थान खोजें और ध्यान में गहरे उतर जाएँ, और जानें कि आप कौन हैं। तब आप जान पाएँगे कि आप ईश्वर के ही प्रतिरूप में बने हैं। हम आनन्द से आए हैं, हम आनन्द के लिए जीते हैं और आनन्द में ही हमारा पुनरुत्थान होता है। जब हम यह जान जाएँगे, तब समझिए हमें आत्म-साक्षात्कार हो गया। इस स्थिति को प्राप्त करने के लिए, हमें अपने अन्तर् में परम आनन्दमय शांति का अनुभव होना आवश्यक है। हम ईश्वर को केवल अंधविश्वास अथवा बाहरी पूजा के द्वारा कभी भी नहीं जान सकते। ईश्वर तक पहुँचने के लिए हमें गहन ध्यान करना ही होगा और यही मानव का लक्ष्य है। इस जीवन में ईश्वर के सान्निध्य को प्राप्त करें और फिर जन्म-जन्मान्तर में भी आपको उनका सान्निध्य प्राप्त होता रहेगा।

हमारे पास समय नष्ट करने के लिए नहीं है

भारत में परमहंसजी के आश्रमों की यात्रा से लौटने पर दिया गया प्रवचन, सेल्फ़-रियलाइज़ेशन फ़ेलोशिप आश्रम केन्द्र, हॉलीवुड, कैलिफ़ोर्निया, 16 दिसम्बर, 1959

हमारा पथ दोहरा है, एक सेवा का और दूसरा ध्यान का। गुरुजी ने कहा है, "मैं संतुलन में विश्वास रखता हूँ।" ध्यान की शांति में और समस्त कार्यों के दौरान भी ईश्वर को पाने के लिए, उन्होंने हमें शांतिपूर्ण रूप से सक्रिय और सक्रिय रूप से शांत रहना सिखाया। जो व्यक्ति इस संतुलन को पा लेता है, केवल वही आनन्द को जानता है; यही वह भक्त है जो ईश्वर को जानता है, क्योंकि ईश्वर सक्रिय तथा निष्क्रिय दोनों हैं, सृष्टिकर्त्ता के रूप में अत्यंत व्यस्त, तथा पूर्ण आनन्दमय परमात्मा के रूप में अवर्णनीय रूप से निश्चल।

आदर्श यह है कि हम गहरे ध्यान में ईश्वर को खोजें और उनकी सेवा करने में ही प्रसन्नता और आनन्द अनुभव करें। इससे कोई फ़र्क नहीं पड़ता कि हम किस प्रकार की सेवा करते हैं। चाहे हम रसोई में कार्य कर रहे हों, अथवा शिक्षा प्रदान कर रहे हों अथवा लेखन कार्य कर रहे हों, यह महत्त्वपूर्ण नहीं है। महत्त्वपूर्ण यह है कि क्या हम इसे ईश्वर को प्रसन्न करने के लिए कर रहे हैं अथवा केवल स्वयं के लिए।

मेरी गहन प्रार्थना है कि हम में से प्रत्येक प्रियतम प्रभु के लिए अपने अन्तर् में गहनतर ललक का अनुभव करने का प्रयत्न करे। ध्यान में गहरे उतरें। इसे सदा स्मरण रखें। चाहे आप केवल पाँच मिनट के लिए ही ध्यान करें, लेकिन वे पाँच मिनट अपने प्रियतम प्रभु के साथ पूरी तरह व्यतीत करें। परन्तु जब भी हो सके, लम्बा ध्यान करें। प्रतिदिन नियमित ध्यान न कर पाने के बहाने मत खोजें। ईश्वर के लिए तड़प को दिन और रात प्रज्वलित रखें। ईश्वर के साथ इस तरह के संबंध से प्राप्त आनन्द को शब्दों में वर्णन

नहीं किया जा सकता।

सत्रह महीने पहले, मैं गुरुदेव के अमेरिका में स्थित आश्रमों को छोड़ भारत में स्थित उनके आश्रमों का भ्रमण करने के लिए गई थी। वहाँ मेरे मन में बस केवल एक ही विचार था, "तू मेरा जीवन, तू मेरा प्यार..." मेरा हृदय दिव्य प्रेम से प्रज्वलित था। उसी भाव में मैं वापस आई हूँ। हमारे पास समय नष्ट करने के लिए नहीं है। गुरुजी कहा करते थे, "जीवन एक ओस की बूँद की भाँति है जो समय रूपी कमल के पत्तों पर से फिसला जा रहा है।" प्रायः मेरे मन में यह विचार आता है : जब एक बार वह बूँद फिसलना आरम्भ कर दे तो वह पहले से भी अधिक गति से फिसलने लगती है। हममें से अनेक के लिए, हमारे जीवन का अधिकांश भाग हमारे सामने नहीं है, बल्कि बीत चुका है। मैं केवल एक चीज़ महसूस करती हूँ : अन्तर् में अपने प्रियतम प्रभु को जानने के लिए बचे हुए समय को अविलम्ब लगाने की कितनी नितांत आवश्यकता है।

हमें अपने प्रेम और भक्ति द्वारा ईश्वर को पाने के लिए सदा लालायित रहना चाहिए और उनकी सेवा करने के लिए तत्पर रहना चाहिए। प्रियतम प्रभु की सेवा करने में, यदि आवश्यक हो तो देह की बलि चढ़ाने में भी मत घबराएँ। ईश्वर आपका पोषण करेंगे। वे ही हमारी शक्ति हैं। वे ही हमारा जीवन हैं। वे ही हमारा प्रेम हैं।

और जब आप ध्यान करें, आपका संपूर्ण मन ईश्वर में तल्लीन रहे। जब आप ईश्वर का चिंतन करने बैठें तो अपने मन से सभी अन्य विचारों को बाहर निकाल दें और उसे अनन्त प्रियतम की सर्वव्यापकता में गहन से गहनतर उतारते जाएँ। मानव हृदय से जो भी प्रेम आज तक निःसृत होता आया है, उस सबका स्रोत ईश्वर ही हैं—संतान का माता के लिए प्रेम व माता का संतान के लिए, मित्र का मित्र के लिए प्रेम, पति-पत्नी का एक दूसरे के लिए प्रेम। प्रेम के समस्त रूप इसी एक स्रोत से निकले हैं। स्रोत को ही खोजें। ईश्वर को पाने के लिए जिस किसी भी वस्तु की आपको

आवश्यकता है, वह सब आपके पास है। आपको और कुछ नहीं खोजना है। गुरुदेव हमारे लिए संपूर्ण शिक्षाएँ ले आए हैं। अब इनका उपयोग करना हमारे ऊपर निर्भर करता है।

मैं गुरुदेव के ये सुन्दर वचन प्रायः याद करती हूँ, जिनके अनुसार हमें जीवन व्यतीत करना चाहिए :

हे प्रियतम प्रभु, तुझे अर्पित करने को मेरे पास कुछ नहीं
क्योंकि सब कुछ तेरा ही है।

शोक नहीं कि मैं नहीं दे सकता,
क्योंकि कुछ भी तो मेरा नहीं है, कुछ भी मेरा नहीं है।

मैं तेरे चरणों में रखता हूँ,
अपना जीवन, अपना तन, अपने विचार, और अपनी वाणी,
क्योंकि ये तेरे हैं, क्योंकि ये तेरे हैं।

गुरुदेव ने अपना जीवन इन्हीं शब्दों के अनुसार जीया। आइए, हम भी, उनके शिष्य होने के नाते, उनके उदाहरण का अनुकरण करने का प्रयत्न करें।

ईश्वर के लिए प्रबल इच्छा रखें

18 जनवरी, 1960

आलस करना और लक्ष्य को भूल जाना : आध्यात्मिक पथ पर इन दो बड़ी त्रुटियों से दूर रहें। कुछ समय बीत जाने पर, हम प्रायः उस मुख्य उद्देश्य को भूल जाते हैं जिसके लिए हमने आध्यात्मिक जीवन को अपनाया। हम ईश्वर की उपासना केवल सतही स्तर पर करने के आदी हो जाते हैं और ईश्वर के लिए ललक की आन्तरिक अग्नि को प्रज्वलित रखना भूल जाते हैं। हम खुशी से अन्य अनेक कार्यों में व्यस्त हो जाते हैं, परंतु अपने खाली समय को उचित ढंग से उपयोग करने में, ईश्वर के लिए गहनता से खोज

करने में आलस्य करने लगते हैं।

जब आप ऐसा तर्क करते हैं, "यदि परिस्थितियाँ अनुकूल होतीं, यदि मेरे साथ सहानुभूतिपूर्ण व्यवहार होता, यदि यह या वह घटना न घटी होती, तो मैं आज ईश्वर के अधिक समीप होता।" इस प्रकार के तर्क करके आप लक्ष्य से चूक रहे हैं। यदि आप ईश्वर को प्राप्त नहीं कर पाते हैं, तो इसका दोषी अन्य कोई व्यक्ति अथवा कोई बाहरी परिस्थिति नहीं है, बल्कि आप ही स्वयं हैं। अंतिम सत्य यही है कि कोई भी व्यक्ति अथवा परिस्थिति हमें ईश्वर को जानने से नहीं रोक सकती, यदि हम स्वयं को आलस्य, उदासीनता, और लक्ष्य से चूकने की आदत से सदा मुक्त रखने का प्रयत्न करें। प्रियतम प्रभु के लिए अन्तर् में सदा लालायित रहें। और यदि आप ऐसा अनुभव नहीं कर पाते हैं, तो केवल स्वयं को ही दोषी मानें।

जब मैं पहले-पहले माउण्ट वाशिंगटन आई थी तो मेरे सम्मुख अनेक समस्याएँ थीं, मेरी अपनी और जो मेरे आस-पास थे उनकी। ऐसा देखकर मैं बहुत हतोत्साहित हुई थी कि आश्रम में भी मैं इन कठिनाइयों से नहीं बच सकी। परंतु मेरे अन्दर ईश्वर को जानने की प्रबल ज्वाला धधक रही थी। इस जीवन में उन्हें पाने का मेरा एक महान् स्वप्न था। इसलिए मैंने आत्म-विश्लेषण किया, "क्या कोई परिस्थिति, वातावरण, अथवा व्यक्ति-विशेष तुम्हारी ईश्वर को पाने की धधकती अभिलाषा को बुझा सकता है? यदि ऐसा है, तब तुम वास्तव में उन्हें पाना ही नहीं चाहती।" अपने मन में यही विचार लेकर मैं कृतसंकल्प हुई और अपने विवेक के अनुसार, इस अलौकिक पथ पर अग्रसर हुई।

यह अत्यंत दुःख की बात है कि लोग आध्यात्मिक जीवन को बाह्य तौर पर ही बिताने में मस्त हो जाते हैं और उदासीन होकर ईश्वर के लिए अपनी भक्ति की ज्वाला को बुझा देते हैं। भक्त को ऐसी दशा को तत्काल ही ठीक करना आरम्भ कर देना चाहिए — दिन और रात, आदि और अंत,

हर समय मन में ईश्वर को स्थान देकर।

दिव्य प्रेम प्रत्येक आत्मा को अनोखा बनाता है

भारत भ्रमण के पश्चात् दिया गया प्रवचन, सेल्फ़-रियलाइज़ेशन फ़ेलोशिप, अंतर्राष्ट्रीय मुख्यालय, 20 जुलाई, 1964

दिव्य प्रेम वह बंधन है, जो हम सबको पारिवारिक बंधनों से भी अधिक निकटता से आपस में बाँधता है। बढ़ती उम्र के साथ-साथ मेरी यह धारणा और दृढ़ होती जा रही है कि केवल यही वह शक्ति है जो लोगों को आपस में बाँध सकती है। प्रेम, दिव्य प्रेम, को पाना व उसे लोगों में बाँटना, जीवन में हमारा ईश्वर प्रदत्त कर्त्तव्य है। यह प्रेम हमारी आत्माओं में जन्मजात ही है, और जैसे गुलाब के लिए मधुर सुगन्ध फैलाना स्वाभाविक है, उसी प्रकार, आत्मा के लिए दिव्य प्रेम की मधुर सुगंध निःसृत करना स्वाभाविक है। यहाँ और भारत में, बार-बार मैं भक्तों को गुरुजी के उन अमर शब्दों का स्मरण कराती हूँ जो उस संदेश को व्यक्त करते हैं, जिसका उपदेश महान् सन्त युग-युगों से देते आए हैं। "केवल प्रेम ही मेरा स्थान ले सकता है।" अपनी यात्रा के दौरान मैंने अनेक लोगों से बात की और पाया कि प्रेम ही एक ऐसा संदेश है जिसे समस्त मानव जाति पसंद करती है। दिव्य प्रेम समस्त आत्माओं से व्यवहार करने का उचित स्तर है; और हमारे पूज्य गुरुदेव, श्री श्री परमहंस योगानन्द ने हमें दिव्य प्रेम का ही मार्ग दिखाया है।

ईश्वर की दृष्टि में हममें से प्रत्येक व्यक्ति विशेष है। उनके लिए हम सब समान हैं—न कोई ऊँचा है, न कोई नीचा है। हम सब उनके लिए विशेष हैं, क्योंकि हममें से प्रत्येक की रचना करते समय उन्होंने व्यक्तिगत रूप से केवल हमारे बारे में सोचा, न कि किसी अन्य के बारे में। इस प्रकार, उनकी विशाल चेतना में और उनके विचार में हम विशिष्ट हैं। आत्मा की यह विशिष्टता हमें अपने अन्तर् में खोजनी चाहिए और उसे व्यक्त करना चाहिए

और ऐसा करने का सबसे उत्तम मार्ग है दिव्य प्रेम को व्यक्त करना; शुद्ध और निःशर्त रूप से प्रेम करने की ईश्वर प्रदत्त क्षमता को व्यक्त करना। जब हम इस बात को समझ जाते हैं और इसका अभ्यास करते हैं, तो यह हमारे मार्ग को बहुत आसान बना देता है। एक बार हम अपने माध्यम से प्रवाहित होने वाले ईश्वर के दिव्य प्रेम का अनुभव कर लें, तो यह जीवन को इतना दीप्तिमान कर देता है कि पृथ्वी पर कोई भी अन्य वस्तु — कोई भी शक्ति, कोई भी यश, इन्द्रिय संतुष्टि की कितनी भी मात्रा, ऐसा नहीं कर सकते।

अपने दायित्वों को निभाने में ईश्वर की सहायता लें

22 मार्च, 1956

ईश्वर को कमज़ोर व्यक्ति नहीं, बल्कि एक ऐसा व्यक्ति प्राप्त कर पाता है जो कहता है, "मेरे प्रभु! मैंने अपना जीवन आपको सौंप दिया है; मैंने अपना हृदय आपको समर्पित कर दिया है। आप जैसा चाहें मेरे साथ करें।" मैंने एक बार गुरुदेव से पूछा था, "मुझे कैसी मनोवृत्ति अपनानी चाहिए ताकि जो काम का बोझ मैं अपने कंधों पर अनुभव करती हूँ, उसे उठाने में मुझे सहायता मिले?"

"सबसे पहले," उन्होंने उत्तर दिया, "तुम इसे बोझ मत समझो। यह तो ईश्वर की सेवा करने का परम सौभाग्य है।" चाहे यह केवल झाड़ू लगाने और फर्श साफ करने का ही काम क्यों न हो, इसे सेवा के अवसर के दिव्य आशीर्वाद के रूप में स्वीकार करने के लिए अपने मन को अनुशासित करें — जहाँ भी ईश्वर आपको रखें, चाहे ऊँचे पद पर अथवा ओछे स्थान पर, उनकी सेवा करते रहें। गुरुदेव ने आगे कहा, "सदा स्मरण रखो कि तुम कर्त्ता नहीं हो। ईश्वर ही कर्त्ता हैं, तुम केवल उनके माध्यम हो। एक इच्छुक व ग्रहणशील माध्यम बनने का संकल्प करो।" जब उन्होंने मुझे ये दो बातें बताईं तो मैंने सोचा, "इन्होंने मुझे यह सबक सिखा दिया है, अब इसका

अभ्यास करना मुझ पर निर्भर करता है।" और अवश्य ही, मैं कहूँगी कि इस अभ्यास ने मुझे, जितना मैं संभव समझती थी, उससे कहीं अधिक अपने दायित्व निभाने के योग्य बना दिया है। यह आपको भी, जितना आप संभव समझते हैं, उससे कहीं अधिक कार्य करने के योग्य बना देगा।

अपनी चेतना को जगन्माता के साथ संपर्क में लाएँ जिससे कि वे आपके दायित्वों का भार वहन कर सकें, जिससे कि यह भार उनके कंधों पर चला जाए। यह भार आपका अपना नहीं है। और जब ध्यान का समय हो, अन्य प्रत्येक विचार आपके मन से बाहर होना चाहिए, यहाँ तक कि शरीर के विषय में समस्त विचार भी। अन्तर् में पूर्ण निश्चलता होनी चाहिए। ऐसा संभव है, परंतु आपको प्रयास करना होगा। सर्वोपरि, आपको जगन्माता के प्रेम के लिए प्रार्थना करनी होगी। तब आध्यात्मिक प्रयास बहुत सरल हो जाता है। अपने सप्ताहान्तों को ध्यान के लिए, एकान्तवास के लिए, अन्तर् में अपनी आध्यात्मिक शक्ति को पुनः अर्जित करने के लिए उपयोग करें। यदि आप गहनता से और नियमित रूप से ध्यान करेंगे, तो यह आपके सम्पूर्ण जीवन को बदल देगा।

केवल ईश्वर पर ही भरोसा करें

7 फरवरी, 1956

ईश्वर के लिए हमारा प्रेम संपूर्ण हृदय से, अनन्य, और एकनिष्ठ होना चाहिए। तब यह प्रेम अकेलेपन की भावना और मानवीय संबंधों पर निर्भरता को समाप्त कर देता है। परमात्मा की संगति अतुलनीय है।

दूसरों से प्रेम करना उचित ही है, परंतु हमारा भरोसा मनुष्यों पर न होकर ईश्वर पर होना चाहिए। अन्य किसी को भी यदि हम पकड़े रहते हैं, तो उस व्यक्ति का साथ छूट जाता है। शायद प्रभु हमें बताना चाहते हैं कि यदि हम उनका साथ चाहते हैं, तो उन पर हमारी एकाग्रता पूर्ण होनी चाहिए। हम सबकी आत्माओं के प्रियतम प्रभु के लिए रात्रि में गुहार लगाना

सचमुच अद्भुत है; अपने दिल की सभी बातों को प्रभु से कह पाना कितना अनूठा है, यह जानते हुए कि वे हमें समझते हैं और चुपचाप उत्तर देते हैं।

अब मैं समझ गई हूँ कि गुरुजी हमारी व्यक्तिगत समस्याओं के बारे में हमसे अधिक चर्चा क्यों नहीं करते थे। वे हमसे केवल ईश्वर के विषय में बात करना और केवल आध्यात्मिक विषयों पर ही विचार-विमर्श करना चाहते थे। वे हमें व्यक्तिगत समस्याओं पर ही अटके न रहने देने के लिए प्रोत्साहित करते थे और इस बात पर ज़ोर देते थे कि हम ईश्वर की प्राप्ति के द्वारा उन सभी समस्याओं से ऊपर उठ सकते हैं। वे आगन्तुकों को साक्षात्कार के लिए घण्टों का समय दे दिया करते थे, और मैं सोचती, "क्या यह विचित्र नहीं है? उनके करीब रहने वाले भक्तों को अपनी समस्याओं के संबंध में बात करने का कदाचित् ही अवसर मिलता है।" परंतु वे तो हमारे साथ वैसा संबंध चाहते ही नहीं थे। वे हमें सीधे ईश्वर के पास जाने का प्रशिक्षण दे रहे थे। इस मार्ग पर हम यदा-कदा एक दूसरे से निजी बात-चीत के द्वारा कुछ प्रोत्साहन और सहायता प्राप्त कर सकते हैं; परंतु जब हमें दिव्य बल की आवश्यकता हो तो हमें ईश्वर, और केवल ईश्वर के पास ही जाना चाहिए।

गुरु वह दिव्य माध्यम है जिनके द्वारा, प्रियतम प्रभु का ज्ञान और कृपा प्रवाहित होते हैं। जिस प्रकार, एक मादा पक्षी अपने बच्चे को घोंसले से बाहर धकेल देती है ताकि वह उड़ना सीख सके, उसी प्रकार गुरु, भक्त को भगवान् के साथ अपना सीधा संबंध स्थापित करने पर ज़ोर देते हैं। इसी कारण से, ईश्वर भक्त से प्रत्येक मानवीय सहारा छीन लेते हैं, और उन सभी सांसारिक वस्तुओं को भी छीन लेते हैं जो भक्त में ईश्वर का बोध जाग्रत नहीं करतीं, जब तक कि भक्त इस परम अनुभूति तक नहीं पहुँच जाता, "ईश्वर ही मेरी शक्ति हैं, ईश्वर ही मेरा प्रेम हैं, ईश्वर ही मेरे सखा हैं, ईश्वर ही मेरे प्रियतम हैं, मेरा एकमात्र सहारा। जब वे मेरे पास नहीं होते तो मेरा

सब कुछ खो जाता है। मैं भिखारी बन जाता हूँ! जब वे मेरे साथ होते हैं, मैं प्रेम और आनन्द से तृप्त रहता हूँ; मैं साहस और शक्ति से भरा रहता हूँ।"

यदि हम दिव्य सांत्वना व दिव्य सुख प्राप्त करने के लिए लोगों के पास जाएँ तो केवल कुछ क्षण के लिए हम थोड़ी-सी प्रसन्नता और कुछ सांत्वना पा सकते हैं, परंतु कभी-न-कभी ईश्वर वह सहारा छीन लेंगे। अतः हमें ईश्वर पर ही भरोसा करना चाहिए। केवल वे ही शाश्वत हैं, इसलिए वे चाहते हैं कि हम उनकी शक्ति पर ही निर्भर रहें।

ईश्वर को एक बार अवसर तो दें

8 सितम्बर, 1955

हमें ईश्वर को अपने जीवन में प्रकट होने का एक अवसर तो देना ही चाहिए; परंतु उनको कोई ऐसा अवसर नहीं मिल पाता, क्योंकि हम आधे-अधूरे मन से तो संसार को थामे रखते हैं और आधे-अधूरे मन से उनको। हमें अन्य सब कुछ पीछे छोड़कर अनंत में डूबना होगा। सन्त जन बताते हैं कि यह बिल्कुल भी कठिन नहीं है; जब हम अपने प्रेम व विचारों को अंतर्मुखी करेंगे तो हम उस शाश्वत, प्रेममय व आनन्दमय साथी को पा लेंगे, जो सदा गुप्त रूप से हमारे साथ है।

मुझे याद आता है — अनेक बार गुरुदेव की बैठक में जब हम प्रवेश करते थे, तो वे वहाँ बैठे हुए होते थे — और उनकी आँखें दिव्य प्रेम की ज्योति से हीरों की तरह चमक रही होती थीं। उस समय उपस्थित सभी भक्त यह अनुभव कर सकते थे कि गुरुदेव ईश्वर के साथ वार्तालाप में तल्लीन हैं। कभी-कभी इस अवस्था में गुरुदेव बोल पड़ते थे। हम उनको जगन्माता के साथ मधुरता से दवे स्वर में बात करते हुए सुन सकते थे।

यद्यपि वे सदा आंतरिक रूप से ईश्वर में तल्लीन रहते थे, फिर भी मैं ऐसे किसी भी व्यक्ति को नहीं जानती, जिसने गुरुदेव से ज्यादा अपने

प्रत्येक कार्य को करने में आनन्द लिया हो। उनके लिए कुछ भी नीरस नहीं था। वे बहुत सृजनात्मक थे, और जो कुछ भी वे करते थे उसे अत्यधिक रुचि के साथ करते थे क्योंकि उनकी चेतना में ईश्वर सदा विद्यमान रहते थे, और उनकी संपूर्ण इच्छा प्रभु को प्रसन्न करने की होती थी।

गुरुदेव हमारे लिए अपना यह आध्यात्मिक परामर्श बार-बार दोहराया करते थे : प्रतिदिन गहनता से ध्यान करो और ईश्वर की विद्यमानता को अनुभव करो। हम यहाँ पर केवल सेल्फ़-रियलाइज़ेशन [योगदा सत्संग] के योग दर्शन शास्त्र में अति निपुण बनने के लिए ही नहीं आए हैं, अपितु इससे भी अधिक महत्त्वपूर्ण इसे अपने जीवन में उतारने के लिए आए हैं। गुरुदेव की कृपा और माध्यम से हमें यह परम सौभाग्य प्राप्त हुआ है।

आध्यात्मिक पथ पर उन्नति के लिए सावधानियाँ

7 मार्च, 1956

हमारे साथ बिताए अपने अंतिम दिनों में गुरुदेव ने सभी भक्तों के लिए आध्यात्मिक पथ पर अधिक उन्नति के लिए कई सावधानियाँ बरतने के लिए कहा। उन्होंने अनेक विषयों पर चर्चा की।

उन्होंने हमें और अधिक गंभीर रहने के साथ-साथ और अधिक प्रसन्नचित्त रहने का परामर्श दिया, "अपने अन्तर् में सदा प्रसन्न और आनन्दित रहो, परंतु मज़ाक और छिछोरेपन में अधिक व्यस्त मत रहो। व्यर्थ की बातों में अपने आंतरिक बोध को नष्ट क्यों करते हो? तुम्हारी चेतना दूध के बर्तन की भाँति है। जब तुम इसे ध्यान की शांति से भर लेते हो तो उसको तुम्हें इसी प्रकार भरे रखना चाहिए। गप्पें और व्यर्थ हँसी-मज़ाक प्रायः झूठे आनन्द हैं जो आपके बर्तन में छेद कर देते हैं, जिसमें से आपकी आंतरिक शांति और प्रसन्नता रूपी दूध बह जाता है।"

गुरुदेव ने हमें कम सोने और उस अतिरिक्त समय को गहन ध्यान और

ईश्वर-संपर्क के लिए उपयोग करना सिखाया। "नींद, ईश्वर की विद्यमानता से प्राप्त शांति को अनुभव करने का केवल एक अवचेतन तरीका है। ध्यान, सजग विश्राम और शांति की अवस्था है, जो हज़ारों लाखों निद्राओं से भी अधिक विश्रान्तिदायक है।"

वे कहते थे, "अपना समय नष्ट मत करो। कोई भी तुममें ईश्वर को पाने की ऐसी गहन इच्छा नहीं भर सकता, जो तुम्हें इस पथ पर अटल रख सके। तुम्हें स्वयं इसे विकसित करना होगा। अत्यधिक मीमांसा और तर्क-वितर्क में मत उलझो; सर्वोपरि यह है कि कभी संदेह न करो कि ईश्वर तुम्हारे पास आएँगे। कर्त्तव्यों के पूरा होने के पश्चात्, अपना समय ईश्वर के लिए ध्यान में लगाओ, और आप अपने अन्तर् में उनका दिव्य आनन्द, उनका दिव्य प्रेम अनुभव करेंगे।"

दिव्य प्रेम उचित क्रिया-कलापों के लिए प्रेरणा है

11 जून, 1968

मैं ध्यान के साथ-साथ उचित क्रिया-कलाप के आदर्श में दृढ़तापूर्वक विश्वास करती हूँ। उचित क्रियाशीलता में हृदय, मन, और आत्मा आनन्दपूर्वक एक हो जाते हैं। यह भावना नहीं रहती कि, "प्रभु, मैं आप पर उपकार कर रहा हूँ।" अपितु, ईश्वर के प्रति आनन्दमय समर्पण रहता है। उपयुक्त कार्य करते समय, व्यक्ति अपने कर्म के फलों की चिंता नहीं करता, अपितु, केवल ईश्वर के लिए कार्य करने के आनन्द हेतु ही वह कार्य करता है। कार्य करने में वह आनन्द तब आता है, जब हम ईश्वर से प्रेम करते हैं। आप जीवन में किसी चीज से या किसी-न-किसी से प्रेम किए बिना नहीं रह सकते। प्रत्येक मानव को प्रेम की आवश्यकता है। हम सन्त की आत्माओं के शाश्वत प्रियतम उस एकमात्र अनंत प्रेमी — ईश्वर को खोजने के द्वारा ही आप जीवन भर महानतम प्रेम का आनन्द ले सकते हैं।

यह मेरा अनुभव रहा है, और आज भी मेरा यही अनुभव है। मेरे लिए इस संसार में केवल ईश्वर ही यथार्थ हैं।

बुद्धिमान वही है जो अपने मन को परम प्रियतम में तल्लीन रखता है। आप तब तक नहीं समझ सकते कि वे परमपिता कैसे अनूठे प्रेमी हैं जब तक कि आप उनके सान्निध्य में चलना, उनके साथ बातें करना न सीख लें और यह न समझ लें कि वे आपके अपने ही हैं। तभी आप जान पाएँगे कि उच्चतम और सुन्दरतम रूप में प्रेम किसे कहते हैं, आनन्द किसे कहते हैं। हमारे गुरुदेव परमहंस योगानन्दजी के संदेश का यही सार है कि ईश्वर प्रेम हैं।

यह सच है कि सेल्फ़-रियलाइज़ेशन ज्ञान का मार्ग है, कर्म का मार्ग है, आनन्द का मार्ग है; परंतु मेरे लिए सर्वोपरि यह दिव्य प्रेम का मार्ग है। दिव्य प्रेम मनुष्य का इस प्रकार रूपान्तरण कर देता है कि वह 'मुझे' और 'मेरा' की भाषा बोलना छोड़कर केवल "आप ही, आप ही, मेरे प्रभु," की बात सोचता है।

हममें से प्रत्येक को अपनी आत्मा में प्रेम के इस संदेश को आत्मसात् करना चाहिए और इसी के अनुसार जीने का प्रयास करना चाहिए।

नश्वर चेतना की भ्रान्ति

क्रिसमस पर पूरे दिन का ध्यान, 23 दिसम्बर, 1960

ध्यान के सर्वाधिक परिणाम प्राप्त करने के लिए, ध्यान के समय अपने मन से देह की समस्त चेतना और समस्त चंचल विचारों को समाप्त करना महत्त्वपूर्ण है। हम यह केवल तभी कर सकते हैं, जब हम यह पूरी तरह समझ लें कि हम यह शरीर नहीं हैं, हम यह मन भी नहीं हैं। असंख्य पूर्व जन्मों में हमने अनेक शरीर व अनेक मन धारण किए हैं। इस लघु देह रूपी चोगे से, जिसे हमने वर्तमान में धारण कर रखा है, और इस मन रूपी वस्त्र से, जिसका हम अस्थाई रूप से उपयोग कर रहे हैं, अपनी चेतना

को पार ले जाने का प्रयत्न करें। हम परम प्रियतम के ही प्रतिरूप में बनी अमर आत्मा हैं।

अपने हृदय को ईश्वर के लिए इतना क्षुधातुर होने दें, जितना कि वह पहले कभी न हुआ हो। हम जन्म-जन्मांतरों से इच्छाओं की भूल-भुलैया में भटकते आ रहे हैं — नाम के लिए, यश के लिए, वैभव के लिए और उन समस्त सांसारिक वस्तुओं के लिए जो यह जीवन हमें दे सकता है। आज के ध्यान के दौरान, अपने मन से प्रत्येक विचार को बाहर निकाल कर फेंक दें, सिवाय एक विचार के, "हे मेरे प्रभु! मैं आपके ज्ञान, आनन्द और प्रेम के स्वरूप में बना हूँ। मैं आपकी संतान हूँ। मुझे इस भ्रम से मुक्त करें, जो मुझे ऐसा सोचने के लिए बाध्य करता है कि मैं एक मर्त्य प्राणी हूँ, और, आपकी संतान, आपकी प्रिय संतान के रूप में देखने का अनुभव प्रदान करें जैसे कि हमारे गुरुदेव और समस्त महान् सन्तों ने अनुभव किया है।"

ईश्वर की सेवा करने का सौभाग्य

9 अक्टूबर, 1964

इस संसार में कोई भी व्यक्ति अपरिहार्य नहीं है। ईश्वर हममें से किसी की भी सेवाओं के बिना, भली प्रकार कार्य कर सकते हैं। मैं गुरुजी के इन शब्दों को बार-बार स्मरण करती हूँ जो उन्होंने अनेक वर्षों पूर्व मुझसे कहे थे, "कभी भी जगन्माता को यह न जताओ कि तुम उन पर उपकार कर रही हो।" उस समय उनके इन शब्दों ने मुझे अत्यंत गहराई से प्रभावित किया और आज मेरे लिए इन शब्दों का अर्थ और भी अधिक है। मुझे इस बात का बोध है कि जगन्माता की सेवा करना — जैसा कि हम गुरुदेव के कार्य को आगे बढ़ाने में करते हैं — एक दुर्लभ सौभाग्य है। परंतु जब कभी भी हम यह सोचते हैं कि हम अत्यधिक कार्य कर रहे हैं, हम ग़लत मनोवृत्ति रखते हैं। उनकी सेवा कर पाने के आशीर्वाद के लिए, हमें प्रतिक्षण विनम्र व कृतज्ञता से पूर्ण होना चाहिए।

सेवा उचित मनोवृति के साथ की जानी चाहिए। बिना उचित मनोवृति के, कितना भी परिश्रम करें, जगन्माता के लिए उसका कोई अर्थ नहीं। हम गरीबों को भोजन खिला सकते हैं, परामर्श दे सकते हैं अथवा अन्तहीन अन्य उपयोगी कार्य कर सकते हैं, परंतु यदि हम यह सोचना आरंभ कर दें कि, "मैं कितने सारे अच्छे कार्यों में शामिल हूँ! क्या यह कमाल की बात नहीं है कि मैं दूसरों की इतनी अधिक सहायता करता हूँ? और लोग मेरी कितनी प्रशंसा करते हैं।" तब यह मनोवृत्ति ग़लत है। गुरुजी ने प्रायः हमें स्मरण कराया, "जगन्माता हमारे हृदय को परख रही हैं।" वे आशा करती हैं कि हम दूसरों को प्रसन्न करने की अपेक्षा, उन्हें प्रसन्न करने को अधिक महत्त्व देना चाहेंगे। व्यक्ति की राय परिवर्तनशील है; अगर आज वह आपको प्रेम व सत्कार देता है, तो कल वह आपको एक ओर धकेल देगा। व्यक्ति का अनुराग कभी भी एक जैसा नहीं रहता। इसलिए हमें उस पर ध्यान देना चाहिए जो वास्तव में महत्त्वपूर्ण है — ईश्वर, जो हमारा शाश्वत सखा है, उसे प्रसन्न करना।

नववर्ष के लिए लक्ष्य

जनवरी, 1967

नववर्ष में, अपने कार्यों का आरंभ करने की इस बेला में आइये हम इस बात को समझें कि ईश्वर की दिव्य संतान के रूप में स्वयं को सुधारने और निष्कलंक बनाने के लिए प्रत्येक पल का सही उपयोग करना कितना महत्त्वपूर्ण है। गत वर्ष में अपने कार्यों का विश्लेषण करने और यह देखने कि हमने कितनी आध्यात्मिक प्रगति की है, इन दोनों के लिए यह समय मनोवैज्ञानिक रूप से बहुत उपयुक्त समय है। हम अपने में और अपने जीवन की स्थिति में क्या परिवर्तन करना चाहते हैं, इस बारे में हमें गहनता से सोचना चाहिए और फिर अपने उद्देश्यों को पूरा करने के लिए अपना

सर्वोत्तम प्रयास करना चाहिए। हमें उन सद्संकल्पों को लिख लेना चाहिए, जो नए वर्ष में हमें अपनी उच्चतम आकांक्षाओं को प्राप्त करने में हमारी सहायता करेंगे। और फिर प्रत्येक माह उनका पुनरवलोकन करना चाहिए, यह जाँचने के लिए कि हमने जो अपने लिए लक्ष्य निर्धारित किए थे, हम उनको प्राप्त कर रहे हैं अथवा नहीं।

आइये, इस नववर्ष में हम इस बात को अधिक स्पष्टता से समझें कि हम जीवन में जिन समस्याओं का सामना करते हैं, उन सबका एकमात्र शाश्वत समाधान ईश्वर की प्राप्ति ही है। हमें उनके सान्निध्य की गहनतर अनुभूति विकसित करनी चाहिए।

जो एकमात्र सच्चा संबंध मनुष्य बना सकता है, वह है ईश्वर के साथ और ईश्वर के माध्यम के रूप में, सद्गुरु के साथ संबंध। ये ईश्वर ही हैं, जो हमें अनुशासित करते हैं; ये ईश्वर ही हैं, जो हमसे प्रेम करते हैं। उनके प्रति सदा निष्ठावान रहें। और सेल्फ़-रियलाइज़ेशन की शिक्षाओं को अपने पूज्य गुरुदेव का हाथ समझकर पकड़े रहें। उनकी एकमात्र महान् इच्छा है — हमें अपने परम पिता के साथ मिलाने में हमारी सहायता करना।

हम सब आपस में प्रेम के बंधन से बंधे हैं

स्थापना की 18वीं वर्षगांठ, सेल्फ़-रियलाइज़ेशन फ़ेलोशिप आश्रम केन्द्र, हॉलीवुड, कैलिफ़ोर्निया, 21 अप्रैल, 1969

गुरुदेव परमहंस योगानन्दजी ने हम सबको दिव्य प्रेम की चेतना में बाँधा है। हम सबको प्रेम के मज़बूत परंतु कोमल धागे में पिरोकर, उन्होंने प्रेम व भक्ति की एक सुगंधित माला बनाई है ताकि वे इसे एकमेव परमेश्वर के चरणों में, हम सभी की आत्माओं के प्रियतम प्रभु के चरणों में अर्पित कर सकें। उन्होंने हमारे हृदय मन्दिरों में ईश्वर के लिए आतुरता की लौ

जलाई है क्योंकि उन्होंने सदा हमारे समक्ष इस आदर्श को प्रस्तुत किया है, कि सबसे पहले ईश्वर से प्रेम करना चाहिए; फिर उस प्रेम के भाव में दूसरों से प्रेम करना चाहिए। इसी दिव्य प्रेम की ओर इंगित करते हुए एक बार उन्होंने मुझसे कहा था, "...मैं तुम सबको ईश्वर के प्रेम में दिन-रात इतना मतवाला देखना चाहता हूँ कि तुम ईश्वर के सिवाय और कुछ न जानो और जिनसे भी मिलो, वही प्रेम, उन सबको भी दो।"

जगन्माता अनुशासक के रूप में

1 मार्च, 1956

जगन्माता का स्वभाव बहुमुखी है। वे किस रूप में हमारे सामने प्रकट होती हैं, यह केवल हमारी अपनी चेतना की स्थिति पर निर्भर करता है। जब हम उनके साथ अन्तःसंपर्क में होते हैं, वह आनन्दमयी, प्रेममयी माँ हैं। जब हम अन्तःसंपर्क में नहीं होते, वह एक कठोर अनुशासक प्रतीत होती हैं। ऐसा नहीं है कि जगन्माता हमें अनुशासित करना चाहती हैं। ईश्वर से दूर रहने पर कष्ट आते ही हैं। ये हम ही हैं, जिन्होंने यह दूरी बनाई है — ईश्वर को भूलकर, अपनी बुरी आदतों का अनुकरण कर और बाहरी चीज़ों में अथवा अपनी भावनाओं व मनोदशाओं में अत्यधिक लिप्त रहकर। जगन्माता हमें कभी नहीं त्यागतीं; ये हम ही हैं जो उन्हें त्याग देते हैं। तब वह हमें एक कठोर अनुशासक जैसी प्रतीत होती हैं, क्योंकि हमने उनके साथ अपना नाता तोड़ लिया है; जो श्रेष्ठता और अच्छाई का एकमात्र स्रोत हैं।

अतः जब जगन्माता ध्यान से ओझल हुई प्रतीत होती हैं, हमारी चेतना के घेरे से लुप्त हुई प्रतीत होती हैं, तो इसमें दोष हमारा है, न कि उनका। संभवतः हमारा मन चिंताओं में अत्यधिक लीन हो गया हो, जो कि एक आध्यात्मिक पाप है, क्योंकि यह ईश्वर में भरोसे और विश्वास के अभाव को दर्शाता है; हो सकता है हमारा मन अतिसंवेदनशील भावनाओं में अत्यधिक

लिप्त हो गया हो, जिसका कारण है अहम् के साथ समस्वरित और स्वयं को ईश्वर का प्रतिरूप या आत्मा की अपेक्षा मर्त्य मानव समझना; या हो सकता है कि हमारा मन सांसारिक द्वन्द्वों में अत्यधिक ग्रस्त हो गया हो। तब ऐसे समय में जगन्माता हमें छोड़ देती हैं। वे कहती हैं, "मैं जहाँ पर हूँ, मेरे बच्चे! तुम्हें वहीं आना होगा।" जगन्माता स्वयं को छिपा लेती हैं, हमें दण्डित करने के लिए नहीं, परंतु जहाँ वह रहती हैं, उस दिव्य साम्राज्य तक अपनी चेतना को उठाने के हमारे प्रयासों को प्रोत्साहित करने के लिए वे ऐसा करती हैं। वे चाहती हैं कि हम अपने आप को सुधारने का निरंतर प्रयास करते रहें।

गुरुदेव का प्रशिक्षण भी इसी प्रकार का था; अर्थात् जैसे ही आपने सोचा कि आपने अपनी चेतना का विस्तार कर लिया है अथवा अपनी चेतना को किसी स्तर तक ऊपर उठा लिया है, तभी गुरुदेव मापदण्ड को थोड़ा-सा ऊपर उठा देते थे। "अब तुम यहाँ तक पहुँच ही गए हो तो इससे ऊपर उठने का भी प्रयत्न करो।" नये मापदण्ड तक पहुँचने के लिए हम स्वयं को सुधारने का निरंतर प्रयास करते रहते थे; देह चेतना को, परिसीमितता की चेतना को, और उन भावनाओं को जो हमें इस मर्त्य ढाँचे से बाँधे रखती हैं; इन सबको दूर हटाने का प्रयत्न करते रहते थे। एक गुरु, एक दिव्य शिक्षक का उद्देश्य होता है — हमें अपने अहं से ऊपर उठने में हमारी सहायता करना। वे हमारे तुच्छ अहं की चेतना को, हमारे अहंकार को दूर हटाने में सहायता करते हैं और हमें सदा स्मरण कराते रहते हैं कि हम ईश्वर के अमर स्वरूप में ही बने हैं जो सत्-चित्-आनन्द और प्रेम है। यही तो है हमारा वास्तविक स्वरूप, और हमें लज्जित अनुभव करना चाहिए, यदि हम हर पल अपने जीवन में अपनी सच्ची प्रकृति को अभिव्यक्त करने में असमर्थ होते हैं। हमें परिपूर्णता के लिए प्रयत्न करना चाहिए। तब जगन्माता को अनुशासक के रूप में प्रस्तुत होने की और अधिक आवश्यकता नहीं होगी, और वे हमारे

समक्ष अपने सच्चे रूप को — आनन्दमयी, दयामयी, सहानुभूति से भरी, प्रेममयी माँ के रूप को — निरंतर प्रकट करेंगी।

अपने अन्तर् की श्रेष्ठता को अभिव्यक्त करना

जनकानन्द आश्रम मन्दिर, सेल्फ़-रियलाइज़ेशन फ़ेलोशिप अंतर्राष्ट्रीय मुख्यालय, 28 फरवरी, 1962

यदि आपने अभी तक ईश्वर के लिए गहरी आतुरता का अनुभव नहीं किया है तो हतोत्साहित न हों; प्रतिदिन अधिक गहनता से ध्यान करने का दृढ़ निश्चय करें, चाहे यह केवल पाँच मिनट के लिए ही क्यों न हो। गुरुजी कहा करते थे कि ईश्वर को उसी आतुरता से पुकारें जैसे डूबता हुआ व्यक्ति श्वास के लिए छटपटाता है, जैसे एक मरणासन्न व्यक्ति साँस लेने के लिए संघर्ष करता है। यदि आपमें ऐसी उत्कट व्याकुलता का भाव है, तो आप ईश्वर को इसी जीवन काल में जान जाएँगे। ईश्वर की अविलम्ब आवश्यकता के भाव को विकसित करने के लिए आपको नित्य ध्यान करना होगा और अन्य श्रेष्ठ आदतों को विकसित करना होगा।

आप कमरे में से अंधकार को छड़ी से पीट-पीट कर दूर नहीं कर सकते। बिजली के बल्ब का बटन दबाएँ और अंधकार लुप्त हो जाएगा। इसी प्रकार, ग़लत आदतों का केवल बलपूर्वक दमन करना, उन पर विजय पाने का सबसे प्रभावकारी तरीका नहीं है। इसके बदले, गहन ध्यान के द्वारा और आत्मानुशासन का स्वेच्छा से और सचेतन रूप से अभ्यास करने के द्वारा प्राप्त होने वाले बोध के प्रकाश को जाग्रत करें। आत्मानुशासन और सद्बुद्धि के इस प्रकाश के आने से, ग़लत आदतों का अंधकार दूर हो जाता है।

इस संसार में प्रत्येक वस्तु विचार तत्त्व से बनी है, इसलिए यदि आप किसी बुरी आदत को हटाना चाहते हैं, तो एक सकारात्मक तरीके से उसकी विपरीत अच्छी आदत का मानसिक प्रतिज्ञापन आरंभ कर दें। यदि आपमें

दोष ढूँढ़ने की प्रवृत्ति है, तो जिस क्षण आप स्वयं को अनावश्यक रूप से दूसरों में ग़लतियाँ खोजते पाएँ तो उसी समय इसके बदले, उस व्यक्ति की अच्छी बातों के बारे में सोचें। प्रायः, आलोचना का आवेग ईर्ष्या से, असुरक्षा के भाव से, अथवा अहं भाव से उत्पन्न होता है। आपको दूसरों के दोषों की नहीं, अपितु, केवल अपने दोषों की चिंता करनी चाहिए। दूसरों में दोष ढूँढ़ने से आपकी अपनी शांति भंग होती है।

सभी में सदा अच्छाई ही देखें। इसका अर्थ यह नहीं है कि हम झूठी आशा रखें और दूसरों की ग़लतियों के प्रति अपनी आँखें हमेशा बंद रखें। ऐसी प्रवृत्ति केवल विवेक में कमी को दर्शाती है। परंतु हमारी प्रवृत्ति इतनी भी आलोचनात्मक नहीं होनी चाहिए कि हम दूसरों में अच्छाई देख ही न सकें।

मनुष्य त्रुटियों से भरा हुआ है। उन पर मन को क्यों केंद्रित करें? गुरुदेव ने प्रत्येक भक्त को, जैसा वह था, वैसा ही स्वीकार किया, और उस भक्त के अन्दर की श्रेष्ठता को उभारने की ओर ध्यान दिया। क्या आप जानते हैं कि उन्होंने यह कैसे किया? भक्त को प्रेम और सद्भाव देकर। इसलिए हमें भी ऐसा ही करना चाहिए। हमें कोशिश करनी चाहिए कि हम अपने अन्तर् में स्थित आत्मा के प्रेम और विवेक के दिव्य गुणों को प्रकट करें और इन्हें सभी में मुक्त रूप से बाँटते हुए, अच्छा बनने में एक दूसरे की सहायता करें।

विवेक की शक्ति

21 मार्च, 1962

कर्म के इस भयानक चक्र, जिसमें हम कोल्हू के बैल की तरह चक्कर पर चक्कर लगाए जा रहे हैं, से बचने का केवल एक ही रास्ता है; वह है आध्यात्मिक मार्ग पर और अपने पूज्य गुरुदेव द्वारा निर्धारित आदर्शों पर हम डटे रहें; इस विश्वास के साथ कि उनका आशीर्वाद और मार्गदर्शन हमेशा मिलते रहेंगे। ईश्वर की सर्वव्यापकता में विद्यमान

होने के कारण, वे हमारी बन्द आँखों के अंधेरे के ठीक पीछे, चुपचाप हमारा अवलोकन कर रहे हैं। जब हम इस चेतना में, जो हमें उनकी सर्वव्यापक सहायता के प्रति ग्रहणशील बनाए रखती है, बने रहते हैं तो हम उनकी शिक्षाओं के ज्ञान की विवेक रूपी तलवार का उपयोग करने की अपनी क्षमता को बढ़ाते हैं। हम उन सांसारिक विक्षेपों को बहादुरी से काट पाएँगे, जो हमारे मन को भौतिकता के मार्ग पर ले जाती हैं। हम स्वयं ही उन आदर्शों पर चलना चाहेंगे जो हमें ईश्वर की ओर ले जाते हैं। विवेक की शक्ति के द्वारा हम जिन कार्यों को जब करना चाहिए, उन्हें तब करना सीख जाते हैं — किसी बाह्य प्रभाव से विवश होकर नहीं, अपितु शांति तथा विवेक के साथ अपनी ईश्वर प्रदत्त बुद्धि और इच्छाशक्ति के उपयोग के द्वारा।

हमें प्रतिदिन आत्मनिरीक्षण करना सीखना चाहिए, "मैं कैसे कर रहा हूँ? मैं किस ओर जा रहा हूँ? मैंने आज ऐसा कौन-सा कार्य किया जो मुझे विचार से, वाणी से और कर्म से, ईश्वर की ओर ले जा रहा है?" और "ऐसी कौन-सी बुरी आदतों का मैं पालन किए जा रहा हूँ, जो मेरे मन को ईश्वर से दूर ले जा रही हैं?"

जब बार-बार, ध्यान के द्वारा और निरंतर आध्यात्मिक प्रयास द्वारा हम स्वयं को स्मरण कराते हैं कि हम मर्त्य मानव नहीं हैं, बल्कि अमर आत्माएँ हैं, तब हम क्रमशः उन जंजीरों को तोड़ देते हैं जो हमें लम्बे समय से देह की सीमित चेतना से और अन्तहीन विनाशकारी परिवर्तन वाले संसार से बाँधे हुए हैं। एक बार हम उन जंजीरों को उतार कर फेंकना आरंभ कर दें, तो हमें स्वयं की झलक, ईश्वर के स्वरूप में बनी आत्मा के रूप में मिलने लगेगी। जितना अधिक हम अन्तर् में इस दिव्य स्वरूप को निहारेंगे, उतना ही अधिक हम अपने हृदय में उनका प्रेम, अपने मन में उनका ज्ञान, और अपनी आत्मा में उनका आनन्द अनुभव करेंगे।

अपने विचारों और कार्यों पर दृष्टि रखें

28 जनवरी, 1962

गुरुजी ध्यान के उपरान्त हमसे कहा करते थे, "मौन रहो, अन्तर्मुखी बने रहो। ध्यान का आसन छोड़ने के बाद भी, अपने मन को निरंतर अथवा यथासंभव ईश्वर के विचारों में लगे रहने दो।" उनके विचार में रहने से हम शक्ति, ज्ञान और महान् प्रेम को आकर्षित करते हैं जिसके लिए हमारी आत्मा क्षुधातुर रहती है। मानसिक रूप से सदा उन्हीं में मग्न रहें, जो इस परिवर्तनशील संसार में एकमात्र अपरिवर्तनीय हैं — अर्थात् ईश्वर।

जब कोई अपनी वास्तविक प्रकृति को जान लेता है तो वह अपने ही आंतरिक आनन्द का उमड़ता हुआ सागर बन जाता है; इस आनन्द को बनाए रखने के लिए इतना इच्छुक होता है कि वह इसे बाहर बहुत अधिक प्रकट नहीं होने देता, इस डर से कि कहीं यह खो न जाए।

सदा दयालु और प्रेममय रहें। संकीर्णता और तुच्छ विचारों से दूर रहें। यदि दूसरे आपके प्रति निर्दयी हों, तो भी उन्हें अपने प्रेम के द्वारा जीतने का प्रयत्न करें। यदि ऐसा न हो सके, तो अपनी समस्या प्रभु को सौंप दें और इसे भूल जाएँ। संसार के साथ निभाने का यही तरीका है।

हममें से प्रत्येक को दिव्य प्रेम को प्रकट करने का प्रयास करना चाहिए। हमें इस बात की चिंता नहीं करनी चाहिए कि दूसरे भी इस प्रेम को प्रकट कर रहे हैं अथवा नहीं। यदि हम दूसरों को अपने व्यवहार का आधार बनाएँगे तो हम अपने तुच्छ अहं पर कदापि विजयी नहीं हो पाएँगे। हमें स्वयं के लिए एक उच्च स्तरीय चेतना को बनाए रखना सीखना होगा। यदि यह उच्च आदर्श सदा आपके मन में है और यदि आप केवल अपने प्रयासों पर केंद्रित रहते हैं, तो आपके पास यह सोचने के लिए कोई समय ही नहीं रहेगा कि दूसरे इस आदर्श का पालन कर रहे हैं अथवा अपना दायित्व निभा रहे हैं या नहीं। आपको केवल अपने निजी कार्यों और अपनी निजी चेतना की

अवस्था के बारे में दिलचस्पी रखनी चाहिए कि क्या आप अन्तर् में दिव्य प्रियतम के चरणों की ओर द्रुत गति से बढ़ रहे हैं अथवा नहीं।

आध्यात्मिक जीवन के लिए एक आदर्श रूपरेखा

जनवरी, 1961

आप कैसे जानेंगे कि आप आध्यात्मिक प्रगति कर रहे हैं? आप अपने अन्तर् में ईश्वर के प्रति सदा एक गहन लालसा अनुभव करते हैं। ध्यान में मन को नियंत्रित करने की क्षमता आपमें आ जाती है जिससे आप अपने मन को ध्येय पर केंद्रित रख पाते हैं। आप अपने अन्तर् में और अपने चारों ओर ब्रह्माण्ड में शांति के एक महान् सागर का अनुभव करते हैं। अपने दैनिक जीवन में आप अनुभव करेंगे कि आपमें हमेशा यह प्रयास करने की इच्छा रहती है कि आप वही करें जो अच्छा हो, वही करें जो सही हो। आपके मन में सदा यह विचार रहता है; "प्रभु, मुझे आशीर्वाद दें, मेरा मार्गदर्शन करें, आप अपनी इच्छा को जानने में मेरी सहायता करें। अपने प्रेम को पाने में मेरी सहायता करें।"

एक तरह से देखा जाए तो ईश्वर को प्राप्त करना बहुत आसान काम है, यह एक जीवनशैली है। सुबह नींद से उठते ही, केवल एक विचार रहे, ईश्वर। अपने दिन-भर के कार्यों को करते समय आप यथासंभव क्रोध, स्वार्थ, रोष व आलोचना करने से बचने का प्रयत्न करें, यह जानते हुए कि जीवन के सभी अनुभवों में हमें केवल ईश्वर से ही सरोकार है। वे ही आपका सहारा हैं, वे ही आपकी सुरक्षा हैं; वे ही आपकी शक्ति हैं, वे ही आपका प्रेम हैं। आदि व अंत में तथा हमेशा, केवल उन्हीं को प्रसन्न करने का प्रयास करें और सदा उन्हीं को प्रसन्न करते हुए अपने गुरु एवं साथियों को प्रसन्न करने का प्रयास करें। रात्रि में अंतिम कार्य, गहनता से ध्यान करें।

अनेक बार जब हमारा शरीर थका हुआ होता था, गुरुजी हमारी ओर देखकर कहते, "कोई चिंता नहीं, ईश्वर के लिए कड़ी मेहनत करना तुम्हारे

लिए अच्छा है। परंतु इसे रात्रि का ध्यान न करने का बहाना नहीं बनाना चाहिए। कम नींद से काम चलाओ। और यदि तुम्हारे पास ध्यान के लिए केवल पन्द्रह मिनट हैं, तो उन पन्द्रह मिनटों को ही महत्त्वपूर्ण बनाओ। अपनी चेतना से संसार को बार-बार बाहर निकालते रहो और अपने अन्तर् में ईश्वर की उपस्थिति के महान् सागर में गोते लगाते रहो।"

ईश्वर को प्राप्त करना सरल हो जाता है, जब हमारा केवल एक ही उद्देश्य हो, एक ही लक्ष्य हो — केवल ईश्वर। और ईश्वर को प्राप्त करना बहुत कठिन हो जाता है, जब हम अपने मन को भटकने देते हैं, और महत्त्वहीन कार्यों में खो जाते हैं। यह निश्चित कर लें कि आप क्या चाहते हैं और तब संपूर्ण हृदय से उसके पीछे लग जाएँ। यदि आप ईश्वर को चाहते हैं तो उनको पाने के लिए तत्पर रहें। यदि आपका शरीर इसमें रुकावट डालता है और बाधक बनता है तो उसे अनुशासित करें। ध्यान में सीधे और स्थिर बैठने के लिए शरीर को निर्देशित करें, श्वास पर दृष्टि रखें,* और अपने मन को निद्रा में न जाने दें। जब आप ध्यान करें, तो आपका मन एक ऐसे तार की तरह होना चाहिए जिसमें बिजली दौड़ रही हो। आपके मन को पूरी तरह सतर्क और तैनात रहना चाहिए। यदि आप पूछेंगे कि इस स्थिति को कैसे प्राप्त किया जाए, तो मैं कहूँगी कि यह बहुत सरल है, प्रत्येक क्षण ईश्वर के साथ वार्तालाप करके उनके साथ एक व्यक्तिगत संबंध विकसित करें। हमारे मन सदा किसी-न-किसी विचार पर लगे रहते हैं — सुख अथवा पीड़ा पर, हमारे ध्यान को आकर्षित करने वाले विचारों पर, अथवा लोगों पर। इसकी अपेक्षा, अपने मन को ईश्वर पर केन्द्रित रखें। दिन और रात उनके प्रेम में डूबे रहें। यदि आप उस प्रेम का अनुभव नहीं कर पा रहे हैं, तो इसके लिए अनवरत प्रार्थना करें। ईश्वर के प्रेम के अनुभव में रहना कितनी अद्भुत स्थिति है। यह एक शांत, मंदगामिनी आनन्द की नदी की भाँति है, जो

* योग की एक विशेष ध्यान-प्रविधि की ओर संकेत, जिसका योगदा सत्संग सोसाइटी ऑफ़ इण्डिया/सेल्फ़-रियलाइज़ेशन फ़ेलोशिप के शिष्य अभ्यास करते हैं।

आपकी चेतना में निरंतर बहती रहती है; और आपके अस्तित्त्व को अन्तर् में, बाहर में, चारों तरफ विद्यमान ईश्वर के विशाल सागर के साथ जोड़ती है।

सुखी जीवन का रहस्य

18 दिसम्बर, 1962

आन्तरिक साम्राज्य* ही हमारे कष्टों का एकमात्र वास्तविक बचाव है। जितना अधिक कोई अपने ध्यान में आंतरिक साम्राज्य की दिव्य चेतना में रहता है, उतना ही अधिक वह उसी में रहना चाहता है। इसी से यह समझना सरल है कि क्यों महान् योगीजन स्वयं को ध्यानावस्था में लगातार घंटों, दिनों, यहाँ तक कि वर्षों के लिए निमग्न रखते हैं। जब कोई अन्तर् में गहरा उतरता है, केवल तब ही वह अनुभव करता है कि वह वास्तव में जी रहा है, केवल तब ही वह यथार्थता के संपर्क में आता है। उस आंतरिक स्वर्ग को छोड़ने की और चेतना के उस स्तर से नीचे आने की उसकी कोई इच्छा नहीं होती। ऐसा करने का केवल एक ही कारण हो सकता है, संसार में ईश्वर प्रदत्त कर्त्तव्यों को निभाने के लिए।

ईश्वर हमसे यह आशा नहीं करते कि हम उन्हें एकान्त में खोजने के लिए जंगलों में चले जाएँ। उस एकान्त को हमें अपने अन्तर् में खोजना होगा। तब, जब भी हम अपनी चेतना को ध्यानावस्था से वापस संसार में लाएँगे, तो हम चेतना के एक उच्च स्तर पर बने रहेंगे और ईश्वर की इच्छा को अधिक अच्छे ढंग से पूरा कर सकेंगे। अपने कर्मफलों में अनासक्ति रखना, परंतु अपने सभी कर्त्तव्यों को अतीव उत्साह से, बड़ी ईमानदारी से और अत्यंत चाव से पूरा करना; परिणामों की आशा अपने लिए नहीं

* "और लोग यह न कहेंगे, 'देखो, यहाँ है, यह वहाँ है।' क्योंकि, देखो, परमेश्वर का राज्य तुम्हारे अन्तर् में है" *लूका* 17:21 (बाइबिल)।

अपितु, केवल ईश्वर की इच्छा को पूरा करने के लिए करना इस संसार में शांति प्राप्त करने का यही तरीका है।

गुरुदेव ने एक बार मुझसे कहा था, "सुखी जीवन का रहस्य केवल यह है कि आप अन्तर् में स्वयं से सदा यही कहें, 'प्रभु, प्रभु, मेरी इच्छा नहीं, बल्कि आपकी ही इच्छा पूर्ण हो। आप ही कर्त्ता हैं, मैं नहीं।'" जब आप इस विचार के आधार पर जीने का प्रयत्न करते रहेंगे, तो एक ऐसा समय आएगा जब आप एक महान् आंतरिक मुक्ति की अनासक्त अवस्था को प्राप्त कर लेंगे। आपके मन में केवल एक इच्छा रह जाती है, "प्रभु, मैं केवल आपकी इच्छा को पूर्ण करना चाहता हूँ। वह चाहे कुछ भी हो, मुझे स्वीकार है, क्योंकि इस संसार में ऐसा कुछ भी नहीं है, जिसे मैं अपने लिए प्राप्त करना चाहूँ। मैं केवल वही कार्य करता हूँ जो आपने मुझे दिए हैं — मात्र आपको प्रसन्न करने के लिए।"

ईश्वर के साथ दिव्य प्रेम-लीला

7 अप्रैल, 1955

ईश्वर के विचारों में पूर्णतः निमग्न रहकर और उनमें पूर्ण विश्वास के साथ, अपने अन्तर् में इतने शक्तिशाली बनें कि किसी भी बात से कोई फर्क न पड़े। तब कोई भी कष्ट, कोई भी परेशान करने वाली घटना, आपको विचलित नहीं कर सकती। वे मात्र परीक्षाएँ हैं। यदि शरीर पीड़ित होता है तो ऐसा केवल हमें जगन्माता की याद दिलाने के लिए और उन्हीं में हमारी वास्तविक प्रकृति को जतलाने के लिए होता है। शारीरिक परीक्षाओं के माध्यम से अंततः हम यह प्रार्थना करना सीखते हैं, "यद्यपि यह शरीर पीड़ा से यातना झेल रहा है, यद्यपि मुझे पता नहीं कि आगे क्या होने वाला है, तथापि मैं जानता हूँ कि मैं शरीर नहीं हूँ, अपितु, एक अमर आत्मा हूँ, जो कि थोड़े समय के लिए इस मर्त्य देह में वास कर रही है।" और यदि मन

शंकाओं के कारण यातना झेलता है और आत्मा अपरिपूर्णता का अनुभव करती है, तो यह केवल इस बात की याद दिलाने के लिए कि हमें सुरक्षा और परिपूर्णता के लिए अनंत स्रोत की ओर मुड़ना चाहिए, जिसके लिए हमारा हृदय लालायित है और उस प्रेम के लिए, जो किसी भी मानवीय संबंध से हमें नहीं मिल सकता। ईश्वर के अतिरिक्त और कोई भी, हमारी आत्मा की स्वाभाविक लालसाओं को पूर्णतः संतुष्ट नहीं कर सकता।

हम ईश्वर ही से उत्पन्न हुए हैं, केवल ईश्वर ही हैं जिनके लिए हमें निःस्वार्थता, बिल्कुल निःस्वार्थता के साथ रहना और कार्य करना चाहिए, और फिर एक दिन हमें, अपने प्रियतम ईश्वर की बाहों में ही पुनः विलीन हो जाना है। इस सत्य पर विचार करें और सदा इसे याद रखें।

किसी भी बात से भयभीत न हों। शरीर के संघर्षों से भी भयभीत न हों। कुछ त्याग करने से और स्वयं को ईश्वर के प्रति समर्पित करने से भी भयभीत न हों। यही एक महान् पाठ है, जिसे प्रत्येक भक्त को सीखना ही पड़ता है। इस अस्थाई शरीर के लिए क्यों इतने चिंतित होते हैं? इसे ईश्वर को समर्पित कर दें।

मैं उन दिनों को याद करती हूँ जब मैं स्वयं के लिए अत्यधिक चिंता करती थी। आप कितनी अधिक मुक्ति का अनुभव करेंगे जब एक बार आप उस सीमा को पार कर लेंगे और यह समझ जाएँगे कि यह जगन्माता ही हैं जो हमारे प्रत्येक श्वास के द्वारा, हमारे हृदय की प्रत्येक धड़कन के द्वारा, हमारे जीवन के प्रत्येक क्षण में, हमें संपोषित करती हैं। यदि वे हमारे साथ हैं, तो कौन अथवा क्या हमारे विरुद्ध हो सकता है?

हममें से प्रत्येक में, ईश्वर की वह चिंगारी विद्यमान है जो सभी सन्तों में थी। जितना प्रेम ईश्वर उनसे करते हैं, हमारे लिए उनका प्रेम, उससे तनिक भी कम नहीं है। तब कमी कहाँ पर है? केवल हममें। यदि हम ईश्वर के प्रेम का अनुभव नहीं कर पा रहे हैं, तो इसका कारण है कि उनके प्रति हमारा

प्रेम पर्याप्त प्रगाढ़ नहीं है। इसमें दोष किसका है? पुनः, केवल हमारा। हम किसी और को दोषी नहीं ठहरा सकते, न अपनी परिस्थितियों को, न अपने वातावरण को और न ही अपने आस-पास के लोगों को। हमें और अधिक गहनता से ध्यान करना होगा।

जब आप सुबह उठें, पहले ध्यान करें। यदि आवश्यकता हो तो मानसिक चाबुक द्वारा शरीर को अनुशासित करें। वस्तुतः, यह शरीर तो आपके साथ केवल कुछ वर्षों के लिए रहेगा, यह आपकी अमर आत्मा, आपके वास्तविक स्वरूप, के लिए एक उपकरण के रूप में उपयोग करने के लिए दिया गया है। मन को भी अनुशासित करें। बस एक बार आप अपने मन व तन को नियंत्रित कर लें, तो आप पाएँगे कि ईश्वर की विद्यमानता को अनुभव करना कितना सरल, कितना आसान है।

चाहे आप कुछ भी कर रहे हों, ईश्वर के साथ मौन वार्तालाप करने से आपको कोई नहीं रोक सकता। अभी, जब आपके पास समय है, जब आपके पास जीवन है, स्वास्थ्य है, अवसर है और ईश्वर के साथ दिव्य महारास करने की स्वतंत्रता है — तो आप ईश्वर का चिंतन करें, और जब तक कि आप अपने अन्तर् में ईश्वर के प्रेम को उमड़ता हुआ अनुभव न कर लें तब तक संतुष्ट न हों। "क्या वो दिन आएगा, माँ, जब कहूँ 'प्यारी माँ,' भर आए अँखियाँ।" जब गुरुजी यह भजन गाते थे, मेरा हृदय आतुर हो जाता था, "ओ माँ, क्या वो दिन मेरे लिए आएगा?" केवल वह प्रेम ही वास्तविक है। जीवन में हमारा उच्चत्तम कर्त्तव्य है कि हम उस प्रेम को खोजें और इसे दूसरों के हृदय में जाग्रत करें। केवल इसीलिए यह संस्था, सेल्फ़-रियलाइज़ेशन फ़ेलोशिप का अस्तित्त्व है। इस मार्ग पर चलने वाले एक भक्त होने के नाते, आपको सदा अपने समक्ष इस आदर्श को बनाए रखना होगा।

Also by Sri Sri Daya Mata

Books

- Finding the Joy Within You: Personal Counsel for God-Centred Living
- Enter the Quiet Heart: Creating a Loving Relationship With God
- Intuition: Soul-Guidance for Life's Decisions

Audio Recordings *(Available in downloadable MP3 format)*

- Anchoring Your Life in God
- A Heart Afame
- Living a God-Centred Life
- A Blessing From Mahavatar Babaji
- Attuning Our Lives to the Guru's Blessings
- The Way to Peace, Humility, and Love for God
- Finding God in Daily Life
- Free Yourself from Tension
- God First
- Is Meditation on God Compatible with Modern Life?
- Karma Yoga: Balancing Activity and Meditation
- Let Us Be Thankful
- Moral Courage: Effecting Positive Change Through Moral and Spiritual Choices
- "My Spirit Shall Live On…": The Final Days of Sri Sri Paramahansa Yogananda
- Strengthening the Power of the Mind
- Understanding the Soul's Need for God

DVDs

- Him I Shall Follow
- Security in a World of Change
- Living in the Love of God
- Opening Your Heart to God's Presence
- Finding Divine Peace and Balance
- The Love and Wisdom of Sri Sri Paramahansa Yogananda

Books by Sri Sri Paramahansa Yogananda

- योगी कथामृत
- दिव्य प्रेम-लीला
- सफलता का नियम
- धर्म विज्ञान
- जीने की कला
- Journey to Self-realization
- Inner Peace
- Living Fearlessly
- Songs of the Soul
- To be Victorious in Life
- Developing Dynamic Will
- Increasing the Power of Initiative
- Scientific Healing Affirmations
- The Universality of Yoga
- मानव की निरन्तर खोज
- जहाँ है प्रकाश
- ईश्वर से वार्तालाप की विधि
- परमहंस योगानन्द के वचनामृत
- मानसिक अशान्ति — कारण एवं निवारण
- In the Sanctuary of the Soul
- Whispers from Eternity
- Metaphysical Meditations
- Wine of the Mystic
- Words of Cosmic Chants
- Seek God Now!
- Who Made God?
- Man's Greatest Adventure
- Habit — Your Master or Your Slave?
- Why God Permits Evil and How to Rise Above It
- योगी कथामृत (विस्तृत MP3 ऑडियोबुक, www.yssbooks.org से निःशुल्क डाउनलोड)
- ईश्वर-अर्जुन संवाद : श्रीमद्भगवद्गीता—एक नवीन अनुवाद एवं व्याख्या
- The Second Coming of Christ: The Resurrection of the Christ Within You — A Revelatory Commentary on the Original Teachings of Jesus

Other Publications From Yogoda Satsanga Society of India

- कैवल्य दर्शनम् : श्री श्री स्वामी श्रीयुक्तेश्वर गिरि द्वारा
- "मेजदा" श्री श्री परमहंस योगानन्द का परिवार एवं उनका प्रारम्भिक जीवन *श्री सनन्द लाल घोष द्वारा*
- आध्यात्मिक दैनंदिनी
- योगदा सत्संग पत्रिका
- परमहंस योगानन्द — पूर्वी और पाश्चात्य जगत के सम्मानित संत (अमर चित्र कथा प्रकाशन)
- Paramahansa Yogananda: In Memoriam — Personal Accounts of the Master's Final Days
- Rajarsi Janakananda — A Great Western Yogi
- Manifesting Divine Consciousness in Daily Life *by Sri Sri Mrinalini Mata*
- Visiting the Saints of India With Sri Daya Mata *by Sri Mrinalini Mata*
- God Alone: The Life and Letters of a Saint *by Sri Gyanamata*
- Two Frogs in Trouble

आपके नज़दीकी बुक स्टोर या नीचे लिखे पते पर उपलब्ध :

योगदा सत्संग सोसाइटी ऑफ़ इण्डिया

परमहंस योगानन्द पथ

राँची 834001, झारखण्ड

फ़ोन : (0651) 6655 555

bookstore.yssofindia.org

योगदा सत्संग पाठमाला

श्री श्री परमहंस योगानन्द की सभी प्रकाशित रचनाओं में *योगदा सत्संग पाठमाला* का एक अनोखा स्थान है, क्योंकि इन पाठों में उनके ईश्वर प्राप्ति के सर्वोच्च योग-विज्ञान के अभ्यास के गहन निर्देश दिए हैं। यह प्राचीन योग-विज्ञान *क्रियायोग* प्रणाली के विशिष्ट सिद्धान्तों तथा इसकी विशिष्ट ध्यान-प्रविधियों में सन्निविष्ट है। (*क्रियायोग* के बारे में अधिक जानकारी के लिए *योगी कथामृत* (*Autobiography of a Yogi*) में अध्याय 26 देखें।)

अंधकारमय युगों के दौरान यह *क्रियायोग* विज्ञान कई सदियों तक मानवजाति की पहुँच से बाहर चला गया था। आधुनिक युग में इसे पुनर्जीवित किया ईश्वर-प्राप्त गुरुओं की एक परम्परा ने — महावतार बाबाजी, लाहिड़ी महाशय, स्वामी श्रीयुक्तेश्वर, तथा परमहंस योगानन्द। परमहंस योगानन्दजी को उनके गुरुदेव तथा उनके *परमगुरुओं* ने योगदा सत्संग सोसाइटी ऑफ़ इण्डिया/सेल्फ़-रियलाइज़ेशन फ़ेलोशिप द्वारा इस मुक्तिदायक योग-विज्ञान का प्रचार-प्रसार करने का काम सौंपा था।

योगानन्दजी ने अपने जीवनकाल में कई देशों की व्यापक यात्रा की और भारत, अमेरिका, तथा यूरोप में उन्होंने प्रवचन दिए एवं कक्षाएँ आयोजित कीं। परन्तु वे जानते थे कि जितने लोगों को वे व्यक्तिगत रूप से इन शिक्षाओं के बारे में अवगत करा सकते थे, उससे कहीं अधिक लोग योग-दर्शन तथा ध्यानयोग की ओर आकर्षित होंगे। अतः उन्होंने "संसार भर में फैले योग पिपासुओं के अध्ययन के लिए साप्ताहिक पाठों की शृंखला की परिकल्पना की। इस पाठमाला का उद्देश्य था — जिन शिक्षाओं को उन्होंने अपने गुरु और परम गुरुओं से प्राप्त किया था, उन्हें उनके मूल स्वरूप में लिपिबद्ध कर सब तक पहुँचाना।

योगदा सत्संग पाठमाला में परमहंस योगानन्दजी द्वारा सिखाई गई एकाग्रता, शक्ति-संचार, और ध्यान की प्रविधियाँ बताई गई हैं, जो

क्रियायोग विज्ञान का अभिन्न अंग हैं। इसके अतिरिक्त, इन बहुसमावेशी पाठों में वे समस्त विषय भी सम्मिलित हैं जिन पर परमहंसजी ने अपने प्रवचनों एवं कक्षाओं में व्याख्या की थी। इसके साथ-ही-साथ इन पाठों में शरीर, मन, और आत्मा की सन्तुलित समृद्धि प्राप्त करने का उनका प्रेरणादायक तथा व्यावहारिक मार्गदर्शन भी उपलब्ध है।

एक निर्धारित समय तक पाठों का अध्ययन और अभ्यास करने के पश्चात् *योगदा सत्संग पाठमाला* के सदस्य उन्नत *क्रियायोग* ध्यान-प्रविधि की दीक्षा प्राप्त करने के लिए निवेदन कर सकते हैं। इस प्रविधि के कुछ विवरण इस पुस्तक में दिए गए हैं।

इन पाठों के बारे में अधिक जानकारी के लिए "*अकल्पनीय सम्भावनाएँ*" नामक परिचय साहित्य पढ़ें। इस पुस्तक को आप *योगदा सत्संग सोसाइटी* से डाक द्वारा या हमारी वेबसाईट से भी (www.yssofindia.org) निःशुल्क प्राप्त कर सकते हैं।

> "*जो लोग आन्तरिक आध्यात्मिक सहायता के लिए योगदा सत्संग सोसाइटी ऑफ़ इण्डिया के पास आए हैं; वे जो कुछ भी खोज रहे हैं उसे वे ईश्वर से प्राप्त करेंगे। चाहे वे मेरे शरीर के रहते आएँ या बाद में; योगदा गुरुओं की परम्परा के माध्यम से ईश्वर की शक्ति उन तक पहुँचेगी और उनकी मुक्ति का कारण बनेगी।*"
>
> — श्री श्री परमहंस योगानन्द

योगदा सत्संग सोसाइटी ऑफ़ इण्डिया

परमहंस योगानन्द पथ
राँची 834001, झारखण्ड
फ़ोन : (0651) 6655 555
www.ysslessons.org

उद्देश्य और आदर्श

योगदा सत्संग सोसाइटी ऑफ़ इण्डिया

श्री श्री परमहंस योगानन्द, गुरुदेव एवं संस्थापक द्वारा निर्धारित

श्री श्री स्वामी चिदानन्द गिरि, अध्यक्ष

ईश्वर की प्रत्यक्ष व्यक्तिगत अनुभूति प्राप्त करने की शिक्षा के लिए सुनिश्चित वैज्ञानिक प्रविधियों के ज्ञान का विभिन्न राष्ट्रों में प्रचार करना।

यह शिक्षा देना कि स्वयं-प्रयास के द्वारा, मनुष्य के अनित्य चैतन्य को ईश-चैतन्य में विकसित करना, जीवन का उद्देश्य है; और इस ध्येय की उपलब्धि के लिए योगदा सत्संग मन्दिरों की, ईश-सम्पर्क के लिए स्थापना करना तथा मनुष्य जाति के घरों और हृदयों में ईश्वर के व्यक्तिगत मन्दिरों की स्थापना हेतु प्रोत्साहित करना।

भगवान् श्रीकृष्ण द्वारा उपदिष्ट मूल योग और ईसा मसीह द्वारा उपदिष्ट मूल ईसाई धर्म में मूलभूत एकता और पूर्ण सामञ्जस्य पर प्रकाश डालना; और यह दर्शाना कि सत्य के ये सिद्धान्त सभी सच्चे धर्मों के सामान्य वैज्ञानिक आधार हैं।

एक ही दिव्य राजमार्ग को इंगित करना, जिसकी ओर सच्चे धर्मों के सारे पथ अन्ततः पहुँचाते हैं। वह राजमार्ग ईश्वर का दैनिक, वैज्ञानिक, भक्तिमय ध्यान करना है।

मनुष्य को तीन प्रकार के कष्टों शारीरिक रोग, मानसिक अशान्ति और आध्यात्मिक अज्ञान — से मुक्त करना।

"सादा जीवन और उच्च विचार" को प्रोत्साहित करना, तथा मानव-जाति के मध्य उनकी एकता के शाश्वत आधार — ईश्वर से सम्बन्ध — की शिक्षा देकर बन्धुत्व की भावना का प्रचार करना।

शरीर पर मन और मन पर आत्मा की वरिष्ठता प्रतिपादित करना।

बुराई पर भलाई से, दुःख पर आनन्द से, क्रूरता पर दया से और अज्ञान पर ज्ञान से विजय पाना।

विज्ञान और धर्म में उनके मूलभूत सिद्धान्तों की एकता के प्रत्यक्ष निरूपण द्वारा सामञ्जस्य स्थापित करना।

पूर्व और पश्चिम के मध्य आध्यात्मिक समझ का विकास करना और उनके सर्वोत्तम विशिष्ट पहलुओं के आदान-प्रदान का समर्थन करना।

अपनी ही बृहद् आत्मा (परमात्मा) के रूप में मानव-जाति की सेवा करना।